1929

1933

1935

峥嵘十七年，风云五万里

集史诗性、文学性、时代性于一体，全景式还原新安旅行团的光辉历程

1952

中国第一个儿童自动旅行团，中国第一个流动电影放映队，中国第一所民众的抗战大学，中国第一次少年儿童代表大会，中国第一颗人造卫星瞄准具，中国第一部大型民族舞剧《宝莲灯》，轰动全国的经典样板戏《杜鹃山》，中国第一枚油画邮票，中国第一代反潜攻击型核潜艇的设计研制，中国首创的计算机音乐信息系统，中国首例计算机乐理教学软件，藏族文学史上第一部长篇儿童小说《清晨》，解放区第一份儿童报，苏北抗日根据地第一所幼儿园……无数的“第一”，无数的经典，在新安旅行团团员手中创造。

新安旅行团

于兆文 著

江苏大学出版社
JIANGSU UNIVERSITY PRESS
镇江

图书在版编目(CIP)数据

新安旅行团 / 于兆文著. — 镇江 ：江苏大学出版社，2022.6
ISBN 978-7-5684-1806-5

Ⅰ. ①新… Ⅱ. ①于… Ⅲ. ①报告文学—中国—当代 Ⅳ. ①I25

中国版本图书馆 CIP 数据核字(2022)第 081157 号

新安旅行团
Xin'an Lüxingtuan

著　　者/于兆文
责任编辑/孙文婷　常　钰
出版发行/江苏大学出版社
地　　址/江苏省镇江市梦溪园巷 30 号(邮编：212003)
电　　话/0511-84446464(传真)
网　　址/http://press.ujs.edu.cn
排　　版/镇江市江东印刷有限责任公司
印　　刷/南京艺中印务有限公司
开　　本/710 mm×1 000 mm　1/16
印　　张/26.75
字　　数/413 千字
版　　次/2022 年 6 月第 1 版
印　　次/2022 年 6 月第 1 次印刷
书　　号/ISBN 978-7-5684-1806-5
定　　价/68.00 元

目录

东侧月湖，西侧运河，宛如古城的眼睛。

顾盼之时，千年盛景；闭目之日，百年孤独。

作为古城之眼，月湖曾见证过巾帼英雄梁红玉采掘蒲笋抗击金兵的故事，运河曾流淌过一部帆樯蔽日、奔腾浩荡的漕运史。

一湖一河之间，坐落着新安小学，百年风华，红色根脉，满园书香，满眼春色。

2021 年 5 月 30 日，一个注定载入史册的日子。这一天，新安小学五（8）中队的孩子们收到了习近平总书记的回信。

淮安市新安小学五（8）中队的少先队员们：

你们好！收到你们的来信很高兴。你们学校是“新安旅行团”的母校，你们在信中表达了对学校红色历史的自豪之情，也说到了你们学习党史的收获。

当年，在党的关怀和领导下，“新安旅行团”不怕艰苦，足迹遍及大半个中国，以文艺为武器，唤起民众抗日救亡，宣传党的主张，展现了爱国奋进的精神风貌。希望你们结合自身成长实际学好党史，以英雄模范人物为榜样，从小坚定听党话、跟党走的决心，刻苦学习，树立理想，砥砺品格，增长本领，努力实现德智体美劳全面发展。

“六一”国际儿童节就要到了，我祝你们、祝全国小朋友们节日快乐！

习近平

2021 年 5 月 30 日

这是一个光荣的时刻，这是一个值得铭记的时刻。

新安旅行团——一个熟悉而又陌生的名字，再次被国人记起。

1935年10月10日，那个细雨蒙蒙的秋日，新安小学的14名学生组成“新安旅行团”，在校长汪达之的带领下，从淮安运河码头登上南下的小轮船，在抗日烽火中开始了全国游学的历程。

这一走，走了整整17年，行程五万余里。新安旅行团创造了一个时代的传奇，被誉为“民族解放的小号手”。

1946年的初夏时节，也是在淮安，新安旅行团的孩子们收到了毛泽东主席的亲笔回信：

新安旅行团各位同志们：

来信收到，极为感谢！

祝你们努力工作，继续前进，争取民主中国的胜利。

毛泽东

一九四六年五月二十日

一代人有一代人的长征，一代人有一代人的担当。

红军二万五千里长征，赢得了中国革命绝地后生的伟大转折。

新安旅行团五万里长征，谱写了中华少年爱国奋进的壮丽诗篇。

一个少儿团体，得到两位领袖的关心和勉励，这是何等的幸运、何等的荣耀啊！

人们不禁要问：新安旅行团，这是怎样的一个团体？新安旅行团团员，这是怎样的一群孩子？

今天，我要告诉你——

他们虽是一群孩子，却懂得牺牲的意义。

孩子们开天辟地，无惧一路荆棘。

他们就是创造，创造就是他们的历史。

就像一首诗歌，第一行，就是孩子们自己。

今天，我要告诉你——

中国第一个儿童自动旅行团，中国第一个流动电影放映队，中国第一所民众的抗战大学，中国第一次少年儿童代表大会，中国第一颗人造卫星瞄准具，中国第一部大型民族舞剧《宝莲灯》，轰动全国的经典样板戏《杜鹃山》，中国第一枚油画邮票，中国第一代反潜攻击型核潜艇的设计研制，中国首创的计算机音乐信息系统，中国首例计算机乐理教学软件，藏族文学史上第一部长篇儿童小说《清晨》，解放区第一份儿童报，苏北抗日根据地第一所幼儿园……无数的“第一”、无数的经典在新安旅行团团员手中创造，他们创造了一个时代的传奇。

让我们走近新安旅行团，带着无穷的敬意，聆听那段烽火燃烧的故事。

让我们走进新安旅行团，和他们一起前进，打开那段烜赫辉耀的记忆。

六月六，有笑也有哭！江南失保姆，江北闻呱呱！
六月六，有书莫厌读！厌读成厌子，不辨稻粱粟！
六月六，用书如用斧！开辟新天地，众生好安居！

莲花街，那座古庙

2500年前，一部春秋大戏由吴王夫差导演，邗沟打开，沟通南北，运河肇始。运河与淮安拂袖而舞，舞出一个河下古镇。从此，一个古镇对于一条河流的痴恋，整整相守了2500年。

千年之后，运河依旧敞襟撩怀，古镇的前世今生，繁华落寞，尽在胸腑流过。古镇一身素雅，拙朴自然，静静地踞守在古运河畔。运河之于河下，也许正是有了前世的一次相逢，才有了今生的千年等候。

不知从何时起，河下成了盐都。两淮盐赋甲天下，河下即为淮盐的批验中心、集散中心。一时间，这弹丸小镇竟是高堂曲榭，宅第连云，运河上下漕舶连樯，盐商云集。有诗云：

十里朱旗两岸舟，夜深歌舞几时休。
扬州千载繁华景，移在西湖嘴上头。

乾隆四十三年（1778年）春，风光无限的河下，迎来一个风光无限的贵人，他就是两淮都转盐运使朱孝纯。此人须髯如戟，侧分两枝，时人呼之为“戟髯公”。朱孝纯此次从扬州登舟北上，巡察盐事，河下盐务总商率领众盐商前呼后拥，极尽谄媚逢迎之势。谁人不知，朱大人是主管两淮盐业的最高官员，此次驻足河下，这可是他们邀宠套近乎的绝好机会。

众人陪着他，顺着河下的青石板路，一路拾级而上，登临运河湖嘴码头。西侧闻思寺静矗于运河岸边，当年康熙爷巡视江南，途经河下，钦赐寺名。细细参拜之后，朱孝纯伫立在运河边上，思绪万千，放眼东望，淮安城尽收眼底，老城、新城、联城三城相连，甚是壮观。

顺堤而下，一条青石板羊肠路跃入眼帘，蜿蜒三四里长，东起淮安联城天衢门，西止运河堤，将萧湖南北一分为二，路面斑驳平滑，块块石板上均刻有一尺见方的莲花图案。

“大人，这就是莲花街。这条街取名莲花，还有一段因缘故事呢。”盐务总商道。

“哦？不妨说来听听。”

看着朱大人兴趣盎然，盐务总商趁机卖弄起来。

“据说，当时客居在淮安新城里的一个扬州盐商，因经常夹带私盐发了财，家中妻妾成群，但为人尖刻吝啬。有一日，这位盐商最为宠爱的小妾突生怪病，在扬州、淮安遍访名医仍久治不愈，几近膏肓。盐商万分焦急中听说河下闻思寺的住持不但香火灵验，还会给人治病，于是就派人来寺中邀请住持上门为他的小妾治病。但是，住持对盐商的吝啬早有耳闻，于是连续三日闭门不见。

“盐商的小妾病情加重，整日呼天喊地，痛不欲生。盐商只好亲自来到闻思寺，登门相请，并承诺如帮小妾治好病将重金酬谢。住持作为出家之人，本就有悲悯之心，见盐商如此相邀，便计上心来，主要意图是让盐商为地方公益出资出力。那时候，新城、联城的人到闻思寺烧香拜佛，因有萧湖相隔，要绕道很远，往来极不方便。于是他开出条件：‘本住持治病从不私出佛门，夫人沉痼须来寺中诊治。你与夫人须双双携手从萧湖入寺，不得乘船，且脚踏莲花，一步三叩头，佛祖鉴此诚意，方可救生。’

“盐商回家后，聚集家中众人商量，偌大萧湖如何脚踏莲花？这可难坏了盐商。后闻思寺住持暗中派人指点，从新城到运河东堤，在萧湖中垒筑一条堤坝，堤坝上铺石板路，每块石板上刻上莲花。于是，盐商带着小妾一步三叩头，一连七七四十九天，脚踏这莲花石板路到闻思寺烧香拜佛、求治问诊，最终小妾平复如故，彻底治愈。这条石板路就成了今天的莲花街。”

朱孝纯听后，手拈戟髯，仰面大笑：“想不到一条石板路，竟有如此渊源，怪不得有人说，淮安城的一块青石板就是一部无字书啊。”承蒙万岁爷恩赐，从泰安知府的任上擢升为两淮都转盐运使，朱孝纯是首次来到淮安，但对于淮安城的文脉底蕴，他是早有耳闻，心存敬畏。

踱着方步，不一会儿，朱孝纯来到了莲花街的广济桥。这是一座砖桥，桥旁兀立着一根六方形的石柱，柱上刻着镇压妖魔的灵符，当是本地人希冀保佑一方水土平安吧。拾级而上，登上桥来，举目四望，朱孝纯顿觉心旌摇荡。

“一城胜迹半城湖”的淮安果真名不虚传。淮上三湖——萧湖、勺湖、月湖，其中萧湖自有她独特的风韵。这里遍长菰蒲、鸦鹭相逐，这里笛韵晚风、禅钟落日，或暑雨初霁，或寒雪乍晴，或春风柳绿，或秋水葭苍。

萧湖上的画舫游船穿桥而过，船上雅士靓女弦歌清乐，一路悠闲荡舟，好不自在。水里长着葱郁的蒲草和圆圆的菱叶，西边的漂母祠、枚皋故里的门楼与东边的联城通衢门的阁楼交相辉映。孩子们坐在椭圆形的木盆里，在湖面上竞相追逐嬉戏。湖荡深处，芦荻萧萧，苇林掩映中散落着盐商们精心修建的园林。北面的魁星楼、二帝阁与南面的文通塔、北角楼遥遥相对，四周水陆由此分界，半岛陆地，三面湖水，一分为二，错落分布。听说，淮安城里的人到河下镇来，须经此桥通过，此桥便成了淮城与河下水陆交通的锁钥。

此时，正感到心旷神怡的朱孝纯蓦地将目光投向了桥南侧的一座低矮破落的古庙。在这众星环拱、清幽秀丽的桥畔，古庙的存在，似乎有点儿大煞风景。众盐商看出了端倪，有意领着朱大人继续东行，怕这古庙败了大人的雅兴。

朱孝纯却回转身来，反其道而行，径直向古庙走去。他要看看，在这样一个风景宜人的地方，为何会有一座这样历经风雨侵蚀破落不堪的古庙，里面供奉着何方神圣。

走进矮小的古庙，一尊泥塑金身神像立于厅堂，天神高大威严、怒目愠视，让人不寒而栗。可这古庙实在太小太破，经不起风雨飘摇，遇上大风大雨，怕是有墙倒屋塌之危险。尽管古庙内外看着破落，但这尊神像保存得还算完好，香客似乎从未间断，案前香炉里的残香余烟未尽，明灭可见。房后有一两间宽敞的大房，像是演戏的小剧场。

“这不是周宣灵王神像吗?”朱孝纯少承家学，工于诗文，善于绘画，小时候经常临摹神像，见多识广的他一下子认出眼前的尊神。

“大人英明，这是淮安人祈福的地方，当今盛世香火极旺，演剧报赛无虚日，只是年久失修，破落至此。我们这些商户大多来自徽州，在我们老家那里有一风俗，出门在外游历经商者，每年端午必拜周宣灵王，请他老人家保佑我们风调雨顺、生意昌隆。这古庙也是我们徽商平日里祭祀烧香的地方。”盐务总商上前答道。

出身书香门第的朱孝纯历来重视教化劝学、举遗兴礼，初到扬州就创办了“梅花书院”。在这商贾云集的河下，竟有此等破庙草庵，真的有点儿有碍观瞻、不合时宜，同时也有损他的威名。“人家都说，无徽不成商。想当年，康熙爷南巡经过淮安时，徽商们不惜重金，备下彩亭七座，组织运河两岸商贾百姓列大鼎焚香，数里不绝。当今万岁爷乾隆皇帝更是重教兴礼，恩泽天下，倘使下次南巡驻跸河下，看到这样的破庙，我这盐运使必定脸上无光。”朱孝纯心想。

看着这些平日里挣得盆满钵满的盐商们，他顿时冷下脸来：“据我所知，你们徽州是南宋大儒朱熹的故乡，徽商素有‘贾而好儒’之风气，周宣灵王既是你们徽商信奉的神灵，你们就让他老人家荒在这破庙里，你们觉得脸上有光吗?”

众盐商一时语塞，个个低下头来。

还是盐务总商头脑灵活，对于朱大人这番话的意旨他心领神会：“大人您放心，我们徽商作为儒风独茂的商帮，修庙建祠当是分内之事，我们向您保证，三月之内让周宣灵王庙脱胎换骨、重现金光。”

“大人放心，我们捐钱!”“我们出资重建!”众人纷纷附和。

朱孝纯觉得此举不啻一积德行善之仁政，将来建成，老百姓肯定感恩戴德，就是万岁爷来了，这不也是自己造福一方的一大政绩嘛。再说，未用盐赋一分钱，便轻易促成，岂不妙哉。

那天，他兴致颇高，一路赏景，一路欢娱，在众盐商的簇拥下，在莲花街荻庄私人园林里醉饮品茗，直到月上梢头、万家灯火之时，才手抚戟髯，踱着方步，乘兴而归。真可谓：

初月一钩斜，炊烟起万家。
长街归去缓，步步踏莲花。

新安会馆里的争斗

三个月后，莲花街上一座新庙拔地而起。

周宣灵王庙真的脱胎换骨了。以前低矮破落、飘摇欲坠的古庙不复存在，青砖小瓦、雕梁画栋式的庙宇矗立在世人的面前。

这三个月，徽商们出资，当地老百姓出工，大家起早贪黑地赶着进度。大伙儿都知道这是一件好事，心里想着多使一份劲儿，也许就会多得一份神灵的护佑。周宣灵王庙的重建成了当年的一件盛事。

你还甭说，自打古庙重建后，徽商们的生意更加兴隆，做事更加顺达。其中自有盐运使的关照不说，似乎更有周宣灵王神灵的保佑，这一点，徽商们确信不疑。于是，他们请来了一位老和尚当住持，专门负责打理庙里善男信女们的香烟纸烛与功德捐赠等。

香火越烧越旺，徽商越聚越多，生意越做越大。漕运鼎盛期的河下是淮盐集散地，大批的旅淮徽商纷至沓来。清道光九年（1829 年），徽商在淮安成立同乡会，他们开始抱团做事，可独独少了一个旅淮徽商往来的歇脚地，少了一个平日里开会议事的地方。有人把目光瞄向了古庙。

“这庙不是我们徽州人出钱重建的吗，为什么不能利用一下？”

“怎么利用，还能改了周宣灵王的名号？”

“不改名号，但可以改造出一个同乡会馆来。”

“如何改造？”

“在古庙后圈地加盖房子，盖一间议事厅，造几间招待处出来，外地往来淮安的同乡，在此可以小住十天半月，也算有个去处了。”

“钱从何来？捐过一次钱了，再让募集，恐怕有难度。”

“从省城（镇江）、京城（南京）经常来淮的同乡中募集，他们听说我们建会馆肯定愿意出钱的。”

…………

七嘴八舌中，主意拿定，倡议一经发出，省城、京城两地徽州同乡云集响应，各人依照实力大小捐助不等。众人拾柴火焰高，想不到竟募得了一笔可观的款项。扩建改造后的周宣灵王庙，前后三进，左右两厢之外又建有两厢，共有三十余间，占地约四亩。

徽州境内有一条新安江，古时徽州又称新安，所以周宣灵王庙又多了一块汉白玉雕刻的匾额，上书“新安义所”，亦称“新安会馆”。这新安会馆从此成了徽州人生意经营的议事厅，成了旅淮落脚的招待所，成了听戏汇演的俱乐部，成了治病疗养的医院，成了调解诉讼的法庭……新安会馆的名声不胫而走。

由于募集的款额不菲，改造后的余钱，徽州人又购置了几处田产租与佃户。这每年的田租与香客捐献的香火钱，加上庙里日常的香烟纸烛及吃喝开销，需要有专人打理。庙里本有一老和尚住持，后染疾而终，小和尚继任，由于其不守寺庙清规，徽商们决定赶走小和尚，在同乡中委派一人来会馆担任经理，打理各项事务。

十年河东，十年河西。

当初漕运兴盛时，徽商们的生意风生水起，没有人瞧得上会馆经理这“服务员”的职位，至于其中的蝇头小利，他们也根本没当一回事。

岁月不居，时节如流，百年如驹过隙。随着铁路兴起，漕运衰落，黄河夺淮后，运河渐渐寥落冷清起来。盐纲改票后，在淮徽商的盐业垄断地位被打破，生意一落千丈，纷纷改行经营茶叶、典当、票号等。到了民国，徽商同乡中穷困潦倒、孤苦落魄者比比皆是，有人眼睛盯上了会馆，会馆财产之争由此而起。

当会馆经理之位传到一位姓黄的人手中时，盛极一时的河下古镇已失去了往日的繁华，各处门店生意更是难做。可这位黄经理却不务正业，迷恋赌局，同时抽大烟、喝花酒，几处田产的租金哪能吃得消他这样的挥霍。捉襟见肘时，他竟偷偷地卖地。一日，东窗事发，他被没落的徽州同乡抓住了把柄。众人一纸诉状告上县政府和第二高等法院，最终将这位黄经理赶跑了。内讧中，经理一职轮番易人，最后辗转到了吴俊卿手中。

吴俊卿，一白发老翁，见人一笑，给人彬彬有礼的印象。其实此人表面和善，内心十分奸诈圆滑。他生平以替人打官司为能事，动不动就敲诈恫吓那些佃户，今天把租给张三收了，明天又让李四去收第二次，穷苦佃户们怕吃官司，敢怒不敢言，有的因受其祸害倾家荡产。他从同乡中募钱修桥，竟以会馆中的旧木料来卖钱，中饱私囊。对于会馆他使尽手段，意图长期作为个人私产来霸占，并希望将管理权传与子孙继承。那些眼红的同乡怎能放过他，其中尤以朱耀华、吴季贤为代表，他们和吴俊卿开始了一场殊死决战。

先是打官司。这可是吴俊卿的强项，他使出各种老练圆滑的手段与朱耀华、吴季贤等人周旋，官司旷日持久地打下去，双方不见输赢。后来，朱耀华、吴季贤干脆来个一不做二不休，发起强攻，直接冲进会馆里，占了部分房间，新安会馆一下子有了两个同乡会办事处的招牌，各行其是。“一馆二主”两个“政权”并存的局面，让人啼笑皆非。

无休止的争斗中，吴俊卿坐立不安、夜不能寐。最近法官态度明显偏向对方，他知道这样下去“政权”难保，但再怎么说也不能拱手送与他人，于是绞尽脑汁盘算了很久，终于想出一个“便宜行事，两全其美”的计策来。如果此计成功，这会馆的控制权还在他的手中。

民国 18 年（1929 年）春的一个傍晚，吴俊卿扔出狠话来：“在这小小的淮安城，我们比不出高低，有本事，我们到京城里去比一比能耐！”此话一出，朱耀华、吴季贤面面相觑，不知他葫芦里卖的什么药。

第二天一大早，一夜未眠的吴俊卿便高价雇了一艘快船去镇江，一到镇江未敢停留，便坐上火车，直奔南京而去。

这边，朱耀华、吴季贤也是一夜未眠。第二天一早，他们发现吴俊卿无影无踪，知道他真的去了南京。想到这里，两人一合计，总不能坐以待毙啊，干脆我们也去南京，看他能兴起什么风浪来。可是到了南京，二人去政府、去法院，四处打探，就是寻不到吴俊卿的踪影。

这个老家伙，哪儿去了呢？难道人间蒸发了不成？

二人悻悻而归。

六月六，燃起乡村教育的火种

这一回，吴俊卿这老家伙来了个声东击西。

他去了南京和平门外劳山脚下一处松林深处的乡村里，一个叫南京晓庄学校的地方。

他找到了徽州同乡陶行知先生。

陶行知何许人也？

说老实话，吴俊卿尽管年岁不低，但不算一个思想僵化的老封建。他对于新事物、新思想并不抵触，有时候还能说出一些时髦观点，思想上也算是老人中的新派。对于徽州同乡中的教育家陶行知，他早就听说过。此人早年赴美国留学，先后毕业于伊利诺伊大学、哥伦比亚大学，是世界著名教育家杜威先生的弟子。杜威先生提出“教育即生活，学校即社会”，强调“做中学”。陶行知敢于向权威挑战，他把杜威先生的教育理论“翻了半个跟头”，提出“生活即教育，社会即学校”，倡导“教学做合一”，形成了独特的教育理论体系，为当时苦难的中国开拓出一条全新的教育之路。

后来，杜威先生曾经这样评价他的学生：“陶行知是我的学生，但比我高过千倍。”“陶博士致力于中国大众教育建设的功勋与贡献是无与伦比的。”

陶行知回国后，立下宏愿：“征集一百万个同志，创设一百万所学校，改造一百万个乡村。”他不去当教授，不去享受高官厚禄，一身布衣，一双草鞋，奔波于乡村田头，创办了名闻中外的南京晓庄试验乡村师范学校，不久更名为南京晓庄学校，全面践行他的乡村教育思想。

“陶先生，我们在淮安河下有个新安会馆，是当年旅京、旅淮的徽州同乡们出资建设的，现在会馆财产的管理人是我。会馆房子前后共三进，左右两厢之外又有两厢。我想在会馆里辟出七八间教室来，开办一所学校。要说经费，会馆每年有一千多元的租息；要说学生，河下镇上有两千左右的失学儿童，现在差的就是教师。对于办学校，我是个门外汉，您是大名鼎鼎的教育家，又一直提倡乡村教育，我们那里穷乡僻壤，正需要先生这样的有识之士拉我们一把。所以我特意跑到南京来，拜访您这个徽州老乡，如若先生能伸手相助，老朽当感激不尽！”吴俊卿的一番陈词情真意切，理由冠冕堂皇，其实他是想借办学为名，将对手赶出会馆，给他扫清障碍，日后还可以继续控制会馆财产。

他的如意算盘，陶行知一概不知。只是事出突然，加上又是江北地区，鞭长莫及，管理多有不便，陶行知一时拿不定主意，决定考虑几天再给答复。

吴俊卿在坐立不安中等待着。

数日之后，陶行知派人招来吴俊卿。

“吴老先生，这几天我也和南京徽州同乡会的几个人商量了，您说将会馆的房屋和每年的地租作为校产来办学，我们原则上同意。但恕我直言，现在从江南请教师到江北去办学校，每月的薪水最少不能低于30元，而办一个学校，至少得三名教师。其他的开支不算，这薪水开支一年就要一千多元。当然，这倒不是主要问题。最主要的是，我这里的学校，是以培植一般乡村农人和儿童所敬爱的教师为目的的。我们所培植出来的教师，能努力办事，能吃苦耐劳，能和农人、儿童做成好朋友。我要办的学校肯定是新学校，不是旧学校，他们每个人都是为劳苦大众谋幸福，不是为资产阶级做奴隶；他们是把学生培植成为能够生产的劳动者，不是把学生培植成为只知消费而且加倍消费的双料小姐与双料少爷。办成这样的学校，您看行不行？”

“行，行，我举双手赞成！”吴俊卿终于等到陶先生的放心话了，心里一块石头落地，他当然一口应允。

“至于教师嘛，我想在晓庄学校里公开征求意见，选派三位教师去帮你们办学吧。他们去了以后，这待遇方面，每月只拿 8 元钱的伙食费，除此之外没有什么薪水。吴老先生，您以为如何？”

“太好了！太好了！这当然是再好不过的事情了！”这样低的薪水待遇，让吴俊卿有点儿喜出望外。他是求之不得的，甚至有点儿不敢相信，这样的结果真是太圆满了，他只知道一个劲儿地说好。

晓庄学校每天早晨都由师生共同举行一场教学会议，称之为“寅会”。陶行知先生将在淮安创办新安小学，进行乡村教育实践，并征选三位教师的决定一经宣布，人群中顿时沸腾起来，有人跃跃欲试，有人连连摇头，有人作壁上观。

“先生，我报名！我要去开拓这片新教育的处女地！”湖南学生李友梅高高地举起了手，他第一个报名。

“先生，算我一个！”福建学生蓝九盛第二个报名。

“先生，我也报名！”安徽学生吴廷荣第三个报名。

寅会一结束，陶行知就召集三人谈话，是赠言，亦是嘱托，是希望，更是号令，振聋发聩，字字千钧：

“你们此次到淮安去，是一支远征的军队。你们是到那里去创造，不是到那里去享受，你们是去为农人和儿童谋幸福。你们三人要能够和衷共济，凡事都以农人和儿童的利益为前提。这是我希望于你们的第一点。

“我们是树起新教育的旗帜，同旧的传统教育奋斗。我们要在教育上革命，进而办一种革命的教育。你们如果到那里仍然办一种传统的学校，那你们就不必多此一举，而晓庄也就不必需要这种远征的军力。你们要抱着我们的主张去那里开疆拓土，到那里去做一种新教育的试验。将来，我们的主张能够在那荒凉的江北发芽、抽条、开花，那你们三人便是第一次最荣幸的使者。这是我希望于你们的第二点。

“你们到那里去，是为那里的农人和儿童办学校，这个学校开办起来，马上就是那里的农人和儿童的共有物，不要把它看成是你们三人或者此外的任何一个人的私有品。你们要和当地的农人联合起来，共同设法，以谋学校之进展。你们要训练当地的农人能够起来自己保护自己的学校，又要培植你们的学生能够起来办理他们自己的学校，然后，这种新教育的力量才能永远推动，永远产生新的效力。这是我希望于你们的第三点。”

两天后，三个人背起行囊，随着吴俊卿从南京和平门踏上火车，到镇江又雇了一艘小船，穿过长江，进入运河，逆风而上。一路上，三人轮流上岸帮助船夫拉纤，没有人叫苦叫累，因为他们是带着使命的远征军，心里对于未来的事业充满了无限的憧憬，身上充满了力量。

辗转几天后，他们终于踏上了淮安的土地。但是一切并非如他们想象的那么美好，甚至让人有上当受骗的感觉。

进入莲花街，映入眼帘的是两边散落的低矮破落的草房。这里的人们生活境况困苦不堪，仅仅靠着捕鱼、种藕、种蒲、割草，码头上拉黄包车，给人浆洗缝补，来艰难度日。那新安会馆只是一座破旧的古庙，房子腾出七八间来做教室倒也不成问题，但是沧桑百年，年久失修，千疮百孔，随时有倒塌的危险。会馆每年地租仅有三四百元，并非一千余元收入。另外，河下镇哪来的两千多失学儿童？

更有甚者，一个会馆挂上了两个同乡会的招牌，双方为财产进行着生死搏斗。原来这吴俊卿想独占财产被另一帮人告发，在官司纠纷陷入白热化之时，他想出一条诡计：请出徽州人、著名教育家陶行知先生办学，借机赶走另一帮人，然后自己再谋占校产。

“先生和我们都上当了！我们不干了！”

“我们写信给先生，禀明真相，然后回晓庄算了！”

怀着满腔热情而来，迎面而来的竟是一盆冷水，蓝九盛、吴廷荣受不了被人愚弄欺骗的滋味，打起了退堂鼓。

“我们不能走！先生说，我们是晓庄派出的远征军，难道一枪未发就临阵脱逃，那我们有何脸面回晓庄？我们只有斗争，在斗争中竖起先生乡村教育的大旗！”李友梅坚持留下，苦口婆心劝勉两位“战友”。

他们先是本着“以财产办学校而息争端”的原则，来做房产纠纷双方的调解人，通过分头谈心，再拉到一起试图和解，结果无功而返。

他们又请来曹天任、程辛柏等办事公允的徽州旅淮同乡，又写信给南京姚文采等有头有脸的同乡，分头说话，希望争斗双方息事宁人，将会馆财产移交办学，成就一件功德无量的善举，最终还是无效。

三人不得不采取动作，向政府申诉。可惜政府也不想管这等家长里短之“闲事”，最终他们遇到的全是冷眼。

万般无奈中，他们只得写信给陶行知先生。弄清前因后果的陶先生，决定走上层路线，他得知当时首都卫戍司令谷正伦与淮安县县长私交甚好，就请谷正伦出面发了一封电报给那位县长。俗话说，官大一级压死人，谷正伦的电报起了决定作用，后面的问题迎刃而解。

县长着人把南京和淮安两地有名望的徽州同乡召集起来，煞有介事地开了一次同乡会，决定由同乡会选举产生校董会，校董会在教育局备案，由校董会呈请县政府撤销新安会馆里两个同乡会办事处，并将会馆财产全部移交作为办学基金。

陶行知先生顺理成章地被聘为首任校长。他寄来了 60 元钱，作为学校第一笔开办费。李友梅等人置办了一些桌椅，又把用作教室的厢房里外粉刷了一遍，这下子会馆基本上有了一个学校的模样。

民国 18 年（1929 年）6 月 6 日，这是个注定载入历史记忆的日子，淮安河下镇莲花街新安会馆，一块崭新的招牌挂了出来：新安小学。

开学那天，三位老师特意从河下竹巷街天然照相馆请来了师傅，给大家照了一张合影。校门口，20 多个穷苦人家的孩子席地而坐，三位老师站在后排。

孩子们第一次看见照相机，感到分外新奇。合影后，大家围坐在桂花园地上，蓝九盛教大家唱起《锄头舞歌》，他一边打拍子，一边教唱：

手把锄头锄野草啊，
锄去野草好长苗呀！
咿呀嗨，呀嗬嗨，
锄去野草好长苗呀，
呀嗬嗨，咿呀嗨！

在大家的掌声中，这首歌成了新安小学最初的校歌。

乡村教育的火种，终于在古运河畔燃烧起来。

> 六月六，有笑也有哭！江南失保姆，江北闻呱呱！
>
> 六月六，有书莫厌读！厌读成厌子，不辨稻粱粟！
>
> 六月六，用书如用斧！开辟新天地，众生好安居！

这是陶行知先生和乡村教育同志会后来送给新安小学的祝词。

就在6月6日这一天，陶行知先生悲喜交加：喜的是新安小学这个乡村教育的“婴儿”终于在淮安诞生，悲的是他在晓庄学校任小学老师的妹妹陶文渼积劳成疾不幸去世。

陶行知先生把笑洒在脸上，把泪哭在心里。

接到你们四月二十四日所写的信，知道你们用两件大衣跑了三十里路，当不得两元钱，又饿着肚子跑回学校。这件事是你们在长江北岸为乡村教育史写成悲壮的一页，亦即光荣的一页。我们是何等的安慰而又是何等的敬佩你们啊！……请你们放心，你们要我们做的事，我们是已经做了，我们是决不会忘记你们的。捧着一颗心来，不带半根草去。你们抱着这种精神去教导小朋友，总是不会错的。

汪达之来了

新安小学开学了，这不啻一声惊雷，响彻江淮大地。

人们从未看过这样的教师：他们从江南而来，穿着草鞋，戴着斗笠，领着孩子们一起开园种地、洒扫庭除、洗衣做饭，这些事情都是自己在干。

人们也从未见过专为穷人开办的学校：收的都是莲花街及附近的失学贫苦儿童，全部免费就读，甚至有的孩子连吃饭、住宿都不要钱。

开学两个月后，晓庄又派来方与严、江忠国两位同志加入新安，一场“头脑风暴”后，新安小学“三年计划”出炉。

所有人满怀希冀，“生活教育”的火花一定会照亮这片贫瘠的天空。似乎一切都很顺利，一切都在意料之中，但最终一切又在意料之外。

狐狸的尾巴迟早还是会露出来的。朱耀华、吴季贤等人因为政府的明令和舆论的压力，被迫暂时退出了新安会馆。而吴俊卿本来就非真心办学，校产管理权岂肯就此拱手相让，他一直心有不甘，踞守会馆，不肯搬出。

等会馆到了该收田租的时候，却迟迟不见佃农们来交，再一打听，原来是吴俊卿暗中作梗，提前将租息收了。老实巴交的佃农们慑于吴俊卿的淫威，也不敢言语。当初吴俊卿谎称的一千余元其实只有三四百元的租息也没了，学校这日子可咋过啊？

新安小学烽烟又起。

50余日，新安小学诸同志不停奔波于县政府与县教育局。县里严令吴俊卿退回租息，可吴就是不听，最后只得将其拘押起来。吴出来后又跑到省政府和省高院去告状，这一次他露出了泼皮无赖的本性，竟连陶行知先生也给告了。好在陶先生的品行威望众所周知，乡村教育的初衷也让人折服，最终省里驳回了他的无理要求。没几天，这老头竟然在苏州被马车撞死了。

吴俊卿走了，朱耀华、吴季贤又趁机敲诈勒索，四处兴风作浪。从争斗到诉讼，官司从淮安一直打到省高院，前后持续四年之久，才最终平息。可想而知，为了维护校产和那一点儿可怜的收入，新安小学的同志们付出了多少心血。

再大的困难也压不倒乡村教育的拓荒者、创造者。

没有了租息，陶行知先生决定每月资助新安小学“经常费”50元，这雪中送炭的“输血”，让新安小学的同志们信心倍增。老师们就连几块钱的伙食费都没有了，甚至连寄信的钱都要靠家庭和朋友接济，生活的清苦，常人无法想象：一日三餐，早餐是白开水加一块烧饼，午餐是一小碗青菜豆腐加两块玉米面锅贴，晚餐是玉米糊和一碟炒黄豆。

方与严、吴廷荣、江忠国因公因私先后离开新安，晓庄又派来了台和中。李友梅、蓝九盛、台和中三个人勉力维持着学校的运转。

民国18年（1929年）冬天一个呵气成霜的清晨，湖面上结着厚厚的冻冰，瑟瑟发抖中，李友梅在莲花街上踽踽独行。

这几天，他一直在思考着个人与学校的前途命运。几年前，中国大革命的狂涛席卷了湖南农村，在此起彼伏的暴动、起义、镇压、流血中，他们一家颠沛流离。最终他与家人离散，一路逃到南京，后来进入晓庄学校，由于思想进步，被中共党组织秘密吸收为地下党员。最近他的家人终于有了音讯，四个弟弟中，两个当了红军，两个当了白军后逃回家里。逃回来的弟弟告诉他，父母已经不堪重负地倒下了，田地荒芜，颗粒无收，想让他寄点儿钱回去救急。

作为家中长子，现在家破人亡在即，理应撑门立户，找个有稳定收入的工作接济家里。可他现在是自顾不暇，身无分文，内心的痛苦无处言说。来到新安小学，他肩负着“开辟新天地，传播新思想”的重任，学校在那么困难的情况下开办起来，又在艰难地支撑着，他实在不忍离去。即使万不得已要离开，也必须有一个能担当大任者来接替他。

逡巡踟蹰中，他看到了一汪湖塘中的蒲苇，那是万物萧瑟中唯一的一片绿色。这时，他突然想到了一个人，顿时兴奋起来，立即跑回会馆，拿出纸笔，他要写信给陶行知先生，极力推荐一个人来新安小学。这个人后来成了新安小学的校长，成了保姆，成了灵魂，成了明灯。

此人名叫汪达之。

晓庄学校谁都知道，汪达之是个苦命人。他没出生的时候，父亲就去世了，将他这遗腹子和两个未成年的哥哥、一个姐姐及常年卧病在床的奶奶留给了母亲。家里上无片瓦遮身，下无立锥之地，无奈之下，孤儿寡母一家人从老家黟县来到安庆，在同乡会的帮助下，借住在徽州会馆里。母亲白天给人洗衣裳，夜晚代人做针线活，生活极度困难，但她发誓要将孩子们拉扯成人，让他们读书成才。

汪达之高小毕业后，通过刻苦自学考取了安徽省立第一师范学校，由于没有学费，只得忍痛放弃，另谋出路。他在繁昌县的一个乡村小学做教师，收入极其微薄。后来，他从南京同学姚佐元寄来的一封信中受到启发，信中有一份陶行知创办的南京安徽公学《创立旨趣》，其中陶行知提出师生要“共学、共事、共修养、共生活、共艰苦”。

“到晓庄学校学习，跟随陶行知，在教育上进行一场革命，办一种革命的教育来改变中国的一切”，成了汪达之的向往和追求。

民国 17 年（1928 年）秋，汪达之参加了晓庄学校的第四期招收考试。招生名额只有 40 个，但报考人数却有 300 多人。考的第一门课，就是让考生们脱下衣衫，穿上草鞋，扛起锄头，下地去开荒。

汪达之本来就体弱多病，用尽全力，手磨出了泡，锄头也不听使唤。按照考试规则，这门课考试不及格，其他各门就没有资格再考了，也就意味着落榜。

他太想到晓庄读书了，再三央求主考官给他一个机会，考官们破例允许他向所有考生发表一篇关于改造乡村教育的演说。可因上台紧张，窘迫不能自持，他还是不能通过。

没被录取的考生都走了，只有他一人没有走。痛定思痛后，他没有灰心，决意找校长陶行知先生当面陈述心志。

他去陶先生的住处寻找，他去陶先生上班的路上等候，一次次扑空，一次次失之交臂。他打听到这几天陶先生要去南京城里办事，为赶时间，陶先生会坐黄包车，可黄包车不止一辆，坐车的也不止陶先生一人。为了不认错人，他把报纸上陶先生的照片剪下来揣在衣兜里，一个个辨认，连续四天还是没看到陶先生的身影。

他这种锲而不舍的精神感动了陶先生身边的工作人员，有一人偷偷告诉他明天陶先生会在耙场，终于在第五天，汪达之见到了陶先生。

“陶先生，我叫汪达之，我终于找到您了！”汪达之一脸兴奋，向陶先生倾诉了自己的不幸和投奔晓庄的艰难经过。

“年轻人，你很有志气！要改造中国的教育，进而改造我们这个国家，正需要你身上这股子志气！但有志的青年并不一定都要在晓庄有所作为，中国的天地是广阔的，三万万四千万农民又是那样需要新教育的开拓者，所以你不用悲观，无论在哪里，都是可以去创造的！”

“不，陶先生，我一定要在这里学习先生的教育理论，为中国的新教育而奋斗！恳请先生收下我吧，我一定不会辜负您！”

陶行知被眼前这个有理想、有抱负的青年感动了，他看到苦水里泡大的淳朴厚道的汪达之竟有如此的坚毅决心，决定破格收下他，让他作为“试做生”入学。汪达之的一生由此发生了根本性的转折。

收到李友梅的信，陶行知先生欣慰一笑，其实他也早有此意，英雄所见略同，他俩一拍即合。陶行知相信，热爱生活、热爱孩子、热爱乡村教育的汪达之，一定会成为“生活教育”的闯将，引领一班人驰骋在江北大地上。

民国19年（1930年）春，陶行知宣布，他不再兼任新安小学校长，由晓庄派出汪达之接任校长。

27岁的汪达之来了，当初他的母亲带着一家人借住在安庆的徽州会馆里，赤手空拳抚养几个病老孤雏，现在他来到淮安的徽州会馆里，来培养一群贫苦无依的失学儿童。

这是一种多么奇异的巧合啊，有人说，这就是天意，汪达之就是上天派来的天使。

捧着一颗心来，不带半根草去

汪达之踌躇满志。

可陶先生答应的“经常费”只收到了第一个月的，钱眼看着要用完了。他赶紧写信，挂号信、快信接连发出，可全都泥牛入海。

要账的泥瓦工和木工又上门来了，汪达之等人一筹莫展。有人犯起了嘀咕：“难道晓庄出事了？”

晓庄真的出事了，出大事了！

民国19年（1930年）4月12日，晓庄学校被国民党政府查封了，晓庄的30多名师生被捕，10名“乱党”被杀害在雨花台！“罪魁祸首”陶行知被通缉！国民政府明令：

> 晓庄师范学校校长陶知行（即陶行知），勾结叛逆，阴谋不轨，查有密布党羽、冀图暴动情事。仰京内外军警各机关，一律严缉，务获究办，以彰法纪，此令。

消息传来，淮安城炸锅了！

“知道吗？听说南京晓庄学校是‘共匪’的窝，那校长陶行知就是头子，他办的新安小学里的教师肯定也‘通匪’。”有人趁机散布流言蜚语。

“快把孩子带回家，不能去上学了，那个新安小学出事了，是共产党办的学校啊。”家长们纷纷把孩子带回家。

有些本来对新安小学怀着热切期望的人，现在也是心生疑虑。有些本来想帮新安小学一把的人也缩回手去，袖手旁观。满城风雨中，县党部扬言要对学校进行搜查。

新安小学这一朵新生的嫩芽，经历着一场空前的暴风雨。

李友梅作为秘密地下党员，十分沉着冷静。他知道，目前的新安小学除了一套《晓庄学校丛书》与晓庄学校有关联外，其余查不到任何他们“通匪”的证据。他和汪达之等人商定：学校一切活动照常进行，不能“此地无银三百两”，自乱阵脚。

分头行动。一边李友梅去请徽州旅淮同乡会的大佬以及地方上有声望的开明绅士一起，向县党部疏通关系，不能进校搜查，否则会对以后的办学造成极其不利的影响；另一边汪达之找到河下镇里的回族阿訇马洪文——这位老先生为人正直，对新安小学一直褒扬有加——请他出面说几句公道话。

“人家新安的先生来我们这里，为穷孩子办学，他们连薪水都没有，你说这些人是犯了哪门子的大忌?”

“如果说这样的人，是坏人，是匪徒，真的是血口喷人，我想，说这话的人肯定是良心坏掉了!”

“对，我们做人不能不讲良心!”

“是的，不能!”

谣言止于智者，舆论渐渐平息了。

晓庄被封了，陶先生下落不明，会馆田产的租息被恶人抢收了，晓庄每月供给的“经常费”也没了着落。

汪达之他们一边要应对这场暴风雨带来的各种负面影响，一边还要设法不让师生们忍饥挨饿。

劫难中的新安小学，几乎陷入绝境。

那天晚上，汪达之、李友梅、蓝九盛、台和中四人围坐在一起，面面相觑：

“达之，我们现在还剩多少钱?”

“只有两块钱了！”汪达之摸摸口袋，心中无限凄凉。

“口粮呢？”

“估计还能维持三四天。”这是最后的口粮了，所有人陷入了沉默。

“有办法了！”蓝九盛突然嚷了起来，他看见台和中和自己身上穿的大衣，顿时有了主意，“和中，我们把大衣卖了吧，兴许能换得几个钱来，帮我们渡过难关。”

“行，就这么办！”台和中二话没说，就把大衣脱了下来。

他们两人身上穿的是八成新的大衣，原价 70 多元，当时还算流行货，如果拿去典当，也能值几个钱。

这样的境况不能让外人知道，所以不能在淮安城里典当。第二天天没亮，蓝九盛、台和中两个人就饿着肚子走了三四十里，去了清江浦，找到一家当铺，脱下大衣递与柜台。

“老板，我们是中学生，因为急需要十几块钱用，所以暂时把这两件大衣当一下，最多一两个礼拜，我们就会来赎回去的。”

他们以为这几句话能打动对方，也许能多换两个钱，然而柜台上的人随便翻了翻衣服，连眼皮子都没抬一下，只是很轻蔑地扔来一句：“两块钱！”

这句话彻底击碎了两个人的期望，70 多元的大衣，再怎么说也不止两块钱，明显是趁火打劫。

“再添一点儿不行吗？”

“多一个铜板也不行！”

“老板，我们只要三四天就来赎回去的！”

“行，就留下；不行，就拿走！请便！”

柜台上的人有点儿油盐不进。两个人愤愤地拿了大衣扭头便走，再到别的当铺去碰碰运气吧。可能是因为人生地疏，两个人在清江浦跑了半天，也没找到第二家当铺。

他们只得继续饿着肚子，跑了三四十里的路，回来了。

日无逗鸡之米，夜无鼠耗之粮，饥饿威胁着每一个人。实在没法子了，一干人也豁出去了，顾不得先生的颜面了。汪达之和台和中厚着脸皮去一个学生家中借来了三元钱，李友梅从一个年龄大一点儿的学生手中借来了一元零用钱。学校里那时候住着六个人，一个工人、一个学生、四个老师，六张嘴吃饭，就这样又是硬撑了一个星期。

他们多么盼望能有绝渡逢舟的救济款寄来啊，多么盼望能接到陶行知先生的信啊，哪怕只言片语也好。眼看着断炊断粮，汪达之摸着口袋里唯一的一块钱，如坐针毡，急得嘴上起了泡。

那天午饭后，天气阴沉，大家的脸色也像这天气一样晦暗。一场紧急会议召开。大家都知道，现在唯一能联系上陶先生的，只有南京徽州同乡会的姚文采先生，他们俩是志同道合的老同学。于是，大家决定立即写一封快信，说明新安小学现在的困难，请姚文采先生设法转呈陶行知先生。

“写的信能不能转到陶先生手中，还是个未知数，我们不能坐以待毙，我看还是我去南京跑一趟，打听一下陶先生的下落，再去找一点儿援助看看。”一向敢作敢为的蓝九盛再也坐不住了，自告奋勇要去南京一趟，“达之，你把那唯一的一块钱给我吧，权作路费。”

“你别开玩笑了，一块钱怎么够，你不记得上次你接我来淮安，两个人一路上花了好几块船舱费呢，一路上还要买吃的，你这一块钱怎么够开支啊？”汪达之认为蓝九盛是异想天开。

“现在实在是没有办法了，让九盛去南京一趟，也是没有办法的办法了！”李友梅、台和中也支持蓝九盛去南京，可这一块钱的路费，着实让人感到有点儿悬。

“这你们就别管了，上了船，就是我的天下了！”蓝九盛拍着胸脯，似乎胸有成竹。

大家都知道，蓝九盛的所谓办法无外乎“逃票”，可一介书生怎能做这样不体面的事。更何况过去曾有过因为家贫买不起船票的学生，被船上恶人查出，不堪羞辱跳江自杀的传闻。大家都为蓝九盛捏着一把汗。李友梅找出一张未曾用过的军用乘船半价票，让他带在身上以防万一。台和中脱下了身上的大衣，交给蓝九盛，让他带着，找到识货的主，可以典当了换钱。

第二天早上，天刚麻麻亮，天上飘起了雨丝。蓝九盛身上穿着一件大衣，提篮中盛着台和中的那件大衣准备出发，大有一种“风萧萧兮易水寒，壮士一去兮不复还”的英雄气概，也有一种“挽狂澜于既倒，扶大厦之将倾”的赴汤蹈火在所不辞的革命豪情。

台和中实在不放心，坚持要送他上船。两个人不便从河下登船，硬是走到淮安南门二三十里外的二堡码头，才登上了去镇江的轮船。那天，台和中没了大衣，穿着一件破旧褪色的斑斓花纹的棉袍；蓝九盛穿着大衣，戴着眼镜，俨然一副阔人的模样。为了给蓝九盛架势，台和中装成蓝九盛的勤务人员，点头哈腰地帮着将提篮提在手中，送蓝九盛顺利登船。最后台和中是一路淋着雨跑回来的，破棉袍都湿透了。此情此景，众人动容，汪达之上前抱着他，泪如泉涌……

在焦急的等待和无穷的担心中，坐立不安的他们终于等来了一笔钱，30 元，是陶先生从上海汇来的，还有一封写给他们的热情洋溢的回信：

> 接到你们四月二十四日所写的信，知道你们用两件大衣跑了三十里路，当不得两元钱，又饿着肚子跑回学校。这件事是你们在长江北岸为乡村教育史写成悲壮的一页，亦即光荣的一页。我们是何等的安慰而又是何等的敬佩你们啊！在前一个礼拜，我们接到文采先生转来的信，即汇了三十元经常费给你们。可惜竹因（即方与严）不慎，给扒手拿去了。……想念着你们的困难，急的了不得，立刻又凑了一笔款寄去，谅现在已经收到了吧！请你们放心，你们要我们做的事，我们是已经做了，我们是决不会忘记你们的。捧着一颗心来，不带半根草去。你们抱着这种精神去教导小朋友，总是不会错的。

捧着一颗心来，不带半根草去。先生这话说得多好啊，犹如一团火，烛照着四个人的心房，犹如一股热流，充溢着他们的全身。

就在这时候，他们也收到了蓝九盛的消息。他先是从镇江同乡家里寄来了挂号信，借了 5 元钱汇来应急，然后又从同乡处借了路费去南京，原本价值 70 多元的两件大衣只当了 8 元钱，还从其他渠道募到了 20 元。最后他一路风尘地回来了。

大伙儿悬着的心终于放下了。新安小学暂时渡过了一劫，可好景不长，很快便再陷困顿。

陶行知先生因为被当局通缉，无法在上海立足，不得不流亡国外。新安小学上海的经济来源完全断绝了。汪达之等诸同志没有屈服，一致决定，勠力奋斗，自力更生。

乡村教育的旗帜牵引着他们奋然前行。新安诸君前仆后继。

刘文悌来了，孙铭勋来了，而且是放弃了每月 60 元的高薪，来到这穷乡僻壤实践“生活即教育，社会即学校”的真谛。

李友梅走了，台和中走了，二人同赴安徽涡阳工作。李友梅家庭负担太重，每月只能从薪水中拿出六分之一寄给新安小学；台和中只留下薪水的三分之一，其余三分之二都交给新安小学，二人用薪水共同维持着新安小学的急需。

陶行知避难国外后，民国 20 年（1931 年）4 月 20 日，为了让新安小学在江北“发荣滋长”，上海的方与严等人集会紧急倡议：“同志中有月薪五十元以上者抽百分之五，五十元以下者任各人自由捐助，把新安小学的经济基础，建筑在每个同志的身上，以增加力量而开江北教育之新纪元。”

倡议发出后，立即产生很大的效力，各地同志纷纷捐款，极大地鼓舞了新安小学诸同志办学的士气和勇气。不久之后，陶行知先生从国外秘密返回上海，给大家带来了无限的欢欣与希冀。同志们备受鼓舞，趁着台和中暑期从涡阳返校，汪达之率领大家一鼓作气，拿出了一份新安小学“十年计划”，并向陶行知先生表明心迹：

> 新安，是晓庄的唯一的孤儿。……同志之前后来此者，亦莫不以试验生活教育与教学做合一相呼号。
>
> …………
>
> 然而我们的血未曾冷，我们的心未曾枯，我们要在这里继续不断的努力下去，所以最近有十年计划的产生。

那时候陶行知的“据点”——晓庄学校本部、八所中心小学、四个中心幼儿园、三所民众学校、两处中心茶园、乡村医院、联村自卫团、中心木匠店、石印工厂等被一起查封，而新安小学独苗幸存，成了“晓庄系”唯一的孤儿。陶先生大为感动，极为振奋，当即回信：

> 接读七月十六日来信与新安小学十年计划，精神为之一振。诸弟持此精神向前做去，必有成功之一日。
>
> 生活教育与教学做合一之理论，现仍继续探讨，苟有所得，必愿随时奉告。……经费一层，现已由全体同志共负责任……无论在何种形式之下，我必尽心力而为之。……我已下决心，愿为新安小学托钵化缘。……我必尽我的力量，与诸弟共同实现一个光荣的新安学校。

我虽是在牺牲，其实是在创造

汪达之是最初的开创者，也是坚持到最后的守望者。

铁打的营盘流水的兵。因为种种原因，新安小学的一批拓荒者一个个先后离开。有人说，是因为没有薪水，老师们才纷纷离去的。

1927 年公布的《大学教员薪俸表》规定，教授月俸从 180 元到 600 元不等。城市里，大学教师平均 220 元，中学教师平均 120 元，小学教师平均 30 元，一般工人 15 元。

有人揶揄道：“在新安小学，老师们不取薪水，连个工人都不如，他们只有喝西北风了，谁还能在这儿干啊。”

流言永远是流言。他们太小瞧了这些有理想、有抱负的青年，这些人从没有因为金钱和地位的诱惑而放弃自己的理想和追求。

李友梅的离开，是因为和他有联系的一位上海地下党员来淮后，曾在他这里落脚，该党员到淮阴后就被捕并遭到敌人杀害，迫使李友梅必须离开。

蓝九盛的离开，是因为原晓庄学校指导员张宗麟老师受陈嘉庚先生邀请，决定到福建沿海发展平民教育，开辟新的“生活教育”基地。

蓝九盛是福建人，张老师就请他做向导并参与新生活的建设。蓝九盛临别时是一步三回头，在万般无奈和万千不舍中离开了他心爱的新安小学。

汪达之送了一程又一程，突然，蓝九盛转身紧紧拥抱住汪达之说："我这一走，你肩上的担子更重了，要挺住啊……"

台和中走了，孙铭勋走了，他们的离开，也是因为开辟新的更为广阔的天地的需要。新安小学只剩下汪达之一人在孤军奋战。作为校长，作为老师，作为孩子们眼中的"汪爸爸"，他告诉所有人："这是我自己寻出的光明，绝不轻易抛弃！"

可是，有一个人，汪达之始终放心不下，更无法抛弃。这个人就是他的母亲。对于母亲，他有着太多的愧疚：

> 她以一个文盲的女子，居然代替了青年丧亡的丈夫，抚养了四个孤雏。她是做母亲，又是做父亲。她是做媳妇，又要做儿子。这也本不希奇，但她是没有承受任何遗产的；住的房子要花钱，柴米油盐，衣服鞋袜，无一不要用她的力和汗去换来。她心中只有责任，不忍看着书香之家就要断绝后代，她想起青年丧亡的丈夫，心思便如乱麻。不想再活下去；但又想到她的责任，就得加紧工作。灯里的油点完了，再添上。鸡已叫了三遍，昏头昏脑倒上床，刚一合眼，天又亮了。日间的工作更是紧张，只合一合眼，又起身料理日间的生活了。

从晓庄到新安，不到四年的时间里，汪达之的家庭噩运接踵而来。大哥刚刚支持家事，可惜暴病而亡；随后大姐挑起了家庭的重担，竟也在贫病交加中溘然离世；二哥做了私塾先生，母亲希望他早点儿娶妻生子，可本已说好的婚事，对方却嫌弃他们家贫而反悔，可怜二哥受不了这份刺激，竟投河而死……年迈丧失劳动力的母亲实在受不了这接二连三的劫难打击，悲苦交集，卧床不起。

因为没钱，二哥的后事迟迟不能料理，母亲也病倒在床，汪达之心急如焚。年关将至，他只好致信请回台和中来校临时照应。他匆匆赶回家，一到家，就看到母亲躺在滴水成冰、四面透风的陋屋里，家里还欠着许多债务。汪达之心如刀割，两手空空的他拿什么来还债啊，身无分文的他拿什么来安葬哥哥啊。万般无奈中，他只得写信向陶行知先生求援，还是陶先生帮他解了燃眉之急。

对这位饱经人间大难的母亲，陶先生非常尊重，要求汪达之今后每月从支援新安小学的50元“经常费”中支出10元，寄给他在安庆的老母亲。可汪达之坚辞不肯：“我不忍在新安经费中拨我10元，多耗新安一文钱，就要缩减新安一份事。”

料理完哥哥的后事，他要出发了。一边是生他养他的病重的老母亲，一边是求知若渴的新安小学的孩子们，自古孝义难两全，他必须做出取舍和牺牲。正如他在给友人的信中所说的：“我难忘母亲病中的呻吟，但我绝不因母亲放下重大的责任”，“我无力养活一个苦难多病的母亲，决心牺牲一切，在和生命作斗争”。

临行那天，他跌跪在母亲床前，拉着母亲的手泣不成声。他将照应母亲生活的事托付给在《新安徽报》当编辑的同学陈东湖，然后忍痛告别尝够了失望和希望的母亲。返回新安的那天夜里，想起病中的老人家，汪达之一个人蒙着被子大哭一场。他唯有以书信，请求母亲的原谅：

> 这里的小孩子，都是很穷苦的，他们多半都是衣不全，饭不饱的。我们本有一种计划，叫他们可以做工，管自己吃饭穿衣，但被政局和天灾收去了，至今没有办法，不能救出他们的穷苦。我决不能就这样放下手走。若我一走，学校就倒塌了。……母亲，我每想到，不能常在您的面前，又不能多寄一点钱给您用，心里立刻不安起来。但是，立即又叫我转过一个念头来，光是不安是不中用的，还是打起精神做我的事要紧。我发愿，要将这些可怜穷苦无告的孩子们，扶植起来，让他们能得到他们自己的幸福。还要叫他们能认清谁给了穷苦的罪恶给他们受。
>
> …………
>
> 母亲，今天又是端阳了。请您不要悲伤。这年头儿说不定

多早晚是要天翻地覆一下的。

母亲，你的伟大牺牲精神，给了我永不能磨灭的印像，现在我虽是在牺牲，其实是在创造。我终要看得见这自己的力播的种开的鲜妍的花。

在新安小学，有一个"汪爸爸"，还有一个"孙妈妈"，他叫孙铭勋。同为"陶门弟子"的他，来新安小学任教后，曾在淮安城里办过一所"新安幼稚园"，开了淮安幼儿教育的先河。在新安小学，孙铭勋看到孩子总是轻声细语，像妈妈一样为孩子管吃管住、缝补浆洗。新安小学短暂的任教时光是他一生刻骨铭心的记忆。

民国22年（1933年），孙铭勋编写了《古庙活菩萨》一书，记述了新安小学从事"生活教育"实践的情况。该书出版时，陶行知先生特意在这本书的扉页上题词："献给牺牲主义躬行实践之汪母。"

这句题词有着太多的真义。新安小学"生活教育"事业得以延续的背后，不能忘记一个人，这个人就是汪达之的母亲。

汪母是第一功臣，她贡献给新安一个汪达之。没有汪母的奉献与牺牲，就没有汪达之的创造与坚守。

凄风苦雨里，汪达之像一个战士一样，坚守在自己的阵地。

即使是最为困窘的时候，他的选择仍是坚持：连续一两个星期，一天三顿都是喝棒子面糊。饥肠辘辘的他仍然微笑着面对他的事业，面对他的学生，面对周围的乡亲邻居。

有人说他能忍受这样的清苦日子，是因为他是"素食论"者。他小的时候有一次摔伤了，母亲为了给他养伤，偷偷将生蛋的母鸡杀了。这只母鸡每天按时下蛋，母亲常用鸡蛋换些菜油和盐巴。当汪达之知道碗里的肉是下蛋的那只母鸡时，心中十分难过，一阵儿呕吐。当时他看了一本"素食论"的书，书上说不吃荤，光吃素，一个人的营养就足够了。从此，他下定决心不再吃荤。

这只是传说，其实最根本的问题还是没钱，他过惯了穷苦的日子，再大的苦痛对于他来说都是小菜一碟。唯有对事业的忠贞与坚持，是他的真理。一直多病的汪达之其实最需要的就是营养，但他顾不上这些，他在困境中强撑病体，苦撑危局，真的做到了“病亦干，再病再干；穷亦干，更穷更干”。

你看他，只有两套旧的学生装，一套浅灰色的，还有一套褪了色的黄卡其布的，一穿就是三年。一条裤子从秋冬穿到春夏，袜子磨破了底，自己缝补起来继续穿。一双旧皮鞋，不外出办事，从来不穿，平日里光着脚穿草鞋。每天和学生一样吃棒子面、白菜，进城办事，中午不能回校，就花四分钱买一碗阳春面吃，舍不得多花学校一分钱。

但他对于事业的执着追求，一直初心不改，矢志不渝。

即使遭受失恋的打击，他也不改初衷：他钟爱的女朋友，因为他苦守着“没有前途”的新安小学，不愿与他同甘共苦，决定离他而去。他坦然面对：“爱情一定要建立在共同事业的基础上，否则就拉倒!”从此，他发誓事业不成功，决不结婚。

午夜，窗外狂风怒吼，“穷且益坚，不坠青云之志”的汪达之在给孙铭勋写信，他发出了生命的宣言：

> 今后，我对新安的态度，仍是坚持。非外面的恶势力迫害至于生命立即有危险的境地，不能离开。非枵腹三日而救济已穷，又无圣雄甘地般的忍饥的能耐，不得已，只有离开。因为尚不够作“生活教育”的殉道者，生生地饿死，也是不愿意。

民国23年（1934年）3月，汪达之日夜侍奉在病痛缠身的母亲身边，作为“一个生活教育的劳动者”，他于时间的罅隙里挤出空来，“整个的将那已逝的一九三三年的生活陈迹”整理成《生活的书》。陶行知先生拜读在手，潸然泪下，慨叹此书：“一个字，一滴泪，一点血，一斤力!”

因着一群人的开拓和创造，因着一个人的勇毅和坚守，新安小学这所新型学校在纷繁复杂的环境里终于坚持下来了。

划分新时代

一群小光棍，点点有七根。
小的十二岁，大的未结婚。
没有父母带，先生也不在。
谁说小孩小，划分新时代。

诸神让位，我们做主人

“不得了了，亭子里的菩萨没了！”

一天清晨，莲花街上的人一觉醒来，发现新安小学后门附近永裕亭里那一对土地菩萨不见了。

谁敢偷走土地菩萨的神像？众人议论纷纷。有人眼尖，在清澈的萧湖水里发现了端倪，原来菩萨早已被逼得“投河”。

众人心里明白，菩萨是不会长腿走的。谁敢做出如此“大逆不道”的“荒唐事”？谁敢离经叛道，挑战至高无上的神权？

后来，新安小学的师生们自编自演了一幕戏剧《几个顽皮的孩子》，事情的真相才浮出水面，“作案者”竟是新安小学的孩子们！

那时候，在“生活即教育，社会即学校”教育思想的熏陶下，孩子们心中的菩萨早已完完全全地搬掉了，他们用点点滴滴的自觉行动在“改造思想”“改造生活”“改造社会”。

被汪达之视为“终身事业”的新安小学，从成立伊始，就有人怀疑她不像一所学校。那她到底是一所什么样的学校，又是在培养什么样的学生呢？

毋庸讳言，时至今日，我们的素质教育依旧停留在“犹抱琵琶半遮面”的层面；然而，几近百年前，汪达之先生在他的新安小学，就已开辟出中国素质教育最早的一方试验田！

汪达之等人提出了新安小学“生活教育”的五大目标：康健的体魄，科学的头脑，艺术的兴趣，生产的技能，自由、平等、互助的精神。再看看他们的发展计划：开辟、扩充儿童图书馆、游戏场、博物馆、民众夜校、妇女工读班；编辑乡村儿童丛书、民众丛书、儿童日报；创办工场、农场、乡村医院……一个乡村小学的办学思想和发展计划，在那样的年代，有着多么惊人的前瞻性啊！

新安小学的学生全部免费就读，分为“普通学生”和“基本学生”两部分。“普通学生”是当地贫苦农民的孩子，上课来校，下课回家；农忙的时候在家参加生产劳动，农闲的时候到校学习文化知识。学生自备学习用具，学校不收任何费用。因为此举充分为农民着想，所以极受欢迎。

“基本学生”制度是汪达之先生的创造，这些学生主要有两类：一是“信仰本校教育主张者之子弟”；二是“颠连无告而需人帮助之孤儿”。“基本学生”免费吃住在校，集体生活、集体学习、集体劳动，所有的事情都由各人亲自动手，每日轮流排班，他们与学校完全融为一体，成为全校学生的核心。

每天早晨，“基本学生”要做整洁，要做内体运动。汪达之是内体运动教练，身体力行。然后还要做八段锦锻炼身体，做完了才能吃早饭。

“基本学生”制度很快得到家长的理解和信任，学生数量由最初的二三人增加到后来的近 20 人。

张敬茂家境贫寒，7 岁时还光着身子没有衣服穿。8 岁时长年瘫痪的父亲病故，家里连棺材都买不起，只好用三间屋子换了一口棺材安葬了父亲。在舅舅的帮衬下，他们全家从老家沭阳钱集来到淮阴、涟水搭界处的古寨落脚，张敬茂进入当地张官荡小学读完了初小三年级课程。后来他和表哥嵇钰听说河下有一所与众不同的学校，是教育家陶行知创办的，学生可以吃住在校，学习劳动，不收任何学费。于是两人一起来到淮安，进入新安小学，成了“基本学生”。

2021年6月5日，新安小学当年的“基本学生”中最后的“大佬”——百岁老人曹维东走了。他曾在回忆中谈到了他成为“基本学生”的偶然经历：

我是淮阴五里庄人，5岁的时候父亲去世了。妈妈含辛茹苦把我拉扯到10岁，日子穷得实在过不下去了，伯父把母亲安排到一家教堂里当保姆，把我送到一家裁缝店里当学徒。那时候有个规矩，跟师傅学徒要摆两桌谢师酒，我家实在筹不到办酒席的钱。就在一筹莫展的时候，恰巧新安小学的校董曹天任来我家串门，他和父亲过去有过一段交情，听说了我家的窘境后非常同情，就将我带到了新安小学。那天汪达之先生正和同学们在河里割蒲草，他裤脚卷得老高，腿上沾满了泥巴，拍着我的头说：“这个学生，我收下了！”这么多年过去了，这情景我一辈子忘不了……

新安小学的学生上什么课呢？

汪达之他们根据“生活教育”之原则，用“教学做合一”的方法编制课程，让学生读活书、活读书、学做事、学做人。在新安小学，课程表叫“生活表”，把学生分成大、中、小三个班，大班相当于一般小学的五、六年级，中班相当于三、四年级，小班相当于一、二年级。小班课程有国语、算术、图画、唱歌、劳动，大、中班除了上述课程，还有自然（后改名为“科学把戏”）、地理、社会、大字、日记等。

课程教材由老师们自编、自选，很少采用国民政府教育部规定的课本。像小班国语这门课，识字、学词、学句等，都是由老师选用学生日常生活中接触到的事物，如“拉人力车”“撑船”“捕鱼”“穷人”“富人”“花草树木”“兄弟姐妹”“大鱼吃小鱼”“大官”“老百姓”等。大、中班国语课是以陶行知先生编写的《老少通千字课》和报刊上选的消息文章作为教材，《老少通千字课》中像“起得早，睡得早，省油省灯草”“多谢你家茶，多谢你家烟，多谢你家板凳坐半天”“做到老，学到老，一生一世做不了，一生一世学不了”“大众流了汗，大众得吃饭，大众的事，商量办，要想一个人独揽，这才是混蛋”……这些与百姓生活息息相关、朗朗上口、接地气的话，孩子们一学就会，就连孩子家长和附近的农民、渔民都能很快学会，真正起到了普及教育的作用。

数学课按大、中、小班学生年龄和水平，由老师结合实际生活出例出题，如计算一个人或一家几口人的柴米油盐消耗和分配，使用尺、秤；又如计算木桶的周长、木箱的容积、器皿的体积等。

新安小学的学生，除学习一般文化知识外，每人每天还要坚持写生活日记。学校每周出一期 16 开本活页杂志型的《莲花周报》，专门刊登学生们的学习成果。他们还出墙报、编画刊，不定期地排演进步话剧。汪达之从有限的经费中挤出钱，买来大量的书报杂志，供大家阅读自学。

从做中学，从学中做，汪达之从学生的个人爱好与专长入手，因材施教，不断增长孩子们的才干。喜欢摆弄收音机的，就尽力从旧货摊上买些废旧零件让他去创造；善于表演的，就让他带领大家演戏；擅长唱歌的，就让他当大家唱歌的小指挥……

蒙昧初开的年代，汪达之特别注重科学人文素养的培育，努力在孩子们的心里注入鲜活的科学因子。他每周安排若干“科学把戏”之类的实验项目，以陶行知先生主编的《儿童科学丛书》为主要学习材料，给孩子们传授理化和自然常识。翻开《新安小学第六年计划大纲》，你会发现，新安小学充分关注人的发展，列出的“个人的生活方法”有 29 项，比如：

> 十五、要认识环境中最易见的动植矿物各十种以上，并且要观察各一种以上的生长过程，及对于人类关系。
>
> 十六、要认识每晚容易看见的恒星和行星十二颗以上，并能懂得风云雨露等自然现象的成因，和人生的关系。
>
> …………
>
> 廿三、会制科学玩具及植矿物标本各十种以上。
>
> …………
>
> 廿七、会运用十种以上普通药品。
>
> …………

陶行知先生的《手脑相长歌》，深深影响着汪达之等人：

人生两个宝，双手与大脑。

用脑不用手，快要被打倒。

用手不用脑，饭都吃不饱。

手脑都会用，方是开天辟地的大好佬。

他们把陶先生倡导的“教学做合一”“在劳心上劳力”“手脑并用”等系列教育思想，完美地应用在新安小学教学的全过程中。新安小学的课程，与外校最大的区别在于社会课和劳动课。

社会课，从热门时事和社会热点现象入手，老师以讲故事的形式导入。故事讲完后，老师提出一些有针对性、启发性的问题，组织学生思考、讨论。譬如：为什么有穷人、有富人？富人为什么不劳动，却有吃有穿，有高楼大厦？穷人为什么整年劳动，却吃不饱、穿不暖，常常忍饥挨饿？……在一步步的启发教育中，让学生形成朴素的阶级觉悟，从而奠定正确的人生方向。

劳动课，汪达之可谓煞费苦心。学校辞退了唯一的一个工人，买米、买菜、挑水、洗菜、淘米、烧火、洗碗等日常的事务都交给师生自己动手完成。他添置了一套泥瓦工、木工、钳工工具，供大家劳动使用。

农民是最好的老师。一次次走进乡间田头，向农民学习农作物栽培；一次次走进农家棚圈，向农民学习牲畜饲养。为了学种菜，他请来菜农，从整田、播种、移栽、施肥、浇灌逐一学起，校园四周自种的菜地，终于做到了自给自足。为了铺路砌墙，老师将孩子们带到外面的工地上，向河下西圩门外的瓦匠闵兆启师傅等人学习，回来就付诸行动改造美化校园。学校三面环水，孩子们特别喜欢玩水，游泳又是健身的好办法，汪达之便带头学习。

90多岁的宋文明老人，是淮安当地人中知道新安小学最初历史的“活化石”。老人双耳失聪，言语已不清，只能通过写字交流：“我家就住在新安小学附近，我的父亲和汪达之都是苦命人，都是遗腹子，同病相怜，两个人交情深，汪先生的游泳是和我父亲学的。”

汪达之学会了游泳，在宋文明父亲的引荐下，他又请来渔民张大叔教学生。曹维东生前曾多次回忆起学游泳的情景：

> 张大叔先让孩子们在浅水处学习基本的游泳技巧，然后分两排坐在船帮上，等船到深水处，说时迟，那时快，张大叔猛地挥动长篙，“噼里啪啦”将孩子们推到河里。被推到河里的孩子们，一面拼命挣扎、喊叫，一面往船上爬，手刚抓到船帮，又被张大叔的船篙挑到河里。不过，张大叔的目光紧紧地盯着每个落水者，发现沉到水里再也不露头了，则以极快的速度将他揪出来。翻来覆去，不到一周，孩子们都学会了游泳。

学生的民主管理，是新安小学的一大亮点和特色。学校在学生中推行“小先生制”“小主席制”等自我管理制度。每天，全校有一个学生做总值日，负责主持当天的全部活动；有两人做厨房值日，负责一天的饮食制作和厨房卫生。每天早上有一次“寅会”，由学生轮流主持，老师指导，共同讨论议定当天的学习、劳动内容及个人分工，还要检视头一天自己在维护集体公约、执行制度、遵守纪律等方面的表现，如有缺点，要作自我批评，其他学生也可以批评帮助；每天傍晚有一次“夕会”，各人自查当天的学习和劳动成果，亦进行批评和自我批评。

新安小学开办时，因为古庙后门之外便是莲花街，出入方便，前门外是蒲田，又不通大路，因而后门做了学校前门，前门反而做了学校后门。古庙西边的厢房做教室，前殿、正殿、后殿均被菩萨“占”了去，仅正殿东西两侧的小楼做师生寝室。小楼阴暗潮湿，极容易导致人生病，不适宜居住。下雨天，连个集中开寅会、夕会的地方都没有，就连劳动的工具都没地方放置。

于是，汪达之等人决定对校园进行改造，要改造必须要将庙里的菩萨搬掉。从菩萨头上“开刀”，这不是一件小事，不是菩萨身材高大不易搬运，而是要搬就要彻底搬掉孩子们思想里的菩萨。未动手之前，他们将孩子们组织到前殿里来，问他们：

“菩萨可以搬吗？”

孩子们怯懦地纷纷摇头。

于是，先生们不管他们，自己动手，让孩子们站在旁边观看。

“依呀嗨，依呀嗨！”扁担、绳子、门板一齐上，两天的时间，前殿里的“四大金刚”被移到了正殿里。渐渐地，年龄稍大一点儿的、胆子大的孩子加入了，其他孩子也跟着干了起来，几天的工夫，前殿里大大小小的菩萨全部搬走了。前殿被开辟成新安小学的农具室。

在先生们巧妙的安排和循循善诱下，后来，大家又齐心合力将正殿里的菩萨搬到了后殿里，正殿成了新安小学宽敞的会堂。再后来，做寝室的西楼倒了，东楼也无法住人，怎么办？经过讨论，一致决定继续开发后殿。就又将后殿清理出来，辟成了新安小学的师生寝室。

为避免引起周边百姓的误会和冲突，这些改造一般都是在大门紧闭的夜间秘密行动。一开始，孩子们对搬运菩萨还有些畏惧，后来，胆子越来越大，泥塑的菩萨无处安放，干脆砸碎，夜间秘密运出，填平了校外从前养金鱼的池塘；菩萨肚子里的稻草一把火烧掉，孩子们指斥之余无限感慨：“你这烂泥和稻草做的东西，居然把中国人的心灵支配了几千年。五百年必有王者，你可曾知道会有今日？”

那些木制的菩萨，后来也“各得其所”，被师生们打成了漂亮的书橱、桌椅等家具，并刷上了油漆，从此新安小学校园里再也寻不到菩萨的踪影。

“诸神让位，我们做主人！”这是新安小学的孩子们自主自醒后发出的时代强音。

他们在古庙里上学，一边抬头读书，一边低头劳动，一边面朝黄土背朝天，一边抬头遥望星空、思索人生。假以时日，这样的学校将培养出怎样的栋梁之材啊！汪达之主持下的新安小学，办得热火朝天、朝气蓬勃，学生个个生龙活虎。附近的河下镇，几里外的淮安城，邻近的清江、淮阴、涟水等县，许多人都把子女送到新安小学来上学。

河下镇上的“张善人”起初视新安小学这新生的学校为洪水猛兽，经过一段时间的接触后，为汪达之等人所折服，慷慨解囊买下淮安王翰林花园里的一批太湖石，赠送给新安小学，为学校增添了靓丽一景。

在惊涛骇浪中，新安小学这面教育的旗帜不但坚持了下来，而且得到了进一步的巩固和发展。

出身寒门的汪达之，平生最不忍看贫苦无依的穷人过着凄惨的日子。情系苍生的他一边把穷人的孩子们接来免费就读，一边还念念不忘学校周边的那些“泥腿子们”。他组织师生走出校园，教农民识字学文化，帮他们修桥、铺路；看到乡亲们没有饭吃，他写信给报社，请教编织蒲草器具的方法，再传授给乡亲们；他组织成立蒲业生产合作社，阻断蒲行中间剥削，组织蒲农生产自救，为他们的产品联系销路四处奔走；对于日子过不下去的人家，他带他们拿地契去有关部门抵押换一点儿“救命钱”；老乡的庄稼被驻军的马啃吃了，他去驻军团部帮老乡交涉……

过去老百姓常去庙里烧香拜佛，可他们的日子未见一丝好转，而汪达之他们这些不拿一分钱薪水的老师，所作所为都是为了穷人，百姓们看在眼里，记在心里。受他恩惠的人们一次次上门来，拉着汪达之的手，泪水涟涟：“你们才是古庙里的活菩萨啊！”

新安儿童旅行团

1931 年“九一八”事变后，东三省沦陷于日本帝国主义的铁蹄之下。1932 年“一·二八”淞沪抗战爆发，中国的抗日浪潮风起云涌。

秉承“生活即教育，社会即学校”办学愿景的汪达之，有着超乎常人的社会洞察力。他认为，生活有小生活和大生活，社会有小社会和大社会，学校是小社会，仅在学校教学已经不够了，孩子们应该进入社会这所“活的学校”，以形形色色的生活为教科书，以“小先生”的角色将知识传授给他人，达到宣传爱国，共赴国难，唤醒民众，投身民族救亡的目标。

一场轰动上海滩的儿童修学旅行由此发轫。1933 年的金秋时节，由新安小学七个“基本学生”组成的“新安儿童旅行团”横空出世。

汪达之知道，这七个“基本学生”虽然只有十多岁，但他们都经受过集体生活的锻炼，有较好的独立生活的能力，并有遵守组织纪律的习惯，只要组织得周密，他们完全可以胜利返程。为了让孩子们得到更好的锻炼，汪达之决定自己不参加，让这次旅行真正成为孩子们自主组织的“自动旅行”。他充分尊重孩子们的民主权利，遇事会先问孩子们的意见，组织新安儿童旅行团去大上海修学旅行这样的大事，他得先听听孩子们的意见。

“同学们，我们要组织一个新安儿童旅行团，先坐小轮船从淮安到镇江，再乘坐火车到大上海去看一看，你们愿意吗?”汪达之招来七个“基本学生”，开门见山地发问。

“愿意啊，太愿意了!”大家纷纷举手，有的差点儿跳了起来。七个学生中除了左义华去过上海，其余人都没去过，先生能带大家出去开开眼界，见见世面，何乐而不为。大家热情高涨。

“这次旅行我不参加，就你们七个人。你们不要把事情想得太美，一路上肯定会遇到许多许多困难，说不定还会饿肚子呢。”

先生这话一说，更激起了大家的斗志和热情：“先让眼睛看饱了，肚子饿了管它哩!”

用什么办法赚钱买车票、船票？一路上的安全、健康、交际、记录、账目等如何分工？去上海看哪些地方？大家展开了热烈的讨论。

“我们轮流做主席，不论是谁都不能随便离队，就是上厕所也得向主席请假。”

“谁在学校保管针线，就把旅行用的药交他保管，小病向他要药吃，大病送医院。”

“我们到上海最主要的不是玩，要参观工厂、学校，学一门技术。”

“我们要靠卖报来挣得吃饭钱，还要去演讲，听说演讲也有报酬呢。”

…………

根据孩子们讨论的意见，汪达之加以整理，一份《新安儿童旅行团职务及生活公约》出炉：

“新安儿童旅行团”成员：左义华、靖秉铎、程昌林、刘昭朗、靖秉铨、张俊卿、杨永鑫。

职务分工：交际——杨永鑫，账务——张俊卿，医药——左义华，行李——刘昭朗，记录——刘昭朗、程昌林，主席——轮流担任。

生活公约：每天开寅会、夕会各一次；每天早操、晚操各一次；每天写日记一篇；每天刷牙、漱口、洗脸各一次；每天大便一次；每天喝白开水数次；不得吃杂食；不得无故随意离开团体。本公约得随时修正，自启程日实行，参观日程另定。

汪达之马不停蹄，分别访问了附近的学生家长，以求得他们的理解与信任；同时，分别向陶行知先生、晓庄的同学、朋友写信，争取他们的帮助。在给陶行知先生的信中，他满怀欣悦地写道：

七个小光棍，拼命要南征。

旗帜一打好，择期就启程。

1933 年 10 月 22 日，天空飘起了小雨，运河码头人头攒动，一场欢送会在此举行，学校、家长、社会各界为新安儿童旅行团的七名团员送行。这可是破天荒的一次旅行啊，没有大人带领，他们要“走出小天地，闯荡大世界”。

依依挥手，草木含泪，一份悲壮之情飘溢在莲花街上。在校的孩子与出发的孩子互相喊着口号：

“旅行团一路平安，一路生活快乐，旅行团万岁！”

“祝在校同学生活快乐，身体健康！”

新安儿童旅行团的七个孩子，打着伞，脚穿草鞋，头顶斗笠，打着三角小旗。众人上了运河堆堤，在枚皋故里的牌坊下合了影，然后直奔西门轮船码头。

“同学们，你们为什么要到淞沪去？你们要去看看帝国主义侵略中国的罪证，要看看‘一·二八’战场，看看中外资本家办的工厂，那里一面是冒险家的乐园，一面是劳苦大众的地狱，你们要宣传我们‘生活教育’的主张，要通过这次独立生活，来锻炼克服困难的本领。同学们，我信得过你们，这次迢迢千里的南征，是社会给你们‘做人’的锻炼……”汪达之校长站在码头，做着临行前振奋人心的动员。

我们是七个孩子组织的旅行团，现在向镇江、上海出发了。

我们要离开学校，离开家庭，没有先生，没有父兄来领导我们，旅行中的一切，都是我们七个孩子自己领导自己，自己管理自己。

我们从古老的荒凉的江北的农村，向繁华的文化的江南都市出发了。

…………

国家大难临头，我们是国家的主人，我们的责任重大。我们需要有丰富的社会的各方面生活的经验来开扩我们的眼界，增进我们的力量，磨练我们的精神，不怕苦，不怕难，不然，这副重的担子如何挑得起！

…………

新安儿童旅行团的孩子们站在码头上向社会各界宣读了《新安儿童旅行团宣言》和《新安儿童旅行团告小朋友书》，他们像一支勇赴国难的远征军，意气风发，斗志昂扬。

“你们在旅途中要小心，一定要遵守公约，做事须有计划……”真的要出发了，汪达之还是有点儿不放心，再三嘱咐孩子们。

孩子们坐上了轮船，离开了码头。汪达之踮着脚尖目送了很远很远，直到看不到轮船的影子。新安小学是他的命，这些孩子更是他的命，朝夕相处的他们，今天独自踏上了征程，汪达之的心里有着万千的不舍。临行前，他拉着负责账务的张俊卿的手，左叮咛右叮咛，让他务必保管好口袋里的6元钱，这是全团的救命钱。他怕孩子们走散，又特意给每个孩子1元钱备用。

孩子们还在半路上，他便伏案疾书，把第一封信寄往了上海：

亲爱的小朋友：

这是你们离开我后的第一个早晨，在四个月以来，还不曾有过这样的冷清。我祝福你们勇敢地战胜旅途的一切困难，快乐地、平安地到达目的地。轮船开时，我站在码头目送你们，一直待到轮船的影子不见了……

看看吧，亲爱的小朋友，我们都要建设一个新的自己，我们看有谁的进步是最快的。我们的生活态度和精神，是要排除旧的不合理的一切……我等待你们的报告……

10月24日，新安儿童旅行团从镇江抵达上海。七个脚穿草鞋、头顶斗笠的孩子，在大上海一出现，就像引爆了一枚重磅炸弹一样，迅速成为《时事新报》《申报》《新闻报》等各大媒体的头条新闻。“七个小孩的伟举”“实为我国教育界之创闻”这样的新闻标题，充盈着读者的眼球，新安儿童旅行团一时间轰动大上海。

孩子们初见陶行知先生的时候，有点儿不敢相信：陶先生一身粗布大衣，一双粗布鞋，头上是一顶破旧的礼帽，这是“汪爸爸”的老师吗？这就是传说中的“陶太师”吗？

此人正是大名鼎鼎的陶行知先生！

孩子们赶忙给陶行知先生鞠躬，汇报了一路的经过，又拿出了《新安儿童旅行团宣言》《新安儿童旅行团告小朋友书》《新安小学第五年计划大纲》《新安儿童旅行团团员一览表》《新安儿童旅行团职务及生活公约》《新安儿童旅行团参观日程》等资料，一脸的稚气中蕴含着太多的执着与坚定。陶行知拉着孩子们的手，摸着他们的头，内心甚是喜爱。

就像在课堂上一样，陶先生开始了他独特的考问。

“东三省是哪三省？地处何处？”

“黑龙江、吉林、辽宁。地处中国东北部，北靠苏联，有松花江、黑龙江等大河。人口三千万。”程昌林答道。

陶先生点点头，说“及格”，又问：“东三省小朋友生活怎样？读什么书？”

团员靖秉铎站起来说：“‘九一八’事变后，东三省被日本帝国主义强占去了，大人是大亡国奴，小孩成了小亡国奴，读日本的书，一点儿自由也没有，苦得很。”

“那怎么办？”陶先生推了推眼镜问。

“决不当亡国奴，要奋起抗日救国！”大家纷纷举着拳头喊起来。

“答得对。你们从小要立大志，心里要想着国家民族、劳苦大众，学好本领，为国家、为人民干一番事业。”

陶先生的教育方法就是这么深入浅出、与众不同，简单的考问结束，他开始为孩子们做接下来的旅行规划。

“孩子们，请你们拿出纸和笔来，我们一起来制订一个新的参观计划，七天哪能完成这次的旅行呢。”陶行知看了旅行团原定的一个礼拜的参观日程，不禁哑然失笑，他亲自制订了一个包括十多个项目几十个点位的参观计划，并给他们以切实的指导和帮助，“你们来沪参观，不是随便看看人家这里好、那里好，我们要把他们的根本、不同的内容找出来，就可以看出他们的真面目了。就拿某某小学来说，要看出他的真形，不能只被他的外形迷住。现在我正替你们联系外面的机关、学校、工厂去演讲，每次可得到 5 元或 10 元的报酬……”

那一天，10 岁的小报童“小毛头”又冷又饿，头晕眼花的她抱着报纸，一路摇摇晃晃地走着。一辆靠站的电车上涌下来一批人，一下子把“小毛头”撞倒在地，她的头上起了血泡，手上的报纸散落一地，人们纷纷从报纸上踩过。“小毛头”坐在地上大哭起来。

这一幕被音乐家聂耳看到了，他走过来扶起了“小毛头”，把地上的脏报纸都买走了。聂耳十分同情报童的悲惨生活，回家后，邀请安娥作词，他自己作曲，一首脍炙人口的《卖报歌》就此诞生。

> 啦啦啦！啦啦啦！我是卖报的小行家，不等天明去等派报，一面走，一面叫，今天的新闻真正好，七个铜板就买两份报。
>
> 啦啦啦！啦啦啦！我是卖报的小行家，大风大雨里满街跑，走不好，滑一跤，满身的泥水惹人笑，饥饿寒冷只有我知道。
>
> 啦啦啦！啦啦啦！我是卖报的小行家，耐饥耐寒地满街跑，吃不饱，睡不好，痛苦的生活向谁告，总有一天光明会来到。

那段日子，新安儿童旅行团的孩子们也加入了报童的行列，每天和“小毛头”们一起，唱着《卖报歌》穿行在上海的大街小巷。从此，《卖报歌》传遍大上海，唱响全中国。

在陶行知、孙铭勋等生活教育社诸君及热心人士的帮助下，新安儿童旅行团在上海50多天，靠卖报及到大、中、小学校演讲等方法解决生活费用问题，实现了真正意义上的独立自给。

他们深入工厂、学校、机关、商场、书店，走进繁华的街道、外国银行、交易所，深入低矮的贫民窟、棚户区；他们去了外国人占领的租界，看到了耀武扬威的外国巡捕，看到了“中国人和狗不得入内”的侮辱性标牌；他们来到闸北和吴淞口，参观了弹痕累累、一片瓦砾的“一·二八”战场……所见所闻，所思所想，一次最为真切的体验之旅，让爱国主义思想的苞芽深深地植根于每个人的心里。

孩子们不但在中小学演讲，还在大夏、光华、沪江等各大学演讲。站在大学的讲台上，他们因为人小，干脆站到讲桌上，挥舞着小拳头，语气铿锵，慷慨激昂，在他们的引领下，“打倒日本帝国主义！”“誓死不当亡国奴！”的口号此起彼伏。听着感人肺腑的演讲，台下的师生们一边鼓掌，一边流泪。一位教授面告陶行知先生：“这些孩子来大学演讲，几乎把我们的饭碗打破了！”小孩子能教大学生，能把传统教授的饭碗弄得有些不稳，虽然是千古奇闻，但确是铁打的事实。

一时间，邀请他们去参观、演讲的单位纷至沓来，新安儿童旅行团已是应接不暇。

天气渐入寒凉，最为牵挂他们的还是汪达之。

昨夜急起西北风，清晨很寒，小河已有薄冰了，我想到你们的衣服，你们要赶快和陶先生、孙铭勋先生商量，每人做一件粗布棉大衣，要紧！

自孩子们走后，他已连续写了八封信。这七个孩子，就是汪达之心尖上飞出去的风筝，无论飞得多远，那根线都牵连着他的心。

1933年12月15日，新安儿童旅行团的孩子们，终于带着满满的收获，带着无尽的喜悦，回到了新安小学，回到了汪达之的身边。他们就像“太平的京都武场的新状元”一样胜利归来。那一天，莲花街上一片沸腾；那一夜，新安小学彻夜无眠，大家有聊不完的话题，说不完的乐事。

这一次的成功之旅，得到了陶行知先生的高度评价。他在给汪达之的信中，掩饰不住内心的狂喜与无限的欣慰：“你要我估一估他们的价值，这是新时代之无价宝，姑且定他万万万万万金元吧。这样伟大的宝藏，世界上谁也没有，却为新安所得，使福特、摩尔根辈见着，未免要生小巫见大巫之感，而新安不敢私为己有，愿公诸天下后世，这又是富翁们舍不得的了。好，如果您讨厌黄金，那么请听我唱吧！”

他随即欣然写下一首诗《新安儿童旅行团游沪纪念》，很快流传开来：

一群小光棍，点点有七根。
小的十二岁，大的未结婚。
没有父母带，先生也不在。
谁说小孩小，划分新时代。

新安儿童旅行团的孩子们后来写了一本书，名为《我们的旅行记》，将旅行中的所见所闻以及各种收获感受记录其中。陶行知亲自题写序言：

……这的确是一本奇书。它是一本生活教育学，是一本儿童游记，是一本儿童文学，是一本创造儿童世界的宣言。

要饭也要去抗日

新安儿童旅行团的巨大成功，让汪达之兴奋不已。一个石破天惊的大胆构想在他胸中酝酿。

我接着你们的信后，立刻给我决定了一事，你们猜猜看是什么一回事？

一年后，我们旅行全国，五年后，我们途行全世界。五年的时间尚早，我先来说一说旅行全国的计划。

…………

新安儿童旅行团还在上海的时候，汪达之在给孩子们写的第三封信中，就谈到了他的旅行全国的设想。

“九一八”事变、“一·二八”事变的相继发生，激起了一浪高过一浪的抗日怒潮。汪达之胸怀一腔爱国热忱，以“天下兴亡，匹夫有责”的时代担当拍案而起，他要组建更大规模的“新安旅行团”，带着他的学生，到华东、华中、华北、华南去，到全国各地去，在“社会学校”的大熔炉里，一边实践“生活教育”的思想，一边经受革命风雨的洗礼，宣传抗日救国，唤醒民众，共御外侮。

陶行知先生是他的导师、引路人，更是他坚强的后盾，这个设想，必须得到陶先生的支持。于是，他直奔上海。

“达之，你的计划非常大胆，不过，这样大规模的行动，困难实在太大了，你要让我好好想几天。”陶行知拍着汪达之的肩膀，既激动，又审慎。

几天过去了，还是没有得到明确的答复，汪达之在焦急不安中等待着。

就在那几天，一场激烈的讨论，在生活教育社的各位同仁中展开。陶行知先生要听听大家的意见，于是找来丁华、王洞若、张敬仁、孙铭勋、孙宗麟、戴伯韬等同志，这些人有的是他的学生，有的是他的挚友，同时又是中国共产党领导下的中国左翼教育工作者联盟的主要成员。

讨论中，多数同志赞成这个大胆的旅行计划，走出去宣传抗日救亡完全符合中国共产党的号召，但是每个人的担心又是显而易见的。其时蒋介石提出“攘外必先安内”的反动政策，全国一片白色恐怖，一切公开的抗日言论和行动都是被严格禁止的，新安旅行团要到全国各地去宣传抗日，政治上不安全，经济上没有固定来源，生存都是问题。

“有办法了！”经过反复讨论，中国左翼教育工作者联盟的负责人丁华、王洞若提出一个建议，“我们可以采取少年儿童教育团体的名义，对外以实践陶行知先生‘生活教育’的思想和宣传孙中山先生的遗嘱，即‘唤醒民众，联合世界上以平等待我之民族共同奋斗’为宗旨，孩子们目标小，安全问题不大。经济上，出发前可以从上海各爱国厂商那里争取支持，搞一些宣传工具和物资装备。”

“好，就这么办!”陶行知一锤定音，组建“新安旅行团”的计划终于敲定了。

1935 年的春天，新安小学来了一个高中生模样的学生。

只见他一身学生装，个子高高的，脸蛋长长的，留着小分头，见人一笑，露出一颗金牙来。

“汪先生，我是您的学生徐志贯啊!”他自报家门。

汪达之认出了眼前的学生，这是他当年在安徽繁昌县任教的乡村学校的学生。快 10 年没见了，当时徐志贯还是小学二三年级的学生。

17 岁的他是从安徽老家繁昌县逃出来的，就是投奔汪达之而来。

原来，徐志贯小学毕业后，在家乡办起了农民夜校，可父亲坚决不允，他被逼无奈去了济南读书。随着日本帝国主义侵略步伐的加快，全国抗日浪潮风起云涌，爱国革命的浪潮冲击着一颗年轻的心。苦闷中的他，回安徽时听说汪达之将组建新安旅行团，到全国游学宣传抗日，他便下定了离家出走的决心。

汪达之非常高兴地接纳了他。

生活、劳动、学习，很快，徐志贯便和大家打成一片。他思维敏捷，处事利落，有很强的亲和力，渐渐地得到了大家的信任，成了“基本学生”中的核心人物，成了汪达之先生的好助手。

陶行知先生作为首善之人，必有首善之举。

为了新安旅行团，他毅然将安葬母亲用的一笔人寿保险费 500 元捐了出来。其后，汪达之借助陶先生在上海的影响力，并以他的名义，得到了吴耀宗、黄炎培、吴蕴初等人的帮助，从上海基督教青年会购买了一台旧的“德发”牌无声电影放映机，又从中华无线电研究社弄了一台小型汽油发电机、扩音机和电唱盘，从联华、明星影片公司弄来了《一·二八淞沪抗战纪实》《抵抗》等几部影片，通过音乐家任光先生从英商百代唱片公司买来了《义勇军进行曲》《大路歌》《开路先锋歌》《新女性》等进步歌曲唱片，又买了一台幻灯机。一些爱国厂商捐助了一些毛巾、挂包和旅行日常用药……

一年多时间，汪达之来来回回反复往返于淮安、上海之间。1935 年 8 月，汪达之终于将筹集到的物资陆续运回淮安。最开心的莫过于新安小学的孩子们，一个多月的时间，上海的工人师傅来到淮安手把手地教会了他们操作和维护这些机器。

自愿报名参加新安旅行团的 14 个“基本学生”已经确定：

左义华（13 岁，后改名左林，以下称左林）；

曾兆寿（12 岁，后改名曾里，以下称曾里）；

张敬茂（13 岁，后改名张牧，以下称张牧）；

张俊鑫（13 岁，后改名张早，以下称张早）；

曹维东（13 岁）；

靖秉铎（16 岁）；

程昌林（16 岁，后改名凌则之，以下称凌则之）；

靖秉铨（17 岁，后改名张明，以下称张明）；

张俊卿（17 岁，曾用名张翼天，后改名张宜天，以下称张宜天）；

刘昭朗（17 岁）；

徐志贯（17 岁，后改名徐之光，以下称徐之光）；

嵇钰（19 岁，后改名纪宇，以下称纪宇）；

杨永鑫（19 岁，后改名白晞，以下称白晞）；

朱金山（20 岁）。

这一次修学旅行，32 岁的汪达之随团行动，自任“顾问团员”。经过民主程序，大家公推徐之光、纪宇、朱金山三人为团务干事会成员，徐之光为总干事，其余人员分别担任营业、账务、管理药品、管理工具、管理行李兼记录、管理电影兼记录等工作。

为争取社会各界进步人士对新安旅行团的支持，汪达之亲自起草了《淮安新安小学为实验基本学生长途修学旅行团宣言》《江苏淮安新安旅行团告国人书》《新安旅行团告全国小朋友书》《新安旅行团组织的意义方法和经过路线》《新安旅行团附属工作》等一系列文件，并邮寄发往旅行计划所到之处：镇江、南京、上海、杭州、济南、北平（今北京）等地的各教育、新闻单位。

汪达之在《淮安新安小学为实验基本学生长途修学旅行团宣言》中写道：

> 看！我们整个民族的生活是怎样了？我们现实环境的紧逼又是怎样了？
>
> 不能控制自然，如是来了一阵水灾，又来了一阵旱灾，把我们民族最低限度生活的资料都掠去了，我们将怎样生活下去？帝国主义的明抢暗夺，有了“九一八”，更来一个“一·二八”，这还不够，还要来个“白银政策”，“倾销政策”，以及种种不利于我们的策略。我们现实的严重，一步紧逼一步，农村在江河日下地破产，都市不景气，更是接踵而来。当前的时机，在历史的纪录中，有更严重于此的吗？
>
> …………
>
> 二十二年秋，我们七个孩子所组织的旅行团，获得始料所不及的效果，凝成铁一般的事实，放在我们的面前，这是不必怀疑的事了。但谨慎的教育家，惴惴焉若有所不安而叫喊着说“研究研究啊！”
>
> 好，我们试验基本学生第二次长途修学旅行计划开始了。请来督责，请来指教，请来赞助我们力所不及吧！

《江苏淮安新安旅行团告国人书》大声疾呼：“我们生存在垂危的国家，更处在僻远荒凉的乡村。我们要努力我们的前途，是一定要找寻新的有效方法才行的。”

一切准备就绪，汪达之又以新安旅行团全体成员的名义，致信陶行知先生，汇报说旅行全国的计划就要实现了，旅行团定于 10 月 10 日从淮安出发。

“放电影了！放电影了！”出发前的几个晚上，莲花街人山人海，新安小学的学生们自己动手，给老百姓放了几场电影。看电影，在那时可是破天荒的“西洋景”。人们从四面八方涌来，从血与火的战争画面上，从学生们的解说中，日本侵略者的暴行激起了现场群众极大的愤慨。人们对于新安小学即将组织旅行团奔赴全国宣传抗日救亡，有了更深的理解和敬佩。

家长们和莲花街的乡亲们纷纷来校，仿佛有说不完的话别之情。孩子们扳着手指数着日益临近的出发的日子。那天电影散场时，天空飘起了淅淅沥沥的雨丝，深秋的寒意阵阵袭来。汪达之把孩子们召集在一起，脸上没有了往日的欣悦之情，满脸阴沉。

“孩子们，陶太师来信了，他在信中劝我们还是暂缓出发为好。”

“不走了？为什么？陶太师不是最支持我们的吗？”孩子们面面相觑，然后争相发问。

汪达之将陶行知的信给大家念了一遍，大伙儿明白了陶行知的良苦用心。

当时形势非常严峻，日本帝国主义步步紧逼，华北危急！蒋介石对共产党采取“宁可错杀一千，不可漏网一个”的政策，白色恐怖笼罩全国。

10月2日，苏北、鲁南一带发生罕见水灾，当年国民党的《新江苏报》这样记载：

> 沂河南堤溃决，水流澎湃，有如山崩栋折……爷娘唤子，童稚呼亲，一望大地，四面汪洋，尸体漂流，鸡犬不免……

在这杀机四伏、饿殍遍野的境况下，把孩子们带出去，安全难有保障，弄得不好饭也吃不上，甚至可能要讨饭。如果这样，学校如何向社会、向家长交代呢？因此陶太师建议，旅行计划暂缓执行，这段时间看时局发展再做决定。

“同学们，大家都好好想一想，我们该怎么办？”陶太师的信让大家陷入了思索，空气像凝固了一样。

走，还是不走，汪达之的思想也在激烈地斗争着。

"同学们，眼看天气转凉，我们新安旅行团每个团员只有一身单衣、一双蒲鞋，从学校里可以带去的只有10块洋钱。饥饿、寒冷、死亡时刻威胁着大家，陶先生是为我们的安危担心啊。但是我们出去的两大宗旨不变，一是践行陶行知先生'生活教育'的思想，二是宣传孙中山先生的遗嘱，现在政府不也是每周星期一举行总理纪念周例会，让大家念一次吗？我们按照这两条宗旨行事，政府能把我们怎么样？倒是出去以后，真要靠讨饭过日子，你们说怎么办？"

"讨饭就讨饭，我们不怕！前年儿童旅行团去上海不是也没讨饭嘛！"

"相信爱国的人会同情我们、帮助我们的！"

"就是将来饿死，我们也要出发！"

大家的情绪顿时活跃起来，你一言我一语地纷纷表示自己的决心。汪达之站了起来，大手一挥："马上给陶太师写信，我们讨饭也要去宣传抗日！"

掌声、欢呼声顿时响起，一股无法抑制的热流在每个人的心中升腾。

淮安是一片生长英雄的热土，这片热土上走出去的韩信、梁红玉、关天培、周恩来等一批英雄志士，激励着无数的后继来者。现在，新安小学的"小英雄们"即将告别父母，不怕牺牲，到全国去宣传抗日，这是多么了不起的壮举啊！

出发的前一天，一场声势浩大的告别会在省立淮安中学的礼堂举行。淮安中学的全体师生来了，深受感动的淮安各界人士来了，就连县长也来了。

汪达之讲述了新安旅行团的宗旨和旅行计划路线等，总干事徐之光宣讲了当前的国难形势和新安旅行团将遵照孙中山先生的遗嘱，到全国去唤起民众共赴国难的坚强决心。一阵儿一阵儿的掌声，将现场的气氛推向了高潮。现场收到淮安中学和县政府各20块大洋的捐赠，同时县长在淮安中学师生们的劝说下，还下令政府所属的轮船公司为旅行团免费送行。

会后，团员们为大家放映了《一·二八淞沪抗战纪实》《抵抗》等影片，灾难深重、民不聊生的中国让在场的每个人都陷入了沉默，我们该怎样来拯救我们的国家，这拷问着每一个国人的心灵。新安旅行团打响了出发前的第一仗！

历史永远不会忘记：1935 年 10 月 10 日，这是一个让无数人铭记一生的日子！

清晨，细雨霏霏，新安小学的礼堂里，汪达之将在校的孩子托付给了郭青老师，左叮嘱右叮嘱，然后带着他的新安旅行团整装待发。每人一件白布衬衫，一条蓝色士林布工装裤，脚穿一双蒲草编织的蒲鞋，背一只挎包，拿一把雨伞，两个人合捆一个行李卷。

一场宣誓仪式正式举行。

"本人愿参加本团生活，誓以忠诚谋团体生活发展，为生活教育努力，为民族生存奋斗！如有违反团体生活，不忠于团体生活行为，愿受团体严厉制裁！此誓。"

运河堆堤上站满了送行的人们。人们想起了两年前的那一场"自动旅行"，7 个孩子自己闯荡大上海，今天，汪校长带着 14 个学生奔赴全中国，这是何等恢宏的气魄啊！

你看，他们排着一列整齐的纵队向轮船码头进发，左林打着一面缝有"江苏淮安新安旅行团""社会即学校"字样的蓝底三角小旗，走在队伍的最前面，顾问汪达之走在最后压阵。蓝底团旗迎风招展，团员们英姿飒爽。他们带着仅有的 50 元现洋、一套电影放映工具和 15 颗勇赴国难的赤胆忠心登上了"达通号"小轮船。

凌则之看见了人群中那个熟悉的身影：父亲！

艰难岁月的印痕，从脸上的道道皱纹，到额头的根根白发，再到眼中的道道血丝，无一不印证着父亲真的老了。几天前，他回家告诉父亲，要和汪先生到全国去宣传国难，老实巴交的父亲急得一时语塞："你不要家了，你这么小……"

"爸爸，国家就要亡了，您愿意做亡国奴吗？"

"国家那么大，也不少你一个！"

“大家都这么想，就没有人起来救国了！”

父亲沉默了，无奈地摇了摇头。

这两天，他没有回家，他怕看到父亲那黯淡的眼神。父亲做着银匠手艺，现在年景一天不如一天，各人连吃饭都成问题了，谁还买首饰啊。父亲在挣扎着为生活奔波。姐姐早已嫁人，弟弟年幼，父亲的身体一天不如一天，作为长子，他抛下父亲，心一阵儿一阵儿地揪痛。可是自古忠孝难两全啊。

“再见了，爸爸，您多保重啊！”凌则之站在船头，含泪向父亲挥手。

“儿啊，路上小心啊！”父亲也向他拼命地挥手，他分明听到了父亲带着哭腔的呼唤，他不忍对视，只好转过头去。

“俊鑫儿啊，你要照顾好自己啊！”张早的母亲哭了起来，高声喊着儿子的名字，再三叮咛。

张早向母亲连连挥手，眼泪夺眶而出。

码头上唤儿的声音此起彼伏，一半泣音，一半祝福，一半牵挂，一半不舍。

“呜——呜——”，汽笛声响起，“达通号”缓缓离开了岸边，驶入运河航道，慢慢加速，向前驶去。

岸上的亲人有的开始顺着轮船前进的方向奔跑追逐着，船舷上站立的孩子中，有几个孩子选择了国人最朴实的告别方式，扑通跪了下去，跪别亲人，跪别故乡。

滔滔运河水，巍巍文通塔，见证着这感人的一幕。

“起来！不愿做奴隶的人们……”徐之光领着全体团员唱起了《义勇军进行曲》，这是铿锵的告别，更是出征的号角。

新安旅行团，一次彪炳史册的伟大征程开始了。

同学们，别忘了，我们的口号：生活即教育，社会即学校。拼命的做工拼命的跳，一边儿学习，一边儿教，别笑我们年纪小，我们要把中国来改造！来改造！

同学们，别忘了，我们的口号：生活即教育，社会即学校。我们的家破产了，我们的国遇了盗，听啊！到处是敌人的飞机和大炮。同胞们，别睡觉，把一切民族敌人都打倒！都打倒！

同学们，别忘了，我们的口号：生活即教育，社会即学校。不怕它水深，不怕它山高，向民众报告，代民众喊叫，我们是民众的小向导！小向导！

“十五罗汉”闯京都

运河上，一艘“达通号”小轮船，悠缓地行进着。这船泊着新安少年无限的希冀，在运河上航行了一天一夜，第二天上午终于到达省城镇江的三号码头。

弃船上岸，他们见到一个人，此人名叫黄乐民，是新新豆食公司的老板，他代表新安同乡会前来迎接大家。老乡相见，格外亲切，出发前汪达之就已做了书信联系，两人一见面像是久别的故人，两双手紧紧地握在一起。

“同学们，告诉大家，你们在镇江期间的豆食品由我们公司免费供应！”黄老板话刚出口，就迎来了一阵掌声和欢呼声。在黄老板的带领下，全体人员入住了新安同乡会会馆。

食宿都有了着落，各人好不欢喜。

新安旅行团（以下简称“新旅”）之所以首站来到镇江，是因为他们虽然经过软磨硬泡，拿到了淮安县县长签发的一张护照，但那仅是个身份的证明，要想取得旅行全国宣传国难的合法地位，必须争取让省政府给他们发一张通行证。

他们当天直奔江苏省教育厅，想拜访厅长周佛海，并想通过他见到国民政府江苏省主席陈果夫。然而，在教育厅，他们只见到了一位省督学。这位省督学尽管敬佩陶行知的“生活教育”思想和新旅的创举，但拒绝为他们引见。

汪达之拿出了事先准备好的两本《我们的旅行记》，这是两年前新安儿童旅行团满载而归后集体创作出版的书，想送给省教育厅厅长和省主席。省督学见此，只好同意转呈，但能否受到接见，还要等他明天回话。

第二天，新旅还是没有见到厅长和主席，但有了一个意外的收获，督学带来了陈果夫与周佛海的题词。

“真是对不住大家，厅长和主席实在是公务繁忙，不能与大家见面，但是你们看，我给你们带来了不一样的礼物，这是陈主席的题词——‘幼学壮行’，这是周厅长的题词——‘鹏程万里’。”

当天的生活晚会如期举行，可能是因为没有拿到省政府颁发的通行证，有些人情绪低落。见此，汪达之站了起来：“同学们，他们不愿见我们，送来两张题字也好呀！今后每到一处，就请当局和各界社会名流题字，这些题字既可以为我们的团体做宣传，也可以证明我们的行动是得到当局和各界承认的！”

翌日上午，新旅总干事徐之光带着大家装订了一本厚厚的 8 开大的题字簿，并在用牛皮纸裱糊的封面上用毛笔端端正正地写上了“请赐鸿辞以留纪念”8 个大字。

“大家看，这不就是江苏省主席给我们开的通行证吗?”徐之光兴奋地举起题字簿，一打开，陈果夫成了在这本簿子上第一个题字的人。

后来，每到一地，他们都带着这本题字簿四处拜访，每每当被访者见到大名人在簿子上的题字后，也就都跟着欣然题字。据新旅团员张牧回忆，这本题字簿上留下了于右任、宋庆龄、冯玉祥、张澜等上百位国民政府元老和社会名流的题字，题字簿成了新旅最好的通行证。可惜的是，皖南事变后，新旅向苏北抗日根据地撤退，把题字簿同其他许多材料隐藏在桂林的一个团员家里，后在战火中全部丢失。

短暂的欢愉之后，责难之声接踵而至。

1935 年 10 月 13 日，《新江苏报》的《时评》栏目刊出了一篇署名“索园”的评论文章——《愿商讨新安儿童旅行团所为何事》。文章兴师问罪，从动机、成效、是否正义出发，发出三大质问：

挟十二、三岁未成年之儿童，与十六、七岁、十八、九岁甫成年之青年，周行各省，到处招摇，谒某长官请训，乞某长官题词，虚耗光阴，扩张放心，浪费金钱。

无论所期之路程能至不能至，不能至，何取率未定性之儿童为此夸言；即能至，以十数毫无学识之儿童，徒劳跋涉外又有何得。

所谓淮安新安小学是如何小学？是公立？是私立？是否在苏省省、县教育管制之下，该校经费纵极宽裕，不妨普利淮安地方失学之儿童，多设义教使有所读书，何取作此毫无实际之消耗，且贼此十数儿童耶。

“必须予以反击！”新旅团员个个义愤填膺，责成年长的团员白晞当即写了一篇答辩文章，要求《新江苏报》第二天发表。然而，《新江苏报》第二天非但没有发表，反而将文章交给那位署名“索园”的作者，由他在《新江苏报》的《星期论坛》栏目上对答辩文章逐段指责和质疑：

此十数儿童，皆国家未来有用之才，不能如此牺牲，虚耗光阴，养成不良习惯，漂流浪荡，终于不学无术，他日无以自立，致国家与社会又多十数惰民……

在镇江的几天，新旅与教育界、工商界有许多接触，他们纷纷邀请新旅去参观访问，态度与官方截然不同。官方报纸的非难让人心寒，再写文章反驳已经无济于事，一个字也不可能刊登。

“镇江已成是非之地，与这些人纠缠会影响我们的行程，不如趁早去南京吧。”汪达之当机立断。

在镇江待了四天后，10 月 15 日，新旅乘坐火车向南京进发。

那天，新旅团员有一个明显的变化，每个人的脸上没有丝毫的沮丧，因为脚上的蒲鞋换成了时尚的力士鞋，行李包里还多了一双胶鞋，这是镇江国货公司的老板赠送给他们的。力士鞋穿在脚上，心里暖暖的。

南京是国民政府的首都。新旅到了南京，找到位于中正街的安徽公学的校长姚文采先生，他是陶行知先生的同乡好友，也是新安小学的校董之一。对新旅的到来，他很是上心，先是安排大家住在学校一间 20 平方米的库房里，然后又安排他们在学校食堂搭伙。

“到了南京，你们得先去拜访一下南京市市长马超俊，以征得他的支持为好。”姚文采如此建议。

10 月 16 日的早晨，冷冷的秋雨打在人身上，丝丝寒意袭来，让人不住地打着寒噤。绵绵细雨中，南京城的上空笼罩着茫茫云雾，新旅的孩子们排成一列纵队，一面蓝色三角旗在前指引着方向。

初到京城，有着太多的新奇。汽车，洋房，光滑的柏油马路，笔直的行道树，五颜六色的商店招牌，云雾中光怪陆离的霓虹灯……

许多人心里慨叹着世间的不公：为什么有人不做事，却住洋房、坐汽车，而很多人辛辛苦苦一年忙到头，还是穿得破破烂烂，吃不饱、睡不暖？

看着眼前高高矗立的洋房，曾里说笑起来：“这样高的房子，不怕风吹倒啊！”

一阵哄堂大笑，大家笑他：“放猪的孩子，又出洋相了！”

曾里性子急，要是以前早就拾起石子追着打人了。上学前他是个在家放猪的野孩子，父母双亡后，留下他和一个没有结婚的、大他 8 岁的童养媳相依为命。但他进了新安小学，现在又是新旅的一名团员，遵守纪律是基本守则。

大家齐刷刷地来到南京市政府。门岗前，汪达之拿出名片和公函，请传达人员送进去。

“市长公务太忙，不能接见!”回话来了，汪达之再次恳切请求，传达人员看着这些七大八小的孩子也有几分同情，无奈之中将新旅团员安排在会客室等候，他继续去通报。

“马市长就来!”半小时后，终于有了准信，团员们立即起身，准备迎接市长。

一个50岁左右的中年汉子急匆匆地闯进了会客室，一见面还未等汪达之开口，便气呼呼地一顿呵斥：“你们这些小孩子不在学校好好念书，跑出来干什么?!”

“马市长，我们这些新安旅行团的小朋友……”知道是马市长，汪达之一脸谦恭地迎上去，可还未等他把话说完，马市长就连声叫道：“回去！回去！赶快回学校念书去!”

“现在国难当头，我们遵从孙总理的遗嘱，要唤醒民众共赴国难!”徐之光激动起来，直截了当地说，“读书要紧，救国更要紧啊!”

“对，读书要紧，救国更要紧啊!”大家也紧跟着一条腔附和。

“救国？你们小孩子懂得什么?!救国是大人的事!”马市长又是一声训斥。

纪宇站了出来，据理力争：“‘九一八’日本帝国主义占领了东三省，‘一·二八’进攻上海，现在又进攻华北和内蒙古了。东三省的大人当了亡国奴，小孩子不也当了亡国奴了吗？为什么小孩子就没有救国的责任呢?”

马超俊生气之余很是震惊，想不到这些孩子口中说出的话竟一套一套的，让他有点儿下不了台，很是尴尬，气得在会客室里来回踱步。

“马市长，孩子们是一片爱国热忱。我们一到首都，就要求来拜望您，期望您对我们到全国去唤醒民众共赴国难给予同情和支持……”为了缓和气氛，汪达之满脸堆笑地走到市长面前。

马超俊打量着眼前这个青年人，知道他是带队的老师，顿时气不打一处来，立马打断了他的话：“你是老师，难道还不懂得读书就是救国，救国必须读书的道理吗?”

“马市长，东三省的小朋友现在念的全是日本人的书啊!”

“马市长，天上日本人的飞机到处扔炸弹，我们怎么读书啊!”

大家你一言我一语地反驳，让马超俊实在无法忍受，他不屑于和这些黄嘴毛孩理论什么，甚至有点儿气急败坏："我不和你们强辩！你们通通给我滚！赶快滚回去!"

这一次对于新旅的态度，是马超俊人生的一大"败笔"，在国民党中央大员中，他其实还算是一个有血性的人。两年后的1937年11月12日，日军攻占上海后，兵分数路向南京猛扑过来，马超俊写下遗书誓与南京共存亡。直到南京城破的前一日，马超俊接到蒋介石严令其立即撤离的电报后，才在其副官"军人当以服从命令为天职"的死谏下离开南京。值得一提的是，身处危城的马超俊将故宫古物1800余箱全部运出，而私人财产连一草一木也未曾带出来。更具戏剧性的是，1938年，他出任中国战时儿童救济会副会长一职，专职做起了儿童救济工作。遥想当年对新旅儿童的抗日激情不屑一顾，也未给分文赞助，这或许是他一生中最为后悔的一件事。

不受市长待见的新旅四处奔波。

去教育部，吃了闭门羹。

去交通部，人家不接待。

去铁道部，还是无功而返。

新旅四处出击，处处碰壁，但还是奔走呼号，有人戏称他们是"十五罗汉"闯京都。可是，再大的苦难，难不倒新旅的同志们。

一晃已是11月中旬，新旅从淮安带出来的50元钱已经所剩无几，而且拖欠安徽公学的伙食费越来越多，孩子们身上还穿着出来时的那套单衣。本打算从南京沿津浦路北上，经蚌埠、徐州到济南，再赴华北前线。这下子路费没了着落，吃饭的钱也没了，新旅陷于饥寒交迫的绝境。

那天的生活晚会上出现了"新情况"：刘昭朗提出，因为出发时没和父母商量好，想回淮安去；白晞也说，最近连续咳嗽不见好，他去看了医生，说是肺炎，不适宜旅行，为了减轻大家的负担也想回去。

空气死寂般的沉闷，汪达之站了起来："刘昭朗同学要回去，团体不强留。白晞身体不好，就回去治病，路上请刘昭朗多照应。现在团里虽然经济上很难，但你们俩返淮的路费还是有的。我相信你们要抗日救国、要为民族解放事业奋斗到底的决心是不会改变的。”

第二天早上临别时，刘昭朗、白晞久久凝望着脸庞瘦削的汪达之，想到先生这些天来为大家操碎了心，两个人一路挥手、一路流泪地走了。

人虽走了，但两个人都将汪达之先生的教诲谨记在心，继续努力着。刘昭朗后来做了淮安新安干部子弟学校校长，白晞成了辽宁电影制片厂厂长。

“同学们，你们怕困难吗？”汪达之问大家。

“怕什么?！我们原本就是抱着讨饭的决心出来宣传抗日救国的，不达目的决不回去！”

“请顾问放心，困难压不倒我们！”大伙儿立即振作起来，每个人的拳头都捏得紧紧的，举得高高的，像是举起了誓言。从那天起，大家团结得更紧了，决心要在京城闹出个动静来。

各人分头去大、中、小学校及文化教育单位，通过演讲、放映国难电影等唤醒民众抗日救国，受到广泛欢迎。继续登门拜访政要名流，请他们赐予“鸿辞”，并邀请记者来采访，以扩大社会影响。积极向报刊投稿，有几家报刊进行了发表，并寄来了特约撰稿人的聘书及稿酬。

不受官方待见的新旅，在舆论上破解了官方的刁难和封锁，在南京上上下下也闹出了一点儿动静，但经济收益依旧不见好转。思来想去，汪达之决定亲自到上海去找陶行知先生，从上海进步文化界想办法寻求帮助。

几天后，汪达之风尘仆仆地回来了。

这一次，他在中国左翼教育工作者联盟的丁华、王洞若等人的支持下，满载而归：

“邹韬奋先生把他主持的生活书店的全部出版物，包括他主编的《大众生活》杂志，统统交给我们去贩卖，书店只收成本，利润全部归我们。由生活书店经售的新知书店和读书生活出版社等家的出版物，经我们贩卖后可得到 8 折的优待费。此外，陶行知先生让从东北流亡到上海的魏建新先生，把刚刚编印出来尚未发行的一套国难地图，即《日本帝国主义侵略中国史地图》《世界各帝国主义侵华史地图》《中国历代疆域变迁史地图》3 本，每本 1 元，以 8 折赊给我们 100 套，由我们去卖……”

“100 套地图卖掉，我们就能赚回 60 元！这可是可观的一笔钱啊！”对于来自上海的暗室逢灯、绝渡逢舟的帮助，每个人高兴得手舞足蹈。

12 月的南京，滴水成冰，在瑟瑟寒风中，南京城的大街小巷、大中学校、大小机关，就连下关、浦口、江宁、燕子矶，都穿梭着单衣薄裳的新旅团员，他们在叫卖着国难地图，呼吁大家用购买国难地图的方式支援新旅的抗日宣传工作。

官方各大机关的态度依然冷漠，官员们心存戒备，没有人肯买，而非官方机构大多能伸出援手买上一套。

天空飘起了雪花，呵气成霜的季节，新旅团员们手脚都起了冻疮，但是没有人怕冷畏难，就想着早点儿把挎包里的地图卖出去，让新旅尽快渡过难关。

金陵女子大学图书馆门前，张牧抱着一套地图，雪花一个劲儿地往脖子里钻，他一边跺脚，一边搓手哈气，和工作人员好话说尽，就想让他们能够买上一套。

工作人员连连摆手：“对不起，我们真的用不上！”

此时，走过来一位端庄淑雅的女士，她微笑着温和地问道：“小朋友，你是淮安来的新安旅行团团员吧？”

“是的，是的，老师！”张牧像是遇上了救星，连声应答。

“勇气可嘉，精神可敬，来，我买一套！”女士说着掏出了 3 块大洋。

张牧一时激动得说不出话来。

“小朋友，你今天真幸运，你知道买地图的人是谁吗？她是我们金陵女大的吴贻芳校长！”

张牧望着吴校长远去的背影，心里热乎乎的，觉得今天多么幸运啊，竟然遇上了贵人——大名鼎鼎的吴贻芳校长。

左林、曹维东两人在卖书的路上拾到了两毛钱，两毛钱可够吃两顿饭的了。是偷偷吃了，还是交给团体？两个人思来想去，最后统一思想：还是交给团体！他们心里知道，团体太困难了，必须要对团体忠诚。

新旅所有人都和左林、曹维东一样，过着人穷心不穷的日子。

他们借住在安徽公学的库房里，白天把铺盖卷起来，读书写文章；晚上把被子放下，睡的是集体大通铺。早上到露天小摊上喝一碗粥和吃一个馒头，中午吃一碗面条，晚上还是稀粥一碗、馒头一个。半饥半饱的孩子们，脸上依然露出春天般的笑容。

每天晚上的生活检讨会总是那么激烈，对犯了错误的团员的批评是一针见血、毫不留情，但帮助也是春风化雨般的真诚。

经过一个多月的奔波，孩子们终于卖出了全部的国难地图和书刊，拨开云雾见晴天，新旅不仅扩大了宣传国难的影响力，破解了官方的刁难和封锁，而且渡过了饥荒，每人还添置了一身绒衣裤和一双袜子。

> 滴自己的汗，吃自己的饭，
> 自己的事自己干。
> 靠人靠天靠祖上，不算是好汉。

那段时期，人们经常看到新旅的孩子们，打着一面蓝色三角旗，唱着《自立歌》，穿行在南京的街头，成了京城里一道独特的风景线。

我们有了团歌

从镇江到南京，一路上的许多真相和事实，让新旅的每一个人看清了眼前这个世道，也明白了一个道理：新旅要想生存下去，要想宣传抗日救国，只能靠自我奋斗，用自己的行动去争取各界爱国人士的同情和支持。

多年以后，汪达之回忆新旅在南京的经历时，特意说起一个人。

有位国民党中央党部的高科长来安徽公学看我们，自称淮安人，说是看到今天报上的报道，感到你们为我们淮安人争光，我特先来看过你们再去上班……

这个高科长叫什么名字已无从知晓，当初新旅在南京不受待见之时，他给予了意想不到的帮助。通过他的运作，新旅打了一个报告，终于获得了国民党中央党部的通行证，还从专管影片的小组那里办理了租借影片的手续，当时诸如国民党中央党部出品的《农人之春》之类的热门影片也经新旅借出，四处给观众放映。这位淮安老乡“及时雨”式的帮助，给新旅打开了一扇全国修学的方便之门。

全国“儿童年”委员会派出以吴研因、陈鹤琴为首的五位委员作为慰问代表，带着慰问信和慰劳款 50 元来了。这是一个专注于全国儿童事务的组织，这半官方的慰问，在某种程度上，也算是承认了新旅的社会地位。“师出无名”的流言，一直困扰着新旅，这下子，积压在大家心头的块垒终于搬掉了。

万事俱备，只待北上。

即将离开南京之时，汪达之收到了陶行知先生的来信。信中陶先生建议，既然北上，就争取见一下曾在察北领导过抗日同盟军的国民政府军事委员会副委员长冯玉祥将军，他近期就在南京。陶行知的儿子陶宏在南京科学院工作，曾为冯玉祥讲过几个月的天文课，可以让他穿针引线。

很快，陶宏带来了好消息：冯将军很高兴会见新旅团员，并且邀请大家去家中吃早饭。

那天早上天刚蒙蒙亮，两辆马车把大家接到了位于孝陵卫的冯玉祥将军的住地。大家对冯将军的第一印象就是有点儿“土气”：一身青布棉纺衣裤，扎着裤腿，一双黑色高鼻梁棉鞋，横高竖大地立于堂前，说话嗓门大大的，像个性格粗犷的大兵，怪不得他戏称自己是“丘八大头兵”，全然没有领袖的“作派”。

每人一大碗小米粥，一个山东大馒头，一块咸大头菜。

“我是个丘八，耍了一辈子枪杆子，没念过洋学堂。陶行知先生是你们的老师，也是我的老师。他的教育办法好，比孔夫子高明！我的家乡在安徽巢县园山，也请他派人在那里办了一所学校，欢迎你们去！你们人小志气大，出来宣传抗日，我佩服你们！今天我请你们来吃顿早饭，吃的是我们的父母——劳苦大众不能每顿都吃到的饭！"

冯玉祥说话历来快人快语、开门见山，他还是个基督教徒，饭前祷告是他的必修课，说着他就站了起来做祷告，新旅团员也跟着站了起来。

冯玉祥说："我念一句，你们就跟着念一句吧。一餐一饭，人民血汗！……救国救民，就要抗战！阿门。"

吃饭还有仪式感，小米粥和山东馒头也是第一次吃，因此，这顿早饭大家吃得挺有新鲜感。

"吃得惯吗?"冯玉祥边吃边问道。

"谢谢副委员长，我们这些小朋友都是穷孩子，吃得惯的!"汪达之恭敬地站了起来。

"什么副委员长，我连一支枪都指挥不动了！今天还能请你们吃一顿粗茶淡饭，而我们的父母——老百姓吃什么？好吃的要么被强盗抢去了，要么喂狗了，人哪里还吃得到?!"冯玉祥将筷子往桌上一拍，大家都吓了一跳，放下了筷子，直听他破口大骂起来，"日本军阀是蒋介石的干爹！半个中国都让他送给日本老子了！我们四万万五千万同胞，被欺侮得连孙子都不如，连狗都不如了!"

他越说越气，大家知道，他是借题发挥骂蒋介石的。他接着说："我支持你们到全国去，唤醒民众起来抗日，要不然，我们统统都要当亡国奴了！你们到各地去，只要是我的部下，都可以去找他们，就说是我冯玉祥叫你们来的。只要他们还有一点儿中国人的血性，他们就会帮助你们的!"

"日本如不早悔改，一千一千把命毙！六千万人拼我四万万五千万，各死六千万人看谁完!"这是临别前冯将军在题字簿上写下的一首他自称的"丘八诗"。

第一次如此近距离地接触一位抗日爱国将军，冯玉祥的一番慷慨陈词，深深地印在新旅团员的脑海里，更加激发起新旅团员投身抗日宣传的热情。

“尽快离开南京，待久了不会有好处!”上海方面王洞若来信建议新旅尽快动身，可暂不北上，先去皖中地区，那里更需要大家去宣传抗日，传播进步文化，而且那地方气候温和，特别适宜过冬，还可以通过放映影片来解决经费问题。

“对，先去皖中地区，等天气暖了，再北上!”

“去皖中，要先去皖北蚌埠，那里靠近山东，方便打听北方的情况。如果去不成北方，再从淮河转皖中也方便。”

“去皖中，一定要去冯玉祥将军创办的巢县园山学校。”

大家经过民主讨论，都赞成先绕道皖北蚌埠再到皖中巢县的行进计划。

1936 年 1 月 10 日，新旅离开南京，踏上了新征程。

临别时，南京安徽公学的师生来了，后勤的工友们也来了，工友们紧紧地握住新旅团员们的手：“你们天天教我们读书识字，还讲抗日道理，我们的进步多亏了你们!”

工友们搬来了几篓水果和几包糖果，新旅带着工友们的深情厚意出发了。

从南京去蚌埠，必须到浦口乘坐火车，每天上午有一班九点半的快车。大伙儿决定提前在浦口扶轮小学借宿一夜，这样第二天可以不慌不忙地坐火车出发。大家刚在浦口轮渡码头下船，就迎面遇到了一群“劫道的”——三个大人带着一群孩子迎了上来。

原来他们是浦镇铁路工会的工人代表，以及浦口扶轮中学、扶轮小学的师生代表，特来欢迎新旅去浦镇和学校参观。扶轮和工会是一家，当初小团员们来浦口推销国难地图时，他们就商定了，等新旅北上经过浦口时，一定留大家住几天，用实际行动支持新旅的爱国壮举。

是去是留？大家的热情，让汪达之和众位团员一时不知怎么办才好。

工人代表们和师生代表们不容分说，就动手扛起了新旅的行李、机器往学校走去。

“我们这里的小朋友、工人家属们，都想你们来讲讲国难形势，想看看你们的抗日电影啊!”校长在欢迎仪式上再三挽留，众人只好就此住下。

他们白天分别和师生、工人代表们座谈宣传，晚上就在学校操场上放电影。学校给新旅免费食宿，新旅当然也免费放电影，可谁知电影放映后，学校和工会硬是把每人5分钱的入场费送了来。再三婉拒，可对方一再坚持付钱：“你们宣传抗日的心和我们是一样的，我们没有别的可以支持你们，只有这一点点心意，必须收下!”

第二天，工会和学校派出代表去铁路局交涉，希望能免费送新旅北上，被拒绝；提出免费送新旅去蚌埠，还是不同意，只答应9折优惠。

从镇江到南京，一路走来，新旅真切地感受到，官方和民间对抗日的态度是截然两样的。

更让新旅团员们感动的一幕发生了。

那天，新旅从扶轮小学出发去火车站的时候，学校正在召开纪念周大会。学生们听说新旅的小朋友要走了，望着窗外，顿时坐不住了。

一个学生站了起来：“先生，我提议暂停纪念周会议，欢送新安旅行团的小朋友!”

“同意！同意!”学生们纷纷附和起来。

先生坚决不允。

此时，一个叫李少青的学生实在忍不住了，一声怒吼：“新旅是我们的好朋友，我们为什么不能送啊?”他带着大家一下子冲了出去。

学生们一路簇拥着新旅团员一直送到了火车站。火车开动时，学生们喊起了口号，挥手告别的那一刻，所有人都流下了眼泪。

1936年1月12日，新旅离开浦口，先是到达安徽蚌埠，一周后，从淮河坐轮船到达田家庵，月底经水家湖到合肥，2月到达安徽巢县。

在全国抗日救亡运动日益高涨的形势下，新旅团员不甘落后，他们深入皖北、皖中地区的县城和乡镇，以放电影、教唱抗日歌曲、贩卖进步书报、开展“小先生”活动等方式，进行抗日救亡宣传，组织青少年儿童读书会、歌咏队，开展对农民的宣传教育工作。

安徽农村和中小城镇的百姓从未看过电影，这种黑白无声加扩音机解说的电影，到一处轰动一处，远近几十里的人都赶来观看。新旅在农村放映电影不收费，只在城镇象征性地收取一两个铜钱的入场费。那些没钱的穷人，大人喊一句“打倒日本帝国主义”的口号，孩子唱一支抗日救亡歌曲，也可入场。

去巢县园山学校，一是因为这所学校是以冯玉祥将军的名义开办的，二是因为汪达之的老乡兼同学舒政海在这里。

两人见面，汪达之大跌眼镜，眼前的老同学舒政海与数月前判若两人。新旅在南京时，舒政海曾找过汪达之，那时他因为共产党的案子坐牢刚从南京监狱出来，苍白的面庞，瘦弱的身子，连话都不愿意多说。想不到这次相见，他像换了一个人似的，活泼开朗，非常健谈。

园山学校因为规模小，又在农村，所以受当局关注少，校内民主空气浓厚，可以公开讨论一些抗日救亡的问题，这在国民政府官方办的学校是不允许的。新旅在园山学校的日子里，舒政海常常与他们在一起聊天，经常聊到一些敏感的政治话题，为团员们打开了一扇发现新世界的窗口。

有一次，新旅到农村开展“小先生”活动，回来时大家坐在田埂上休息，舒政海提到苏联的集体农庄用铁牛拖拉机耕作，一下子引起了大家的兴趣。

“要是我们这里也用铁牛耕地有多好啊。”

“铁牛到这里走不动！我们有田埂界石，铁牛来了遇到它得站住哩。”看着大家一脸糊涂，舒政海笑着继续说道，“不是田埂子和界石有力量，是私有制有力量！在我们中国，土地是地主的，工厂是资本家的，蒋介石就是私有制的总头目。中国工农要过上苏联工农那样的日子，就要打倒国民党蒋介石！共产党就是带领工农来干这件事情的！”

“共产党”，这三个字，过去只在一些传闻中听说过，经常和“共匪”“赤匪”这些字眼连在一起，晓庄学校有一些学生是共产党，被杀害于南京雨花台，让许多人谈“共”色变。这一次来园山学校，大家与舒政海亲密接触后，知道了共产党不是“匪”，而是要带穷人闹革命，过新生活的。大伙儿也明白了国民党要杀共产党的原因所在。

“我把国民党党歌的歌词改了一下，你们听听对不对。”舒政海撕开一个香烟盒，边写边唱道，“杀民主义，狗党所忠。出卖民国，破坏大同。咨尔多士，杀民先锋，帝国主义，唯命是从。矢勤矢勇，屠杀工农。工农团结，狗党送终。”

大家纷纷拍手，连连喝彩。

那段日子里，舒政海还教大家学唱《国际歌》《苏联少年先锋队队歌》和《八月桂花遍地开》等苏区民歌，他一句句地解释歌词的意义，给人耳目一新的感觉，使大家受到了一次从未有过的政治启蒙，革命的种子在心中悄然萌芽。

团员们暗中悄悄地问舒政海：“你是共产党吗？你说出来，我们为你保密！”

舒政海苦笑道：“你说我像吗？国民党把我当共产党抓起来，冤枉啊！”

18 年后，新旅团员张牧问他，当初为什么不从新旅团员中吸收发展党员，他才说出真相：“当时你们还小啊，我也刚从监狱里出来在园山养病，还没接上党组织关系呢。”

1936 年 4 月，春暖花开，天气渐渐转暖，新旅又该开启新的征程了，可是究竟向何处去呢？汪达之思来想去，决定再去上海一趟，听听大家的意见。

在上海，他得到了一个消息，被国民政府逮捕关押在徐州监狱里的著名戏剧活动家田汉先生已无罪释放，现人在南京。汪达之在返回安徽巢县的途中特意去南京拜访了田汉先生。他俩是老相识，一别数载，风华依旧，两人相谈甚欢。

“我想请先生为新旅写一首团歌，如何？”汪达之提出请求。

“没问题！”田汉一口答应，同时他也提出一个想法，“我最近正在南京组织中国舞台协会的公演活动，准备把俄国作家列夫·托尔斯泰的名著《复活》搬上舞台，我想请你们新旅团员参与演出。至于来南京的交通费、食宿费、生活费，都可以在演出收入中解决，怎么样？”

“这是一个大好事！可是我们新旅一切的行动，都要经过民主程序，我回去和大家商量一下，再给您答复。”

一石激起千层浪。回到巢县，汪达之将田汉邀请新旅去南京演出的事情一说出，众人便展开了热烈的讨论。

有人顾虑重重，去南京，会不会和官方发生矛盾？会不会影响接下来的行程？大多数人还是持赞成态度，认为这是一次学习文艺宣传知识和技能的绝好机会，应该去！少数服从多数，新旅很快形成决议，暂停安徽的抗日宣传活动，重回南京！

南京丹凤街56号，中国舞台协会的排练场地，田汉先生的工作处所，新旅团员来了。

在这里，团员们与知名导演、当红明星相识，像应云卫、魏鹤龄、周伯勋、舒绣文、安娥这些在画报上、海报上出现的名人，能够如此近距离地接触，并且能够同台演出，他们感到莫大的幸福。除参演《复活》《回春之曲》《洪水》《械斗》《阿比西尼亚的母亲》等剧目外，新旅团员还负责在开演前协助剧场收门票、带领观众对号入座，开演后去后台协助管理服装、道具、灯光等。

演出持续50天，场场爆满，座无虚席。每个剧目都以抗日救亡的爱国教育为主线，反对国民党不抵抗政策，号召全国人民团结抗战。这是新旅第一次系统地参与演出方面的知识与技能的学习实践，从此学会了运用文艺表演形式进行抗日宣传，改变了过去单纯的时事宣传。

这次南京之行，给新旅种下了文艺的种子，走南闯北中，文艺宣传的力量渐次生根发芽、开花结果。

对于新旅的表现，田汉极为满意。他和青年作曲家张曙从百忙中挤出时间给新旅团员们授课，带领大家排练，教认简谱，传授指挥常识，培养他们的演艺才能。有的团员就此走上了戏剧舞蹈表演之路，甚至还成了行家里手。

田汉也兑现了他的承诺，为新旅创作了《新安旅行团团歌》，歌词一出来，张曙立即为团歌谱曲，并领着团员们边学唱边修改。

> 同学们，别忘了，我们的口号：生活即教育，社会即学校。拼命的做工拼命的跳，一边儿学习，一边儿教，别笑我们年纪小，我们要把中国来改造！来改造！

同学们，别忘了，我们的口号：生活即教育，社会即学校。我们的家破产了，我们的国遇了盗，听啊！到处是敌人的飞机和大炮。同胞们，别睡觉，把一切民族敌人都打倒！都打倒！

同学们，别忘了，我们的口号：生活即教育，社会即学校。不怕它水深，不怕它山高，向民众报告，代民众喊叫，我们是民众的小向导！小向导！

“我们有了团歌啦！”这对于新旅来说，是一件具有划时代意义的大事，每个团员都为团歌的诞生欢呼雀跃。这首歌不仅成为团员们开会时的必唱歌曲，而且每次演出活动都以此团歌开头、用《义勇军进行曲》作总结。

这首团歌还传到了国外。当时，陶行知先生作为“国民外交使节”，正在海外宣传抗日救国。他收到这首团歌后欣喜万分，立即在美国芝加哥、旧金山、纽约等地教唱，后来这三大都市的华侨工人都会唱这首歌。

其后，新旅团歌在上海任光先生的帮助下，和冼星海先生所作的《救国军歌》等几首歌曲，被英商百代唱片公司录制成唱片，行销全国。

《新安旅行团团歌》成了传诵一时的经典热歌。

战上海

把年迈的母亲一人孤苦伶仃地留在安庆，汪达之一想起来，心口就是一阵揪心的疼痛。

转眼已经一年半没有见到母亲了，不知她老人家身体可好？汪达之想着想着，悄悄地流下了眼泪。

从南京到安庆的交通很方便，汪达之便萌生了探望母亲的念头。新旅又要出发了，这一走，也不知道何时能回来。

他想问问孩子们。没想到，汪达之的想法一经提出，孩子们便异口同声地要一起去安庆，他们也想看到这位伟大的母亲。

1936年6月，新旅离开南京来到了安庆，入住省工业学校。那一天，汪达之的母亲看到儿子带着这么多的孩子回来了，心里有说不出的高兴。虽然儿子是因为这些孩子才不在她身边，但她对待这些孩子就像对待孙儿辈一样，格外地小心、细心加贴心。

到安庆不久，汪达之就病倒了，母亲风里来雨里去，一趟趟往新旅住地跑。经过老人家的精心调理，汪达之终于转危为安。

但想不到这一次相见，竟成了汪达之与母亲此生最后一次相见。

此前，汪达之从上海明星公司拿到了新片《民族痛史》，这是国民党政府禁映的，但群众都很欢迎，特别是青少年儿童。安庆城乡老百姓第一次看到了如此新鲜的“洋玩意儿”，新旅的抗日宣传工作就此展开。

就在安庆，新旅做出了暑假到上海集中休整学习的决定，这是审时度势的决定。

1936年的中国，风起云涌，日本帝国主义加紧了侵略步伐，强令国民党政府取缔一切反日活动。就在6月，国民党广东军阀陈济棠和广西军阀李宗仁、白崇禧通电全国，抗日反蒋。抗日救国，已成了时代主旋律；而大上海，是全国抗日宣传的策源地，新旅迫切需要到上海去经风雨、见世面。

1936年7月28日，新旅团员从安庆乘坐长江招商局的客轮抵达上海，入住胶州路愚园路口的民光中学。此时，在上海各界抗日救国会的领导下，抗日救亡运动正如火如荼地进行着，新旅从下车伊始，便投身到这场“战上海”的洪流中。

上海的天空里飘荡着新旅的歌声。

他们积极参加群众抗日救亡歌咏运动，到青年学生、店员和工人中去组织歌咏队，教唱和推广抗日救亡歌曲。为了提高歌咏水平，他们每个星期六按时参加刘良模先生主持的“星期歌咏晚会”，与各方面的歌咏骨干相聚在一起，练习指挥、合唱、对唱、轮唱、重唱，互相学习，互相交流，互相提高。冼星海、盛家伦、吕骥、周巍峙、麦新、孟波等音乐家轮流培训、轮流教唱。《搬夫曲》《义勇军进行曲》《救国军歌》《流民三千万》《印刷工人之歌》《救亡进行曲》《自由神》《打回老家去》……这些雄壮激越的歌曲，涤荡着成千上万颗爱国的心灵。

他们无所畏惧地参加了群众性反日游行示威活动。

8月，救国会组织的抵制日货反对走私的万人大会举行。救国会领袖沈钧儒、史良等人的演讲怒斥“牺牲未到最后关头”的亡国论调，谴责国民党政府的对日退让政策，新旅的每个人都听得心绪澎湃。会后的大游行，他们打出“新安旅行团”的旗帜，一路领喊口号、散发传单、书写标语，同时手挽着手、肩并着肩，高唱着抗日救亡歌曲，嘹亮的歌声引得上海市民纷纷驻足，为这些“人小志气大”的孩子们鼓掌。

游行队伍来到天通庵一带时，武装军警挥舞着警棍冲了上来，许多人被打伤，游行群众与警察扭打在一起，现场一片混乱。这一次，新旅的团员们第一次目睹了反动军警镇压抗日群众的一幕。

“九一八”五周年的日子日益临近，根据救国会的安排，新旅的任务如下：一是组织报童、报贩，将传单夹进出售的报纸中卖出去；二是在合适的公众场所将5000份抗日传单散发出去；三是书写标语，这一次团员们要将粉笔换成不易被擦掉的墨汁。

新旅事先划分了活动区域，他们特别注意利用法租界和公共租界交叉的马路地段行动，因为各租界不能跨区越界抓人。他们两人一组，一人望风一人干，发现有情况立即转移。

9月17日晚，新旅在行动。

大新公司门口，左林和张明一组，两个人一身报童打扮。他们跑到顾客最多的地方，将一包东西抛向空中，纸片便像雪花般飞舞起来。

“看啦，传单！传单！”人们纷纷伸手去接传单。

“小赤佬，看你们往哪里逃！”几个警察追了上来。

两人撒腿就跑，“咣当、咣当……”，随后一阵铃响，有轨电车来了，他俩一个箭步跃了上去，警察只好望背兴叹。

上海大戏院门口，朱金山、曾里一组就不那么幸运了。负责望风的曾里望着五颜六色的霓虹灯有点儿眼花缭乱，一走神的空儿，两个黑大汉样的警察将正在散发传单的朱金山揪住，扔进一辆黑色汽车疾驶而去。

“坏了，朱金山被抓走了！”好不容易侥幸逃脱的曾里深夜跑回来报告。

9月18日，游行示威如期举行，大批军警出动，救国会领袖史良被打伤。在混乱中，新旅总干事徐之光带领团员们潜入店铺，最终得以撤离。

朱金山怎么样了？众人焦急万分。

在紧张和不安中，大家等了将近两天两夜后，终于在9月19日下午4时许，朱金山被放回来了。

“我是被关在提篮桥监狱的一个大厅，受审时我就按照事先编好的口供回答他们，说我是从苏北到上海来找工作的，路上碰见一个人，他对我说，有叠广告要我去商店散发，我就去散发了。

“他们要我把传单念一念，我倒着接过传单，看半天说，长官，这上面什么字，我不认识。

“这一天与我一起被抓的报童、报贩和一些群众大概有几百人，大家都关在一起，不吃不喝不睡，一起抗议，喊口号，唱抗日歌。警方也抓不到什么物证，只好把我们都放了。”

虚惊一场，大家高兴地抱在一起。

在上海，新旅壮大了。

经上海国难教育社王洞若的介绍，烈士之子、上海报童领袖张根生（后改名张杰，以下称张杰）参加了新旅。他在上海《新少年》发表文章公开表明了他参加新旅的心迹：一是想和全国的朋友们相识；二是普及国难教育；三是探求真理。经读书生活出版社李公朴先生的推荐，《读书生活》的青年编辑史青山（后改名童常，以下称童常）参加了新旅。经晓庄学校同学的介绍，极富音乐天赋的黄志义（后改名黄中一，以下称黄中一）参加了新旅。复旦大学的张承训（后改名张平，以下称张平）说服当县邮政局局长的父亲，竟拿来上大学的全部费用“自费”参加新旅。新旅全团人数达到了17人。

随着人数的增多，开支也大起来，经济危机又一次袭来。汪达之向上海儿童书局清算了他两年前出版的《生活的书》的版税，有几十元，加上其他团员与几家儿童报社结算的稿费，也有好几十元，这才暂时渡过了难关。

在上海，新旅成熟了。

在丁华、王洞若等人的帮助下，新旅进行了一次比较系统的政治和业务学习。他们先后请来艾思奇讲大众哲学、孙冶方讲中国农村经济问题、骆耕漠讲政治经济学常识，又请来洪深教授和张庚导演分别讲戏剧和导演常识。他们每周还定期参加上海世界语学会、上海新文艺协会组织的学习活动。

这段日子里，新旅团员经常从国难教育社和救国会得到中国共产党在法国出版的《救国时报》，看到了《八一宣言》《抗日救国十大纲领》等文件，对共产党的抗日救国主张，第一次有了全面的了解。特别是9月，新安小学的老师、国难教育社的成员孙铭勋从陕北回来，带来了他在陕北苏区的见闻，大家对中国共产党的了解更加具体化了。从孙铭勋的口中，他们第一次听到一个淮安人的名字，他叫周恩来，是中国工农红军的领导人。对这个人，他们从心底里生出了一份尊崇之情。

那一天，新旅决定在内部出学习墙报，对于墙报的名称大家争论不休。

"就叫'小火花'怎么样?"

"不行!《火花报》是列宁办的报纸!"

"那就叫'斗争生活'吧!"

"还是不行！火药味太浓！不要那么'左'好不好?"

"什么是'左'？难道我们现在的工作和生活就不是斗争？你不'左'，那你就不要斗争好了!"

"斗争、斗争！你懂得什么叫斗争?!"

在争吵中，纪宇走了过来："我看就叫'乒乒乓乓'吧！你看，斗争的意思也有了，火花的意思也有了，要是有人问什么意思，我们就说是打乒乓球嘛!"

众人都被他逗乐了，一致同意！

这场争论之后，徐之光、张杰、张牧三人提出了一个大胆的设想：在团内建立党组织！

徐之光以总干事的身份找到王洞若，却遭到了严肃的批评："做好抗日工作要有共产党的领导，但是除了苏区之外，组织是绝对秘密的。你们不能这样乱碰，否则的话，不光是你自己的脑袋危险，这个团体在社会上能否存在下去也成问题！"一番话说得他冷汗直冒，从此他遇事冷静了许多，再也不鲁莽行事了。

在上海，新旅参加了一场"伟大的人民葬礼"。

1936 年 10 月 19 日早晨 5 时 25 分，鲁迅先生与世长辞，中国文坛的一颗巨星陨落，万千颗心灵为之哭泣，大上海陷入空前的悲痛中。

一场民间自发的悼念活动开始了 。孙中山先生的夫人宋庆龄亲自组建治丧委员会，包括蔡元培、内山完造、宋庆龄、史沫特莱、沈钧儒、萧三、曹靖华、许季茀、茅盾、胡愈之、胡风、周作人、周建人等 13 人，除她之外的每一个人都是她亲自挑选的。

10 月 22 日，是鲁迅先生出殡的日子。治丧委员会指定由新旅担任挽歌队。

下午 2 点还没到，人们就从四面八方向胶州路的万国殡仪馆涌来，为这位"民众意志的代言者"送最后一程，无数人在鲁迅先生的遗体前痛哭流涕。草地上挤满了人，甬道上挤满了人，门外马路上更挤满了人。

治丧委员会通过了三首挽歌，即《鲁迅先生挽歌》（张庚作词、吕骥作曲）、《鲁迅先生挽歌》（任钧作词、冼星海作曲）和《哀悼鲁迅先生》（周钢鸣根据任光《打回老家去》曲调填词），并决定由麦新、孟波组织新旅等挽歌队排练。

> 你的笔尖是枪尖，刺破了旧中国的脸。你的声音是晨钟，唤醒了奴隶们的迷梦。在民族解放的斗争里，你从不曾退后，擎着光芒的大旗，走在新中国的前头。啊，导师！啊，同志！你没有死去，你活在我们的心里……
>
> ——张庚作词、吕骥作曲

天空中陨落了一颗巨星，黑暗中熄灭了一盏明灯，伟大的死者啊！你的名字已经变成后来者的路标……

——任钧作词、冼星海作曲

哀悼鲁迅先生，他是我们民族的灵魂，他是新时代的号声，唤起大众来争生存……

——周钢鸣配词、任光作曲

后来考虑到时间紧迫，刚写的挽歌难学难唱，最后决定就采用根据耳熟能详的《打回老家去》的曲子重新填词的《哀悼鲁迅先生》这一首歌来教唱。当天下午，孟波、麦新等人站在马路边、弄堂口的方桌上，手握指挥棒，教大家学唱挽歌。这首歌易学易唱，上万民众跟着新旅团员们一起唱。一唱完，新旅团员们就领喊口号：

“纪念鲁迅先生，就要打倒日本帝国主义！”

“纪念鲁迅先生，就要停止内战一致对外！”

“打回东北去！收复一切失地！”

歌声、口号声，撼动着大地，撼动着天空，撼动着人心。

下午2点到了，出殡开始。

从没有见过这样的抬棺阵容：巴金、鹿地亘、胡风、陈白尘、曹白、黄源、张天翼、靳以、孟十还、吴朗西、萧乾、聂绀弩、欧阳山、周文、萧军、黎烈文，16位鼎鼎大名的风云人物抬着灵柩缓缓前进。

所有人自动地四人一排，手挽着手，肩并着肩。新旅团员紧跟在灵车之后，高唱着挽歌，领呼着口号。从殡仪馆到万国公墓有十多里路，沿途街道，人山人海，成千上万的人站在路旁，望着这缓缓前进的“洪流”，默默流下泪水。公共租界当局“维持秩序”的巡捕们、夹杂在人群中的“包打听”狗腿子们如临大敌，但面对这样的场景，没有人敢轻举妄动。

下午4时许，灵柩进入万国公墓。在宋庆龄的主持下，群众追悼大会开始。沈钧儒先生发表了《鲁迅先生光辉一生》的演说，他愤怒地说道：“在外国，今天一定是要举行国葬的。苏联的高尔基死了，斯大林亲自去扶柩，我们今天竟没有一个政府代表参加！请问，我们中国的政府哪里去了？”宋庆龄也在演说中痛斥国民政府在鲁迅治丧活动中的恶劣行径，她把这种行径称为“国耻”。

叶圣陶先生这样描述这场人民的葬礼：“一个个自动组合的队伍，擎起写着标语的旗子或者横幅，唱着当时流行的抗敌歌曲或者临时急就的歌曲，从上海的四面八方汇集到墓地，大家动手铲土，把盖上‘民族魂’的旗的鲁迅先生的棺材埋妥。这样的事，上海从未有过，全中国从未有过。”

晚上7点左右，治丧委员会宣布送葬队伍就地解散，请大家各自回去。在返回市区的路上，民众仍然在不停高唱抗日救亡歌曲，而这时敌人已经在各个租界入口处开始抓人。

“丁华被抓捕了!”第二天一早，新旅收到了丁华被捕的消息。丁华和新旅的关系非同一般，他经常来新旅住地讲课。震惊之余，新旅团员们开始警觉起来，他们发现新住地育英小学周围不三不四的陌生人增多了。

“马上离开上海!”在紧急召开的碰头会上，王洞若提出，新旅处境危险，应该马上撤离上海，可以去参加援绥抗日活动，这和中共中央通电精神、救国会援绥抗日运动要求一致。

新旅接受了他的建议，决定先去沪杭铁路沿线的中小城镇开展援绥抗日宣传活动。他们选定的第一个落脚点，就是松江县城。

沪杭线上

1936年11月8日，火车风驰电掣般地向前驶去，新旅快速离开上海，直奔附近的江苏省松江县城而去。

松江县火车站，从三等车厢里下来一批十几岁的少年娃，他们一趟一趟地把行李搬到站外，租来的黄包车上放着笨重的木箱、行李等，各人身上背着些零碎的东西。走在松江马路上，左林在前面打着蓝色三角旗，上面“江苏淮安新安旅行团”几个字格外引人注目。有些不三不四的人在周围转悠。凭着在上海的经验，凭着一种直觉，大家一眼瞅出这些人是“包打听”，各人警觉起来。

大家默不作声地向前走，装着若无其事的样子，来到了事先联系好的松江县民众教育馆所属的中心民校住地，气还未喘定，便听到了一阵急促的敲门声。

打开门一看，原来是警察。

“你们从哪里来?”

“我们从上海来!”徐之光答道。

“你们准备在这住几天? 谁是头儿?”

汪达之走了过来：“我是他们的顾问，请问先生有何贵干?”

“我们奉县党部的指令，请你们马上离开松江!”看来这里的县党部对新旅早有防备。

外面围观的群众议论纷纷：“上海最近闹学潮，他们是来鼓动学潮的吧?”

“我们新安旅行团是到贵县旅行的，同时也是向乡亲们宣传孙中山先生遗训的，目的就是唤醒民众，共同抗日。我们正打算去拜见县党部书记长大人，你来得正好，带我们去吧。”汪达之故意大声说道。

“那你们派出代表来，其他人不准离开这屋子，否则后果自负!”来人发出警告。

屋外，几个警察来回走动，不准人随便进出。汪达之和徐之光带着那本题字簿，随来人来到县党部。

县党部书记长看了淮安县政府的护照和中央党部的通行证，再看到题字簿上有省政府主席陈果夫、教育厅厅长周佛海等人的题词，他那阴沉的面容才渐渐舒展开来，但还是心存戒备。

“我们准备参观几所学校和几处名胜，同时准备给各界同胞放映几场电影。”汪达之把来意告诉了他。

听说有电影，这位书记长顿时来了精神：“你们有电影，什么电影?”

“中央党部出品的《农人之春》，还有《一·二八战地写真》，等等。”

书记长早就听说《农人之春》是中央党部拍摄的电影，是很难弄到的稀罕品，能有这部片子，说明他们是得到了中央党部的批准。这下他满脸堆笑："欢迎你们，明天星期一，正逢总理纪念周，请你们出席。"

经过交涉，当晚在新旅住地外面的警察撤走了，新旅终于可以在松江立足了。

在松江六天，他们白天参观访问，推销书报；晚上在县体育场放映电影，放映前向民众作国难形势宣传，还将傅作义将军正在绥远抗战的情况告诉给民众。在松江乡下俞塘，他们还参观了菊花展览大会，饱了一次眼福。

在松江的日子里，尽管当地政府不让他们到学生中组织活动，但他们仍力所能及地在民众中进行了抗日宣传，正如左林在《儿童日报》上说的那样：

"枪口对外，齐步向前，不伤老百姓，不打自家人，……"

而我们的歌声，震动了松江的空气。这是我们意想不到的啊！

11 月 14 日，新旅离开松江，乘火车来到浙江省"第一门户"——嘉善，入住文庙中心小学。

来到这里，汪达之感到十分的轻松，因为嘉善的县长是他初中的同学。在这里可以公开去各小学开展抗日歌咏运动。只有几句歌词的刘良模先生的《救中国》小调："救、救、救中国，一齐向前走。努力呀，努力呀，救国要奋斗！"这歌一教就会，可以重唱、轮唱，深受群众欢迎。没几天，新旅和民众的歌声就响彻嘉善全城。

每天晚上，新旅利用县民众教育馆的"民众乐园"剧场放电影，公开打出援绥抗日的旗号，通过放电影募捐。现场的群众十分踊跃，纷纷捐款。

有一天晚上，电影还没开始，剧场门口突然一阵大乱，几个彪形大汉不肯买票便冲了进来，和收票的团员发生了争执。汪达之闻声上前调解，结果立马遭到一顿暴打，血流满面。现场群众愤怒地高呼："抗日无罪！""不许打人！""打倒汉奸！"

凶手见势不妙，从人群中悄悄地溜走了，但一根残留着血迹的铜头宽皮带被新旅团员们夺了下来。

"汪爸爸，疼吗？去看医生吧。"左林心疼地抱着汪达之问道。

"顾问，我们送您去找县长吧。"总干事徐之光拉着汪达之的手。

"赶紧放电影，电影放完再说！我没事！"

大家坚持放完了电影，然后扶着受伤的汪达之找到县长。面对凶手留下的罪证，县长连表歉意，急忙叫医生给汪达之包扎治伤，但"公开惩办凶手一事，实在无能为力"。

汪达之看在老同学的面子上，只好不了了之。

应当地农友们的邀请，新旅去了嘉兴。公民壮丁队举行了一场盛大的欢迎会，有3000余人参加。欢迎会上，新旅团员做了抗日救亡演讲，同时表演了各种节目，让在场的民众深受感染。

在新旅团员张杰给亚诚的信中，记录了这段时期的行程：

> 20日，从嘉善出发，由水路至嘉兴。这是由当地的农友们要求我们去的。所以当时我们的精神上，觉得有无限的愉快！
>
> 12月7日，才离开了嘉兴，乘小轮赴海盐县的欤城镇，这次我们到海盐，是由汪教师的同学金平一，唐蓁诚两先生介绍的。海盐在我们计划的路线上，本来是没有的，但是海盐是国防最前线的县份，所以也有去的必要。去了之后，我们放3次电影，成绩很可观。……
>
> 11月（应为12月）24日，到海盐手屈一指的大镇——硖石。硖石是浙江唯一的米市……到了27日，才离硖至杭州市。到杭州车站时，正是三点三十二分。杭市的稔稼桥小学已结队在站上欢迎我们。……当天我们就借住在浙江大学。次日下午，参加了稔稼桥、清道门两小学的联欢会，晚上放电影。第二天中午，又赴中国儿童时报社俞仲武先生处午餐。今天上午，到市府参加中国励志会的欢迎会，下午又赴杭师附小的欢迎会……

之所以来到杭州，是因为新旅听说张学良、杨虎城发动了"西安事变”，将蒋介石扣押起来了。他们经过讨论，决定赶快到杭州去打听一下情况，不能总待在消息闭塞的乡下。等到了杭州，又听说蒋介石已被放回南京。大家一时摸不着头脑，只好一边继续进行抗日宣传，一边静观时局变化。

在杭州，他们观看了由刘保罗导演、杭师附小儿童剧团表演的《小姐哭黑猫》，此剧为中国第一部儿童国防剧，其演出的技巧和效果都让新旅的团员们大开眼界。

在杭州，让新旅团员们倍受鼓舞的是，他们受到了浙江大学校长、科学家竺可桢的热情招待。竺可桢把新旅接到浙江大学住下，免费招待伙食。看到青春年少的团员们告别亲人，远离故土，积极投身抗日宣传的战场，对于这种精神他十分感动，当即为新旅题写了“流水不腐，户枢不蠹”的赠言，激励大家自强不息，奋发前行。

沪杭线上，新旅的旗帜一路向前。

新旅历经松江、嘉善、嘉兴、新塍、王店、海盐、南北湖、欤城、沈荡、硖石、杭州等地，他们宣传国难，宣传抗日救国的道理，一次次收获感动、收获共鸣、收获掌声。

沪杭线上，新旅这一支流动的电影放映队，在城乡之间巡回放映，每到一处都引起轰动。

在松江，尤以在松江保安队和乡村人员训练班两处放映时人数最多，合计有1000余人。在嘉善、嘉兴，他们将放映所得票款30余元，以“新安旅行团”的名义寄去绥远前方。在杭州，他们在十几个小学放映电影，受到了普遍欢迎。

像欤城、陈家门这样偏僻的村镇，新旅本准备待一天就走，可是那里的老百姓极力挽留，非要让新旅多待几天多放映几场。白天，他们将放电影的屋子的窗户都用黑布蒙上，让新旅日夜放映。因为人太多太拥挤，最后只得以一张门票8个铜板来限制，但还是挡不住人们狂热的脚步。一个70多岁的老婆婆看了以后，说这是她“平生唯一的奇遇”。

沪杭线上，新旅团员们目睹了民不聊生的盐民生活。

在南北湖，他们了解到，这里的盐分两种，一种是重税盐，一种是轻税盐。重税盐的买卖要经过嘉湖公厂，盐民不得自由买卖，只能由嘉湖公厂公卖。可是，每担盐的成本要一块六角，而嘉湖公厂的收购价是九角，每担盐盐民要倒贴七角血本，这让盐民如何生活？轻税盐过去不纳税，是为救济盐区的老人与小孩而设的，贩卖区域有一定的限制。因为重税盐无利可图，所以轻税盐是盐民们赖以生存的根本。现在当地官绅们相互勾结，轻税盐也和重税盐一样收税，逼得盐民们上天无路、入地无门……

新旅在《大公报》上公布了这样的真相，以期引起有识之士和政府当局的重视。

也许注定新旅与上海有着特殊的缘分。

上海来人了！

在新旅在嘉兴县为乡亲们放映电影的时候，上海联华影业公司导演蔡楚生和制片部孟主任来到嘉兴，要从团员中选一个男主角！

这可是天上掉下来的一个大好事啊！蔡楚生可是当时风头正劲的大导演啊，他怎么会想到来新旅选演员？

在上海的时候，蔡楚生得知新旅来到上海是为了宣传抗日，当时就热情邀请孩子们参观联华影业公司，观看他导演的新片《迷途的羔羊》。这一次，联华影业公司正在筹拍集锦影片《联华交响曲》，由八部短片组成，蔡楚生编导的《小五义》是最后一部。原计划的一个小主角，由于家长不同意只好作罢，时间紧迫，蔡楚生想到了新旅的孩子们。

曹维东机智聪明、长相英俊，被蔡楚生看中，带到上海联华影业公司。之后，汪达之又派出张早、左林去上海，向蔡先生学习有关电影方面的知识。

《小五义》说的是嗜酒的老李得知女儿失踪，断定是住在东面的恶棍（暗指日本）所为，因而赴乡公所论理。不料，乡长（暗喻国民党当局）受贿袒护恶棍，老李敢怒不敢言，但他的四个孩子（代表汉满回蒙四个民族）不肯屈服，最终联合一批小伙伴设法抢回妹妹，并绑住恶棍推入河中。这是一部寓意中国人民团结抗日的影片。

蔡楚生导演在拍摄《小五义》的间隙，抽空为曹维东、左林和张早上课。在讲到电影艺术的普及和发展时，蔡楚生的激动之情溢于言表："电影是从西方传到中国的，但是，你们满怀爱国热情、不畏艰难、长途跋涉，为千百万城乡劳苦大众放映电影，从而唤起他们抗日救国的觉悟。可以这样说，值得载入中国电影史上的第一个具有相当规模的流动电影放映队，就是汪达之先生组建的新安旅行团。"

"中国第一个流动电影放映队！"这样的评价，让新旅的三个小朋友高兴得像过年一样。

曹维东更是乐在其中。一个农家孩子能当上演员，这是他做梦也没想到的事情，是新旅给了他这个机会。曹维东在临终的前一年接受采访时，还一个劲儿地埋怨自己："本来让我当第一主演，可我不争气，说一口江北话，别人听不懂，只能当第二主演。影片拍成后，蔡导演不仅为它加上字幕，还将它当作参演的报酬送给我们新旅。这部电影拷贝，后来被新安旅行团顾问汪达之先生的长孙汪汀博士在美国的一个博物馆里寻到，辗转送到了新安旅行团纪念馆保存，使我们还能看到当年新安旅行团少年的风采。"

上海来信了！

三位团员去上海不久，新旅正计划从杭州沿着浙赣铁路去做抗日宣传。就在这时候，汪达之接到上海国难教育社张宗麟、王洞若的来信，一个重大而光荣的任务要交给新旅！

1937 年 1 月，新旅全团返回上海，入住戈登路源和里的一所工人子弟小学。张宗麟、王洞若来了，熟悉的面孔，格外地亲切。

他们带来了特大喜讯：绥远百灵庙大捷！红格尔图大捷！

绥远前线的傅作义部队奋起反击日本侵略军的武装进攻，一举收复了百灵庙、红格尔图等重要据点，沉重打击了日伪军的嚣张气焰。这是"九一八"事变后，中国军队获得的一次重大胜利，全国人民的抗战热情空前高涨。

社会各界纷纷慰问前线，支援前线。学校里的老师们捐出一日薪水，学生集体停伙一日，将薪金和伙食费捐给前线；艺术团体组织义演，将演出收入捐给绥化；就连监狱的犯人也联合起来，停伙三日，将这笔费用拿出来劳军。

上海文化界救国会顺势而为，决定组织“上海文化界绥远前线慰劳团”，去慰劳傅作义将军和绥远抗战的军民。这个重大而光荣的任务交给了新旅，要新旅代表上海文化界，由音乐家吕骥同志担任团长，新旅顾问汪达之担任副团长。

这个艰巨的任务必须完成好！新旅每个团员都心潮澎湃，感到格外振奋。

1936年12月中旬，新旅派出第一批团员张早、曹维东、左林参加著名演员陈波儿率领的“上海妇女儿童援绥慰劳团”北上。

1937年1月中旬，新旅派出第二批团员张杰、凌则之、童常三名代表北上，参加“平、津、沪三市妇女儿童绥远前线慰劳团”。

现在，新旅代表整个上海文化界全体北上劳军，每个人怎能不激动万分呢？

“同学们，我们就要到抗日的前线去了，北上的愿望终于实现了，但是北方极度严寒，前线更加艰苦，你们害怕吗？”生活会上，汪达之望着孩子们一双双稚纯的眼睛问道。

“我们不怕！”

“不怕！怕就不出来了！”

“我们不会丢新旅的脸的！”

同学们争先恐后地回答。

“张杰不能去，他爱出汗，北方天寒地冻的，去了会冻成冰棍的！”曾里拿张杰开涮。

“北方人不出汗吗，他们是不是都成冰人了？真是岂有此理！”

孩子们一阵哄笑，愉悦的气氛让人忘却了所有的担忧。

1937年2月3日，上海十六铺码头站满了前来送行的人们，载着“上海文化界绥远前线慰问团”的英商太古轮船公司的“湖南号”海轮正式启航。

新旅再一次出发了。为躲避路上敌伪关卡的检查，1月中旬出发的第二批北上的张杰、凌则之、童常三人，将锦旗、银盾、防毒面具等慰劳品，以及前方军民英勇杀敌的幻灯片和最新抗战宣传电影《小五义》等电影器材，乘火车直接押运至北平。今天，汪达之、张平、纪宇、张牧、曾里、徐之光、张明、靖秉铎、朱金山、黄中一、张宜天，11 个团员穿着上海文化界救国会馈赠的防寒棉衣，带着上海文化界的重托，带着千万爱国民众的期望，奔赴烽火燃烧的前方战场。

第一次看到大海的团员们无比兴奋，每一颗心都徜徉在这醉人的蓝色里。他们在吕骥老师的指挥下，一首接一首地高唱着抗日歌曲，歌声回荡在大海之上，思绪飞得很远很远，飞到了海天一色处……

当我们古老而伟大的中华民族面临灭亡的关头，四万万七千万同胞就要变成牛马，我们怎能再埋头读书?！我们奔走呼号的第一使命，就是要唤起民众，叫老大的中华民族怒吼起来。凡是炎黄子孙，全中国的大朋友们，小朋友们，一致团结起来吧！拉起手来吧！让我们一同来挽救民族的危亡！

在北平

第二批参加“平、津、沪三市妇女儿童绥远前线慰劳团”的新旅团员张杰、凌则之、童常三人，在前往北平的火车上，与四个女大学生不期而遇。相逢是缘，他们都有一个共同的目标：前往国防的最前线去劳军！

其中一个叫陈桂英的大学生，对新旅团员慕名已久，她在上海《申报》上发表的文章中这样写道：

> 在一日两夜的车厢里，我认识了三位小朋友，他们就是“新安旅行团”的团员，小朋友们真是和气，天真，诚挚，热心。他们肯干的精神真使我佩服，而他们懂的，我还未懂，唱的我不会唱，写的又不及他们的锋锐，大众化。下面一段，是小朋友之中，一个叫做童常的写给我的：
>
> （一）你们生活在高贵的学府，
> 我们奔走在无定的旅途；
> 你们是大学生，
> 我们是穷小子。
>
> （二）然而，
> 在今天，
> 我们相识了，

并且在一块儿生活了好几天。

（三）是什么驱使了我们？

是谁……？

不，什么也不要！

只要一个光明的指标，

就足以使我们很容易地合流！

（四）别了，但是并不会妨害我们。

尽管，我们也许不再见，

尽管，我们的方法不同，路子不同。

但是，可以坚信的是：

我们的目标只有一个！

新旅团员就像一团火，走到哪里，都激励着斗志，温暖着人心。

如今，他们来了，来到了千年古城北平。他们的到来，无疑给这座古城，增添了别样的精彩。

第一批去绥远百灵庙前线慰问的曹维东等人返回了北平，第二批北上的张杰等人也和第三批北上的11位团员会合，新旅在北平大团圆。他们先是住在长安街上的艺文中学，后来搬到宣武门内未英胡同的育英中学。

北平是“一二·九”运动的发祥地，是爱国学生的活动中心。新旅一到北平，就奔赴各大中学校进行广泛的抗日救亡宣传，受到了普遍欢迎，学生们的抗日激情像火一样地再次燃烧起来。

用歌声凝聚人心，用歌声激发力量，这是新旅的拿手好戏。

在北平学联的协助下，他们组织大中学生骨干，成立“北平学联合唱团”，教唱《五月的鲜花》《新女性》《祖国进行曲》《义勇军进行曲》《救国军歌》《救亡进行曲》等歌曲，这些合唱团成员回到各自的学校后，再教学生们唱。很快，抗日救亡歌咏传唱活动就从学校波及社会各界。

爱国歌曲在北平大地空前流行起来，在校园里、在工厂里、在大街上、在广场上，大家齐声高唱，到处都是歌的海洋。

工农兵学商，一齐来救亡。拿起我们的铁锤刀枪，走出工厂田庄课堂，到前线去吧，走上民族解放的战场！

脚步合着脚步，臂膀扣着臂膀，我们的队伍是广大强壮，全世界被压迫兄弟的斗争，是朝着一个方向。千万人的声音高呼着反抗，千万人的歌声为革命斗争而歌唱。

我们要建设大众的国防，大家起来武装，打倒汉奸走狗，枪口朝外响！要收复失地，打倒日本帝国主义，把旧世界的强盗杀光！

无数人为这雄壮的歌声热血澎湃，无数热血儿女就此奔向抗日的战场。

要把新旅抗日救亡宣传的艰辛历程和爱国热忱告诉同学们！在北平学联的组织下，许多学校纷纷邀请新旅参加他们的集会演讲活动。在北平一所女中演讲时，新旅团员的话振聋发聩：

当我们古老而伟大的中华民族面临灭亡的关头，四万万七千万同胞就要变成牛马，我们怎能再埋头读书?！我们奔走呼号的第一使命，就是要唤起民众，叫老大的中华民族怒吼起来。凡是炎黄子孙，全中国的大朋友们，小朋友们，一致团结起来吧！拉起手来吧！让我们一同来挽救民族的危亡！

这时，台下的一位女生站了起来，高呼："打倒日本帝国主义！打倒汉奸卖国贼！"然后，一个箭步冲上了讲台。

"同学们，我是袁世凯的孙女，我要和祖辈的卖国行为决裂，我要和所有爱国青年一起投身到抗日救国的行列中去！"

这位女生的话引起了现场雷鸣般的掌声和欢呼声，演讲会的气氛达到高潮。

天安门广场，新旅团员张早和崔嵬、张瑞芳等人表演了新排的《放下你的鞭子》，现场群众围得水泄不通。新旅的孩子们成了街头巷尾和校园里热议的新闻人物，每到一处，师生们就把他们团团围住，要求签名留念。燕京大学的一位教授听了他们的讲演，顿感如饮醍醐："小小年纪，为救国不畏艰辛，又能讲出一番如此透彻的救国道理，这是我平生第一次遇到，我们怎能还埋头书斋不管国家大事呢?!"

东北大学是东北流亡同乡会主办的，师生全是东北人，是北平学生运动中最积极的。新旅走进东北大学，曹维东首先报告了赴绥慰劳经过，张杰做了《儿童参加救亡工作》的专题演说，其他团员在演讲中重点控诉日本帝国主义的侵略罪行和国民党的不抵抗政策，引起了现场师生强烈的共鸣。

"九一八"之后，东北沦陷，他们有家不能回，想到这，内心的悲愤一下子如洪水般倾泻而下。大家齐声高唱《九一八小调》《五月的鲜花》《打回老家去》等歌曲，歌声在飞，泪水在飞，拳拳爱国心在飞!

1937 年 3 月，春节一过，新旅走进了军营。

二十九军南苑军部迎来了三方面的代表：吕骥代表上海文化界，汪达之及新旅代表南方青年学生和少年儿童，江陵等代表华北学联。

二十九军军长宋哲元是冯玉祥将军的旧属，"九一八"事变后，曾在长城喜峰口一带奋力抵抗日军向关内的进攻，他的大刀队杀得敌人闻风丧胆，一时名声大作。日本人推行华北自治后，曾竭力拉拢他，他既不肯接受，又不敢公开拒绝。吕骥、汪达之等本想去中南海他的办公地与他会面，但他迫于日本方面的压力，不便公开接见抗日团体。于是，大家只好租了两辆马车，直奔军部而来。

代表们受到了副军长佟麟阁、一三二师师长赵登禹及官兵的热烈欢迎。

团以上军官全部到位，一场座谈会就此展开。会上，三方面代表分别讲话，对二十九军的抗日战绩、爱国行为和牺牲精神表示钦佩和慰问，同时利用这个机会宣传了当前的国难形势，希望二十九军继续发扬爱国精神，能与全国抗日民众一道，挽救民族危亡，共同保卫祖国。新旅团员在吕骥的指挥下，现场演唱了几首抗日歌曲，军官们的叫好声不绝于耳。

"身为国家军人，守土有责。但军人以服从命令为天职，只要上峰有令，我军将士必将效命疆场，万死不辞!"感动之余，佟麟阁掏出了心里话，有心杀贼，却无力回天。

走进营房，团员们给士兵们一句一句地教唱《救国军歌》，不到半小时，大家都学会了。教唱过程中，和士兵们交流时，他们发现，对于抗日，士兵们有着同样的不甘和委屈：

“不是老子不想打日本，也不是日本鬼子打不得，就是那些狗娘养的不让老子打啊！”

“再不打鬼子，连我们的祖坟都保不住了，凡是有良心的中国人，谁不主张打啊？”

“看啊，大刀队出来了！”一声惊呼，大家把目光投向了操场。一百多个士兵，清一色的光头，各人脱了棉衣，手持大刀，刀把儿上绑着白、蓝两根布条，刀尾系着红色绸布。一声令下，大刀队随着口令挥舞的大刀上下翻飞，寒光闪闪，动作整齐划一，喊杀声震天动地，煞是壮观。

这样的威武之师，怎么可能惧怕日本鬼子，可就是当局的不抵抗政策，让中华民族到了最危险的境地。一曲《义勇军进行曲》响起，这是新旅以激昂的心曲给大刀队助威鼓劲：“起来！不愿做奴隶的人们！把我们的血肉，筑成我们新的长城！中华民族到了最危险的时候，每个人被迫着发出最后的吼声。起来！起来！起来！我们万众一心，冒着敌人的炮火前进！冒着敌人的炮火前进！前进！前进！进！”

在北平的日子，新旅的队伍里多了一个“神童”。

那一天，新旅接受北平各家报纸采访，在记者队伍里，有一位名叫李万万的《北平新报》小记者引起了团员们的注意。这位小记者十二三岁，衣着整洁，言谈举止落落大方。小小年纪就是一家报纸副刊的编辑、撰稿人、小记者，所有人都对眼前的这位少年才俊刮目相看。

想不到采访结束，李万万竟对“人小志气大”的新旅有了崇拜之情，他当场向汪达之提出：“我可不可以加入新旅？”

“小朋友，你今年多大？”汪达之亲切地拉住他的手问道。

“我今年 12 岁！”

“真了不起！”

经过全团讨论，大家一致同意。

第二天，李万万就带着行李来了："从今天起，我就是新旅团员了，现在告诉大家，为了表明我新生活的开始，我不叫李万万了，随母亲姓范，改名叫范政！"

后来，范政的家庭背景渐渐浮出了水面。他出身于东北延边的书香门第、革命家庭，父亲李长青、母亲范淑贞都是共产党员。日本侵占东三省后，他们一家逃到河南洛阳，然后迁来北平。范政的父亲是北平地下党的负责人，是"一二·九"运动的领导人之一，母亲在学校教书。范政因参加集会游行被学校开除后，父亲介绍他在《北平新报》打工，一边帮报社采访、编稿，一边发表作品，是一位不折不扣的"小才子"。

范政与新旅结缘后，从此走上了革命道路。后来，他作为新旅团员的杰出代表，被郭沫若称为"神童"。中华人民共和国成立后，两人相见，郭老特意赠诗一首，可见其爱才之心：

> 一曲洪波越海山，旅行小友忆新安。
> 东风吹送人忘老，远望长春为破颜。

在北平的日子，新旅两名团员竟成了"地下秘密交通员"。

新旅北上绥远的半路上，左林生病了，经过商量，汪达之决定将他托付给"平、津、沪三市妇女儿童绥远前线慰劳团"的黄敬、柳无为先生，请他们带他回北平，并安排张早同行照顾左林。

一开始，两人住在宣武门外的徽州会馆里。不久，黄敬、柳无为将他们接出来，安排他们住在北海公园前门不远处的三岔路口北侧的"念一庐"。十多天后，左林的病好了。

那天，柳无为先生来了，神情特别庄重严肃。

"孩子们，通过观察，我发现你们很懂事，也很负责。有一些事，想交给你们做，一定要认真负责，容不得半点儿马虎啊。"

"您放心好了，有任务尽管交给我们好了，不会让您失望的！"两个人拍着胸脯保证。

只见柳先生拿出三个小纸包，纸包上没有写名字，只注明 1、2、3 的数字。

“孩子们，这第一包给一位姓王的，姓王的说对了纸包的号码和颜色，才能把纸包交给他！”

千叮咛，万嘱咐，两个人明白这是一件地下秘密工作，这样的任务交给他俩，是出于绝对的信任，不能出半点儿差错。按照要求，他们将东西准确地交给了来人。后来还有几次这样的交接工作交由他俩，都圆满地完成了，柳先生非常地满意。

4 月上旬的一个晚上，柳先生又来了，拉着他们的手说：“有一件重要的事，考虑了很久，今天下定决心交给你们办了。这件事有危险，你们一定要注意保守秘密！”

“再危险我们也不怕！”

柳先生详细交代了工作任务，他俩晚上 10 点钟准时来到一家小印刷厂。工人都下班了，车间里只留下少数的几个人，一个姓李的工人看了介绍信，态度十分热情：“早就知道你们新旅这样小的年纪就跑了许多地方，我们的工作和你们一样，都是为了唤醒民众抗日救亡。”说完交给他俩一沓稿纸和校样。

他们打开一看，是 16 开大的排好的铅字刊物清样，封面是“动向”两个字。这本刊物里写的都是共产党的主张、全国学生运动的情况，揭露了国民党丧权辱国的不抵抗政策，等等。他们一边逐字逐句地认真校对，一边如饥似渴地阅读，直到东方欲晓才回去休息。

后来他们每十天便去校对一次，没有出过任何差错。

通过一段时间的接触，对于共产党，他俩有着不可名状的崇拜感。“我们早就看出来了，黄敬先生和您都是共产党员，对吗？”那天，他俩悄悄地问柳先生。

“孩子们，你们不能向任何人透露一点儿风声。我们是信任你们的，现在你们做的是我们地下联络站的工作，所以一定要小心，一定要保守秘密！”柳先生的话掷地有声。

为党工作，左林和张平觉得所从事的工作是那么神圣而光荣，使命感和责任感油然而生。

在北平的日子里，他俩还和斯诺先生打过交道。那天，柳先生拿来一封非常重要的信，要他们亲手交到斯诺先生的手中。在一座有红色圆柱走廊的宅院里，他们见到了斯诺先生。斯诺拆开信看完后，对他们说："请你们回去报告，信已收到，保证做到！"

多年以后，他们碰到黄敬时，问起了这封信的内容，才知道，信中说邓颖超大姐病了，要斯诺设法把邓大姐接到北平治病。这件事，斯诺确实做到了。

后来，时局动荡，北平危在旦夕。卢沟桥事变爆发的前两天，黄敬、柳无为将左林、张早送上了北上的火车，让他们与前来接应的徐之光、范政会合。临别的时候，他俩恋恋不舍地登上了火车，告别了北平，告别了"地下秘密交通员"的工作，奔向新旅的怀抱。

绥远劳军

1937 年 3 月 14 日，新旅擎着"上海文化界绥远前线慰问团"的大旗出发了。

他们带着大批药物、衣服、防毒面具等慰问品登上了火车。列车沿着平绥铁路，从北平向归绥（现呼和浩特）蜿蜒而去。从北平到张家口，这段铁路所经之处都是崇山峻岭，在层峦叠嶂中有一条蜿蜒曲折的"之"字形铁路，寄寓着中国人的骄傲。

新旅团员张牧在《新儿童报》上发表的文章中写道：

> 过了南口，就到了山的世界里了。四周的山都很大，有一座大山很大很高，因为要在那里建路，所以请了许多外国有名的技师来计划开这山。但是外国人计划的结果，要开很多的山洞，工程要七年之久，资本约几万万元。后来中国的詹天佑先生觉得这样太浪费，于是他把路建到山边，成一个尖角形。但是这样做并不绕路，反而节省了许多金钱和人工，因此工程也早早的成功了。这种计划的工程恐怕是外国人所万万想不到的吧？

在居庸关车站，有一座詹天佑的铜像，大家趁着过站停歇的片刻，一起下车在铜像前留影，向这位伟大的工程师致以最虔诚的敬仰。

绥远是山西、陕西、甘肃、宁夏等省的屏障，具有极其重要的战略地位，一旦失守，后果不堪设想。日本人窥伺已久，就想占领它。1936 年 11 月 23 日深夜，傅作义部队冒着零下 30 多摄氏度的严寒，向盘踞在百灵庙的日伪军发起了强攻。经过七八个小时的激战，终于击溃了全副日式装备的日伪军，收复了百灵庙及其附近地区。

1937 年 1 月 8 日，在巴黎出版的中文报纸《救国时报》如此报道：

> 百灵庙战役大获全胜，在缴获的战利品中，除军用品（子弹 20 万发，汽油千箱）无以数计外，并有万袋白面及白糖，罐头食品数百箱……

绥远抗战的百灵庙大捷，是日本入侵中国以来，中国军队取得的第一次辉煌胜利，极大地鼓舞了全国军民抗战的士气，给了日本帝国主义一记沉重的打击。

到绥远去，到抗日前线去！这是无数仁人志士共同的心声。

火车继续北上，风沙漫天飞舞，闷罐火车里的团员们却激情四射。

吕骥为绥远阵亡将士谱写了一首挽歌《敬挽阵亡将士》，歌词是被钱玄同、刘半农戏称为“诗孩”的青年诗人孙席珍所写。吕骥将挽歌抄在一块白布上，挂在列车里，一路教团员们学唱。经过一天一夜昏天暗日但意趣盎然的行进，第二天早上 6 点钟，以新旅为代表的“上海文化界绥远前线慰问团”终于到达归绥站。

“北方的天气真冷啊！”一下车，大家顿时感到阵阵寒意袭来，浑身冻得直哆嗦。曾里刚倒了一杯开水，没走几步，就成了一杯冰碴。天虽冷，但每个人心里的热情像一团烈火在燃烧。

此时的归绥，所有的旅馆爆满，全国各地自发组织的救护队、演出队、慰劳团纷至沓来，“上海文化界绥远前线慰问团”只好住进归绥中学，学校的霍校长成了联络员。在霍校长的引荐下，慰问团在省政府见到了傅作义将军。新旅代表上海文化界和千千万万少年儿童向傅将军表达了敬意和慰问。傅将军为新旅千里迢迢来到冰天雪地的边疆而感动，为十几岁的少年有一腔爱国抱负而感动，他欣然为新旅题词：

行万里路，聪明了你们的耳目；读万卷书，增进了你们的知识。

3月15日、16日，傅作义在归绥大校场举行阵亡将士追悼大会和祝捷阅兵典礼，来自全国各地的慰劳团和归绥三万军民参加。抬头望去，主席台两边用松柏扎成的长匾上，挂着白色巨幅大字对联，一边是“明耻教战”，一边是“众志成城”，显得格外肃穆。

追悼大会开始，狂风陡起，黄沙铺天盖地飞来，似乎是为牺牲的将士呜咽志哀。在吕骥的指挥下，新旅团员们唱起火车上学会的《敬挽阵亡将士》，低沉哀婉的挽歌拨动着无数将士的心弦，哀痛与思念一起涌上心头：

荒沙里，敌人的炮声未息，
你们已经战死。
今天，全国军民已经觉醒，
我要踏着你们的血迹前进。
安息吧，勇士，
你们的英名永远不灭，不灭。

祝捷阅兵典礼上，汪达之宣读了《上海文化界致绥远前线抗日将士书》，范政代表新旅向傅作义将军献了银盾、锦旗和慰问品。小小少年范政的一举一动，吸引了无数人的目光。只见他双手抱起半人高的大银盾，那盾面中心凸出一颗巨大的心，上面镂刻着耀眼的铭文，他用清脆而稚气的童音高声诵读：

谨代表五千万赤子之心，誓为将军抗敌后盾！新安旅行团敬献！中华民国二十六年三月十五日。

傅将军双手接过银盾，高举过头，全场掌声雷动、军乐齐鸣。将军当场发表了慷慨激昂的答谢辞：

百灵庙的胜利，只是胜利的开端，要取得最终的胜利，还需要更大的努力！

在这次抗战中，有几件事足以证明我国民族意识日趋强固：一是受伤官兵精神异常兴奋；二是民众竭力参加抗战；三是官兵热烈拥戴在上的长官；四是全国民众的同情。你们不远千里而来，对我们广大将士是巨大的鼓舞，我代表全体将士向你们表示衷心感谢！

请全国父老放心，我们要用更大的努力争取最终胜利！

典礼结束后，慰问团深入伤兵医院和部队开展慰问活动。新旅慰问的是第五分院。新旅团员张牧写了一篇文章《在伤兵医院里》，其中详细记述了当时的情形：

太阳快下山了，大地布满了淡红的光彩，我们一行十七人，出发向伤兵医院去，慰劳在火线上辛苦受伤的将士。到了伤兵医院里，一位先生领我们进去。这儿是第五分院，伤兵一共一百五十名，因为出院的人已经很多了。进了病室，我们把宣传品分发给他们，每人送一本《绥远抗战》小册子，于是我们便分开去访问每个伤兵。

病室里的空气，还算好。每一个病室里住了六七个伤兵，病重的人就睡了，稍轻一点的人就坐了。我们一二个人分开访问：第一个人他是山西人，受的伤在腿上，是步枪打的。他告诉我说：他们在武川出发，向百灵庙进发，一直到了天快明了，五点钟，他们才开始进攻百灵庙。这时候敌人正在睡觉，也不知道我方来进攻，所以没有防备。我军开始进攻时，敌人的哨兵知道了，于是他们就抵抗。他们用机关枪，在山头上面向下打，我方用钢甲车向上冲。敌人在上面向下打，当然好打，但我们向上打，就困难了。所以第一次冲锋，损失很大，打死了八个司机，所有的钢甲车都停止了。步兵更不能冲，所以这时死了很多弟兄，尤其是伤的更加多。他们在急的无办法时，后面的援兵到了，又开了十几辆钢甲车来，于是又冲，结果百灵庙克复了……

伤兵有的伤头部，有的腿部、手部，这些多半在百灵庙、大庙、红格尔图伤的。有一位他对我说：当他们进攻大庙的时候，捉到了很多的日本人。因为百灵庙收回来了，红格尔图也收回了，日本人都集中到大庙去了，所以一下子全捉到了……

在进攻红格尔图时损失也很大。在他们进攻时，敌人有两千骑兵，四五千步兵。我们只有两百个骑兵，结果把敌人打跑到四十里以外。后来他们休息了。敌人来了两架侦察机，看见了他们在休息，回去后就飞来了六架轰炸机来投弹，结果炸死了六七十人，伤了二三十个人。

最后我们唱了几个歌给他们听，《救亡进行曲》、《打回老家去》、《中华民族不会亡》、《救国军歌》等……他们听了，快活的几乎要跳起来。

我们出了第五分院，又到第二分院。这儿是长官住的，长官受伤的也很多。天快黑了，我们才和战士们告别。

“将军，我们想在士兵中开展抗日歌咏活动，您看如何?”

“好哇，这是一件有意义的事情，我赞成。从今天起，我们就正式聘请吕骥先生为我们的音乐教官，我要抽调一批年轻的中下级军官，请吕先生办个抗日救亡歌咏骨干训练班。”

慰问团的建议，立即得到了傅作义将军的首肯，训练班红红火火地开办起来。

3 月 17 日，劳累过度又受风寒的吕骥先生病倒了。新旅团员黄中一在回忆文章中写道：

吕骥同志得了肺炎，住进了省立医院。那次北上他的行李非常简单，只带了一条很小的被子，他说这是鸭绒的，盖了很暖和，但是毕竟太小了一点，夜里受冻，再加上工作劳累，就得了肺炎。团体派我和几个小团员轮流着去医院看望服侍他。

恰巧，刘良模先生来到了绥远，训练班的教唱工作得以继续。

1937年3月24日晚，一场规模空前的抗日军民歌咏大会在“九一八”纪念堂隆重举行。这是新旅和刘良模先生共同合作举办的一台晚会。现场参加演唱的有300多人，其中有训练班的歌咏骨干，有城区几所学校的歌咏队员。听众有城区学校的师生、部队的下级军官和政府的公职人员近千人。

歌咏大会上，《救国军歌》《救亡进行曲》《前进歌》《打回老家去》《义勇军进行曲》和刘良模先生创作的《救中国》小调四重唱，一首接着一首地唱起来；新旅还单独演唱了《新安旅行团团歌》《锄头舞歌》等歌曲。铿锵有力的歌声在纪念堂里回荡，现场观众的掌声、喝彩声、呐喊声，震响的声浪差点儿将纪念堂的屋顶掀翻了。

傅作义深受现场气氛的感染，他激动地走上台来，恭恭敬敬地向大家敬了一个标准的军礼。他充分肯定了这场歌咏晚会的价值：

“我是一个不知道教育的军人，所以我对歌咏并没有什么研究，但是我很欢喜它。这次承了青年会刘先生良模，文化慰问团吕先生骥，来绥指导我们歌咏，这是一个极好的机会。歌咏可以鼓励人奋发，同时又可以组织人。这些最雄壮、最有意义的歌，是应该人人会唱的。今天到了这么多的观众，这真是一件很荣幸的事情。”

四个小板凳成了刘良模的指挥台，他站在上面，指挥棒挥起，全体起立，纪念堂里的所有人齐唱《义勇军进行曲》，唱得每个人热血沸腾，将活动推向了最高潮。

这场盛况空前的歌咏大会，轰动了归绥全城。

傅作义将军对慰问团工作的肯定，也为新旅进一步在绥远地区开展抗日救亡宣传工作铺平了道路。在将军的亲自安排下，大家参观了归绥的名胜古迹和他修筑的“民生渠”水利工程。

3月27日至29日，新旅在归绥民众教育馆举办通俗抗战读物展览会，受到各界人士欢迎。

归绥地区的慰问活动顺利完成，下一步新旅何去何从？顾问汪达之和团员们又开起了民主生活会。

“我建议继续西行，到绥西去！”

“为什么向西？难道我们不回北平了？”

“傅作义将军不是邀请我们去绥西包头、五原一带，参观访问他的屯垦部队吗？我们正好去那里开展抗日宣传！”

“绥西地区是汉、蒙、回等民族杂居地区，那地方非常落后闭塞，需要我们去开展抗日救亡宣传工作！这次来前线慰问，我们既目睹了战争的残酷，也看到了歌咏在抗战宣传中的作用，我们要把歌声带到蒙古草原去！”

“对！我们下一步不但要去绥西，还要去西北，就是要到全国去宣传抗日，‘生活教育’的精神，就是要我们在抗战宣传的实际行动中发扬光大。”

继续西进，到绥西去，进而到大西北去，到偏远的地方去！越是偏远的地方，越是需要我们去那里唤醒民众！这是新旅所有人讨论后达成的共识。

新旅团员的心永远是与“生活教育”的导师陶行知先生同频共振的。正如这位“民族解放大学校”的倡导者所说的那样：

“先生要在救国的行动上教救国，学生要在救国的行动上学救国，这样才是真正的救国教学做，这样才是真正的民族解放教学做。

“谁能做导师，它的导师多着咧！前进的大众，前进的小孩，前进的知识分子，都有资格做这大学校的导师。学生们学得一点儿真理，立刻就负了教人的义务，也立刻成了先生了。”

新旅肩负着民族解放的使命前进。

乌拉山的歌声

绥西，汉、蒙、回等民族杂居的地方，这是一片贫瘠的土地，一片文化的荒漠。

1937 年 4 月 1 日，应傅作义将军的单独邀请，新旅开启了访问屯垦部队和屯垦新村的绥西之行。

沿着平绥线西行，一路上，映入眼帘的最靓丽的房屋是教堂。有人说，一座教堂就是一个“国中之国”，因为教堂拥有土地，只有信教，才能有地种。天主教的神父、牧师管理这里的一切，农民既是教民，也是佃户。地方政府除了向农民盘剥民膏外，一切的事务都由洋人来主宰。

新旅来到了乌拉山下的包头。这里是平绥线的终点，离黄河的码头只有一公里多，西来的大宗皮毛都在这里转车运往平津地区。

“叭!”“叭!”两记响亮的耳光，让新旅的孩子们目瞪口呆。

帮助新旅拖行李的车夫们，到了包头中学住宿点，借机加价，惹得那位前来迎接新旅入住的学校事务主任大发雷霆，走上前来就给那领头的车夫两记耳光。

汪达之上前调解，最后加了三分钱，车夫们便感恩戴德地各自散去。

三分钱买了两记耳光！看着点头哈腰的车夫远去的背影，看着一脸轻蔑穿着制服的体面的事务主任，新旅的孩子们半晌无语。他们看在眼里，痛在心里。

“你们是紫禁城皇上派来的吧?”对于新旅的到来，这里的农牧民感到十分稀奇。

这里的人们长期处于民族压迫和愚民政策的双重奴役中，他们没有看过外面的世界，他们对外界一无所知。采用演讲的方式在这样的“蛮荒之地”开展抗日宣传工作，无疑是对牛弹琴。

怎么办？新旅想到了一个主意：放电影！将放电影作为开展抗日宣传工作的敲门砖！

在包头，无论是城市还是农村，只要新旅的发电机一响，电灯一亮，那里的人们就开始欢呼起来。

“看洋片子啰!”“看洋片子啰!”人们奔走相告。

一传十，十传百，百传千。观众从一开始的几百人，到后来的几千人，周围几十里，甚至上百里的人们，骑着骆驼，骑着马儿，有的全家人赶着牛车、带上干粮，来看电影。

他们什么时候看过这样的“洋玩意儿”啊。电影散场了，许多人仍不肯离去，第二天早早地就来占地方。

新旅的工作在有条不紊地进行。放电影之前，他们把这里的青少年组织到银幕前，先教唱一首抗日歌曲，学会了，再让他们教大人学唱。不到一小时的工夫，一首《救中国》小调，或者一首《救国军歌》就基本学会了。新旅组织的歌咏团队，成了普及抗日救亡歌曲最好的助手。

一时间，《救中国》等一批抗日歌曲回响在乌拉山麓和黄河两岸。

几个蒙古族王旗的王公贵族来了，主动邀请新旅去参观他们的王府、喇嘛庙。

他们与汉人极少来往，也想看电影，却又不愿意和那些下里巴人挤在一起观看，便邀请新旅上门，拿出最高级的奶制品招待新旅团员。一些喇嘛庙的大喇嘛们还向新旅开放了从不让汉人进入的宗教禁地，有的甚至送上他们的穿戴饰品和佛器作为纪念。

照相，在那个年代被认为是“灵魂会被勾走”的事，许多人敬而远之。但是，当新旅提出与他们合影时，他们竟爽快地答应了。

一些懂汉语的蒙古族人和通蒙古语的汉人都十分乐意为新旅当翻译，并把它当作是一件荣耀的事。当地的蒙古族牧民见到新旅，都竖大拇指：“你们是好汉人啦！”

新旅通过特有的方式开展的抗日宣传，在一定程度上融洽了隔阂很深的民族关系。这是一个意想不到的收获。

新旅在包头的工作一下子打开了局面。到学校去，到同龄人中去，这是新旅工作的重中之重。

1937 年 4 月 4 日的傍晚，太阳已经下山了，新旅来到了中央政治学校包头分校小学部。

操场上的蒙古族少年们清一色地穿着童子军的衣服，排着整齐的队伍迎候新旅的到来。

掌声响起，一场联欢会开始。中央政治学校包头分校小学部的张镇临主任介绍来宾，一位蒙古族学生用蒙古语致欢迎词，另外一位学生在旁边翻译成汉语。

“我们在今天上午儿童节纪念大会上，就看到了诸位。今天下午我们又能够再集合在一堂相见。这是我们感到万分荣幸的事，现在我代表全体同学欢迎诸位。

“从前的家庭、社会，有一个共同的错误，就是看不起儿童。现在有人提出了这样的口号：‘世界属于儿童’。但是现在家庭和社会‘看不起儿童’已成了一个坏习惯，光用口号是打不破他们这种旧脑子的，我们只有用行动来打破这种错误的观念！只有用我们的力量来打破这种错误的观念！如我们做小先生，把教育送上门去，使全国的同胞都起来救国。又如贵团组织旅行团出来旅行，出来求活的知识，宣传国难。这许多事实告诉我们：我们儿童的力量并不低于成人。

“诸位离开了美丽的家乡，不怕辛苦、不怕艰难的这种精神真是我们小朋友的模范，是我们小朋友的先导者。

“贵团从文化极发达的江南跑到我们文化极落后的塞北绥远地方来。这种伟大的精神，我们是十分的佩服。

“我们都是蒙古草地来的，我们那里没有文化，人民都是睁眼瞎子，每天只知道放牛牧羊，一天到晚过畜牧的生活。我们很希望各位把江南的地方情形，报告给我们听听。我们还希望各位能把文化发达地方的种子，传到我们文化落后的蒙古草地来，使荒凉的地方，也能够一天一天地发达起来。最后我代表全体同学，以十二万分的热忱，敬祝诸位健康，庆祝诸位成功！”

联欢会上，蒙古族学生还介绍了当地的风土人情和生活习俗。新旅的团员们第一次了解到少数民族同胞的生活状况。

在新旅的帮助下，包头的几所小学都建立了歌咏队。

4 月 12 日是当地的植树节。植树节的前一周为宣传周，各校学生组织宣传队，每天下午到街头去宣传，并以歌咏的方式号召民众。

新旅特意制作了一套幻灯片，宣传植树在包头的重要性，同时告诉民众，东北那么多的森林，被日本人拿去了六年。

这还不够！新旅提出，在4月17日举办一个两百多人规模的歌咏大会。号召一经发出，一呼百应，说干就干！

“为宣传造林：五校歌咏团二百余人大合唱，并映《小五义》电影。地点：马王庙。时间：十七日晚七时半。”歌咏大会的广告贴满了大街小巷。

张牧在回忆文章中叙述了当天的盛况：

> 六时的太阳，还在发着惨红的光，包头的大前街上，人就渐渐地多了，他们都穿了老布的短袄和没有面子的羊皮衣，大家都向马王庙去。七点钟左右吧，马王庙的大门里，就好象黄河决了口似的，人山人海的向场子里挤。天黑了，七点半钟到了，一个可容七八千人的大场子里，站的快满了。大人，小孩子，老太婆，女人都有。

两百多人的歌咏团就位，歌咏大会就此拉开序幕。

《国旗歌》《不做亡国奴》《救亡进行曲》《谁说我们年纪小》《开路先锋》《大路歌》《打回老家去》《义勇军进行曲》，八首歌曲依次唱响。

演出暂告结束时，县政府造林委员会的负责人范先生登台讲话：

> 造林的益处很大，如我们住的房子，坐的凳子，用的桌子，都要用木材做，没有木材就不成功。另一方面还可以有好的风景，给人们欣赏，一方面又可以把空气弄的很干净，给人吸了很舒服，因此我们大家应该造林。

新旅代表的讲话，把造林的意义提升到新的高度：

> 刚才范先生说过造林的意义及木材的用途，但是我们觉得这还不够。造林不但可以做屋子，做板凳，桌子等用，除此外，还有更重要意义。在国防前线上，造林的意义更加重大，一方面可以防止敌人的飞机大炮的轰炸，又可以防止敌人的最新式的武器的攻击。如果敌人的坦克车来了，我们在树林里，那么敌人的坦克车行不动，这就成了废物。在这种情形下，植树在国防前线是多么重要的一件事情啊！但是我们植树不要忘

了我们东北广大的森林，已被敌人拿去六年了。因此我们植树，也应该努力来保护森林，否则被敌人拿去了，不是反替敌人植树吗？所以我们要努力植树，努力地保护森林。这还不算，还要努力去收复东北的森林！

“守土抗战！”“努力收复东北森林！”“打倒日本帝国主义！”在新旅代表讲话的感召下，现场响起了一阵又一阵的口号声，人们的抗日情绪一下子被点燃了。

歌咏团又唱起了《救中国》小调，《小五义》电影也在人们的欢呼声中开演，整个会场沉浸在如火的激情与兴奋之中。

这就是歌咏的力量，这就是电影的力量。新旅的团员们更加深切地认识到，在文化并不发达、教育并不普及的落后地区，文艺宣传的作用是巨大的、空前的。

新旅成了包头的明星，他们教唱的抗日歌曲在全城流行起来，团员们在广场上的演讲，人们争先恐后地涌来聆听。

受到普遍欢迎的新旅，也受到了有些人的非议。

好事者说：“新旅是西班牙人民阵线分子！他们的话不能相信啊！”如此造谣只不过是因为听到新旅教唱过一首叫《保卫马德里》的歌曲。

这样的造谣，让人哭笑不得！

新旅在离开包头前夕，特地举办了一场招待会，请来了方方面面的头头脑脑，一是向各界告别并致谢，二是将有人造谣生事的情况公之于众。西班牙人民阵线是反对西班牙的卖国贼佛朗哥的，而佛朗哥就是和绥远的德王、李守信这帮汉奸一样的恶人。

包头市的国民党党部书记长站了出来：

“这样的谣言实属无稽之谈！太无知了！新旅和西班牙人民阵线是不搭边的事，纯属无中生有，新旅的到来是傅总司令为边疆民众开窍请来的！”

谣言止于智者，一切不攻自破。

在包头18天热火朝天的抗日宣传工作结束了。

4月19日，新旅离开包头，沿着乌拉山西行，向着傅作义将军的屯垦部队和屯垦新村前进。

蒙古独立，察哈尔变色，绥远地区就成了国防最前线。这里的条件异常艰苦，只能以国民兵和军垦屯边等方法解决兵源和军资的问题。傅作义将军邀请新旅去考察屯垦部队和屯垦新村，目的是让团员们了解国防、宣传国防。

离包头185公里的地方，有一个叫扒子补隆的乡镇，据说是方圆几百里内唯一的大乡镇。这里有个和硕公中心垦区新村。这里的生活，让新旅再一次开阔了眼界。

东三省沦陷后，许多人背井离乡、四处流亡。在垦区新村里，有东北抗日的义勇军、参加欧战的华工，有山东、河北大汉，还有一些大中学生。在大家的请愿下，南京国民政府在这里设置了安置点。集结于此的人，生活是集体制，待遇是平等的，除了从事艰苦的开垦工作之外，还要进行游击战术、机械管理、妇女看护等各种训练。这里的文化生活组织丰富，有世界语班、新文字班、妇女识字班、歌咏团、话剧团、篮球队、节目宣传队等。

这里有一所小学，和新安小学有异曲同工之处。学校的学生就是学校的主人，一切活动由学生自治会主办，生活管理采用大队制。学生自治会是新村文化的传播者，是绥西民族解放的小先锋。

通过参观，新旅看到了一个抗日的新世界：垦区新村是民族战士休养生息的集体农庄，是“汗洒在西北，血流在东北”的抗日势力的大本营。

新旅继续西行，从五原的太本站到负暄乡，从乌加河两岸到杭锦后旗，从临河到陕坝蒙汉杂居区，团员们深入屯垦区的各个乡镇和蒙旗，参观、演讲、放电影、到各小学教歌、组织歌咏团……从乌拉山下，到茫茫草原，到处飘荡着新旅慷慨激昂的歌声。

在垦区的日子，新旅以自己的辛勤付出和艰辛努力赢得了人心。

童常在《五月的鲜花》中写道：

> 垦区里的同人们，对我们是这样的好，运输组的同志把我们从包头送来，又常常从包头捎信来；警卫组的同志欢喜和我

们小朋友开玩笑，讲故事；畜牧组的张同志，告诉我们动物的生活和蒙古人的滑稽；教育组的同志认真的和我们开了三次讨论会，商量如何在垦区办战时教育；卫生组的同志为我们病人医病，中医田老先生亲自为张平针灸了好几次；总务组招待吃大米饭，黄河鱼；垦民们和我们合起来演戏；至于小朋友们那是不用说了，他们把我们当弟弟看待，当是同病相怜的流亡者看待，当是共同为国奋斗打回老家的同志看待，我们要走了，他们很是舍不得，我们也难过，但谁都知道这是不能挽回的事："天下没有不散的筵席"。

汽车去包头未回，任先生叫人替我们雇了两辆大车，同人们帮我们搬东西，扎车，小朋友们也整了队站在城门口。

我们请他们不要送，但无效，汪先生就朗声说："好吧，大家合起来照个相吧，待会儿再唱个歌。"

照好相，大嘴阿黄挥动那小树枝做小指挥棒叫道："我们先请垦区小朋友唱歌好不好?""好!"我们这边全鼓掌了。

小朋友们会唱很多歌，虽然大致上节拍都还准，但无论如何，总没有哪一首唱得像"五月的鲜花"这么有情感，这么动人心魄。这是最后一次了，在我们热切要求下，他们很愿意的唱了：

"五月的鲜花，
开遍了原野，
鲜花掩盖着志士的鲜血，
为了挽救这垂危的民族，
他们曾顽强的抗战不息。

如今的东北，
已沦陷了六年，
我们天天在痛苦中熬煎，
失掉了自由更失掉了饭碗，
屈辱的忍受那无情的皮鞭。

敌人的铁蹄，
已越过了长城，
中原同胞依然歌舞升平，
亲善睦邻啊卑污的投降，
忘掉了东北更忘掉了我们。

再也忍不住，
这满腔的愤怒，
我们期待着这一声怒吼，
吼声惊起这不幸的一群，
被压迫者一齐挥动拳头！”

天空阴沉，朔风削面，在这茫茫的寂寞的荒野，当内心充满了无限离情别意的时候，听到了这种从小朋友口里发出来的悲戚的音调，真叫人难受万分，尤其是当他们唱到那“忘掉了东北更忘掉了我们”时，尾声又长又颤，我的眼泪几乎夺眶而出了。

为了鼓励他们，我们唱的是：“打回老家去”。最后喊口号：

“打回老家去！”

“收复东北！”

学校吴老师跳起来叫道：“战场上再见吧！”我们热烈的响应着，我们两方面反复喊了三遍。

就这样的离别了这些侠义可亲的朋友，路上，我还念念不忘的盘旋着这个问题：

“为什么垦区小朋友最爱这首歌呢？而且唱得这样的动人心魄？”

新安，新安，新中国的少年！
不怕苦，不怕难，不怕敌人的凶残！
我们从抗战里生长，一切都为了抗战！
抗战抗战，胜利就在眼前。胜利就在眼前！

坐着黄河木船进宁夏

从乌拉山到大青山，从茫茫草原到河套大地，印下了新旅前行的足迹。

赛拜诺（蒙古语“你好”）赛拜诺，你们的牲口都很好吗？日本鬼子已经打到伊盟，你可知道吗？

日本鬼子是个大强盗啊，抢我们牛马杀我们同胞，奸淫掳掠杀人放火，烧我们蒙古包！

南方同胞已经起来抗战，国共合作去打东洋，蒙汉同胞都是一家人呀，团结齐抗战！

跳上你那雄壮的骏马，端起你那心爱的马枪，保卫祖国保卫家乡，把强盗们都杀光！（都杀光！）

黄中一根据当地民谣歌谱记曲、童常填词的《蒙汉团结歌》，不久竟成了当地的流行歌。他们一路唱着这首歌来到了黄河边，登上了一艘三舱单桅木船。

黄河上，这船在艰难地逆水而行。

船家为老艄公父子二人，一人主舵，一人撑篙。逆流而上，爬礁过坎，坎坎都是鬼门关。船家绝少独自行船，多次拒绝，多次登门，在新旅一份赤诚之心的感召下，船家也是豁出命来了，父子俩独自驾舟行驶在这滚滚浊浪上。

顺风起帆，逆风拉纤，新旅团员们轮流下船背纤。炎炎酷暑，汗水顺着肩膀后背流下，顺着脚印流淌。他们干脆脱得精光，全裸前进。脱尽了衣服，也是怕衣服磨破了再没有穿的了。晒黑了皮肤，磨破了肩胛，他们没有怨言，忍痛向前。

夹河两岸，飞沙漫地，荒草野岭，见不到人烟，连个鸟儿都看不见。行船歇脚时，游泳成了最好的活动项目。熟知水情的船家会仔细地提醒他们，哪些地方有旋涡不能游，哪些地方水浅可下河。

夜里常听得阵阵狼嚎声，众人将船撑到河面上，不敢泊岸。这里的天气一日可经四季，夜里气温骤降，大家轮流值班守夜，身上披着被子抱团取暖。

守望相助、朝夕相处中，船上的人，自然就成了一家人。

“大叔，一路上你们遇过打劫的土匪吗?”

“这地方匪患盛行啊，不过土匪也有私匪和官匪之分。”

“有什么不同吗?”

“私匪也是穷人出身，你有钱给他一点儿就了事了。但是如果遇到官匪，就遭难了，这些人白天是兵，晚上就成了匪，他不管你有没有官方执照，所运货物一律没收。一船货物遭劫，有些人几年不得翻身，甚至倾家荡产了。遇到他们没办法，听他们摆布，能给你留一条命就是万幸的了。”

“这些官匪是谁的人？没人问吗?”

“后套这里以前土匪多，后来都被傅作义整治了，现在的官匪全是宁夏土皇帝马鸿逵的人。”

生活即教育，社会即学校，一路上新旅通过耳闻目睹，通过艄公这位“社会教员”的讲述，知道了沿途的风土人情和一些社会情况，扩大了视野，增长了知识，明白了道理。

黄河之上，整整走了18天，终于在8月下旬，来到了石嘴子。

因为有傅作义将军的推荐，他们登岸后，便有一位军官亲自来迎接。

此人名叫马英才，是当地的驻军旅长。

“哎呀，辛苦辛苦，马主席（马鸿逵）特意捎信来，说非常欢迎大家到宁夏来，他希望你们尽快到银川去，他在那里恭候各位！”

因为新旅对马鸿逵的所作所为早有耳闻，一开始的客套，大家都是口是心非地应答着。随着交流的深入，大家才知道，马旅长和他的部队都是汉人，不是马家军的心腹。马旅长内心十分佩服新旅这支抗日团体，所以掏出了真心话：

“宁夏表面是中央的，其实是他马家的天下！

“他为什么欢迎你们？还不是指望你们将来在外边替他说几句好话！干吗要你们早一点儿去银川？他是怕这里的老百姓找你们说他的暴政和黑暗啊！

“既然马鸿逵要我来欢迎你们，那就请你们在我的部队多待几天，给我们官兵讲讲抗日大事，如果在宁夏的其他军队，他也不可能让你们去的。”

马旅长的一番真话、一份盛情，让新旅留在这个汉族人的部队里工作了两个星期。

就是在这里，他们才知道“七七”卢沟桥事变发生，抗日战争已经全面爆发！这特大的新闻，让新旅感觉到身上的担子更重了！

就是在这里，他们把旅部半个多月的《宁夏日报》都借来了，如饥似渴地阅读着。

就是在这里，他们知道了“七七”卢沟桥事变、“八一三”事变的真相，知道了当前的抗战形势和时局变化，又迅速向部队、市民做起了宣传，让这里的每个人都知道：北平、天津失守，上海沦陷，南京危急！

就是在这里，他们为部队培训了一批歌咏骨干，抗日的歌声在军营上空响起。

马旅长看在眼里，谢在心里，他决定邀请大家参加部队的围猎黄羊活动，捉到的黄羊和野兔等胜利成果，众人一起会餐分享。

马旅长看在眼里，疼在心里，他知道宁夏的冬天是多么的寒冷，看到新旅团员们的衣着十分简朴单薄，几近寒碜，甚至算得上敝衣褴褛，他决定请当地的商会用最便宜的价格售给新旅每人一件正宗的滩羊皮袄。

“你们没有这个，在宁夏过不了冬啊！”临别之时，滩羊皮袄送到了团员们的手中，这对于新旅来说，是多么珍贵的奢侈品啊！

平罗古城，是一个弹丸之地，站在小城鼓楼上，就可以看清四个城门。

当新旅到达平罗的时候，全国抗战已经轰轰烈烈地展开，而这里还是死水一潭。抗日的烽火还没有烧到这个偏僻的小城，这里的民众不知道抗战的意义，公教人员不关心时局的发展。

1937 年 9 月 18 日，这是“九一八”事变六周年的日子。新旅决定在这里组织全县“九一八”事变六周年纪念大会，把中小学师生动员起来，把各界群众组织起来，举行一场盛大的群众性的纪念大会和游行活动。

这一天，全城动员，全城出动，几乎所有的男女老幼都来了！这是平罗县第一次，也是宁夏全省第一次！

9 月下旬，新旅到达银川。

这里是宁夏省主席马鸿逵的老巢。此人在宁夏经营 17 年，集军政大权于一身，人称“宁夏王”。

听说新旅来了，马鸿逵派来教育厅厅长出面接待新旅，安排他们在银川师范学校食宿。但明确告知：除银川几所学校外，不希望新旅在市民中和其他单位搞任何活动。

一面以礼相待，一面严加限制，“宁夏王”此举在团员们的心头蒙上了一层厚厚的阴影。

一天下午 4 点多钟，马鸿逵派人来传话：“主席有令，请新旅今晚到公馆去放电影！”

大家本来就心有不快，这时普遍生起抵触情绪。

“不让我们去给市民放电影，却要我们去侍奉他的姨太太！”

“我们是宣传抗日的，不是做堂会的！”

“给他回话，就说机器坏了，正修理呢！”

大家望着顾问汪达之，请他拿个主意。

"电影还是得去放！我们在宁夏的工作还有一多半路程要走，这时候，既需要省方的支持，也需要为今后的工作创造条件！"

顾问一锤定音，大家终于勉强去了。

正如汪达之预料的那样，这场电影为新旅接下来的工作打开了方便之门。

当时，七八个姨太太分坐两边，马鸿逵左搂右抱间看完了电影，众人开心异常。马鸿逵连连拍掌叫好："这可开了俺宁夏老百姓的眼界了，请你们也给省会各界都放放吧。"

此话一出，新旅的工作就进入了民众之中，以前的范围壁垒被打破，抗日宣传的局面为之一新。

在银川，新旅见证了这位"宁夏王"的腐败和暴政。

在银川师范学校，师生们议论纷纷。

"你们知道我们那个教育厅厅长是个什么东西吗？"

"不知道，你说说。"

"此人根本不懂教育，是专为马鸿逵选美的。"

"怎么个选法？"

"他打着开发边疆教育的旗号，亲自到苏州、杭州、扬州一带去，在报纸上刊登招聘教师启事，以优厚待遇相诱，从报名者中选年轻美貌的女教师，带回来送给马鸿逵当姨太太。"

"这些人一旦入了虎口，怎么可能脱身呢，看来有些姨太太也是被逼的！"

人人都说宁夏好！
宁夏的苦难谁知道？
老百姓，
苦了！苦了！

新旅在宣传抗日的过程中，经常听到老百姓传唱这样的小调。宁夏苦在哪里呢？原来这里的苛捐杂税多，多到人神共愤的地步！

民众戏言："自古未闻粪有税，如今只剩屁无捐！"这里的政府规定，民众凡进行五角钱以上金额的买卖，都要缴纳印花税，甚至流传着驴耳朵、鸡爪子上贴印花票的笑话。

“天下黄河富宁夏”，有着“塞北江南”美誉的宁夏，从石嘴山到宁安堡，原本的千里富庶之地，而今成为不毛之地，这里的农村连稍微整齐一点儿的房子都绝少见到。

宁夏百姓的苦，还在于抽壮丁之苦，几乎所有的青壮年都被抓去当了兵。

抗日战争全面爆发后，国民政府趁机“削藩”，打击地方实力派，要求马鸿逵“出兵抗日，以尽民族大义”。马鸿逵以“拥护中央决定”为名，在百姓中抽丁，成群地捆绑，只训练几天简单的步伐，换上军装，便押去前线了，而马家军主力则完好无损。

回汉之间虽有民族隔阂，但对马鸿逵的痛恨是一致的。老百姓民怨沸腾，却无处话凄凉。

历时数月的宁夏之行结束了。

在宁夏的日子里，新旅有了太多的收获。

新旅在民族杂居和少数民族聚居区域，始终置身于宏大而深刻的社会生活大课堂里，“防民之口，甚于防川”的马鸿逵，怎么也没想到，新旅通过放电影等手段，竟听得了这么多的民间疾苦。新旅接触到的军阀官僚、王公贵族、洋人教士及劳苦民众，也成了他们在社会大学校里生动实践中最可贵的“生活老师”。

上海《新儿童报》主编李白英在写给团员张牧的信中，高度评价这种社会生活教育的价值和意义：

> 每次接到你的通讯，使我很感动。这感动，是由于你的文章里给我的。……真实生活中的文字，才是真正的文字。你如这样长期和群众接触，生活在一块，打成一片，不被学校及知识所隔，你奔走于华东、塞北，你的生活将更丰富，而所写作的更加有力了。……
>
> …………
>
> 我是希望你更扩大你的生活的实践力量，而且继续不息，

你将来必有更大的成就（在群众中的成就），得到更大的安慰与喜悦。

…………

左义华亦有信和稿来，他病于北平，想你亦必已知道。你们的生活和文章，进步得都快极了。我今已深信社会的教育比学校的教育胜过万倍呢！

在宁夏的日子里，新旅也有肝肠寸断的失去，他们失去了一个好战友——18 岁的靖秉铎走了。

在吴忠堡，靖秉铎不幸身染伤寒，不治而逝。留下照看他的汪达之和张早两个人拉着他的手，大声地唤着他的名字，他却永远地闭上了眼睛。他是新旅出征以来，第一个牺牲的战友。

身既死兮神以灵，子魂魄兮为鬼雄！他的名字和他 18 岁的青春，永远留在了吴忠堡，留在了黄河岸边。

平凉，新旅建立党支部

1937 年 12 月，在南京沦陷的枪炮声中，新旅经灵武县到达了陇东重镇——甘肃平凉。

这里的人们感觉不到国破家亡的阵痛，听不到 30 万无辜生灵惨遭日军屠戮的悲鸣。

“如果战端一开，那就是地无分南北，人无分老幼，无论何人，皆有守土抗战之责任，皆抱定牺牲一切之决心。”对于国民政府领袖的战时动员令，这里的人无动于衷，好像压根儿就不知道有抗战这回事。

这是“陇上旱码头”平凉吗？这是“西出长安第一城”吗？新旅的团员们有点儿怀疑自己的眼睛。

此地亦非久留之地。这时候，汪达之想赴临洮拜访一个人，此人叫顾颉刚，是著名的历史地理学家、民俗学家，边疆研究会的创始人，担着甘肃“老百姓社”社长之职，编印的《老百姓》旬刊知名度较高，是一个在西北地区宣传抗日的“号手级”人物。新旅在西北地区如何推进战时社会教育计划，需要得到顾先生的指点。但因交通原因，无法成行，汪达之和他的新旅只得停留在平凉。

新旅没有走，留下来就是一个火种，撒在哪里，哪里就燃起璀璨的光焰。

在平凉待了两个月的时间，新旅又成了明星。1938 年 1 月 29 日，《甘肃民国日报》以“新安旅行团在平工作极为紧张”为题，报道了新旅的工作：

记者昨日往访，承对该团之种种工作，以及所经各省之情况，谈叙颇详。兹将该团抵平凉后工作要点志后：一、联合歌咏团，该团与平凉驻军四十三师政训处，在平联合组设歌咏团。于每星期一、三、五日三日往各公共场所、民众集合地点，表演各项爱国歌曲，以启发民众之爱国情绪。二、“活报”，该团基于社会……多为文盲，对于倭寇之蛮横侵略，及我民族之解放抗战，用文字宣传毫无印象，特组织“活报”，由团员将每日前方及国际间并国内各重要消息，以简单明了之词意，浅近普通之常识，在各剧团为民众报告。此种宣传，确能深入民间，引起人民抗敌之热忱。三、四十三师在平设有民众学校一处，本团团员每日在该校对学生演唱各项歌曲，并予学生切实指导。

1938 年 2 月 17 日，《甘肃民国日报》再次盛赞新旅团员的不懈努力：

新安旅行团自到平凉后，对于宣传抗日救亡工作甚为努力。入春以来，该团又在东关放映电影数场，因入场券资低廉，故一般民众前往参观，极为涌跃。该团放映电影前，配以歌咏与演讲，并以幻灯放映抗战新闻，更教民众唱救亡歌曲，故全场空气，异常生动活泼，电影内容具有教育意义。此间人士对该团所作所为深表同情。该团于电影工作结束后，又进行活报与话剧宣传，以致街头巷尾都知道新安旅行团名字。

历史有着太多的偶然，而一些重大的转折，往往就是在偶然中发生的。

在平凉，徐之光、张杰、张牧三个人偶然迈进了一家书店，竟引出一个天大的事来——他们在这里找到了中国共产党，并且在新旅建立了秘密党支部！

对于新旅来说，这是开天辟地的大事！

那天下午，他们踏进了一家叫“抗战书报供应社”的新型书店，在西北地区这还是第一次见到书店。店面不大，却摆着大家不曾见过的《新华日报》《抗战》《全民》《报众》等报纸杂志。

看到三人爱不释手的样子，店主人走了过来。

“你们是新安旅行团的吧？”

“你怎么知道的？”

“我在东关看过你们的电影，听口音又不像北方人。这里的报纸很多，你们想看什么就看什么，旧的《新华日报》可以送给你们带回去看。”他还压低了声音，极其神秘地告诉他们，“这是八路军办的报纸！”

“八路军？你知道八路军？”

“我是听从庆阳过来赶集的老乡们讲的，不过，那边人还管八路军叫红军。”

“庆阳老乡咋知道的？”

“那儿是陕甘宁边区管的地方，离这里几十里地的西峰镇就归它管了。”

在彼此的交谈中，三人了解到一些边区的情况，他们断定这家书店不是国民政府官方办的，倒像是共产党派人办的。但不便深问，三人就此匆匆告别。

“争取加入共产党，这是我们一直以来的夙愿，现在边区就在身边，这个机会应该抓住啊！”张杰急切地说出他的想法。

“到边区找共产党，我同意，但是不能大家都去啊，这个目标太大太危险！”

“是的，顾问汪先生也不会同意的，我们要充分尊重他的意见！”

三人商定一个主意，回去后由徐之光以总干事的名义向汪先生建议，希望能派他去庆阳一趟，向八路军学习抗日宣传工作的经验，同时搜集一些抗日宣传资料，顺便打听一下全团进入边区开展工作的可能性。

汪达之答应了徐之光的建议。团务干事会正式派徐之光代表新旅秘密去庆阳，并要求全团每个人对这件事守口如瓶，绝对不能对外透露半个字！

一个星期后，徐之光回来了，还带来两个人，他抑制不住满心的兴奋与喜悦，向大家介绍起来："同志们，我向大家介绍一下，这位是牟永春同志，今年23岁，是向我们传授八路军宣传工作经验的。这位叫苏纯俊（原名张仁），今年才16岁，和我们有些团员差不多大，但人家可是'红小鬼'哟，是来向我们传授红军时宣传队表演的节目的。他们俩还是四川同乡呢。有一点请大家记住，对外说，他俩的身份就是我们的新团员。让我们以掌声欢迎二位同志的到来！"

掌声响起，大家充满了期待。

此次徐之光去陕甘宁边区庆阳镇，找到了陇东特委书记黄欧东，向他详细汇报了新旅的工作情况，表达了迫切想要加入中国共产党的愿望。黄欧东对新旅的工作给予了很高的评价，并决定派来牟永春、苏纯俊两位同志帮助新旅建立党支部和开展宣传工作。

有了这两个"新团员"的加入，新旅可热闹了。《儿童舞》《海军舞》《乌克兰舞》《扭秧歌》这些红军宣传队的节目，让人既有新鲜感，又有快乐感，各人学得特别投入。大伙儿还一起用秧歌的形式编排了《打倒日本升平舞》，唱啊，跳啊，这样的表演比起新旅的时事活报剧来说，水平高级得多啦！夜幕降临，大家一扔下晚饭碗，就缠着两位八路军战士讲红军部队的生活，每个人听得入了迷，就连天上的星星都眨巴着眼了，他们都没有睡意。

在这热火朝天的日子里，牟永春没有忘记他的使命，此行他要考察和秘密指导徐之光、张杰、张牧三人建立党支部。

他逐一找三人谈话，全面考察了解他们的家庭背景、个人思想以及对党的认识；暗地里组织他们秘密学习《党章》《党的生活》和王明撰写的《为中共更加布尔什维克而斗争》这几本小册子或油印本。三人在思想上靠党更近了。

那一天，牟永春带着三人来到了那家“抗战书报供应社”，在一间小屋里，他们见到了平凉地下党的一位同志。原来这里是地下党的秘密联络站。地下党的同志让三人填写了入党申请书，落款处的名字都改了，徐之光化名徐士华，张杰化名维克，张牧化名白金。原来党在秘密环境下为了以防万一，入党申请书上的姓名一律用化名，这是一条纪律。

“同志们，我们开始入党宣誓！”平凉地下党的同志从怀中掏出一张折叠整齐的画页来。这画页高约50厘米、宽约30厘米，最上端为马克思、恩格斯、列宁、斯大林和毛泽东的头像，两侧各有一面印有镰刀、斧头、五角星的党旗，下端是共产党员入党誓词。

这是党的组织部门统一印制的一张入党誓词。

“同志们，这就是入党誓词，请大家举起拳头，跟我一起宣誓！”

“一、终身为共产主义事业奋斗；二、党的利益高于一切；三、遵守党的纪律；四、不怕困难，永远为党工作；五、要做群众的模范；六、保守党的秘密；七、对党有信心；八、百折不挠，永不叛党。”

庄严的入党仪式结束，握手，拥抱，祝贺。这种庄重无比的仪式感让三人更加懂得加入党组织的神圣，浑身充满了一种蓬勃的力量。

“从现在起，你们就是新旅的第一批共产党员了！按照《党章》的规定，新党员应该有三到六个月的候补考察期，但是你们几年来在国民党统治区经受了许多考验，所以不必再用候补期来考察你们了。你们现在就可以成立党支部了！”

又是一阵激动之情涌上心头，在牟永春和地下党同志的指导下，他们完成了党支部推选：徐之光任新旅党支部书记，张杰为组织委员，张牧为宣传委员。

“同志们，我们新旅党支部从今天起成立了，党支部应该是全团的领导核心，我们在绝对遵守党的秘密工作原则的同时，要注意团结好汪达之顾问和其他几位团务干事，这样才能使党支部实现对全团工作的领导。”徐之光保持着一贯的冷静。

“汪达之顾问的政治情况很好，为了便于工作，是不是趁牟永春同志在新旅的时候，将他发展入党?”张杰想出一个自认为“两全其美”的办法。

“汪先生虽然政治条件是好的，但他本人没有这方面的表示，发展他入党还要有个过程，让他暂时‘灰色’些，不入党，对新旅的工作更为有利。”牟永春连连摇头，并对支部工作提出进一步的要求，“你们新旅党支部目前不能公开，还是秘密党支部，下一步你们三人应该多学习一些党的基本知识和支部工作的方法，新党员发展工作要缓一些时候再考虑，这方面一定不能操之过急!”

好事多磨，建立党支部的问题再起风波。

新旅不久去了兰州，牟永春在新旅支委会上，宣布了一个让人意想不到的事：徐之光、张杰、张牧三人需要重新入党!

这又是怎么回事啊?

原来八路军兰州办事处的党组织审查了新旅党支部成立的经过，发现批准三人入党的平凉地区中共党组织的负责人曾经脱党，此人的党组织关系尚未恢复。因此，经他批准入党的党员和建立的党支部是不符合党的组织原则的。

三位党员的素质是合格的，怎么办?需要重新递交入党申请书，重新进行入党宣誓，重新获批入党，重新建立党支部，入党时间以新批准时间计算，但免了候补期考察。

1938 年 3 月，他们三人又一次履行了入党手续，新旅内部建立党支部的工作才算真正完成。

从此，新旅在党的领导下阔步前进。

兰州刮起“新旅旋风”

“同志们，全国抗战已经半年有余，形势和过去不一样了，现在平凉的工作已经结束，我们得尽快去兰州。那里有我们八路军的办事处，要设法和他们取得联系，以听取上级党组织对我们今后工作的指示。”在支部碰头会上，牟永春建议。

徐之光将这个建议在团务干事会上提出后，得到了一致响应。

可难题来了，有人提出：“平凉去兰州的公路，没有商车，没有客车，怎么走?”

“我们雇马车去吧，十多天就到了!”

“马车不行！听说六盘山的华家岭一带，全是凶悍无比的土匪，没有武装保护根本过不去!”

“有了!”朱金山拍着大腿喊了起来，“平凉城里不是有几辆兰州来的军车吗？可以让他们返程时捎上我们，不就成了吗?”

“对，我们可以找他们去商量看看!”

大家去找军车驾驶员商量，人家一口回绝。

“我们付路费不行吗?”

“这也不行，没有长官的命令，我们不敢做主!”

牟永春再三请求，好话说尽了，对方只同意带两个人走。谁去打前站?

“我去!”汪达之毫不犹豫地站了出来，他是永远的“革命军中马前卒”。

随后团务干事会决定，让牟永春和汪达之随车去兰州，想办法解决新旅的食宿和交通问题。

汪达之一到兰州，就去了《甘肃民国日报》报馆和民众教育馆拜访。

在民众教育馆，柴若愚馆长听了汪达之介绍的新旅在西北地区的工作情况后，内心十分敬佩：“你们新旅真是太了不起了，我们也刚刚组成了一支‘民众歌咏队’，你们的到来对我们来说，真是如虎添翼啊！住的问题请你们放心，就住在民众教育馆。交通的问题，我来带你去找省政府的丁秘书长，请他安排面见朱绍良主席。”

汪达之像是见到了亲人一样，连连称谢!

省政府的丁秘书长是一位坚定的抗日派，他非常乐意帮忙。在他的引见下，汪达之见到了国民党第八战区副司令长官兼甘肃省政府主席朱绍良。

朱绍良当场表态：“全国抗战人人有责，非常欢迎新旅来甘肃，我的第八战区包括陕、甘、宁、青、新，都欢迎你们去工作。我现在就派一辆军车到平凉去接新旅的团员们！”

1938年2月26日，《甘肃民国日报》以“民教馆筹备欢迎新安旅行团”为题做出报道。朱绍良的积极表态和报纸的宣传，在舆论上为新旅在兰州工作创造了有利条件。

经过两天的行程，1938年2月28日下午3点，新旅16人带着全部行装到达兰州，入住民众教育馆体育场内南面办公室。

新旅一到兰州，便受到各界空前的关注。工作行程和开展情况得到了媒体的连续报道：《新安旅行团昨抵兰》《省党部于昨晚招待新安旅行团》《新安旅行团招待各界》《新安旅行团昨晚招待省垣各界纪实》……

尤其是1938年3月3日的《甘肃民国日报》的那篇《新安旅行团访问记》，让人们对新旅有了更为透彻的了解：

> ……新安旅行团完全是新兴的教育团体，他们是实验“生活即教育”、“社会即学校”的理论和方法。这种实验，就是从这庞大而复杂的社会里教育自己，教育别人。其实他们不但要做实验教育工作，而且他们早负担起宣传抗战工作了……至于他们宣传的方法，因为他们携带了一部电影工具。这崭新而动人的东西，帮助了他们成就了这伟大的宣传工作。另外有话剧、唱歌、演说、壁报、漫画的方式，也尽量采用。他们每到一处，便组织歌咏团。所以他们足迹所到，歌声四起，用歌声发展救亡力量，提高了抗日的情绪，唤醒了无数迷梦的同胞。这是记者最感到难得的艰苦工作。
>
> 在前年绥远抗战爆发的时候，他们赶到前线，负起慰劳的任务。从此他们离开了江南，路过北平，到达荒凉的绥远，参加了绥远追悼抗战将士大会和阅兵典礼。但不多日踏上了更荒

凉的后套，又从那里乘了中古式的木筏抵达宁夏。去年年底，才离宁到平凉。

记者因感到他们异常年轻而能担负着伟大的工作，因而又问他们组织的情形。据说，总的组织是团务会议，下面是三个团务干事，负责全团对内对外的事情；以下设：一、总务股；二、宣传股；三、自我教育股；四、交际股；五、编审股等五股。下设若干组，各司其事，各专其职。此外还有一位顾问先生帮助解决事情。每日有一位主席（轮流担任），负责生活处理、督促工作的进行和主持每天的生活会议。该会每天一次，内容：一、结束今天的工作；二、工作报告；三、检讨工作和生活；四、决定工作；五、讨论；六、研究报告及本会批判。根据其内容，知道他们不但有计划的工作，而且是有计划的学习；不但有严格的纪律，而且和自我教育的工作有密切的联系，向前迈进。关于他们的经济来源，共有四种：一、放映电影的票资；二、稿费；三、推销书籍；四、靠大家的捐助。这一次他们离开平凉，据说得到朱主席赞助旅费。记者最后询问在平凉工作的状况和在兰的工作计划。据说：这次在平凉有两个月的工夫，所以颇有机会做事。除放映十余场电影外，还应了平凉防空将士游艺会之约，筹募经费公演话剧一次。另外，还去军队教歌和到中山民校上课，还和四十三师政训处共同组织歌咏团。他们的活报组是经常到剧院做宣传工作。这次来兰除参观游览、组织歌咏团、筹备演剧、演电影外，还计划招待兰机关团体一次，以便联络……

1938年4月4日，兰州《妇女旬刊》推出《儿童节特刊》，新旅团员撰写的四篇文章，让无数的心灵从沉睡中醒来，一时间读者竞相传阅。范政的《大人救国小孩也要救国》，曾里的《谁说我们年纪小》，左林的《我们要做打疯狗的人》，汪达之、徐之光、朱金山、纪宇合写的《儿童节告小朋友书》，字字如钟，声声入耳，犹如嘹亮的战前动员令："起来吧！儿童们！光明在前头！"

1938年4月24日晚7时整，兰州西大街民众教育馆民众剧场座无虚席，全场门票售罄，剧场周围都挤满了观众。“新安旅行团募捐游艺大会”在这里拉开序幕。范政担任主持，他开宗明义，直接说明此次募捐游艺大会的三个使命：

这是一场捐献行动——希望为前往武汉募集旅费，请父老乡亲给予帮助；

这是一场联合行动——希望兰州的剧人发挥团体力量，联合筑起坚强的抗战堡垒；

这是一场救亡行动——希望借助公演机会，再次打动兰州民众的心灵。

在《大刀进行曲》的合唱声中大幕拉开，《扬子江暴风雨》《重逢》《最后一课》《烙痕》等剧目相继上演，观众如痴如醉，一个劲儿地鼓掌，喝彩声不绝于耳。演出一直持续到 11 点多钟，结束后观众仍久久不愿离去。

4 月 25 日、26 日，游艺大会演出继续进行，分别由范政、左林主持，剧演依然精彩不断、盛况空前。《甘肃民国日报》为此开辟《新安旅行团游艺大会》专栏，连续推出了一系列文章，诸如《我希望于游艺大会的三个使命》《介绍几出国防剧》《对于新旅正确的认识》《告诉你们三个理由》《我为什么要参加新安旅行团游艺大会》《对这次兰州话剧界大联合公演的希望》……

新旅开展的汹涌澎湃的抗日宣传活动，让兰州刮起“新旅旋风”。

1938 年 6 月 5 日，兰州《苦干月刊》第 8 期推出《新安旅行团在兰州》，晒出了新旅在兰州的“成绩单”：

1. 电影：放映十四次，观众二万人，其中民众占一万五千多，学生四千多。3 月 12 日总理逝世十三周年纪念日晚间之放映为最有意义，观众一万二千人。他们影片的《小五义》、《一·二八沪战写真》、《防毒面具制造法》、《农人之春》、《抵抗》、《民族痛史》等轮流放映……

2. 幻灯：放映次数及观众与电影相等。在兰州他们根据新的现实环境制了好几套新灯片，有《全国总动员》、《儿童与抗战》；图书方面有《抗战漫书特辑》及《保卫大西北》的连环图。政府的“全国公共誓约”公布时，他们根据原意编了一套通俗的灯片。在各纪念日，他们也都有特制的灯片，内容力求简单通俗。

3. 话剧：公演过三回。剧本为《扬子江暴风雨》、《最后一计》、《最后一课》、《炮火中》等。《扬子江暴风雨》及《最后一课》的演出效果比较好，观众共有二千余人。以知识分子、公务员、儿童及商人为主要观众。此外，在别的剧团（如西北抗战剧团等）演出时，他们都帮助工作，或参加节目，如歌咏、魔术、跳舞等……他们还帮助了两个小学排练了三个剧，把十二个剧本分送给三个小学和一个儿童歌咏团。并主持了一次兰市空前的游艺大会，这次大会共有三天，演了十三个抗战剧，发动了兰市大部分的剧人。

4. 歌咏：第一，表演有三十几次，主要的歌曲为《义勇军进行曲》、《大刀进行曲》、《牺牲已到最后关头》等。这些歌曲在这儿是最为人们欢迎的。大的乐会常有他们的表演。第二，在教歌方面，他们做了更多的工作。他们教歌的地方有二十多处。这中间有中小学、政府机关、救亡团体，学的人数达六百人之多。平均起来，每一个人学了三支歌。他们还努力的做组织工作，现在已经组成的歌咏团有九个，各团平均人数约三十人。第三，工作方式，他们到兰后首先与许多学校接洽，愿意义务教唱抗战歌曲，很受欢迎。这样便教了起来。渐渐地有更多的学校和机关团体来要求他们派人去教，他们都尽可能地接受。这样渐渐形成了一种风气，一个运动。他们在临行之前的某日，一天之内接到三处的邀请。第四，干部训练，这工作虽然也做了一些，但做得还不够，这是他们在兰工作的一个严重缺陷。

5. 活报：活报的工作这次做得比较少。第一跳舞，表演过八次以上，受到兰州市民一致的赞许。这种舞是新时代的艺术，不是柔软的美，而是强有力的美。大部分的动作都含有浓厚的意义。他们表演的主要几个为《劳作舞》、《农民舞》、

《海军舞》、《儿童舞》等，并担任几个学校的教舞工作。第二是魔术与火棒，在演戏观众情绪散乱时，常利用幕间休息时表演这些，以维持秩序。

6. 座谈会：他们主持过两次兰州话剧界的座谈会，参加过兰市各种座谈会。这是他们很好的学习机会，同时也是他们的工作。

7. 参加集会：他们参加过兰州的“三八”妇女节、“三一八”及反侵略运动大会、儿童节纪念会、雪耻兵役宣传周等。在每一次的集会中，都尽可能地争取说话的机会，以影响群众。参加过两次下乡宣传。他们经常地以各种不同的姿态参加各种集会。

他们在兰主要的工作就是这些。但他们的工作方式常是综合的。比方他们每次放映电影，绝不是单纯的电影，一定有幻灯，有歌咏，有讲演，话剧公演时也是一样。在歌咏方面，常常运用机会当场教民众唱简单的抗战歌曲。

…………

他们的工作对兰州的抗战运动有巨大的影响，对于儿童抗战运动、歌咏话剧方面的影响显得特别深刻。

在兰州，新旅的团员们见到了台和中、李友梅两位老师。

他们和汪达之一样，都是陶行知的学生，在新安小学处于啼饥号寒的绝境之时，甚至去典当大衣，去和家长借贷，只为使学校生存下去。这份炽热的心，感动着从新安小学走出的所有团员。

台先生教的自然科学，让新安小学的“基本学生”至今印象深刻：他带着孩子们采集植物，捕捉蛇、鱼、青蛙、蜻蜓、蝴蝶等各种动物，分别制成标本；教大家用猫皮和玻璃棒摩擦生电，让学生初步了解电的知识；用竹片、纸壳制作飞机模型，用活的蜻蜓讲述飞机飞翔原理；把水壶放在火上讲解瓦特改良蒸汽机……

台和中现在是兰州女子初级职业学校（简称“女职”）的校长，李友梅被台和中聘来担任女职的教务主任，共同推行一系列的教育整顿和改革。

在女职校园的墙壁上，大家看到了“以教人者教己，在劳力上劳心”“生活即教育，社会即学校”这些熟悉的标语；在音乐教室里，陶行知先生的诗歌唱片成了教材，《开路先锋队》《大刀进行曲》《镰刀舞歌》等进步歌曲比比皆是。

众人慨叹：女职和新安小学乃同根同系的一母同胞啊！

天涯海角聚知音，半生相知有几人。在兰州得以相见，大家格外兴奋。好几年不见了，台和中、李友梅无比怜爱地抚摸着这些昔日弟子的脸庞，只是不见靖秉铎，得知情况后，顿时伤感起来。旋即，看到了张杰、张平、童常、黄中一、范政这一批青春可爱的新人，心情平复了许多。

新旅在兰州期间，即以女职属下的附属小学作为开展抗日救亡宣传的中心基地。

在女职附属小学，一个叫益希卓玛（后改名王哲、王喆）的藏族女孩加入了新旅。

新旅进驻附属小学后，首先集中益希卓玛所在的高年级班教唱革命歌曲，然后带领学生们走上街头，举起写着“团结起来，打倒日本帝国主义”“有钱出钱，有力出力”等标语的小旗，向群众募集毛巾、茶缸、鞋袜等日用品，送到妇女慰劳会去。

新旅团员还教小学生跳集体舞、演讲、演话剧、出壁报等。在新旅团员手把手的示范辅导下，益希卓玛学会了《儿童舞》《海军舞》《乌克兰舞》等。当时的她深受继母的虐待，肉体、精神倍受摧残，已处于活不下去的境地。正是这些舞蹈让她燃起生活的勇气，她一边跳舞，一边在心里喊着：“勇敢！勇敢！活下去！活下去！”

新旅救了她，在她的心里播下了革命的种子，让她懂得了写作是宣传和教育的武器。后来，她成长为一名专业作家，写出了藏族文学史上第一部长篇儿童小说《清晨》。

在兰州，他们见到了塞克、王洛宾。

一个是著名诗人，一个是著名作曲家，两个重量级的人物是来兰州参加“西北抗战剧团”的，他们被“爱国走天下”的新旅的爱国精神感动，联合创作了《新安进行曲》：

新安，新安，新中国的少年！

不怕苦，不怕难，不怕敌人的凶残！

我们从抗战里生长，一切都为了抗战！

抗战抗战，胜利就在眼前。胜利就在眼前！

这首歌曲调明快活泼，直观地反映了新旅的精神面貌和斗争特点，她的诞生，是为新旅摇旗呐喊、擂鼓助威，更是趁势为新旅点一把火。后来，在各地开展儿童教唱工作时，新旅特意将这首歌开头的“新安，新安”改成了“少年，少年”，歌名也改成了《少年进行曲》，一时在全国各地广为传唱。

在兰州，他们见到了萧军。

在上海鲁迅先生的葬礼上，萧军为鲁迅先生抬棺扶灵，新旅唱着挽歌，当时双方已十分熟悉。想不到几千里外，意外重逢，好不惊喜。

在交谈中得知，萧军的岳父王云海先生，字蓬秋，河北高阳人氏，同盟会会员，是一位海外归来的爱国高级知识分子，曾任甘肃榆中县县长，廉洁公正，有“王青天”之谓。抗战全面爆发后，他因“庐山受训”被撤职，于是举家来到兰州创办民族工业。王云海生有七个子女，他思想开明，积极支持子女创办“王氏兄妹剧团”，参与抗日救亡宣传活动。

前不久，萧军和王云海的二女儿王德芬喜结良缘。

“汪先生，我有个请求！”萧军将汪达之拉到一边。

“你说！”

“我夫人王德芬有两个弟弟，一个叫王德威，11 岁；一个叫王德乾（后改名王山，以下称王山），9 岁。最近，他们兄弟姐妹几人组成一个‘王氏兄妹剧团’，在兰州大街唱歌、跳舞，宣传抗日救国。你们来了，我想把这两个家伙介绍加入新旅。你看行不？”

“可以啊！”汪达之一口答应。

第二天，看到两个聪明可爱的孩子，汪达之十分喜欢。

“听说德威喜欢画画，能不能让我看看？”

王德威从书包中掏出厚厚的一个画本。

汪先生一张一张地翻看，喜不自胜：“小朋友，你是画画的天才！只要你坚持，一定会成为画家！”

这时，内向的王山从书包中拿出他用捡来的铁片制成的小飞机。

汪先生同样发出惊叹：“你是一个小小的发明家！将来必定大有可为！”

他们俩成了新旅最小的团员。一加入，他们便立即投入抗日宣传活动。兄弟俩和新旅团员一起唱《新安进行曲》，一起跳《儿童舞》。在一个独幕剧里，王德威扮演了一个可爱的小姑娘，因为他演得太像了，一位大娘的女儿竟拉着他的手说：“我想和你学唱歌学跳舞，你就住到我们家好吗？我俩睡一个房间。”

“我是一个男孩！”王德威红着脸说道。

小姑娘满脸绯红，扭头就跑了，众人哈哈大笑。

在兰州，他们见到了中共中央代表谢觉哉、八路军兰州办事处处长吴寿泉（伍修权当时的化名）。

1938年3月，新旅重新建立了党支部。在兰州取得的成绩，离不开党支部的坚强领导，离不开上级党组织的悉心指导。

在兰州，新旅的同志们第一次看到了全副武装的八路军战士，第一次了解到全国抗战形势和中国共产党在国民政府地区的工作任务，第一次听了中国共产党高级领导人谢觉哉所做的“抗日民族统一战线”“三民主义与共产主义”等问题的专题报告。

从谢觉哉当年的日记中，可以看出这位中共领导人对新旅的关切之情：

1938年4月25日

夜往观新安旅行团筹款剧，至十一点才回。

1938年5月8日

昨夜新安旅行团来，为谈国民党大会宣言纲领约二小时。

1938年5月15日

晚新安旅行团七、八人来请我讲三民主义。

1938年5月17日

为新安旅行团题词："以艺术武装你们的手口，以理论武装你们的头脑，从工作中锻炼你们成为铁的战士。"

1938年5月20日

新安旅行团夜放《夏伯阳》片，因天雨没放完。

1938年5月21日

夜往观《夏伯阳》片。

吴寿泉更是事无巨细地给予新旅关心和指导，特别是安全工作。

"兰州的特务多，要时时警惕，不在必要时，少到办事处来！"

从那以后，新旅党支部的同志去办事处汇报工作，都选择在夜晚。那时兰州街头的路灯非常暗，就连煤油灯都比它亮，这也给新旅的同志提供了方便。

"汪达之先生对于共产党八路军的态度如何？"吴寿泉对汪达之先生一直牵挂在心。

"汪先生对于八路军的指导意见历来十分尊重，遇到难处，也主动向办事处请示，这是新旅能在政治上保持党的绝对领导的一个重要原因。但是汪先生认为，新旅所从事的工作，既是民族解放的一部分，又是他个人从事的一项事业。无论是他个人还是新旅团体，他都希望保持某种程度的独立性，这是他不积极要求加入共产党的主要原因。"徐之光如实回答。

"事实证明，汪先生是一个真诚的爱国主义者，你们不但要尊重他，而且要处处团结他。他不加入共产党，不要勉强他，将来总有一天他要入党的，团内一切工作，除了党组织要求对他绝对保密外，其他一切把他作为党内同志相待！"吴寿泉对汪达之先生给予充分肯定，他的话给新旅党支部的同志指明了方向。

新旅的每个人都暗下决心，要像谢觉哉日记中寄语新旅的那样："以艺术武装你们的手口，以理论武装你们的头脑，从工作中锻炼你们成为铁的战士。"

在由共产党支持创办、毛泽东主席亲笔题写刊名的兰州《战号》的创刊号上，汪达之代表新旅发出的呼号跃然纸上，全体团员正在迎接一个新的春天：

> 正是全国觉悟的少年们，再也不能安心去接受那些与现实民族生存无关的功课，而苦闷着前途无路的时候，新安旅行团便已开始这个开路工作了。当然工作是很艰苦的，时常包围在困难里面。可是能刻苦耐劳，从生活实践中锻炼出来的，坚强的集体的意志的主观条件，和广大同情与赞助的客观条件下，慢慢地长大起来，得到今天，更较有计划的进行教育自己和动员抗战的宣传工作。

西安城，收到重要指示

新旅下一步何去何从？

兰州《苦干月刊》1938 年第 8 期这样写道：

> 他们对于西北的社会、政治、人情、风俗，一切都弄熟了，而且觉得在西北工作的意义是更大的，所以决定在西北长期工作下去。但是，因为重要工具（各发电机，影片等）过于衰老，发生障碍，同时也为了向中央请示工作方针等，决先赴武汉一行，将来再回西北工作。

到中国政治、经济、军事、文化的新中心——武汉去，新旅的行程方向已确定！

曾扩情来了。他开门见山：“你们不是要去武汉吗？我也马上要去！我是坐飞机去，愿意跟我坐飞机吗？那可又快又好玩呢！到了汉口，我代你们向国家申请免费入学深造，将来还可以留洋，你们都是国家未来的栋梁啊！”

此人曾是蒋介石的随从秘书，一直担任政训系统负责人，是有名的大特务。他与新旅是在甘肃省政府为苏联援华人员举行的招待会上认识的。当时，新旅在招待会上表演节目，兼做招待员。那一次，新旅第一次完整地观看了苏联革命电影《夏伯阳》，很是兴奋，曾扩情也很兴奋，邀请新旅的小团员们到他家去“玩”。曾扩情先是用高级糖果和水果招待孩子们，然后特务的本性就露出来了，开始盘根问底：

“你们为什么不在家里念书啊？”

“是谁派你们出来的呀？”

“父母是干什么的，想不想你啊？”

“这支歌是从哪里学来的？”

“这个舞蹈是谁教你们的？”

…………

“谢谢，我们不和您坐飞机去！”面对曾扩情的引诱、哄骗，大家的回答不卑不亢。

新旅的团员们尽管年纪小，但一直保持着应有的警惕性，怎么可能轻易上他的当呢？曾扩情小瞧了这些有着高度觉悟的少年，悻悻地走了。

朱绍良来了。听说新旅要去武汉，他也想挽留新旅“为他所用”。

“你们为什么要走呢？就留在我的第八战区工作，一切费用都由战区负责，并且保障你们的人身安全！”

“谢谢长官！我们新旅是全国性团体，华中、西南、华南都没去过呢，将来有可能再回西北，可以到青海、新疆去，到时候再请您多多关照！”大家婉言谢绝。

朱绍良无可奈何：“既然你们志在全国，我也不可强留，那就由长官司令部派车送你们去西安，然后转道武汉。我让副官和陕西省主席孙蔚如打电话，请他解决你们从西安去武汉的车辆问题！”

分别的时刻终于来临了。

那一天清晨，《战号》主编吴渤领着新旅的同志们来到兰州来煦门前的马家牛肉面馆，牛肉、羊肝杂烩共煮，肉汤清澈鲜美、香气扑鼻，终于吃到了有名的马家清汤牛肉面，众人大快朵颐。

当新旅一行人出了东稍门，大家的眼睛湿润了。这是怎样的一个送行阵容啊：这边是八路军办事处的王定国、民众教育馆的馆长柴若愚，民众通讯社的丛德滋、于千，女职的台和中、李友梅，那边是萧军、塞克、王洛宾、朱星南、王云海全家、原“青年抗战团”的樊大畏、漫画家邵恒秋，以及省政府代表、各剧团代表、各学校代表、闻讯赶来的民众代表……

拱手、鞠躬、握手、拥抱。挥手自兹去，说不尽的离情，道不完的叮咛。

新旅落下了一个人，她就是益希卓玛。这几天，她自小就落下的胃肠病发作了，痛得实在无法行走。临行前，新旅的大哥哥们送给她一本《高尔基选集》。父亲安慰她：“你要抗日，等病好了，长大点儿了再去。现在你跟着去，会成为团里的拖累。你去了，病了，谁给你揉肚子呢?”为了不拖累大家，益希卓玛只好抹着泪留下了。

1938 年 5 月下旬，新旅坐着第八战区的军用卡车抵达西安。

当新旅带着朱绍良开具的介绍信拜会孙蔚如时，情况发生了突变。

去汉口要从郑州转车，可是由河北南进的日军已经攻占安阳，郑州危在旦夕，潼关也在日军大炮的射程之内。过境去武汉的这条路，行不通了。

怎么办？新旅党支部秘密召开会议，展开了讨论。最终，大家一致决定去延安！因为延安与西安近在咫尺，这是一个很好的机会，大家早就盼着这一天。在爱国学生和共产党员的眼中，延安就是革命圣地，每个人既有一种新奇感，也有一种神圣感。

去了延安，新旅的团员们可以到抗日大学、陕北公学、鲁迅艺术学院（简称“鲁艺”）去学习，然后可由组织分配到八路军前线去工作。这是多么好的一件事啊！

可是，当徐之光将这个想法提交团务干事会讨论时，顾问汪达之首先表态：“我不同意！”

“顾问为什么不同意？去边区不是很好吗?”

“如果真的都去了边区，再去工作，大家就会各奔东西，我们新旅就会解散了！我不反对去边区，但是反对团体就此结束！”汪达之停顿了一下，进而提出他的建议，“事关重大，我看你们还是去找八路军西安办事处的林伯渠先生商量一下，请他做决策！”

大家散去了。党支部的三个人走在去七贤庄八路军西安办事处的路上，嘀咕起来：“这明明是一条光明之路，顾问为什么这么反对？难道他把新旅当成自己的私人团体了？”

他们见到林伯渠后，才知道误会了汪达之先生。

林伯渠完全一副长者的风范。

他把牟永春和新旅三位党员叫到身边，言辞中肯，期望殷殷。

“同志们，你们这个团体在汪先生的率领下，克服了重重困难，在全国广大地区开展了抗日救亡运动，尤其是在闭塞和落后的西北地区，普及了抗日宣传，在国民党地区已经有了巨大的社会影响，这是今后继续进行工作的十分有利的条件。国民党地区的抗日宣传任务还很重，非常需要你们。边区有共产党的领导，又有那么多先进青年在那里工作，所以就不那么需要你们了。是不是等火车一通，你们仍到武汉去，坚持在国民党地区工作下去？”

见大家沉默不语，林老面带笑容，略带神秘地说：“你们去武汉工作，也是中央军委周恩来副主席的指示！”

“周恩来？真的吗?!”提到这个名字，大家立即来了精神。

在上海时，从孙铭勋老师那里第一次听到周恩来的名字，大家就满心崇拜，他可是从淮安出去的老乡啊，是鼎鼎大名的共产党的领袖级人物啊！

“他现在就在武汉吧？那我们去了，就可以看到他了！”大家激动起来。

“是的，他现在是中共中央代表团驻武汉的负责人。关于你们的去向，周恩来同志早就考虑过了，他这是从民族的抗日全局出发做出的指示！周恩来同志还要我转告你们，要学会在统一战线形势下进行合法工作的方式方法，把国民党地区的抗日宣传工作坚持下去，可以把延安作为新旅的秘密后方，你们派些人去学习，学好了还回新旅工作，全团就不要去延安了！”

林老的一席话，顿时让大家心里敞亮多了，连周恩来同志都在关注着新旅的工作，这是多么荣幸的一件事啊！

同时，他们也有一份深深的歉疚。对于顾问，对于他们的良师益友汪达之，他们是真的误会了，甚至有点儿以小人之心度君子之腹的感觉。汪先生吃尽千辛万苦带着他们风里来雨里去，什么时候考虑过他个人的得失?!

就像童常在《少年新教育的集团》中说的那样：

> 我们的顾问是一个深刻、沉着和坚毅的人，今年虽然才三十四岁，但头发已有许多苍白的了。这可以说明他是一个如何忠实于工作而辛劳过度的人了。

林伯渠在百忙之中接见了新旅全体团员。

当着全体团员的面，他重申了自己的观点，并传达了周恩来的指示。汪达之如释重负，他紧紧地握着林伯渠的手，激动得不知说什么好。

新旅的每一颗心都在激荡着，这是周恩来的指示，这是党的声音！他们此时才真正地理解，留在国统区宣传抗日救国更有利于抗日民族统一战线的大局。

只派少数几个人去延安学习，其余人全部去武汉！全团一条心，全团一盘棋！

根据林伯渠的指示，新旅派出凌则之、朱金山去抗日军政大学学习，张宜天去鲁迅艺术学院学习，由八路军西安办事处作为工作人员公开送去延安。牟永春、苏纯俊也完成了他们在新旅的工作任务，告别了大家，重新返回部队。临别时，大家依依惜别，抱头痛哭。

有时候，一次分离，就成了永别。

三个去延安的团员，一年学习结束后，竟各奔东西。

朱金山被调往晋察冀边区，新旅从此再没有收到他的音讯。

凌则之和张宜天两人又回到西安七贤庄八路军办事处，等待回新旅的机会，可惜因为时局动荡，一路辗转，后来到达重庆，由戴伯韬安排进入重庆育才学校工作，此后再也没有回到新旅。

1938年6月底，去汉口的火车通了。

但必须在夜间出发，因为过潼关时火车坚决不准有灯光，以防遭到驻守在河对岸的日军的炮击。

就在那天夜里，新旅登上了南下的火车。大家坐在一节闷罐车里，一点儿亮光都没有，在茫茫黑暗里，向武汉穿行而去。

人从武汉散，他在武汉干。
一群小好汉，保卫大武汉。

生活即斗争

1938年6月的武汉，成了全世界关注的焦点。

随着上海失守、南京沦陷，国民政府迁都重庆，军事机关迁往武汉指挥全国抗战。沿海工厂纷纷内迁武汉，各抗日团体相继集聚武汉，武汉遂成为全国政治、军事、经济、文化中心。

1938年6月11日的雨夜，日军突袭安庆，中国抗战史上规模最大的会战——武汉会战由此揭开序幕。中日双方分别投入重兵，在武汉外围、沿江两岸展开殊死决战。此时，以国共合作为基础的抗日民族统一战线已经形成，全国上下同仇敌忾，“保卫大武汉”成了华夏儿女共同的心声。

新旅的团员们唱着《义勇军进行曲》，和全国各抗日团体一样，“冒着敌人的炮火前进”，于1938年6月24日，来到了热流澎湃的武汉，下榻在武昌“抗战教育研究会”的一个院落里。

新旅来武汉，目的有三：一是在西北一整年，渐感文化粮食的欠缺，需要充实和补足；二是在西北新搜集的有关建设西北的材料极多，希望将旅途中的文稿整理成《新安旅行团在西北》出版；三是补充宣传工具，诸如1200瓦特发电机、35毫米有声放映机、16毫米放映机、大号收音机、摄影机、望远镜等，同时拟向政府请求经费，扩充团员。

刚到武汉，董必武就在八路军驻武汉办事处亲切接见了他们，希望新旅这一民间抗日宣传团体多多宣传抗日民族统一战线。以王明、周恩来、博古、项英、叶剑英等人为代表的中国共产党代表团，在武汉的一个重要任务，就是建立广泛的统一战线。新旅在这个关键时刻进入武汉，立即成为中共关注和帮助的重要对象。

周恩来是统一战线工作的主要负责人，同时他还是国民政府军事委员会政治部副部长，部长是陈诚。根据《国民政府军事委员会政治部组织条例》的规定，政治部的主要职责：一是关于陆海空军之政治训练事项；二是关于国民军训、民众组训及战地服务事项；三是关于宣传及政治情报事项。政治部掌管全国政治训练、群众团体和宣传舆论之大权，新旅宣传抗日救国，也在政治部管辖范围内。

为了扩大新旅的影响，6 月 29 日，中共在国民党统治区唯一公开发行的机关报《新华日报》专门发了一则新旅抵达武汉的新闻。

7 月 1 日，消息传来：每天千头万绪的周恩来，要在八路军驻武汉办事处接见汪达之和新旅主要成员！

在去办事处的路上，新旅每个人的心都在一个劲儿地怦怦跳着。大家都对这位中共要人有着特殊的情结。在上海孙铭勋提到的周恩来，在西安林伯渠说起的周恩来，他们马上就要见到了，又是“家乡人”，这怎能不让人激动呢？

“新旅的同志们，大家好啊！”周恩来来了，只见他身材魁梧，浓眉之下一双深邃的眼睛，闪烁着睿智的光芒。

这是一个卓尔不群的人，他的身上有着学者的风度，也有着政治家的气度。

一一握手，大家寒暄后落座。周恩来看着众人一副拘谨的样子，笑了起来：“老乡见老乡，两眼泪汪汪，不该这个样嘛！家乡出了你们这支抗日儿童团体，我很高兴，希望你们努力工作，到学校去、到工厂去、到码头去、到街头去进行抗日宣传！”

周恩来的话，把大家的情绪顿时调动了起来。

“请您放心，我们一定会在武汉把抗日宣传工作做出声势来！”张牧站起身来，语气中充满了信心。他接着汇报了下一步新旅在武汉的工作纲要：“一是要求政府积极指导与协助；二是扩充适合现实需要的机械化设备；三是扩大抗战建国的宣传工作范围；四是增加现实需要的学习科目；五是确定经费来源；六是联络各抗战建国的工作团体关系，发挥全民抗战建国的力量。”

周恩来频频点头。

新旅的同志们终于见到了周恩来！其实有个天大的秘密，一直无人知道！

新安小学创校伊始，就和周恩来有着一定的渊源。当时最早主持校务的三个人中，李友梅、蓝九盛先后成为秘密地下党员，他们都接受着中共上海方面党组织的领导，而周恩来是上海方面党组织的最高领导人之一。1930 年，李友梅被中共地下党组织派往别处工作，陶行知才派来汪达之接任校长。

汪达之的助手孙铭勋老师其实也是地下党员，后来周恩来调他到上海创办专门收养革命烈士子女的大同幼稚园，不久，又安排他赴延安，在上海、淮安、延安等地辗转联络革命工作。当时一部分党的地下工作者身份暴露，遭到国民政府通缉抓捕，周恩来便安排他们秘密转移到偏僻的苏北地区的淮安新安小学工作，待风头过后，再派往别处继续开展革命活动。当时还有一些为革命牺牲或身处隐蔽战线的共产党人的孩子无人照管，周恩来便把他们送到新安小学保护起来，像项英的女儿项苏云、革命烈士的儿子左林等。

由此可见，新安小学自创办之日起，就和周恩来领导下的中共地下党组织有着千丝万缕的联系。只不过那个时候中共处于地下斗争时期，保密工作做得比较好，这些秘密很长时间都无人知晓。

1936 年 8 月，新旅在上海时，从孙铭勋老师的口中听说了红军二万五千里长征和陕北根据地的情况，第一次听到了淮安老乡周恩来的名字，有了无尽的期待和崇敬之情。在西安，新旅收到周恩来的亲切关怀和指示，邀请大家来武汉工作。现在，终于来到武汉，也终于见到传说中的周恩来，大家怎么能不兴奋、不高兴呢？

7 月 2 日，为了打开在武汉工作的局面，新旅在汉口普海春茶楼举行招待会，邀请武汉新闻界人士参加。无论是墙壁上满缀的照片展览，还是孩子们的演讲、表演，都让现场的记者大开眼界，一下子点燃了大家的抗战热情，让所有人看到了一个崭新的新旅：他们在“生活即教育，社会即学校”的实践中，已经锻炼成了坚强无比的“生活即斗争”的小战士。

7月3日，《新华日报》刊登的文章《新安旅行团招待会上》中，记者企程如此写道：

> 一二三四五……一共二十一位，最小的只有十岁，最大的也不过二十一岁的小朋友。可是别看他们年纪小，他们的生活经验比许多大人还丰富……他们做了比大人更伟大的工作。想想吧，他们从地图上找不到一个黑点儿的江苏淮安县的小学出发，已旅行了两年又九个月……走了两万多里的路！他们在“生活即教育”、“社会即学校”的实践中，增加了很多的知识，锻炼成了坚强无比的小战士。他们已从“生活即教育”进展到“生活即斗争”，积极地参加着民族解放的斗争！他们用歌咏唤醒了万千的乡村民众，提高了士兵的杀敌勇气。他们用电影开阔了偏僻地区人民的眼睛，叫他们接受了科学文化的洗礼。他们到处展开了儿童救亡运动，使千万个稚嫩的喉咙发出了“打倒日本帝国主义”的歌声。
>
> 真的，别瞧他们年纪小，他们懂得怎样运用统一战线。他们向蒙古民众宣传各民族团结一致对外，他们以天真与热诚密切了蒙汉间的感情；向一般民众解释政府的政策，扫除了人民对政府的误解。向阎锡山将军等提出利用河套水利的建议，他们在努力参加抗战之中仍关心到国计民生。
>
> 这些可爱的小朋友就是大家所敬佩的新安旅行团。最近，他们来到了武汉，来参加保卫大武汉的艰苦工作，来号召更多的救亡国体到西北去，建设西北的国防。
>
> 昨天，他们在普海春招待新闻界。墙壁上满缀着各种照片，几位小朋友指手划脚地向记者们说明：“这是我们渡黄河的情形，……这是我们教士兵唱歌，这是蒙古游击队，蒙古人待我们真好啊！……”
>
> 张敬茂、曹维东、张平三位小朋友报告了他们团内部的组

织情形，他们旅行西北的经过以及到武汉的意义。一个个都是口齿伶俐，态度从容，完全表现出演说家的风度。

两位十二岁的小朋友范政和王德威敲起了小快板，对唱《日本到我家》。还有新内容的北方民歌，表演掷手榴弹的《黄河舞》、《儿童舞》和《乌克兰舞》。丰富的余兴节目使大家陶醉在愉快的空气中。

生活即斗争，敬祝这些小朋友们在斗争中茁长起来，成为建设新中国的英雄!

新旅在武汉的抗日救国宣传活动轰轰烈烈，每个团员的日记本上都记满了奋战的日日夜夜。

7月3日，国民政府军事委员会政治部第三厅厅长郭沫若牵头召开“武汉各界抗战周年筹备会”，决定在抗战周年来临之际，开展一个为期三天的民众献金活动，以“唤起每一个老百姓的抗战意识”，达到“壮大人民群众抗日救亡，推动全民抗战”的目的。

7月7日，《新华日报》发出号召：“到献金台去!”

武汉民众爱国热情高涨，纷纷踊跃捐款。原定7月9日是捐款的最后一天，献金者仍是络绎不绝，为此筹备会决定将献金活动延长两天。五天之内，献金者有50万人以上，捐款总额超过100万元。新旅也不甘落后，尽管他们资金严重不足，但仍把从牙缝里省下来的仅有的10元钱捐献了出来。虽然只有10元钱，但都是一分一分省吃俭用攒下来的，这凝聚着他们的一份赤诚爱国之心啊。

新旅的宣传就是与众不同。

在献金活动期间，新旅的同志们还参加了武汉三镇最大的一次统一行动——纪念“七七”事变一周年火炬大游行。游行开始前，新旅被分配作为游行队伍的开路队。那天晚上，周围漆黑一片，燃烧的火炬照亮了新旅团员的脸，他们高擎着火炬，走在队伍最前面，与后面的人相隔四五十步远。他们一路走，一路宣传，领头的人大声问道：

“你们在做什么?”

大家同声高呼道：“我们在举行火炬游行!”

领头的人又问：“为什么要游行啊?”

大家高呼：“纪念‘七七’抗战一周年!”

…………

他们用这种一问一答的方式，将待在屋子里、商店里的人召唤出来。紧接着后面的大队也到了，高呼口号，高唱抗日歌曲，宣传鼓动民众把抗战进行到底。这种宣传方式给人留下了深刻的印象。

当时在武汉有“抗敌宣传队”“抗敌演剧队”“抗敌放映队”等，这些都是政治部第三厅所属的宣传单位；另外，还有像“孩子剧团”这些民间团体也在武汉活动。而从大西北来的新旅，给武汉的民众刮来一阵“异域风情”风，通过他们的推介，大家走进了“不一样的世界”；他们从八路军那里学会的新舞蹈、秧歌和新颖的民调小歌，民众也是头一次看到和听到。所以，新旅的宣传活跃度极高，吸引了大量民众，很快，新旅就被许多学校和团体请去协助开展抗日救亡活动。

“在武汉的儿童团体要加强团结协作!”

民众献金活动结束后，新旅决定联合其他儿童抗日团体，举行一周义演活动，将义演卖得的票款，捐给正在前线浴血奋战的英勇将士。为了使义演活动能够顺利进行，7 月 17 日，在汉口三民路的武汉市第九小学举行了由新旅、孩子剧团及其他儿童团体参加的首次联席会议，共同组建成立了“武汉儿童星期座谈会”。该组织由孩子剧团发起，新安旅行团的张平是负责人之一。参加者有新旅、孩子剧团、七七少年剧团、中华海员流亡儿童团、抗战儿童救国团、抗战儿童读者会、抗战建国剧团、青救儿童先锋队、战时儿童保育会、青救儿童团、铸抗儿童歌剧队、中国战时儿童救济协会等。组织机构分为总会、联络、宣传、出版四组，联络和宣传两组工作最繁重。它既是一个经常性的联席会议，又是一个常设的联络机构，以便沟通信息，协调工作，充分发挥武汉地区儿童团体在抗日救亡中所起的显著作用。会议一结束，各儿童团体便分头回去准备义演节目。

7 月 18 日，“献金义演音乐大会”在光明戏院的广场上隆重举行。“火炉”中的武汉，又烧起了“一把火”：

“我们要保持精诚团结的精神，更加团结起来，团结成钢铁一般!”

“把所有一切的力量贡献给抗战建国，才能保证抗战的胜利，将日寇赶出中国，建设灿烂的自由幸福的中国！”

政治部第三厅厅长郭沫若的演讲非常具有煽动性，一阵儿一阵儿的掌声响起，全场一片沸腾。

王芸生先生登台演讲，又掀起一阵心灵狂啸。

新旅上场了！十几个孩子精神饱满，斗志昂扬！

“大家一条心，要打得日本强盗回东京！”新旅的小朋友唱着北方民歌，大家高擎着旗帜，捏举着拳头，眼里似乎能喷出怒火，将所有的入侵者烧个精光。

其后，徐玮女士、赵启海先生、孩子剧团等个人和团体开始歌舞表演。

这场燃烧着激情、燃烧着愤怒、燃烧着斗志的音乐会，最后在新旅的孩子们演唱的蒙古民歌中愉快地结束了。

“献金义演音乐大会”的成功，证明了儿童团体的文艺演出形式在抗日救亡宣传中是大有用武之地的，这极大地鼓舞了新旅和其他儿童团体！

7月24日，新旅、孩子剧团、七七少年剧团、抗战儿童读者会、中国童子军岳武穆队、中国战时儿童救济协会等在武汉的数十个儿童团体云集武汉市第九小学，共商抗日宣传大计。孩子剧团团长吴新稼（后改名吴莆生）担任座谈会主席。会上讨论非常激烈，最终做出三点决定：

一、举行武汉各儿童团体露天歌咏大会，暂定于7月27日下午4时在汉口中山公园体育场举行，由孩子剧团负责组织。

二、通电巴黎国际反轰炸大会和发表《告武汉儿童书》。

三、招待《日本的泥足》的作者阿特莱女士。

后来，原定于27日的露天歌咏大会因故推迟一天。28日下午4时，露天歌咏大会在中山公园体育场正式举行。节目分全体合唱、各团体分唱、教师演唱三部分。一场500名儿童参加的大合唱，场面宏大，气势磅礴，让人叹为观止，这是武汉抗日救亡宣传中的空前创举。

7月30日下午4时，又一场歌咏大会在汉口中山路的民众教育馆举行。主人公还是新旅和其他儿童团体的孩子们。

先是孩子们表演“连环唱”，《保卫大武汉》《大刀进行曲》《打回老家去》《中华民族不会亡》，这些高亢激昂的革命歌曲一个接一个地演唱起来，全场气氛一浪高过一浪，置身其中的人都觉得特别震撼。

“我们小孩子都起来救亡了，你们这些大人更该起来，有钱的拿出钱来，有孩子的让孩子参加救亡工作，要等鬼子来了，钱、孩子都要叫鬼子抢走了呢！……快快团结起来吧，只有大家团结一心，才能把鬼子赶出国境！”

这边演唱刚停息，演讲又开始了。吉承烈、王德全、王仁安、傅承等几个10岁左右的孩子纷纷登台。别看他们人小，演讲的功力却丝毫不亚于大人，一个个铿锵有力，恳切中又富于鼓动性，看得观众们兴奋异常，热血沸腾！

转眼之间，新旅来武汉工作已经一个月了。盘点一个月来的工作，每个人心潮腾涌。

他们成功举办了献金义演，在广大民众心中植入了抗日救国的种子。

他们深入工厂，放映抗战电影，进行抗日宣传。工友们从心底里钦佩他们的爱国热忱：“小朋友都起来了，我们还不起来保卫大武汉吗?!”

他们去慰问难民，难民像是看到了救星，把他们团团围住，反映了面临的实际困难，请他们代为上达。

他们不但在武汉市区开展宣传活动，还深入武汉近郊的农村地区，到油坊岭，到青山镇，到红庙，开展广泛的抗日宣传活动。《新华日报》记者前来采访时，他们如数家珍：

“我们在这些地方，和小学生与农民建立了很好的关系。我们每到一个乡镇，首先分为几个小队，有的到学校教歌、演讲，有的在街头宣传。我们打起锣鼓来，唱起歌来，把图书挂起来，用粉笔在墙上写通俗标语，吸引了许多的民众。

“我们的宣传方式很多，我们带了许多糖果去，‘卖梨膏糖’呜啊呜啊啊。我们打快板，我们跳舞、唱歌和演戏。我们贴了许多大幅的漫画，进行种种方式的宣传。农民都很快活热烈。老百姓们自动烧了许多茶送来，这边又送来了木凳，那边又提来了糨糊帮我们贴壁报、图画。有些农民说：‘我们也要打日本守武汉，但是没有枪怎么好打呢?’叫我们这些‘小先生们’帮他们想办法哩。

“对小学生做的工作更有效果，因为新旅是一个少年团体。我们表演了许多有趣的玩意，又讲了许多有意义的话、生动的故事。所以他们对我们很亲热，就和多年的老朋友一样。最近油坊岭小学的儿童剧团，来了一封恳切的信，叫我们到乡下去住一个礼拜，帮他们组织起来，活动起来。我们今天决定派三位同学去工作。”

每到一处，他们都与小朋友们讨论时事问题。如何讨论呢？张杰在《新安旅行团在油坊岭》一文中写道：

> 有一天清早，小朋友们都来了，我们大家先来做一个抗敌的游戏，当大家做得有趣的时候，大家便坐个圈子，我们便把地图放在圈子中间的地面上。另一个小朋友读报，读完了一个消息之后，大家就围拢来看地图。这样每个人对于目前抗战地理有了一个认识。我们在讨论时事的中间，插进了许多有关的问题，象“武汉到了这样紧急的时候，我们小朋友应该怎样来保卫大武汉呢?”……会要结束的时候，全体便唱了一个“保卫大武汉的歌”，便兴奋的回家吃饭了。再比如说吧：当我们讨论“小朋友怎样侦察汉奸和捕捉汉奸”问题的时候，我们并不是很呆板的坐下来死沉沉的讨论，这样讨论的方式不会引起他们的兴趣的。我们讨论的方法，就是实践的来做一个小朋友捉汉奸的游戏。由两个小朋友扮做汉奸：一个在井边放毒药，一个正当敌机来空袭的时候，他用白手帕挥动指引敌机。这时候有两个小朋友看到了，因为他们力量太小，所以派一个人监视着，一个人便马上去召集许多的小朋友，一下子便包围捉住这两个汉奸。捉到以后，派一个人审问他为什么当汉奸等。然后告诉他当汉奸的不好。这样，“小朋友怎样捉汉奸”

的讨论也就深刻地印在他们的脑中。其他如“怎样做小先生？”“怎样宣传？”“怎样侦察敌情？”等问题，都是灵活的运用各种能提起兴趣的方法来进行讨论。

7月31日晚，武汉市总商会大礼堂200多位来宾齐聚一堂，新旅在汉工作一个月报告会正式举行。

首先由新旅总干事徐之光向来宾汇报了一个月来的工作概况，并介绍了新旅在西北工作一年的情形，然后与会来宾一起观看了新旅团员表演的歌咏、舞蹈、快板、大鼓等文艺节目。常任侠、曹华松、冼星海、安娥等来宾先后发表演讲，大家对新旅的光荣历史和在汉工作的突出表现给予了高度评价。

战斗中的新旅，和无数勇敢坚强的伙伴们、小战士们一起，将“生活即斗争”的旗帜高高地举起，向着抗战胜利的前途挥舞着。

抢救儿童

长江告急！铁路告急！武汉告急！

沿江而上的日军已到达武穴，从平汉铁路进攻南下的日军已打到武胜关，武汉的上空日军的飞机开始轮番轰炸。兵临城下、四面楚歌的武汉形势万分危急，国民党军政机关、公教人员和一些达官贵人开始纷纷撤离。

新旅怎么办？

在这紧要关头，周恩来做出指示：新旅留下部分团员在武汉，组成一个精干的工作队，继续坚持“保卫大武汉”的斗争；其余团员可以先行退向长沙，继续开展抗日救亡宣传工作。

8月1日，根据周恩来的指示精神，新旅暂时将团体一分为二：在武汉留下总干事徐之光，加上张平、张杰、范政、童常等组成武汉工作队。武汉的党组织给新旅介绍了党员任干同志来团工作，范政也加入了共产党，就这样，留在武汉的党员成立了临时党支部。其余团员由顾问汪达之率领当日搭乘国民政府军委会政治部的小轮船奔赴湖南长沙，参加伤兵政治工作，党内的工作由张牧负责与湖南党组织取得联系。

至此，新安旅行团在武汉的活动进入第二个阶段。

武汉会战进入白热化阶段，日军南侵的步伐加快，越来越多失去父母无家可归的儿童流落武汉街头。

“救救孩子！抢救儿童!”武汉各界发出这样的倡议。

新旅闻风而动。

8月7日下午3时，新旅武汉工作队和其他儿童团体代表30余人在武汉市第九小学召开星期座谈会。会议由七七少年剧团彭世伟担任主席，研究如何协助武汉成人抗日团体一起抢救儿童。会议决定，从即日起筹组武汉儿童工作队，公推新旅、孩子剧团起草简章，负责抢救武汉儿童筹划工作，七七少年剧团担任歌咏、戏剧等宣传工作。

8月8日下午，汉口三民路总理铜像前人山人海。新旅武汉工作队等儿童团体站在总理铜像前一起合唱《保卫大武汉》，歌声嘹亮动听，吸引了无数的市民驻足细听。范政站在合唱队伍的最前面做指挥，他那有模有样、神气十足的样子，令人忍俊不禁，大家不停地鼓掌。

现场气氛热烈，战时儿童保育会负责人孟庆树感动不已。他对前来采访的《新华日报》记者动情地说：“由于战时儿童保育会理事会决定抢救每个儿童，并决定我和安娥、李崐源等负责，为了这个重任，我们已在汉口、武昌各地宣传了五天。从今天起，武汉各儿童团体也来参加抢救儿童的工作了!”

合唱完毕，孩子们一起演出了话剧《悲壮的呼声》，民众沉浸其中，情绪久久不能平复。见大家余兴未减，范政再次登台，向观众说明抢救儿童的意义，希望家长们听从号召把儿童送到保育会去。“小不点儿”一样的范政，每一句话都说得有条有理，引得全场大人们纷纷竖起大拇指，连声喝彩叫好。

8月9日，又是引人注目的一天。

这一天，武汉各界聚集在“上海大戏院”，举行“拥护国联援华制日运动大会”。新旅武汉工作队的范政同志代表“武汉儿童星期座谈会”发表演讲，要求国联保护中国受害儿童，号召全世界的儿童联合起来，制裁法西斯强盗。

这一天，也是武汉市节约运动歌咏漫画火炬游行示威日。下午5时，武汉市“节约运动宣传周筹委会”在武昌体育场举行盛大集会。新旅武汉工作队和其他抗日团体的数千人参加了集会，他们印发了《拥护国联反侵略武汉各儿童团体告同胞书》：

亲爱的全国父老诸姑和小朋友：

敌寇疯狂地向我们祖国进攻，已经有十四个月，现在又拼死地要夺取我们武汉了！

这十四个月中间，许多的儿童死在敌人的手里，我们亲眼看见敌机轰炸下，母亲的血奶傍，还躺着一个无头的幼儿。我们也看到日本用刺刀杀死我们儿童，或者用刺刀剖开母腹，取出胎儿来辨识胎儿性别，作无人道的游戏。在十四个月里，许多儿童被敌人掳去。这仅仅是最近的事实：（一）皖北滁县敌掳去五岁至十三岁儿童五百名，载去蚌埠，经常不断的有津浦线车，载有中国儿童北去（9月6日《新华日报》）；（二）敌在杭州、嘉兴、嘉善各处，继续强捕约八岁至十二岁之儿童，分批装运回国，施以奴化教育，陆续被俘者，总数不下十万人！

中国七千万儿童，我们估计总共在十几个月内，遭敌人杀害死亡的，至少在十万以上，被敌俘掳的儿童，至少在五十万以上。因敌人的侵略战争而流离失所的，至少在四十万以上。还有一部分，因遭受意外刺激、而神经失常的，和残废的还不在内。这是一个极残酷的、灭绝人性的数字！

但是，在今天，我们儿童已不再是可怜的弱者了！大人救国，我们儿童也要救国！我们也用事实，昭示给全国、全世界的大人们，今天我们在前线，在接近前线的战区，在沦陷区内……“孩子”、“小鬼”们，做着种种的抗战工作，足以使敌人害怕。国人钦佩我们是中国的小主人，我们组织起来的力量，比敌人五百磅炸弹的爆力还大。……

集会上，大会主席田汉热情澎湃地致词：“节约运动并非道德的运动，而实在是一个政治运动……我们在今天要保卫我国唯一的文化、政治、经济、军事、交通的中心武汉！给敌人以严重的打击！”

在“保卫大武汉！”的呼号声中，冼星海主持了一场盛大的歌咏表演，歌声震动武汉三镇。

人越聚越多，口号声越来越响亮。夜色渐渐降临，一场“保卫大武汉”的火炬游行示威活动开始了。

火炬高高地举起，成千上万的火炬照亮了武汉的夜空，火焰的洪流汇集起来，形成蔚然壮丽的奇观。远处，“牺牲已到最后关头”的军乐声响起，队伍像游龙一样前进，每一颗火热的心像星火燎原一样燃烧。你看，新旅武汉工作队等儿童团体的孩子们走在游行队伍的最前面，迈着矫健的步伐，雄赳赳气昂昂，像前线的战士一样。

“打倒日本帝国主义！”

“保卫大武汉！”

“全体动员，抢救儿童，共同抗战！”

孩子们带头唱着歌，领喊着口号，游行队伍前后呼应，声音此起彼伏，久久回荡。

8 月 21 日下午，“武汉儿童星期座谈会”第五次会议召开，会上，新旅等儿童团体代表 30 余人做出决议：

一、自 8 月 22 日起至 27 日一周内，举行三次保卫武汉抢救儿童街头扩大宣传活动。

二、本星期内各儿童团体每人至少写慰问信十封，并动员民众至少写慰问信五封。

说干就干！8 月 22 日晚，保卫武汉抢救儿童的第一次街头扩大宣传活动，在新兴横街广场举行。

一向冷冷清清的广场，今天热闹非凡。1000 多名观众围成圈子，观看孩子们的演出。

活动在主持人——新旅武汉工作队范政稚嫩而清脆的声音中开始。

儿童保育院的小姑娘张丽珠，穿着整洁的白衫蓝裤，首先发表演讲，十分有条理："敌人快打到武汉来了，假使他们占领了武汉，一定会将武汉的儿童不是杀死，就是运回日本去做奴隶。……希望诸位同胞把自己的儿童送到保育会去，使他们长大起来为中华民族争光荣！"

抗战儿童读者会的王遂安，一身童子军服装，雄赳赳地喊出有力的词句："我们不要让敌人来屠杀我们的儿童，我们要抢救武汉的儿童，把他们送到后方去！"

新旅武汉工作队的范政以清楚流利的口齿扼要地介绍了儿童保育院的状况：儿童在保育院里不但有吃有穿，而且还能受教育。

三个小朋友，打动了所有做父母的心，四周的人连连点头。中国战时儿童救济协会第一教养院的余院长挥动着拳头高呼起口号："救儿童就是救中国！"

其他人也跟着喊了起来："不要让日本强盗来屠杀我们的儿童！""保卫大武汉要抢救儿童！"

儿童保育院的几十个小孩子首先演唱了他们的院歌和《大刀进行曲》。"我们都已失去了爸爸妈妈"的沉痛调子和"冲啊！冲啊！"的怒吼，唤起了观众心中的愤恨。

范政接着表演了小快板《日本鬼子到我家》。他那老练的动作和生动的内容，使观众们惊奇地睁大了眼睛，每个人都听得出了神。

"哒哒里，要打得日本鬼子回东京！"直到他手里的快板"啪"的一声停止，人们才会过意来，一致喊道："再来一个！""再来一个！"

两个小时，站着的观众丝毫不觉得疲倦。他们这时候明白了一个道理：谁说这些孩子小！这些孩子比有些大人更懂得宣传动员民众的力量，这样的宣传鼓动让他们心服口服。千百个拳头跟着孩子们的拳头像桅杆一般地举起来：我们要组织起来，保卫我们的大武汉！

8月24日、26日，新旅武汉工作队等团体又分别在汉口大智门苗圃平民新村、中山路两地举行了保卫武汉抢救儿童的第二次、第三次街头扩大宣传活动，每次都有千余人观看，气氛还是那么热烈，民众的热情还是那么高涨。这样的宣传，也真正起到了应有的效果。

敌人越来越近了，武汉的形势更加危急了，保卫大武汉的重担将落在武汉城防将士的身上，开展对将士们的慰问宣传工作迫在眉睫。

8月30日下午5时，武汉各界慰劳城防将士大会在武昌体育场举行，某师1000余名将士伫立在广场上，体育场的司令台成了临时献旗台，一面书有“为民前锋”四个大字的锦旗，蛇杆矛端的红缨飘散，辉映着抗战荣光的色彩。四周贴满了、挂满了宣传标语和漫画，堆满了各种慰劳品。

三厅厅长郭沫若来了，武汉市商会代表黄南屏来了，武汉后援会代表黄石、胡愈之、阳翰笙等人来了，新旅武汉工作队等儿童团体也来了。

“今天谨代表武汉120万民众向诸位同志致最大的敬意，同时我们带来了一点儿菲薄的慰劳品，这一些菲薄的慰劳品，希望诸位同志欢欢喜喜地接受。……同时，在今天，有武汉的儿童自动地来向诸位慰劳。他们更带来了许多歌和戏，这也更望诸位同志欢欢喜喜地接受。我们可以深信，我们也将把敌人打得屈膝，把武汉四周变成敌人的坟墓！我们坚决相信，最后的胜利一定是属于我们的！”

一代文豪郭沫若的开场演讲让人心潮涌动。

周师长走上台来，敬礼答谢，也是一腔豪情：“在保卫大武汉的今天，我们要来个‘台儿庄’第二！我们很感谢各界民众的盛情，今后我们一定要本着全国精诚团结、军民合作的精神，和民众亲密地合作，抱必死的决心来保卫武汉。我们一定要格外努力，以报答各界的盛意！”

新旅武汉工作队的范政高举着小拳头说：“……武汉是我们军事、政治、文化的中心，武汉是我们的家乡，武汉也有成千成万的儿童，我们要保卫它，诸位亲爱的伯伯叔叔在今天有保卫武汉的工作，是多么伟大啊！……我谨代表儿童星期座谈会的全体小朋友，全武汉的小朋友，全中国的小朋友，向诸位亲爱的伯伯叔叔致敬！”

孩子们接连演出了20多个节目，在汽油灯的照射下，士兵们的脸上洋溢着灿烂的笑容，这个晚上，他们感到特别的振奋与温暖，每个人都抱定了与大武汉共存亡的决心！

要争取抗战胜利，动员民众帮助军队运输救护，坚壁清野使敌人没有粮食吃，就需要“军民合作”！9月8日，武汉市城防守军与义勇壮丁队在汉口中山公园大操场举行了一场“军民联欢大会”。

军委会政治部宣传第二队和新旅武汉工作队等儿童团体前去慰问演出。

在《迎将乐》的乐曲声中，大会正式开始。武汉市城防守军郭忏司令、方天师长、吴国桢市长、警备团王团长、义勇壮丁队代表、城防守军士兵代表先后发言。

一段时期以来，新旅武汉工作队的范政在各种晚会上频频亮相，他以出色的演讲成了“当红童星”。今天，他又登上台来，依旧挥动着他的小拳头：“我们要军民合作，我们小朋友一定跟随在诸位叔叔伯伯的后面，打退敌人，保卫武汉，做你们的后盾！”

夕阳西下，联欢演出开始。

“动员！动员！全国要总动员！……”《欢送壮丁出征》《保卫大武汉》《悲壮的呼声》……歌咏、话剧表演、大合唱，宣传队和儿童团体接二连三地登台。精彩的节目，让现场的士兵和壮丁眼里涌动着兴奋的泪水，心里燃烧着满腔的热忱：军民大团结，打败东洋鬼！

新旅武汉工作队和其他儿童团体的孩子们，在武汉战斗着。

《新华日报》记者密林在《儿童在保卫大武汉的岗位上》一文中表达了他对这群孩子无限的敬意：

> “孩子们，站起来！孩子们，站起来！在这抗战的大时代，创造出我们的新世界！”这伟大的新时代，创造了新的英雄，创造了最英勇的战士；但也创造了最聪明最优秀的儿童。
>
> 素以演剧有名的“孩子剧团”及小先生的“新安旅行团”，不畏风雪，横过大西北及中原，今天，他们在保卫武汉声中，更发起了儿童星期座谈会，联络全武汉各儿童团体。
>
> …………
>
> 最近，他们正筹备一扩大联合公演，以取得更大的效果。在保卫武汉的声中，他们要使武汉儿童站在自己的岗位上，他们更要抢救儿童，团结他们的小力量。对于这些小战士的英勇

可佩的行为，武汉各界的先生们应予以爱护及切实的援助。

骑到真理的背上去

“陶太师回来了！”新旅的孩子们得知这一消息，每个人都兴奋得睡不着觉了。

陶行知先生1936年7月11日从香港出发，1938年8月30日回到香港，两年多的时间，他受全国各界救国委员会的委托，作为“国民外交使节”到世界各国宣传抗日，争取国际友人和海外华侨对中国抗日救亡的支持和援助。他不辞辛苦，一路风尘，走访了亚、非、欧、美洲的28个国家和地区，行程达108000英里；他夙兴夜寐，不辱使命，争取到了广泛的同情与支援，为国家赢得了荣誉。

10月1日，他从香港回到了已是危城的武汉，旋即投入“保卫大武汉”的工作。

他的归来，对于新旅的孩子们来说，是莫大的鼓舞和无限的欣喜。陶行知先生是新安小学的创始人，是顾问汪达之的老师，新旅每逢危难之时，都受到陶先生无私的恩惠帮助，所以孩子们都尊称他为“陶太师”。

此时新旅武汉工作队的六名同志已经来到战时儿童保育院工作。10月4日晚，战时儿童保育院决定为陶行知先生举行欢迎茶话会。

“陶太师来了！”新旅的孩子们围住了陶先生，像见到了日思夜想的亲人一样。

陶先生与大家一一握手，一会儿摸摸这个头，一会儿摸摸那个脸，像看到自己的孩子一样，内心有说不出的高兴。这些孩子们是从他创办的学校走出来的啊，是他关心的新旅团体培养的啊，每个人都是“生活即教育，社会即学校”试验田里奋力耕耘的小好汉啊！

在大家的请求下，陶先生开始发表演讲。他首先谈了战时保育难童工作的重要性，向全体工作人员表示深深的敬意。然后他就“生活即教育，社会即学校”“小先生制”等问题，发表了他的一贯主张。

那天，陪同他一起前来看望孩子们的著名作曲家任光心情非常激动，情不自禁地唱起了《青纱帐》。

“今天是辛亥革命纪念日，也是我们三年前从淮安出发的日子，我们出来至今已整整三年了！”10 月 10 日那一天，新旅总干事徐之光想起了三年前出发的情景，感慨之余，他有了一个想法，“我们是不是组织一场活动来纪念一下？”

“我同意，不如就搞一个茶话会，到时把尊敬的陶太师和平日里爱护儿童的先生们、记者们请来参加。”张杰附议。

“汪先生带着大伙儿去了长沙，他们是新旅第一团，我们干脆就叫新旅第二团，是纪念三周年茶话会，也是我们第二团成立会，你们看怎么样？”张平提出新想法。

徐之光、张杰、任干、童常、范政都举起了手，一致同意！

10 月 14 日下午 3 点，新旅庆祝本团成立三周年和第二团正式成立茶话会，在汉口一元路儿童保育院举行。

《新华日报》记者密林这样写道：

> 三年前双十节在江苏淮安县的新安小学里，产生了担负大时代任务的“新安旅行团”。他们得到陶行知先生等的援助，由上海出发，经过江苏、浙江、安徽、河北、北平、绥远、宁夏、甘肃、陕西、湖南、湖北等十个省份，经历三万里路，他们曾穿过贺兰山边，历尽千难万险，到塞北，接触许多不了解抗战形势的蒙古同胞。在此漫长途中，他们本着“生活即教育，社会即学校”的小先生原则，实行对民众的抗战宣传。尤其是 1937 年春绥远抗战时的宣传，可以说部分的加强了蒙汉两民族的团结。在这中间，他们乘着木船游行河套，在北方的风沙中，产生许多惊人和动人的故事，使他们学问广博，在磨练中生长。抗战后开始返回内地，在六月尾抵汉。总计在他们生活教育目标下，用电影、舞蹈、杂技、大鼓、读书、相声、火棒、魔术、话剧，宣传的民众，有一百万人左右。
>
> 在武汉，他们又参加保护武汉的工作。有一部分已至长沙

工作，此地的六个人参加儿童保育院工作。他们预定在武汉危急时和儿童保育院兴队合组儿童工作团，徒步到鄂北均县。因此，他们组织了新旅第二团。在长沙的作为第一团；他们为庆祝他们的团体成立三周年和第二团成立，特于昨日下午三时在一元路儿童保育院举行茶会，招待爱护儿童的先生们和记者。

到会的有提倡生活教育的陶行知先生，……此外有邓颖超先生、田汉先生、李崐源院长、王洞若、江凌、姚潜修、黄卓民等先生。本来原请有蒋夫人、刘清扬、安娥、任光诸先生。但因为他们公忙，没有来。邓颖超先生本来也是很忙的，而竟抽空前来，并且为他们题了一首诗，主要是庆祝他们二团成立和鼓励他们努力，中间有两句："你们走了二万多里路，我也走过二万五千里"，很使记者忆及草地长征女战士的英勇故事。

会场漫悬新旅经过塞北的照片，有蒙古包，有小喇嘛，有他们工作情形，异常动人；而儿童保育院兴队的歌咏也在户外唱起来，特别是《高粱红了》这一支歌，陶先生要他们再三复唱，而且他自己也随着唱，这是任光先生的杰作。

这篇报道中特意提到了一个人，那就是邓颖超。她的出席，有着特殊的意义。

其实，她是中途赶来的，带来了周恩来同志的问候。

"周恩来同志本来要来参加你们的会，但他临时有事来不成了，我特地赶来参加你们的活动。"她的话亲切有力、温暖人心。在讲话中，她热烈祝贺新旅三年来艰苦奋斗所取得的成就，祝贺第二团的成立，勉励大家："我们所有要求抗战到底的人，都应该祝贺他们！同情他们！支援他们！共同把抗战的事业进行到底！"

她还即席赋诗一首，其中有两句是"你们走了二万多里路，我也走过二万五千里"。一个经历过长征的女战士、女英雄，如此激励着正在长征中的新旅团员们。

今天会议的主持人一职又落在范政的身上。

童常代表新旅报告了三年来的工作、学习、生活情况，与会的同志纷纷为“担当大时代任务”的新旅取得的业绩鼓掌。

“起来！不愿做奴隶的人们！把我们的血肉，筑成我们新的长城！……同志们，大家知道这首《义勇军进行曲》吧？”

“知道！”小朋友们齐声应答。

“那我们要不要请这首歌的主人田汉先生说几句啊？”

“要的！”

演讲环节，很会请人的范政首先请出来的是田汉先生。

“同志们，你们可知道，我田汉和你们新旅是互相帮过忙的老朋友啰，《新安旅行团团歌》可是我写的啊。”田汉一开场，就惹来一片笑声。

“现在的孩子了不起啊！你们看，新旅的同志们，在你们的身上，我看到了中国第二代孩子的希望！你们是多么的聪明英勇！新安旅行团成立三年，已给陶行知先生的‘生活即教育，社会即学校’的主张以有力的保证！我认为，一个始终不懈地追求真理的团体，必定有其好的成就……”

田汉先生的夸奖，让新旅的同志们听得心里热乎乎的。

随后，田汉话锋一转，引出了陶行知先生：“我说了半天，应该请陶行知先生给我们讲演了。他是一个伟大的人，孙悟空一个筋斗翻了十万八千里，这两年陶先生在国外的行程算起来，恰恰也是翻了一个筋斗了！”

“好，下面让我们以最热烈的掌声，有请我们的‘太老师’陶行知先生！”范政接上了话茬，目光盯上了陶太师。

陶行知先生走上台来，他的讲话还是那么风趣幽默，耐人寻味：

“同志们啊，田汉先生说我像孙悟空，我可是一个摩登的孙悟空啊，因为我所走的是英里，十万八千英里，假如照我们中国的里来算，我是翻了三个筋斗了。”

全场哄堂大笑，他继续说道：

“新旅的同志们，我可不是你们的‘太老师’啊，我是一贯主张向学生学习的，你们向工农学习，我要向你们学习，我是新旅的‘太学生’哟。现在大家很辛苦，希望大家在宋美龄女士、李崐源院长的领导下，能够把小小力量充分发挥出来，贡献给‘保卫大武汉’的工作。

“刚才，田汉先生提到了给新旅做团歌的事。你们可晓得，这个歌我曾在芝加哥、旧金山、纽约教唱，这三大都市里的华侨工人，都会唱这个歌呢。去年，我照着田汉先生第一部分歌词的样子，补写了第二部分，你们收到了吧？”

“收到了！”范政举手示意，“新旅的同志们，我们把两部分歌词一起完整地唱一遍吧。”在他的指挥下，完整版的《新安旅行团团歌》响了起来：

同学们，别忘了，我们的口号：生活即教育，社会即学校。拼命的做工拼命的跳，一边儿学习，一边儿教。别笑我们年纪小，我们要把中国来改造！来改造！

同学们，别忘了，我们的口号：生活即教育，社会即学校。我们的家破产了，我们的国遇了盗，听啊！到处是敌人的飞机和大炮。同胞们，别睡觉，把一切民族敌人都打倒！都打倒！

同学们，别忘了，我们的口号：生活即教育，社会即学校。不怕它水深，不怕它山高，向民众报告，代民众喊叫，我们是民众的小向导！小向导！

同学们，别忘了，我们的口号：生活即教育，社会即学校。拼命的团结拼命的探讨，一边儿用手，一边儿用脑。别笑我们年纪小，我们要把世界来改造！来改造！

同学们，别忘了，我们的口号：生活即教育，社会即学校。弱小民族不得了，劳苦大众吃不饱，看吧！到处是敌人的枷镣锁铐。兄弟们，别睡觉，把一切人类敌人都打倒！都打倒！

同学们，别忘了，我们的口号：生活即教育，社会即学校。不怕他飞机，不怕他枪炮，为人类奔跑，使人类和好，我们是人类的小宝宝！小宝宝！

“唱得好！唱得好！”陶行知先生连连拍掌称赞，此时的他兴致高涨，“今天，就让我老夫聊发少年狂，奉呈诸位两首专为新旅创作的诗歌。”

第一首四句诗，他抑扬顿挫地朗诵起来：

人从武汉散，他在武汉干。
一群小好汉，保卫大武汉。

在现场的一片掌声中，他又朗诵起第二首诗歌，这是为新旅成立三周年而作的贺诗，题目叫《三万歌》：

一、看一看
我们是一群穷光蛋呀！
要把眼睛儿打开来看呀！
在山上看看，在水上看看，在社会里看看。
看一看，中国有多少宝藏？
看一看，多少人没有衣服穿？
看一看，多少人吃不饱饭呀？
你不信吧！三万里路跑回来呀！
有这一本账，越看越要干！越看越要干！

二、想一想
我们是一群穷光蛋呀！
要把脑袋儿放出来想呀！
对中国想想，对日本想想，对全世界想想。
想一想，怎样可以打胜仗？
想一想，谁是爱国的大好佬？
想一想，谁是混账的王八蛋？
你不信吧！三万里路跑回来呀！
打开脑袋想，越想越要干！越想越要干！

三、玩一玩
我们是一群穷光蛋呀！

要把光阴儿腾出来玩呀！
打个球儿玩玩，唱个歌儿玩玩，做出游戏儿玩玩。
玩一玩，可以免掉老古板，
玩一玩，消除闷气和麻烦，
玩一玩，没有玩的都来玩。
你不信吧！三万里路跑回来呀！
个个是好汉，越玩越要干！越玩越要干！

四、谈一谈
我们是一群穷光蛋呀！
要把嘴巴儿张开来谈呀！
对国事谈谈，对世事谈谈，对小孩的事谈谈。
谈一谈，长了嘴巴有何用？
谈一谈，也要吃饭也要谈，
谈一谈，空谈瞎谈不算谈。
你不信吧！三万里路跑回来呀！
老老实实谈，越谈越要干！越谈越要干！

五、干一干
我们是一群穷光蛋呀！
要把双手儿拿出来干呀！
在城里干干，在乡下干干，在战场上干干。
干一干，大家的事情大家干，
干一干，团结起来要真干，
干一干，只有汉奸才假干。
你不信吧！三万里路跑回来呀！
保卫大武汉，打倒小东洋！打倒小东洋！

“太精彩了！”会场一片欢呼声，尤以新旅的同志最为亢奋。徐之光、张平他们几个人跑过来，争着和陶太师索要诗作原稿，准备组织新旅的同志好好地学习。

陶太师笑呵呵地说："好的，送给你们了！这首诗我已交由任光先生制谱了，将在香港发表，所得稿费，全部补助新旅。这歌就算是新旅三周年的纪念歌曲吧。新旅的同志们，我们虽然取得了一定的成就，但我觉得仍是不够的。假如追求真理的话，还只是抓住了它的尾巴，必须继续抓住而骑到它的背上去！"

这番生动风趣的话，引得孩子们一片欢笑，同时，大家也将陶太师的赠勉之言谨记在心。

各位嘉宾演讲结束后，专程前来祝贺新旅第二团正式成立的七七少年剧团、儿童救济协会童子军等儿童团体分别献出了拿手节目助兴，把茶话会推向了高潮。

新旅的孩子们仍在武汉战斗着！

第二天，《新华日报》等新闻媒体竞相报道了新旅三周年纪念活动，新旅在武汉各界的影响持续扩大着。

许多人都撤离了，这一群孩子仍在战斗。这是怎样的一种精神啊！

新旅第二团在中共的领导下，一直坚持战斗到武汉失守前两天，才随八路军办事处部分人员一起撤向长沙，结束了新旅在武汉长达四个月的战斗生活。

临撤退的前一天，新旅第二团的同志留下了"杰作"：他们用红土拌上驴皮熬制的土胶水，在江汉关大楼面向江面的一侧麻石墙上，刷写了"打倒日本帝国主义"的巨幅标语。因为麻石墙凹凸不平，驴皮胶水又冲刷不掉，据说日军占领武汉后，气得咬牙切齿，很久也没有将这刺激神经的大标语抹掉。

新旅在侵略者的心头，留下了让其痛苦的刻痕。

一波三折的生存斗争

在武汉，新旅在民众的心中点燃了抗日救亡的火种，开展的宣传活动带来了空前的影响，可是他们也遭遇了空前的经费危机。

初到武汉时，新旅的经费主要来自两个方面：一是利用积极参加政治部第三厅组织的活动，取得的一些临时性的补助；二是作为“国民外交使节”在国外宣传抗日救国的陶行知先生，在美国华侨中为新旅募集到的一些款项。

但这些都是临时性的经费，实非长久之计。

“既然抗敌宣传队、抗敌演剧队、抗敌放映队，政府按月发给经费，我们同样做的是抗日救亡工作，为什么我们不能申请经费？”汪达之顾问和团务干事会的同志经过讨论研究，认为唯一的出路是向国民政府政治部申请经费，要求给予同“抗宣”“抗演”“抗映”一样的待遇，按月发给团体工作费用和人员薪金。

“新旅的抗日救亡宣传已经坚持三年了，做出的成绩有目共睹，巨大的社会影响人所共知，这样的要求合情合理!”当新旅的同志们找到国民政府军事委员会政治部第三厅厅长郭沫若时，立即得到了他的支持。

但第三厅无权决定经费问题，他建议新旅打一个申请报告，由他帮新旅直接递交给政治部部长陈诚。只有得到陈诚的批准，政治部第一厅（总务厅）才能照办安排经费。

根据郭沫若的建议，新旅的报告很快被递了上去，但是从此泥牛入海，一直杳无音讯。

新旅的同志们哪里知道，他们这个中共领导下的抗日救亡团体的活跃表现，早已成了国民党顽固派的一个心病。

久久没有回音，汪达之径直找到陈诚。陈诚清楚，新旅背后有一些进步人士支持，同时暗藏着共产党的影子。这时候的他，居心叵测地打起了如意算盘。

“该团可予收编，尔后按核准的名额发给薪金和费用!”这就是陈诚的答复。

消息传来，新旅的每个团员都感到寒心和震惊，但每个人头脑都很清醒。

“不能收编，收编就是解散新旅!”

“所谓的核准名额，不就是为了清洗嘛!”

“即使国民党一分钱不给，我们也要把抗日救国的事业进行到底!绝不让陈诚收编的阴谋得逞!”

新旅的心和周恩来、董必武、邓颖超等人连在一起。

周恩来等人对新旅的生存问题非常关心，多次在武汉八路军办事处约见汪达之和新旅秘密党支部的负责人，耐心听取他们的工作汇报，热情地鼓励他们把国统区的抗日救亡宣传工作坚持做下去。

“你们的钱一定坚持要国民党出！但新旅这个民间团体的独立性也必须保持!”周恩来等人给新旅鼓气加油。

根据周恩来的指示精神，几个月的时间里，汪达之等人不停地奔波于政府机关和新旅住地，反复申诉新旅的意见，反复和当权者摆事实、讲道理，但嘴皮子说烂了也没用，最终都是无功而返。

汪达之平日里总给人这样的印象：穿着整齐，一套深灰色的中山装，外出时戴一顶巴拿马式的遮阳盔，提着黑色的皮包。30 多岁的他，脾气温和，说话慢言慢语，脸上总是露出长者的笑容。

这一次，汪达之又见到了陈诚，一向温和的人，情绪明显激愤，目光中闪烁着怒气。一向口齿清晰的他，由于气愤，安徽的乡音更重了。他向陈诚再次明确表明了新旅全体团员都不同意接受收编的坚定决心!

陈诚板着脸，口气中带着几分威胁：“你们出来是为了宣传抗战，现在全国抗战已经开始，你们这个团体还有什么必要再存在下去呢？既然不愿政府收编，又没有钱生存下去，那就自动宣布解散吧！免得耽误这些青少年孩子们的前途!”

“部长啊，你也是知道的，这些团员们的家乡都已沦陷，父母兄长也不知逃哪去了。在此国破家亡的时候，我把团体解散了，你叫他们到哪里去呢？我又如何向他们的父兄交代呢?”

“大的可以去‘战干团’，小的可以送‘保育院’嘛!”

“这怎么可以？我坚决不能这样做，况且团员们也都不愿这样做!”汪达之心里明白，所谓的“战干团”，就是国民革命军事委员会战时干部训练团，团长是蒋介石兼任的。“保育院”是宋美龄领导的战时儿童救济组织，国民党统治区各省都设有战时儿童保育会，全国总会会长是宋美龄。

又是不欢而散。新旅与陈诚的斗争，又一次陷入了僵局。

“新旅如果不自动解散，就命令他们解散！”时隔不久，陈诚放出狠话来。

但是解散的命令却迟迟没有下达。这又是什么原因呢？

“他是心虚！量他不敢！”新旅的同志心知肚明，陈诚迟迟不下命令，绝不是心慈手软，而是色厉内荏的心虚。现在举国上下一片团结抗日的呼声，如果国民党对一个无党无派的宣传抗战的少年儿童团体采取措施，还不允许它存在，就会给当局带来无法交代的负面影响，甚至造成被动局面。更何况新旅这个团体已有了三年宣传抗战的历史和实绩，在海内外都有很高的知名度和很大的影响力，对待新旅绝不能轻举妄动！

时间一天天地过去了，新旅虽面临断炊的危机，但还是顾全大局地在武汉战斗着。

1938 年 8 月，武汉的形势岌岌可危。从平汉路南下进攻的日军和沿长江而上的日军都已抵近武汉，企图一举合围武汉。武汉人心浮动，国民党的军政机关及公职官僚们已纷纷撤离。

“新旅可以继续战斗！但是要撤离一部分人先去长沙！”

紧要关头，周恩来做出指示，要求新旅留下部分团员继续在武汉工作，一方面继续坚持保卫大武汉的斗争，另一方面继续和陈诚交涉，力争取得合法的地位和合理的经费。

新旅武汉工作队的同志箪食瓢饮，筚路蓝缕。

在最困难的时候，为了渡过难关，童常和范政在战火中冒着生命危险，来到了离汉口 100 多公里的前线，代表新旅拜访了转战南北的李宗仁将军。

一路征战，李将军的头发已经花白了，他在百忙之中热情地接待了他俩，向他们介绍了前线的形势。交谈之中，他痛感民众动员得还不够，对新旅在民众中开展抗战宣传很是感动。他当即赞助新旅 200 元经费，并为新旅成立第二团题了词，勉励新旅努力组织民众投身抗战救国运动。

武汉失守了！武汉会战成了一盘死棋！

政治部陈诚等连人带着机构也撤到了长沙。从武汉撤出来的新旅第二团终于与第一团在长沙会合了，这么多人，生存问题再次摆在大家的面前。

顾问汪达之又一次硬着头皮去找陈诚。他先是汇报了新旅在武汉保卫战最后阶段的工作，然后还是老生常谈，继续请求解决今后工作的经费问题。

“我的态度不变，国民政府不能给民间团体经济补贴，除非接受改编才行！”陈诚态度还是那么强硬。

斗争已到了最后的紧要关头。怎么办？

周恩来来了，他亲自出面与陈诚交涉。

“陈部长，对新旅我是有所了解的。这一群小朋友，早在全国抗战开始之前就自动组织起来，在全国各地宣传孙中山先生遗教，宣传救国救亡，受到海内外爱国同胞的同声赞扬。他们坚持保卫大武汉，直到最后两天才出来，这种精神可嘉啊！现在抗战正处在紧要时期，宣传抗战还怕人多吗？他们不让你收编，你就要解散他们，你这样做，对国民党又有什么光彩的呢？”

周恩来的话有理有据，一番慷慨陈词，让陈诚自知理亏，一时间无言以对，他又不便发作，因为周恩来毕竟兼着他的政治部副部长，所以只能装作一脸无辜的样子。

思来想去，周恩来想出一个新方案，向陈诚提出自己的看法与建议。

“新旅是个很有影响的民间团体，既然不愿被你收编，那你就要他们做政治部的特约团体，规定他们按季度向政治部提交工作报告，由政治部按月发他们的生活和工作费用。这样不是一举两得、两全其美吗？”

“特约团体，这是个办法！”陈诚不得不佩服周恩来的智慧，这时候，他再也没有借口了，只好无可奈何地同意了这个办法，“政治部第三厅对新旅的工作做原则上的指导，具体活动可以自行安排。团体名称不变，但要在名称前加上‘国民革命军事委员会政治工作部特约’这样的字样。”

“我们胜利了！”陈诚答应给新旅经费的好消息传来，大家高兴地跳啊唱啊。新旅住地一片欢笑声。

这边刚开了心，那边又堵了心。

汪达之和徐之光等人去政治部办理特约团体的具体手续时，政治部第一厅（总务厅）开始发难：

“政治部要派人到新旅领导团体工作！”

“既然你们官方委派领导，那我们还叫什么民间团体呢？既是领导，又成什么特约的关系呢？”

第一厅的无理要求理所当然地被新旅顶了回去。

人员数目，每月工作费用，都需要一一核定。新旅经过多轮交涉，反复沟通，据理力争，在拖延了近一个月的时间后，才和第一厅将经费标准定下来：

——按 45 人发放津贴，按“抗敌宣传队”的标准发放经常费；

——每月一共 1045 元，适当增加放映电影的费用；

——时间确定从 1939 年 1 月 1 日起实行！

一场事关新旅生死存亡的斗争，在周恩来同志的亲切关怀和直接干预下，最终取得了政治、经济的双胜利！

拨开云雾见霞光，夹缝中求生存的新旅，命运有了新的转机。

长沙，怒吼起来

1938 年 8 月，汪达之顾问带着大部分团员到达长沙，住在韭菜园的一个大院子里，这里原先是一所孤儿院。

武汉的形势众所周知，大家心里都牵挂着留在武汉工作队的同志。从往来的书信中得知，武汉工作队的同志非常勤奋，在艰难的境地里，他们创造性地开辟出自己的道路来。汪达之等人倍感欣慰和振奋。

新旅的到来，让长沙人耳目一新，这样的少儿革命团体，他们是前所未见的。湖南《大公报》记者雅尼在专访中表达了他对新旅的印象，透露了新旅在湖南以及将来的工作安排：

……现在，他们的团员，除顾问汪达之先生外，一共十六位，十四位男的，两位女的。依年龄说，嵇钰先生最大（二十一岁），任团务干事，兼自我教育组主任；最小的是负展览组方面责任的王德乾，是一位十岁的小弟弟啊！

但，不管他们的年龄大小，我们只要翻开他们的团体组织及公约一看："努力争取学习与宣传工作机会，并注意正确性与效率，以增进抗战建国的力量"；"执行一切共同的决议案"；"完成每天要做的工作，创造工作的新纪录"；以及某某人担任某一组、某一股的职务等等文字和表格。我们至少可以相信，他们在实施过程中，对于教育是有着特殊的训练；对于生活，是有着严格纪律；对于工作，有着相当成绩；对于知识，是有着无限阅历；对于抗战宣传，是把握了时代意义，发挥了以未来"中国的小主人"儿童为中心的伟大力量的团体。该团是随后方勤务部的政治大队来到长沙的。

在长沙，对于他们自然又是一个陌生的地方。同时，正因为曾经很少有象他们这类的儿童团体来访，他们今后工作的展开和在儿童、民众和伤兵间播种抗战的种子，将来的收获，一定是很园满的。

…………

不过，事实上，他们很快又到了湖南。他们在湖南准备花二个月的时间做伤兵服务工作。他们还有一个远大的计划，即是：继续旅行，向西南的两广、云贵、四川，作深入民间的抗战宣传。等到走完了四川，他们还希望在可能范围内带一批难童，徒步到西北去建立复兴新中国的根据地。

一到长沙，新旅便参加了纪念“八一三”抗战一周年的火炬大游行。除了做伤兵服务工作之外，他们还加入了歌咏大联合的队伍，歌咏宣传是新旅的拿手好戏。

9月7日下午7点，在长沙青年会的大礼堂，青年会长沙合唱团、青年会军人服务部、文抗会、新安旅行团、女青年会、妇慰会歌咏团、湘滨歌咏队、新声歌咏队等团体聚集在一起，宣告长沙联合歌咏会成立。

活动现场，一半是歌咏团体的队员，一半是自动参加的群众，其中有很多流亡青年、军人、车夫、店员、孩子，大家的脸上洋溢着兴奋的笑容。

对于亡国阴霾笼罩下的长沙人来说，这是半年来从未有过的喜悦。《新华日报》以《长沙，怒吼起来!》为标题，报道了盛况：

> “我们要从歌咏的大联合做起，使长沙的全部救亡工作都能在精诚团结之下发展起来!”主席的语调渐渐高昂了。“最后，我们要在‘九一八’纪念日举行一个盛大的歌咏纪念大会。”
>
> 接着，很简明的简章便在群众热烈的情绪下很快的通过了。
>
> 规定的工作是：一、抗敌歌咏宣传；二、抗敌歌咏大会；三、参加其他救亡工作。每周的礼拜天下午七点在青年会大礼堂练习，欢迎热心的群众参加。
>
> 这个意义深长的长沙联合歌咏团成立了。她将在“精诚团结”的“联合”下推动这沉闷的长沙，踏上活跃的阶段，比半年以前更活跃的阶段，为着保卫大湖南，保卫大武汉而担负起神圣的抗战救亡的工作。
>
> 长沙，你怒吼起来!

中国的抗日民族解放战争，赢得了世界广泛的同情和援助。印度援华救护队来了，参加欢迎仪式的新旅小朋友，给外国友人留下了深刻的印象。

欢迎仪式上，新旅作为全国儿童的代表致欢迎词：

……我们中国儿童已经团结起来了，站在祖国的前哨，为祖国的独立解放奋斗。我们代表七千万中国儿童向诸位先生慰问并致民族解放的最高敬礼！

日本法西斯用一切最残暴的手段，来屠杀我们的同胞，我们决不会屈服。相反的，我们四万万五千万民众，已经英勇的站起来了，决心争取抗战的最后胜利。

两位翻译现场翻译，印度援华救护队的何登夫听了新旅的演讲，非常激动，连声称赞：“对于中国孩子的未来，抱着最亲爱和最热烈的希望。”

一个国家拥有这样的孩子，何其之幸，他看到了中国的未来、中国的希望。

印度援华救护队的领队亚达尔先生更是无限感慨，兴奋之情溢于言表：

“当一般儿童还在只知道玩的时候，而诸位小朋友却已经起来参加救国工作了，我十分感动。印度也是个被压迫的民族，但小朋友还不能和诸位一样能组织起来。我马上要把你们的情形写信回去，要印度小朋友也和诸位一样组织起来！

“日本帝国主义只能给你们物质上的损失，在精神上是不可能的，你们只要团结奋斗到底，全世界的人民都愿意帮助你们，你们一定能得到最后的胜利。

“我们此次 6 个人来，带了 54 箱药品来，这是很小的数目。不过，不久我们可得到更多的药品。我决定此次到中国来救护伟大抗战受伤战士，什么时候最后胜利，什么时候回国。假如我被法西斯杀死，将会有更多的朋友到中国来……”

激昂的歌声让人心潮汹涌，掌声和口号声此起彼伏。

“起来！不愿做奴隶的人们！”“打回老家去！”的歌声在新旅孩子们的口中唱起来，“印度、中华两民族联合起来！”“打倒日本帝国主义！”的口号声响成一片。

所有人热血涌流。

10 月 22 日，新旅留守武汉的第二团成员终于到达长沙，与新旅第一团的同志们胜利会师。一张张稚纯的面孔，一张张青春的笑脸，终于相见了。

双方的队伍里，增添了新面孔。新旅第一团在长沙先后吸收了张均六（后改名张拓，以下称张拓）、黄叔宽、方南君、黄健芬（后改名黄明，以下称黄明）、何鼎勋（后改名何仁，以下称何仁）等十余名新团员；新旅第二团在武汉成立前后，陆续吸收了任干、徐畹华、许醒亚、吴淑静、郭贵华（后改名郭华，以下称郭华）、徐莎伯（后改名徐莎，以下称徐莎）、蒋先基等近十名新团员。

有了新鲜血液的加入，新旅兵强马壮，也第一次有了女团员。

新旅部分团员加紧剧演排练，陶行知先生约请音乐家任光、戏剧家刘保罗指导新旅的艺术活动；其余团员与顾问汪达之随国民政府军委会后勤部政治部一起做伤兵服务工作。

新旅在武汉成立了武汉工作队，在长沙又成立了第二个工作队——湘西工作队。原来，新旅秘密党支部接到中共湖南省委青委李锐同志的通知，希望新旅派出人手随第十战时儿童保育院到湘西石门一带，把那里的青年和学生工作组织起来。

新旅秘密党支部经过研究，决定由张牧、任干、徐畹华组成新旅湘西工作队，随第十战时儿童保育院前往湘西石门县工作。

第十战时儿童保育院收容有苏、浙、皖的难童数百人，都是中小学生。这个保育院原先设在长沙，考虑到武汉随时可能失守，日军将继续南进，湖南将从大后方变成战争前线，于是湖南省战时儿童保育会决定将第十战时儿童保育院全部迁往湘西石门县。

保育院的院长黄湘，她的爸爸是国民政府的立法委员，政治上偏右。她的妹妹黄绍湘和妹妹的未婚夫毕中杰两个人都是中共青年组织民先队队员。妹妹在湖南省战时儿童保育会工作，这次负责协助第十战时儿童保育院西迁，毕中杰在保育院担任教导主任。

湖南的中共党组织决定利用这个关系，将第十战时儿童保育院作为一个立足点，让新旅湘西工作队与黄绍湘、毕中杰两位合作，把湘西一带的青年和学生工作开展起来。在黄绍湘的举荐下，她姐姐黄湘同意由院方聘请工作队的同志担任几个年级的近代史教员。这样，湘西工作队的同志既立住了脚，又解决了经费问题。

第十战时儿童保育院刚迁到石门，就传来了武汉失守的消息，紧接着岳阳陷于敌手，长沙一场大火震惊世界。

随着日军侵略脚步的临近，石门亦非安全地区。第十战时儿童保育院被迫西迁至大庸县。

就在这时候，国共两党统一战线形势日渐恶化，保育院院长黄湘的政治态度也来了一个“变脸”。她借口黄家反对黄绍湘、毕中杰两人的婚姻，企图驱赶院里其他政治倾向不同的员工。

1939 年 1 月，随着矛盾的日益尖锐，黄绍湘、毕中杰两人主动撤出保育院。黄湘趁机通过解聘、停发工薪等手段，驱赶同情、支持过他们二人的员工。对于湘西工作队，黄湘采取了软硬兼施的办法：一方面，她向全院师生宣布他们是共产党派来的，想在院内孤立湘西工作队的同志；另一方面，她又假惺惺地向大庸县国民党党部建议，由湘西工作队的同志来领导全县青少年工作，但有一个条件，就是要求这三人声明脱离新旅，接受县党部的领导。

这时候，新旅湘西工作队的同志在保育院总务主任刘佩璋等进步师生的支持下，一方面组织部分师生到大庸县政府请愿，控诉黄湘存在克扣难童教养费、虐待难童等不法行为；另一方面联合教职工向战时儿童保育总会会长宋美龄控告黄湘贪污渎职。

“县长大人，请您保障我们的人身安全，如果不能保证，就请您出一张通行证，放我们回新旅去。”在向大庸县县长请愿时，湘西工作队的同志义正词严。

“我同意你们走，但大庸山区到处都有土匪，如果你们要走，县府不能保证安全。”县长暗想，湘西交通不便，又很闭塞，在安全得不到保证的情况下，请愿的人会知难而退。

但令他没有想到的是，湘西工作队的同志早已做好秘密撤退的准备。大庸县曾是中共湘鄂西苏区，红军游击队撤离后，这里的城墙上，还留有红军的宣传标语。在反革命的腥风血雨的洗礼下，这里的人民虽然不能公开同情和支持工作队的同志，但他们知道谁是好人。在当地船民的帮助下，工作队的同志趁着黑夜分乘几条小船，顺资水撤出了大庸县境，经慈利到达了桃源县。

新旅去了哪里？到哪里能找到团部？他们焦急万分。

长沙大火后，湘西工作队就与新旅团部失去了联系，到桃源时，他们已身无分文。四处打听，听说湖南省级机关已撤到沅陵，于是三人决定变卖行李步行到沅陵打听新旅团部的消息。

那天，天下着大雨，他们冒雨在长沙沅陵公路上艰难前行。几位泰国华侨青年开着汽车经过时，看到他们在泥泞中艰难跋涉，很是同情。当听说他们是新旅团员时，立即将他们拉上车，热情地邀请他们到住地去同吃住，并愿意利用出车的机会帮他们在沅陵线上打听新旅的消息。

那天傍晚，三人随车来到了常德，在街头漫步时，见到一家生活书店，随即进去翻阅起新书报。

“找到了！找到了！”张牧突然大声叫起来。

大家围了过来，原来，张牧无意中发现一本小册子介绍新旅正在桂林开展“岩洞教育”工作。

“太好了！我们终于找到团部了！”没有比找到组织、找到亲人更让人高兴的事了。

“去桂林！”他们三人当即决定，无论如何也要到桂林去。

几位青年司机，比他们还高兴：“我们的车开不到桂林去，但一定先送你们去长沙。”

到了长沙，一切已是面目全非。机关、团体、学校、医院、银行、工厂等建筑物都在大火中付之一炬，民房除车站路及城外一部分没有全部烧毁外，其余皆不见了踪影。长沙最繁盛的八角亭、红牌楼、中山路、南正街、北正街一带，烧了个精光。满目疮痍下，人们在残壁边搭起草棚，在破碎的家园里艰难谋生。

三人在街上边走边看，边打听去桂林的办法。他们在一家名叫《阵中日报》的报社里遇到了工作人员李何民，李何民与他们素不相识，攀谈中得知他们三人是新旅的人，就立刻成了“老熟人”。

“我对新旅慕名已久啊，你们可了不起哟，有一点可以告诉你们，新旅团部确实现在桂林。几天后有火车去桂林接新闻纸，你们可以搭车去。”李何民非常热情，而且考虑得十分周到，“我去和社里商量一下，让你们住在报社，你们帮助组织报童推销报纸，这样你们这几天的吃住问题就都解决了。”

1939 年 3 月 7 日，湘西工作队的同志终于到达桂林，在七星后岩找到了新旅的同志们，大家相拥而泣。

一路辛酸一路歌，大家纷纷为湘西工作队同志的遭遇而感动，团务干事会上，三人被宣布为模范团员。

同志，朋友：
让我们紧紧地握着手，
你的手为什么发抖？
你的泪水滚滚流。
不，朋友！
让我们的眼泪往心里流，
让我们把仇恨记心头。
今天的离别，
正是为了明天的战斗！
今天的离别，
将是我们迎接胜利的前奏。
再见吧，朋友，
让我们紧紧地握着手。
再见吧，朋友，
再见在黎明到来的时候！

民众的抗战大学

武汉失守，岳阳沦陷，岌岌可危的长沙城，人心惶惶。

1938 年 11 月 12 日的清晨，新旅总干事徐之光找来张拓，要他带领美术组到街头书写日文标语，内容是政治部第三厅对敌宣传处拟定的。看来日本人真的要来了！

随后，徐之光和汪达之顾问赶到长沙城内的中山堂，参加“孙中山先生诞辰七十二周年纪念会”。会后，周恩来和徐特立接见了他们。

让两人感动的是，每天军政事务千头万绪的周恩来，对于新旅的行程，已提前做好安排：“三厅和所属团队今天要撤离长沙，一律都要步行，新安旅行团今天黄昏也撤到衡阳转赴桂林。为了照顾小同志，我已同军委会后勤部政治部段绳武主任谈好了，派两部卡车送你们去！”

一切按照既定方案行动。夕阳西下的时候，新旅的同志们把所有的演出器材和行李装上了卡车。车厢里已无容身之处，大家只好坐在行李货物顶上，用带子互相联结好，防止行驶中转弯时从车上掉下来。

别了，长沙。一路上随处可见逃难的人群。天渐渐黑了下来，回望长沙方向，更是漆黑一片。深夜抵达衡山，众人站在高坡上稍作休息时，突然有人叫了起来：“长沙失火了！”远处目光所及处，烈焰冲天，浓烟滚滚。天明之后，有人传来消息，长沙城已成焦土，夜里的大火据说是奉命人为所放，只为“焦土抗战”。

据时任长沙市市长席楚霖回忆：“大火发生时，市民从睡梦中惊醒，面对熊熊烈火，上天无路，入地无门，老少妇孺的哭喊声和火烧房屋发出的爆炸声汇成一片，构成一幅极端悲惨的景象。”一些不能行走的伤病员被烈焰吞没；被大火逼得走投无路的妇幼老弱，或躲进水缸，被活活煮死，或躲入防空洞，被烤焦致死。

为平息民愤，蒋介石连下三条批示：“酆悌身负长沙警备全责，疏忽怠惰，玩忽职守，殃及民众，着即枪毙”“文重孚身为警察局长，不奉命令，率警遁逃，着即枪毙”“徐昆玩忽职守，着即枪毙”。

那场大火，让张庆荃（后改名张泉，以下称张泉）、张衡七（后改名张渔，以下称张渔）姐弟俩刻骨铭心，被枪毙的长沙警备司令酆悌正是他俩的姨父。他俩就是在那样的特殊时刻，毅然加入了新旅，从此走上革命的道路。

那场大火，让徐玮的学校没了，家境贫寒的她失去了上学的机会。经老师推荐，汪达之先生收下了她。18 岁的徐玮很快成了新旅的骨干，而且光荣地加入了共产党。后来她根据党组织的安排回长沙开设求知书店，坚持革命斗争，被国民党反动特务逮捕，杀害于长沙市南道十字路口。

徐玮烈士当年在西南各地宣传抗日时，在一篇日记中写下的绝唱，一直激励着新旅的女团员们：

我们是战斗的新女性，丢下艳服，洗去脂粉，穿上宽阔戎装，不怕风，不怕雪，为着祖国战斗！酱色的肌肤，满蓄着刚强的意志；粗黑的双手，创造着一切。我们不是小姐，没有小布尔乔亚习气，是新中国的女性！谁说女人是无用的人，是男人的玩物，国家是每一个人的，女性亦有救国责任，我们为祖国战斗！我们是新中国战斗的女性！

为了联系去桂林的火车，新旅在衡阳停留了三天。也许是这里离前线较远，全城几乎看不到抗日宣传标语，听不到抗战宣传的声音。新旅全团出动，大街小巷，店面市口，开始教唱救亡歌曲，展开抗日宣传。张拓带着美术组的同志，将交通要道、大小建筑、空白墙上刷满了抗战标语。新旅竭尽全力，衡阳群众的爱国热情终于被点燃。

去桂林的火车终于出发了。因为湘桂铁路刚修成不久，路基很不踏实，火车行驶十分缓慢，每小时只能走个十几公里。一路走走停停，一停就是几小时。

11 月 18 日，火车摇摇晃晃走了三天后，终于到达风景秀丽的山水之城桂林。

这里的山水风光举世闻名，千峰环抱，碧水绕城，奇峰倒影，洞奇石美，真应了南宋诗人王正功的那句“桂林山水甲天下，玉碧罗青意可参”。

所有人无心赏景，从桂林车站进城的路边，到处都是破旧不堪的老屋，和自然风景形成极大的反差。当务之急是先找住处，他们好不容易找到东腰街小学，住进一处二进砖木结构的旧式平房里。这里前临怪石嶙峋的独秀峰，背依秀水宜人的漓江，新旅团员们把漓江当成了天然的大脸盆，每天清晨就在江边洗刷起来。每个人都赤脚穿草鞋，不管刮风下雨，每天晚上都要到江边洗脚。

总以为桂林这样的人间仙境不会有战火的侵扰，而恰恰是这个不设防的城市，遭到了日军的疯狂轰炸。新旅来到桂林不久，便接连遇到这样的大轰炸，特别是 11 月 30 日这一天，日军出动 49 架飞机前来轰炸。桂林城内，房倒屋塌，断壁残垣，许多人流离失所，老百姓哭声震天。

《新华日报》刊登的郑康源的《敌机狂炸下的桂林》一文中写道：

> 日寇四十九架飞机，在市空盘旋。“……轰轰……”城内冒起了一阵阵的浓烟，白的、黑的、黄的，一百多个炸弹连续的从机翼上掉下来。虽然高射炮、机关炮在不停地怒吼着，但制止不住敌机的淫威。
>
> …………
>
> 倒塌的墙壁边，号啕大哭着的老妪挽着她的孙儿寻找他们的家。她的爱子、她的儿媳，都不知哪儿去了。有些人神经错乱了，发狂似的，嚷着要找日本飞机报仇，抓着武装同志当日本鬼子打，哭，狂叫……

轰炸在继续，每天两三次的轮番轰炸让老百姓发疯了，绝望的情绪蔓延开来。

“必须要稳定人心！”广西省政府紧急约见新安旅行团、孩子剧团等团体，让他们迅速展开街头突击宣传。

新旅闻令而动，大家立刻分头到各中小学校去，动员广大师生向市民普及防空常识，举行全市反轰炸群众歌咏大会、反轰炸火炬大游行，利用歌曲、快板、双簧等文艺形式，向群众控诉日军暴行，鼓起人民群众奋起抗战、坚持到底的信心和决心：“轰炸不设防的城市是敌人一贯的伎俩，他的目的在于动摇我们抗战到底的决心，所以我们一定要坚持到底，击破敌人的阴谋。”

范政、黄明、王德威三个人每天提着装满白灰和颜料的小铁桶，在大街上书写标语。敌机来轰炸时，他们就趴在房屋旁边的沟里，身上盖上厚厚的一层土石，有时还奋不顾身地帮忙把受伤的群众送到医院，然后回来继续书写抗日标语。

《敌机狂炸下的桂林》见证了新旅团员的勇敢：

> 可是在第三天上午，敌机又来光顾了。这次扔下的大半是烧夷弹，因为顺风，火势蔓延很广，这是空前的大火灾。直到下午方扑熄。城的西南部，已经成为一片瓦砾场了。
>
> 一群小朋友，从已经着火的屋子里搬出许多东西来，更有

些小朋友去协助消防人员抢救火灾。被难的人和其他在旁观的群众都很感动。他们都是新安旅行团的。

一天，左林、曹维东、张早等人正在执行任务的路上，突然，敌机又来轰炸了，大家立即分散隐蔽。

曹维东非常机灵，他看到在上一轮轰炸中，敌机炸出一个很大的炮弹坑，干脆就躲了进去。等了一会儿，见没有了动静，他干脆从挎包中掏出一本书看了起来。

时间不长，敌机又来了，炸弹一个接一个地落下，周围到处都是震天动地的爆炸声。

敌机终于飞走了。集合时，唯独不见了曹维东，大家赶忙四处寻找。

左林急得直掉眼泪，喊着曹维东的名字："曹维东，你在哪儿啊?"大伙儿都跟着一起喊。

曹维东看书太入神了，完全没有听到。后来，大伙儿终于在炮弹坑里找到了他。

张早跳下去，对着曹维东的屁股就是一脚："你这个家伙还有心思看书，都快把大伙儿急死了!"

拉他上来后，大家一边用小拳头捶他，一边激动地抱在一起。看着一张张满是泥灰和泪痕的笑脸，曹维东知道大家为他担心，他也感动地哭了。

秩序逐步恢复，民心渐趋稳定。日军的空袭在持续，警报一响，老百姓们开始有序地向岩洞里转移。桂林有 20 多个天然岩洞，成了躲避敌机轰炸的绝好去处。

此时，陶行知先生就在桂林，他在大轰炸中的岩洞里看到了一个现象，由此萌生出一种崭新的教育形式——岩洞教育。

他在《广西日报》上发表的《岩洞教育的建议》一文中写道：

（一）根据几件事实

…………

丙、我们在洞里等到紧急情报来时，足足有半个钟头，大家都无事做。轰炸后，飞机去了，又等了许久时候，才解除警报。在这时间内，老百姓也无事做。

…………

庚、桂林本地及外省来的知识分子估计有一万人，可以动员一、二千人从事普及教育，以为老百姓服务。……

（二）提出几条办法

甲、每一个大山洞为一战时民众学校……

乙、组织桂林战时普及教育团

一、依据山洞数，组织教育团，每一个大山洞应有一个普及教育团负责，每一小山洞由各该团酌量组织分团负责。

第一个响应的还是新旅。他们把行李搬进了七星后岩的庆林观里，与陶先生的生活教育社的同志一道组织了“岩洞教育服务团”，在七星后岩开展起“岩洞教育”来。

关于“岩洞教育”的情况，童常在《新华日报》上发表的《在桂林的岩洞》一文中详细记述了当时的情形：

实践“服务即宣传，宣传即教育”创造新的工作方式

…………

七星后岩是一个能容千人的大洞，战前冷静得象是一条大蛇的口。但现在它却是桂林人的最可靠的保护者了。

今天，洞外的墙上和岩石上，夺目的大字显耀着：“岩洞就是学校”，“警报是我们的上课钟”。洞口挂着最近的报纸，地上也干净得象是刚下过雨似的。做小买卖的排列在路的左旁，他们也不叫卖了。

在路的右旁，几十张精制的画片展览着，上面惊心触目地标着兽敌的“烧”、“杀”、“奸”、“掠”和我们抗战力量的画片。一个矮小得不使人注意的小兵生气勃勃地用一根竹棒指着画解释着。

听着那脆嫩的嗓音，他讲着岩洞里的整洁和秩序。最后他说：“敌人天天来轰炸，弄得我们吃饭睡觉都不得安身，但是我们不能将这些时间白白浪费。我们要把岩洞变成学校，利用这些时间来求知识。这是我们自己的事，我们要同心协力维持秩序，保持整洁。请诸位伯伯、叔叔、姑姑、妈妈们帮助我们做……”

人们凝神静听，接着是一阵轰耳的掌声。

里面，另外一个石堆上，一群穿草绿军服的新安旅行团的小朋友们，刚唱过歌。其中一个小朋友走出来说：“我们刚才已经唱过了，现在应该大家来唱了。现在唱《打倒日本》。我唱一句，大家跟着唱一句。”

杂乱的歌声，播在重浊的空气里，大家都唱了。尤其是站在堆下的看热闹的小朋友们，更是唱得响亮。

服务宣传感动人

忽然行李搬动着，大家都移动着地方，一群穿西装、穿长衫的人拿着大扫帚向这边扫来了。他们的臂上戴着符号：“生活教育社广西战时民众教育服务团”。他们之中的一个，走上石堆挥着汗叫道，“现在我们为了岩洞的整洁和秩序，现在大扫除，这是于大家有好处的。哪一位愿意参加的请来帮我们干！”他举起三把扫帚和两个簸箕。“我来一个！”“我也来一个！”穿旗袍的年轻女子，十几岁的小伙子都去抢扫帚。结果，一个最小的女孩子快要哭了，她埋怨发扫帚的那个人：“我先要的，为什么给他了？”

在欢笑的噪杂中，洞里好象更暖和了。

要从洞口走出去，也是不容易的事。因为，当你还没有走到洞口，就有很大的声音引诱着你：“……你们想知道最近三天我们和日本打仗的情况吗？你们要知道英美两国借了几百万款子给我们的事情吗？”

在洞旁的高坡上竖着一幅两丈见方的中国大地图，两个红的大箭头正在表明敌人进攻西南和西北的阴险企图。

广西中山纪念学校的教师口上套着大话筒，在解说着最近三天来的时事。

新安旅行团的小军队开出来了，领头的那个大点的孩子说："我们这两天太累，要保养嗓子，所以现在做个别宣传，大家要去交朋友，尤其是交小朋友，交得越多越好。"

一个女小朋友蹲在地上和一个生病孩子的母亲在谈话。这小朋友的肩下夹着一个小白铁箱子。原来她是新旅的"健康组"负责人，现在来帮老百姓医小病，做着服务宣传。

一群小朋友在洞口的亮光下围聚着，中间也是一个新旅十四五岁的女小朋友，她主办了小小的岩洞图书馆，她的书包里装满了抗战的连环图画和故事书。

离洞口五六丈远的竹篷子下，一张大红的纸上写着："难民们注意：代写书信，不取分文"。再看那小字是"写邮片只要二分半！写信只要五分邮票钱，信纸信封一律奉送"。用门板架成的桌子后面，坐着的不是戴眼镜的"善观气色"的老先生，而是两个十五六岁的小伙子，但在他们旁边围着的却是老太太和要寄信的劳苦的文盲。

这些代写书信的小伙子都是害着"罗唆病"的，他总想法子和那些要写信的人谈抗日的事，并且在每一封信上都要利用写信人的口气添几句：恨日寇，打日寇和鼓励人参加抗战工作，争取最后胜利的话。

新旅的团员们至今都记得一首民歌风格浓郁的歌曲，歌名叫《岩洞教育歌》。这首歌凝结着一段带血的记忆。

当时，这首歌由徐之光作词、黄中一作曲，写出后，他们特意将这首歌送给著名音乐家张曙修改。张曙欣然应允，亲自打磨，以民歌的风格修订而成。

老百姓整天忙匆匆，没有钱也没有空，
平时想把书来读，难似蛤蟆上天宫。

敌人送来好机会，岩洞里来商量，

洞外敌机在轰炸，洞里歌声比他响。

认几个字儿听听讲，不花钱进学堂，
知识好比大炸弹，帮助我们打胜仗！

可惜，就在这首歌完成的第二天，1938 年 12 月 24 日上午，张曙和他的女儿不幸在住所被日寇敌机炸死。

中国失去了一位天才作曲家，新旅失去了一位良师益友。新旅的同志们每每唱起这首歌，就想起才华横溢的张曙老师。

敌人在轰炸，我们在上课！

七星后岩的洞口和附近的空场上，到处都是“岩洞教育”的“民众学员”。

这边是识字班，那边是歌咏队；这边是抗战形势宣传站，那边是日寇暴行展览画廊；这边是帮助老百姓治病的健康组，那边是代写书信不取分文的通信组。

新旅团员屠明（原名屠传猷）一个人组织了 60 多个小朋友，每天教他们识字、唱歌。当地群众称新旅为“岩洞儿童教育团”。

这躲避轰炸的岩洞，竟办出了生龙活虎的社会大课堂。“岩洞教育”一时传为佳话。

徐特立来了，李克农来了，苏联《消息报》特派记者卡尔曼来了。七星后岩一片欢腾。

徐老路过桂林去重庆，汪达之特地到八路军桂林办事处去看望他。徐老听说新旅的“岩洞教育”办得有模有样，当即和李克农、卡尔曼慕名前来参观。

徐老连连慨叹：“你们的工作搞得好哇！民众们喜欢你们的‘岩洞教育’，你们把岩洞变成一所民众的抗战大学了啊！”

卡尔曼当即表态：“我不但要拍你们的‘岩洞教育’，我还要拍下你们的一天生活。你们是中国少年儿童中的小英雄！我要用这架摄影机，把你们介绍给苏联的少年儿童，这部纪录片的名字，就叫《小英雄》，好不好？”

现场的掌声、叫好声，在空旷的岩洞里久久回荡！

后来，卡尔曼把新旅排演《抗日大秧歌》、开展“岩洞教育”等抗日宣传活动拍摄成了纪录片，加在苏联儿童故事片《小英雄》的前面，向世界各国放映，也在中国大后方放映过。

新旅的名号享誉世界。

大发展

新旅真正摆脱经费危机，走上大发展之路，始于1939年1月。

从1月起，新旅作为国民政府军事委员会政治部特约团体的协议终于生效了，每个月可以领到45人的生活费和100元的工作活动费，一共有1045元的进项。

这笔钱对于长期陷于饥寒交迫中的新旅来说，可是一笔可观的费用啊！如何使用这笔钱，大家展开了激烈的讨论。

过去，新旅所有人从吃饭到穿衣，再到日常用品，都是集体供应，每一分钱都是集体开支，个人没有任何经济收入，就是家里寄来零钱也都自觉交公，供集体使用。连李克农都对此发出惊叹：“新旅的生活方式，真是独一无二的，八路军战士还有几块零用钱哩！”

新旅就是新旅！这是一个历经风雨洗礼的特殊的少儿革命团体，有着她独有的规范性和纪律性！

“我觉得应该将生活费按人头发下去，让各人自己管理生活！”有人提出这样的观点。

“还是集体生活好，大家已经习惯了，这样有助于培养集体主义观念；再说，团内的小同志全由自己来安排生活也是不现实的。集体生活可以考虑将生活水平适当提高一点儿，比如把吃糙米改成吃白米，菜里油多一点儿，菜的数量也要多一些，是应该注意一点儿营养了。”这种观点渐渐占了上风。

汪达之顾问却另有打算：“过去几年，虽然各地都有许多少年儿童渴望参加新旅，但因为没有经费，团体人数只能保持在20人上下，现在经济上有了固定的收入，可不可以在适当提高生活水平的条件下，把一个人的钱分作两个人用，扩大我们的队伍，为抗战多做些工作呢?”

“这个方法好!”汪先生的建议一经提出，立即得到一致拥护，众人一片叫好！壮大新旅，让团体得到大发展，这也是大家梦寐以求的。

这一建议也得到了李克农的支持：“你们在桂林已经打响了头一炮。广西当局对你们的反轰炸宣传、‘岩洞教育’活动反映很好，现在你们要扩大队伍，更广泛地开展工作，那社会上的影响就更大了，同情和支持你们的人一定会更多，顽固分子要反对你们，也就更困难了！你们扩大人员以后，一定要把生活搞好，少年儿童是长身体的时期，营养是很重要的。希望你们的工作做得更好!”

一张张新旅招收新团员的简章海报，贴到了桂林的大街上。

报名者络绎不绝。陈强、陈明、陈伟、郝杰、郝侠、阮力、韩枫、李楠（后改名李勋南）、张天虹、岳荣烈等数十人加入了新旅。许多家庭都是拖儿带女、挈妇将雏来报名的，有的是兄弟一起，有的是姐妹一起，有的甚至还不到10岁，父母就将他们送到了新旅这个培养和锻炼少年儿童的大熔炉来。

7岁的郝杰，一家人在来桂林的路上遇到车祸，母亲手腕粉碎性骨折，需住院治疗。一段时间后，母亲终于康复了，一出院，就带着郝杰、郝侠兄弟俩投奔新旅来了。

9岁的陈伟，加入新旅不久就学会了许多革命歌曲，如冼星海的《生产大合唱》《吹起小喇叭》，吕骥的《保卫马德里》，还有《红缨枪》《源头水》《小老鼠》等。每次下山进城宣传，她都走在队伍的最前头，边走边唱，浑身有使不完的劲儿。

她正式参加演出的那天，是一位大哥哥把她抱上台去的。当她放声唱完《红缨枪》《小老鼠》后，台下爆发出经久不息的掌声。台下的观众都动容了：“这么小的年纪就宣传抗日，我们大人更要积极抗日啦!”

那一年，15岁的聂志孔（后改名聂大朋，以下称聂大朋）加入了新旅。他的父亲和人合伙开了个澡堂，收入微薄。那一天，他的父亲带着他们姐弟四人［聂大朋、聂向孔、聂惠孔（后改名聂启坤，以下称聂启坤）、聂智坤］和他们高中毕业的四姨李文景一起来新旅报名。当年报考新旅的场面，多年后聂大朋还历历在目。

接待我们的两个人，二十三、四岁的叫嵇钰，背头、四方脸，眼光明亮，说话没有半点客套，使人感到他诚实可信。后来知道他是领导新旅的团务干事会成员之一。另一个十七、八岁的叫黄志义，活泼热情，突出的是一张大嘴。新旅的许多人管他叫“阿黄”。他们同父亲寒暄之后说：“凡是打算参加新旅的，我们都欢迎。这是对我们的支持、爱护，你们一家来五个人报名，更是少有。按规定，人人都要经过口试和笔试，再决定是否录取，我们现在就开始。”

他们给父亲斟上一杯茶，拿来几张报纸，两个人就分头在两间小房子里，同我们一个个谈起来。嵇钰先同我谈，问我过去是否知道新旅？为什么要参加新旅？问我的志愿。我说比较喜欢文学和历史，也喜欢自然科学。现在就是一心要为抗战出力，叫我干什么都行。等赶走了日寇，建设新中国时，我再考虑干什么吧！不过，我可不愿意给老蒋（蒋介石）干事。他会意地对我微笑点点头。然后拿出五个题目，叫我用笔回答。要尽量简单明瞭，把意思说出来就行。五个题目是：

“芦沟桥抗战是什么时候？在什么地方？

中国为什么要抗战？

抗战能胜利吗？理由何在？

德、意、日三国是什么国家？苏联是什么国家？

说说你为什么要参加新安旅行团？”

给弟弟、妹妹的试题比这要简单得多。大约不到一个半小时，五个人全考试完毕。他们两人拿着试卷进去研究。不一会出来由阿黄代表说：“五个人考的都很好。录取四人：聂志孔、聂启坤、聂智坤、聂向孔。李文景超过我们规定招收新团员的年龄。建议你去报考成人的救亡团体。四位小朋友回去准备一下，十天内带简单的行李来报到。”

我们高高兴兴地回到家。谁料妈妈一听就哭起来。她一个也不让走。但是姐弟四人谁也不愿留在家里。最后妈妈让了步，说家里还有个才两岁的小弟弟，四人中必须有一人留下帮助她，否则她一个也不放。终于，老实、无私、善于体贴人的智坤妹妹流着眼泪答应留下来。我和启坤姐姐、向孔弟弟开始走向新的生活。临走的那天，我在智坤妹妹的脸上使劲亲了两下。感谢你呵！亲爱的妹妹，是你那无私的牺牲，才使我们三人走上抗战的征途。

有个特殊身份的老大哥也加入了新旅！

那一天，新旅正在召开团务干事会，和新旅熟识的国民党少校军医范敏言（后改名范汉生）来了。

“我要加入新旅!”他的话一出口，让顾问汪达之和在场的团务干事们都愣住了。早已过而立之年的他搞的是哪出啊？范敏言毕业于中山大学医学院，抗战前在广州行医。日寇占领广州后，他来到桂林，参加了国民政府军事委员会政治部抗敌宣传第一队（简称“抗宣一队”）。抗宣一队曾与新旅一起住在东江镇小学，一个楼上，一个楼下。谁有点儿头疼脑热的，范医生就主动来看病。

这一次，他竟然辞了职，还拿出全部积蓄，到香港买了一套医疗器械和许多药品，然后回到桂林来加入新旅。

“这真是倾囊相助、雪中送炭的支持啊!”汪达之激动地拉着他的手，“你就是我们新旅的老大哥!”

范医生既是内科医生，又会做外科小手术，从此，新旅多了一个老大哥，也多了一个全能大夫！

新旅团员总数一下子接近百人，内部生活管理和学习工作也进行了相应的调整。

新旅开始有了儿童部、少年部、少女部和青年部。各部部长都是民主选举的，分别管理各部的生活和工作。青年部的大哥大姐们，许多人被指定当了少年部、少女部、儿童部的生活或学习辅导员。

集体生活也有了新的变化。一开始允许大家有点儿自己的零花钱支配，后来团里印制票子，内部统一采购，内部购买生活用品，不能拿钱随便买零食，还建立了内部银行和统购社。

学习上，除内容统一的时事政治学习之外，文化学习以不同程度编班，业务学习则分别请桂林文化界各方面的人士来帮助讲授。新旅的“顾问讲师团”里，作家有郭沫若、茅盾、艾青、司马文森、林林、林山等，戏剧家有田汉、欧阳予倩、洪深、焦菊隐、马彦祥、石凌鹤、瞿白音、杜宣、郑君里、金山、王莹等，音乐家有张曙、李凌、赵沨、陆华柏、林路、刘式昕等，美术家有叶浅予、黄新波、廖冰兄、阳太阳、刘建庵、周令钊、余所亚等，舞蹈家有吴晓邦、戴爱莲等，这些人都在不同程度上帮助和指导过新旅开展文艺工作。

全盛时期的新旅，真是“谈笑有鸿儒，往来无白丁”。

正是在大发展的背景下，新旅在桂林的儿童运动，书写了浓墨重彩的篇章。

仅就1939年一年而言，新旅在组织儿童运动方面就有如下大手笔：

1939年1月15日，新旅率先发起组成“桂林儿童团体星期座谈会”，联合桂林的儿童团体，协商抗战宣传活动，交流工作经验，以推动桂林青少年的抗日救亡工作。

1939年2月6日下午7点，经过“桂林儿童团体星期座谈会”的几十位儿童的筹备，在乐群社大礼堂举行招待晚会，桂林市军界、文化界、新闻界等人士出席。新旅团员程仁强（后改名程刚）担任招待晚会主席，7个儿童团体的100余个孩子通过歌咏表演、话剧表演等展示了各儿童团体的才艺，也展示了各自在儿童运动中取得的成就。

1939年4月4日，“四四儿童节”当天，新旅在城市组织儿童团体献金公演，在乡村动员了所有近郊的牧童参加儿童砍柴生产献金义卖。白崇禧参加公演纪念大会，对新旅行三万余里路宣传抗日救国加以赞扬和慰勉。汪达之撰文盛赞：“儿童团体的献金公演，和乡村儿童砍柴生产献金义卖的场面热烈情况，都是极感动人的表现，也是有儿童节以来，儿童所未有的新的自发自动的表现。”

1939年6月，新旅参加“桂林儿童团体星期座谈会”主办的桂林儿童歌咏干部训练班，特请广西音乐会来协助；各团体参加儿童30余人，历时半个月。

1939年7月，新旅参加“七七”抗战二周年活动，声势浩大热烈，动员极为广泛，他们除参加了公演戏剧、纪念大会、火炬游行外，还发动了为抗战死难儿童纪念碑奠基的工作。

1939年7月22日至27日，田汉为新旅创作的四幕话剧《两年来》在桂林乐群社大礼堂公演，话剧反映了抗战两年来中国儿童运动的斗争生活，第一幕写上海，第二幕写武汉，第三幕写敌后，第四幕写桂林。这是新旅历史上唯一演出的大型话剧，场场爆满，轰动一时。

1939年9月21日上午，新安旅行团和其他在桂林的儿童团体欢迎厦门儿童剧团的到来，厦门儿童剧团长征了广州、香港等城市和越南等国家，做着宣传抗战和动员民众的工作。他们曾经号召成千上万的华侨同胞对祖国的抗战给予更有力的援助。

1939年9月23日上午，新安旅行团、厦门儿童剧团、广州儿童剧团和湖南育英儿童抗敌工作团等组织了“中国儿童运动问题座谈会”第一次会议，会上讨论了中国儿童运动的发生、中国儿童运动的发展、中国儿童运动的性质及其特点。

1939年9月25日，新旅等团体召开“中国儿童运动问题座谈会”第二次会议，讨论总结了抗战两年来中国儿童运动的开展情况，现阶段中国儿童运动的中心任务、工作及其发展，提出要组织一个全国性的“中国儿童之友社”。

1939年9月27日，新旅等团体召开“中国儿童运动问题座谈会”第三次会议，讨论关于加强桂林市儿童工作的办法。

1939年10月，新旅成立四周年纪念特刊在双十节出刊，同时，连续四天举行了纪念大会，会议中讨论了四年来工作的得失和第五年的计划大纲、决定，对个别领导的工作加以检讨，会议在真诚热烈、紧张活泼的氛围中进行，充满了民主的快乐的精神。

1939年11月29日，“桂林儿童团体星期座谈会”发表《为保卫西南运动给西南小朋友们一封信》，号召全市少年儿童开展保卫大西南运动。

1939年，注定是写入中国儿童运动史的一年。这一年，新旅在桂林的儿童运动，为全国各少儿团体做出了典范。

汪达之在《我自新旅来》中回忆起那一年的新旅儿童运动工作时，如此写道：

> 工作方式并不一样。如出壁报，时事简报，写大标语，画壁画，成立村头歌咏团，牧牛场牧童教育团，成人识字班，教小学儿童唱歌跳舞，讲抗战常识和抗战故事。援助广州儿童剧团公演《两年来》，为抗属割禾，发动儿童康乐晚会，欢送出征军人，征募寒衣，并动员儿童为伤兵和抗属服务等等，都是根据环境具体情形决定工作内容和工作方法。所以常常在工作中计划新工作。

这一年，重庆《新华日报》对新旅等在桂林的儿童团体的工作给予了高度评价：

> 在“八一三”中成长的“孩子剧团”，实行陶行知先生的“生活即教育”、“社会即学校”教育理论的“新安旅行团”到桂林后，这群孩子们的集体的生活工作教育，影响了广西的儿童。他们最初的结合，是在去年12月的广西儿童歌咏大会。他们在带动广西儿童举办歌咏大会中，发现广西儿童组织得不够。党部方面希望他们来加强广西的儿童组织。从此“老大哥”的儿童团，在桂林儿童中起了很大的影响。而他们真象个“老大哥”的样子，爱护着，领导着，使广西儿童在有组织的工作中生活、学习，发挥儿童的力量，帮着大人打日本。
>
> …………
>
> 新安旅行团和新旅西南工作队……是桂林儿童团的老大哥。在工作上生活上学习上都起着领导和影响的作用。为了使桂林儿童团有总的领导机关，组织了“桂林儿童团体座谈会”，讨论宣传工作的分配与计划，时事问题和对外活动等问题，最重要的是解决讨论各儿童团体在组织上领导上工作生活

学习上遭遇的困难。

新旅团员童常在回忆中指出，“中国儿童之友社”是新旅等团体在桂林的一大创举，将儿童运动推向了高潮。用现在的眼光来观照当初“中国儿童之友社”所担负的九大任务，都有着鲜明的时代性、导向性和针对性：

组织方面——大量地帮助政府组织儿童团体，并帮助健全加强已有的各儿童团体本身的组织。

联络方面——建立儿童通讯网（包括战区与国外），与各地儿童组织及儿童工作者取得密切的联系，征求和交换工作经验和意见。

研究方面——研究中国儿童运动的理论和实践，如儿童教育问题、生活问题、工作问题。

训练方面——举办各种内容的儿童干部训练班，供给各地儿童工作干部。

指导方面——经常有计划地具体地指导各儿童组织及儿童工作者的工作、生活和学习，并帮助各儿童组织及儿童工作者解决困难问题。

宣传方面——建立儿童通讯社，把各地儿童活动的实际情况做忠实的报道，借此扩大中国儿童运动在国内及国际上的宣传及影响。

出版方面——设立儿童书店，出版儿童报纸，发行定期的杂志，编印儿童读物及课本。

服务方面——供给各地儿童团体、学校儿童工作者活动材料、书报杂志文化食粮，义务代做通讯工作。

文化方面——建立儿童图书馆及儿童俱乐部，提高儿童文化娱乐活动水平。

新旅的儿童运动，一直在路上。

沸腾的抗日生活，让新旅和各儿童团体从觉醒中一路走来。他们将“生活即教育，社会即学校”的真知，与当前火热的抗战形势紧密相联，逐步建立自己的儿童运动的理论实践和运动特色。

从他们创立“中国儿童之友社”的那一天起，桂林就成了大西南乃至全国儿童运动的中心。新旅功不可没！

我们的工作队

山水之城桂林是广西首府所在地。因为桂系与蒋介石素有芥蒂，所以他们的政治态度相对开明，他们标榜抗日，到处招贤纳士。南北进步文化人士云集于此，桂林也成了名噪一时的文化城，其在西南抗战中的作用日益凸显。

根据形势的变化，新旅向西北发展的计划暂时搁浅。以桂林为中心，根据对外工作的不同性质，相应成立各工作队组，就成了新旅开展抗战宣传工作的重中之重。

1939 年 1 月，成立西南工作队，由张平任队长，张杰、曹维东任副队长，负责西南地区的工作，后改为在桂林城区开展文艺工作；9 月下旬，西南工作队赴湘桂铁路沿线慰问陆军医院伤兵和驻军；12 月底，西南工作队参加西南行营政治部“南路前线工作队”，慰问桂南前线军民。

1939 年 2 月，成立乡村工作队，由徐之光任队长，黄中一任副队长，到临桂县万正乡开展农民工作和尝试组织抗日儿童团；同月，成立西郊工作队、东郊工作队，均由张牧任队长，到西郊桃花江畔的国民党修炮厂配合地下党开展工人家属工作，到桂林东郊协助广西地方干部学校党组织开展学校和附近农村的抗日宣传工作。

1939 年 3 月，范政随金山率领的“中国救亡剧团”到香港、西贡等城市和新加坡等国家宣传团结抗战。

1939 年 5 月，成立伤兵之友队，由纪宇任队长，左林任副队长，到大墟镇第六、第七陆军医院开展伤兵工作。

1939 年 7 月，成立良丰工作组，由童常任组长，袁立（后改名阮力）任副组长，到桂林良丰“战区难民垦殖工艺场”协助开办小学、成人识字班，普及教育、扫除文盲，历时四个月，其间还曾协助广西大学做学生工作；同月，派出安福工作组，开展难童保育院工作。

1939 年 9 月，派出曹维东、何为（原名郑康源）组成战地工作组，赴浙东开展工作。

1939 年 11 月，派出左林、范政赴衡阳指导儿童抗日工作。

1940 年 2 月，应贵阳中华职业教育社负责人曾俊侯的邀请，由张泉、聂大朋、徐畹华、王德威等六人组成贵阳工作队，赴贵阳履三小学开展工作。他们用一年时间使学校旧貌换新颜，学期结束，教育局通知：履三小学由丙等第三，升为全贵阳小学校的甲等第二！在贵阳期间，新旅天才小画家王德威战胜神童小画家童乎，一战成名，为新旅争得了荣誉。

1940 年 3 月 2 日，应“台湾义勇队”队长李友邦的要求，派黄中一、徐光（原名徐恩赐）赴浙江金华“台湾少年团”指导工作。

…………

“保卫大西南”，是新旅在桂林发出的呐喊。

西南工作队，是新旅在桂林开展工作的核心。他们一方面通过儿童团体星期座谈会，发动少年儿童参加保卫大西南运动；一方面深入桂林东郊万正乡、大墟镇、西郊修炮厂、飞机修理厂、南郊难民垦殖场、广西大学、难童保育院等地演出，配合新旅派出的各工作队组开展活动。

西南工作队最让人记忆深刻的是两次慰问巡演活动。这两次活动都由新旅总干事、党支部书记徐之光亲自带队，黄中一和张拓一个负责行政管理、一个负责业务活动。

第一次慰问巡演，是在湘桂铁路沿线。

1939 年 9 月，奉委员长西南行营政治部的要求，西南工作队赴湘桂铁路沿线慰问陆军医院伤兵和驻军。在灵川伤兵医院演出时，国民党特务借机闹事，企图阻止新旅演出，徐之光等人发动观众把捣乱的特务赶走，才使演出得以顺利进行。在严关乡慰问炮兵五十一团时，听说这支部队即将开赴皖南监视新四军，西南工作队马上在部队中广泛教唱“枪口对外，齐步向前”等宣传团结抗战的救亡歌曲，让官兵的心灵受到震撼和洗礼。在兴安伤兵医院慰问演出时，西南工作队发现院方故意将八路军伤员隔离在离城 20 里的一个偏僻山村里，他们根据八路军办事处李克农处长临来时发的指示，突破重重障碍，最终顺利完成了探望任务。

第二次慰问巡演，是在战火纷飞的前线。

1939年12月底，西南工作队参加委员长西南行营政治部组织的“南路前线工作队”，赴桂南前线慰问前方军民。这是一次英勇无畏的生命体验之旅，其中的艰辛与危险自不待言。西南工作队与抗宣一队、放映四队分乘几辆卡车，从柳州出发，来到离前线60多公里的迁江，参加前线的庆祝昆仑关大捷大会。日寇从北海登陆，越过十万大山，占领了南宁，向柳州进发，在昆仑关受到广西军正面阻击，国民政府第五军机械化师迂回包抄，使日寇遭到重创。消息传来，举国振奋。祝捷大会有军民3000人参加，广西前线总指挥白崇禧、重庆国民政府代表陈诚参加，第五军机械化师师长徐庭瑶代表前线将士致答词。新旅和抗宣一队联合表演节目。慰问期间，西南工作队得到了徐师长赠送的日军战利品，如指挥刀、望远镜、日军军服、医药用品和一些长短枪支，后来这些东西都成为新旅演出的道具了。

西南工作队的队员们永远忘不了这样的场面——

昆仑关祝捷大会演出后，西南工作队便深入宾阳前线慰问第五军机械化师。在下部队慰问演出到最后一个团时，敌人离演出地只有15里，此时演出地周围坦克围成一个圆阵，士兵坐在中央，所有车灯都开亮了打向舞台。工作队的队员们争分夺秒地演完了所有节目，士兵们呼喊着“打倒日本帝国主义”的激情口号，爬上战车向前线出发了。工作队的队员们在后面唱着抗战歌曲，欢送士兵们；士兵们站在炮塔里，向队员们依依告别。许多人心里都明白，这一挥手，也许此生再也见不到了……

西南工作队的队员们永远忘不了那个晚上——

工作队终于到了昆仑关的最前线，用望远镜就可以看到日军阵地。那天夜里放完电影，日军已经从两翼向昆仑关包抄，前线枪炮声大作，与敌人接上了火，情势万分危急。第二天早上趁着雨停了，部队派来了一辆卡车，装载着电影设备和撤退的工作队队员冲出了重围。突围后撤时，敌机沿着公路轰炸扫射，工作队队员聂大朋在三四次紧追不放的空中扫射中都机灵地躲了过去。真是大难不死啊，西南工作队的全体队员经历了生与死的考验。

新旅伤兵之友队，也在桂林留下了光辉的印记。

战争带来的创伤，是全方位的、立体的，尤其是对人的心灵的摧残，那是无可言诉的痛苦。伤兵，这个与战争相伴相生的群体，他们的生存状况很不容乐观。随着抗战的深入，伤兵越来越多，有的冻饿而死，有的救治无门，有的弃之荒野，有的受尽折磨。伤兵受尽冷漠，反抗喊冤的暴力事件屡见不鲜。国民政府迫于社会各界的舆论压力，拨出了专门的慰问经费。广西省民政厅属下的伤兵之友社在桂林应运而生。

在陶行知先生的倡导支持下，新旅挺身而出，决定顺势而为，通过八路军桂林办事处与广西省民政厅联系，希望共同参与这项工作，并成立了专门的新旅伤兵之友队，由纪宇任队长，左林任副队长，还有服务股长聂大朋，宣传股长金毓堃，戏剧股长张早，生活股长张若曼，儿童部部长王德威，儿童部辅导员许醒亚。后经桂林西南行营指定，新旅伤兵之友队到桂林大墟镇第六、第七两个陆军医院开展慰问工作。

5 月，新旅伤兵之友队的 20 名队员从东江镇小学出发。他们头戴草帽，脚穿草鞋，一身白衬衫、蓝布工装裤，背着一个背包，来到了大墟镇。第六、第七陆军医院各有 500 个床位，以收治伤兵为主，因床位常常满员，对于普通慢性病员常常弃之不顾。

考虑到人手有限，伤兵之友队慰问伤兵的工作在两院组织的欢迎会上确定下来：每周一、三、五去六院，每周二、四、六去七院，星期天休息，作为机动时间。

看着眼前的重伤员，有的躺着或半躺着，有的拄拐搀扶着，有的缠着头、包着手、裹着胸、吊着膀子，队员们的心里有说不出的痛。

大家站好队，由屠明代表大家讲话："亲爱的伤兵大哥哥们、叔叔们！你们为了保卫我们中华民族，抵抗日本强盗的侵略，英勇杀敌，浴血奋斗，受尽千辛万苦，光荣地负了伤，挂了花。全国人民感谢你们，全国小朋友也感谢你们。我们新安旅行团伤兵之友队代表全国小朋友来看望你们。向你们表示亲切的慰问！"

表演节目开始了，先是齐唱《我们要爱护伤兵》：

好姐妹！好兄弟！
我们要爱护伤兵！
他离开了家乡，他辞别了家庭。
他忍受着饥寒，他染患着疾病。
他不怕吃苦，他不怕牺牲，
来参加保卫和平的战争。
我们前方去，救护伤兵。
组织担架队，包伤不留停，
抬回了伤兵到后营。
我们在后方，把他们来欢迎！
换药洗伤，添茶送羹，
细心调养，注意卫生。
像亲友，如兄弟。
快快扶侍伤兵好，
再到前方立大功！
伤兵有光荣，我们也光荣！
保我们田庄，靠着伤兵！
保我们庐墓，靠着伤兵！
保父母，靠伤兵！
保妻子，靠伤兵！
保国家，靠伤兵！
保民族，靠伤兵！
好姐妹！好兄弟！
我们要爱护伤——兵！

听着，听着，有的伤兵落泪了。歌曲击中了他们的痛点，刚唱完，便是一阵热烈的掌声，还有顿脚声、拐杖敲打地面的声音。

紧接着，《慰劳伤兵歌》《伤兵之歌》等歌曲，集体舞蹈、快板、双簧等文艺节目，让他们一次次暖心感喟：“头一回听到这样的歌，话说到了俺们心上、暖到了俺们心上，真像这样看重伤兵，我们死而无怨!”

距离拉近了，心就靠近了，新旅的小朋友成了最受欢迎的人。医院里的伤兵有中央军、西北军、东北军、广西军、川军……他们互不买账，互相瞧不上，但是新旅的小朋友来了，他们都争着往身边拉。

新旅的同志趁着和他们拉家常，宣传团结抗战的思想，同时更多地开导安慰他们，让一些意志消沉、常有轻生念头的伤兵放下了思想包袱，变得积极向上。在搜集伤兵们英勇杀敌的故事中，新旅的同志听到了伤兵们心里的伤：不是伤在英勇杀敌的过程中，而是伤在军队的腐败、长官的恶行上，与日本鬼子交手的机会并不多，长官总是叫他们撤退。

在新旅伤兵之友队的帮助下，两个医院的歌咏队和剧团成立了，轻伤员是其中的积极分子，伤兵工作逐渐活跃起来。新旅的同志趁热打铁，召开座谈会，一次座谈会邀请20人，军官、士兵各占一半。为什么要抗战到底？怎样抗战到底？怎样算抗战取得最后胜利？这样的座谈话题，通过讨论、引导、归纳，统一了思想，统一了认识。

有一次，应广大伤兵的要求，伤兵之友队在伤兵俱乐部可容纳千余观众的简易剧场搞了一场正式演出。演出中途冲上来十来个兵痞模样的人，口中骂骂咧咧：“别演了！这种戏我们不要看，我们要看《小寡妇上坟》《大姑娘上轿》，你们会唱吗，不会唱就滚!”

纪宇、左林等人上去劝阻，根本挡不住。这时，观众中另一群伤兵上了台，他们挥舞着拐杖和长凳大声吼道：“谁敢动新安旅行团小朋友一根汗毛，老子跟他拼了……”他们当场将闹事的两个首要分子按倒在地痛打了一顿，打得两人一个劲儿地求饶，其他人吓得灰溜溜地跑了。

演出继续，又增加了节目，得到了全场观众的一片叫好声。演出结束，一批伤兵还主动将新旅伤兵之友队一路护送到住地，才放心离去。

事后得知，这是国民党特务机关的阴谋指使，但事与愿违，新旅伤兵之友队反而更加受到伤兵们和当地群众的欢迎。

伤兵之友队还为伤兵开办了夜校。看到许多伤兵有识字、学文化的意愿，伤兵之友队便决定由张若曼负责，带几个人办个文化夜校，每天晚上帮助他们识字、学文化。两个医院报名的伤兵有60多人，每周一、三、五晚上上课，很少有人不到。很快，不少伤兵开始能自己写信回家了，收到信的家人们都为伤兵的进步感到由衷的高兴。

有些患有慢性病的伤兵借了钱一时还不清，有的伤兵家庭生活确有困难，但这些问题医院一概不管。为了改善伤兵的生活困境，伤兵之友队为他们成立了伤兵互助会，生活上吃饭、换药、走路互相照顾，经济上互相帮助，对重返前线的人，大家拿出钱来帮助，被帮助的人都有一个账单，记下帮助人的名字、通讯处、钱数，日后逐步归还。

伤兵的钱不容易存起来，其中一个花销就是吸烟。伤兵们的吸烟问题很严重，许多人一天要抽四五盒。伤兵之友队反复宣传吸烟的危害和不吸烟的好处，最后动员了一位叫梁德才的伤兵，他是一个班长，讲义气、比较能干，靠着他的威信和倡导，大家形成三条规定：一、不把日寇赶出国境，决不抽烟；二、违反规定抽烟一次，罚大洋5元；三、受罚者要登报承认错误，保证不犯。随即，戒烟委员会成立，梁德才任会长，并选了两个副会长。最初戒烟委员会有12人，大家说到做到。后来有30来人加入，还有4个军官参加。

最难解决的就是伤兵的伙食问题，就是因为这个问题，伤兵之友队与院方结下了梁子。他们通过大量的走访和伤兵的策划配合，掌握了院长和几个头目及管伙食的人“喝兵血”的大致证据。于是，在一天午饭时，伤兵们端着老南瓜汤成群结队地去找军需处长算账，接着又找院长。眼看着事态扩大了，院长只好找伤兵之友队从中调解，双方派出代表进行谈判。伤兵们提出三个条件：一、改善伙食，每餐要有两个菜，早饭吃油条、喝豆浆；二、不许吃馊饭馊菜，米要淘净，不能做夹生饭；三、伙食账要每月公布。起初院方不肯接受这些条件，在伤兵们威胁要把调查的伙食细账公布给桂林的几家报社后，院长只好接受。

1940年，随着国共矛盾的日益加剧，进入相持阶段的抗战形势更加复杂和困难。伤兵伙食事件伤害了院方的利益，院方对新旅伤兵之友队的工作从支持变成了阻挠和刁难，并且院方怀疑新旅是共产党派来的，还向上级打小报告，因此新旅伤兵之友队在大墟的工作日益困难。

新旅伤兵之友队决定撤出桂林，四个月的慰问工作结束了。两家医院表面上做出挽留的样子，其实巴不得他们早走早好，而伤兵们却舍不得他们走。

新旅伤兵之友队的同志们永远忘不了临别的那一幕，聂大朋在回忆录中写道：

到了临行的那天，为了不惊动大家，我们决定起早五点半出发，也不知消息怎么传出去的，谁料一出门，许多轻伤兵早已群集在外面等候，还有些重伤员叫人扶着站在路边。他们一见新旅小朋友，就禁不住流下泪来。小学校的师生们也早已排好了队，还有镇公所、各界抗敌后援会及一些居民都来了。他们敲着锣鼓，又放鞭炮，又喊口号，使新旅小朋友们很激动。

许多伤病员紧紧跟着，送了一程又一程，直到大墟镇已经看不见了，经过再三劝说，才洒泪依依而别。

许多伤兵真心感谢新旅的帮助，一颗颗冷寂的心重新振作起来，一腔腔热血再次沸腾，出院后他们再次毅然走上抗日的战场。出发时，他们口中唱着的，还是新旅团员教会的歌曲：

谁不爱国？谁不爱家？
谁没有热血？谁愿意做牛马？
我们要报仇，我们忍不下。
挂了花又算什么！
鬼子兵，谁怕他？
你要把他杀……

在大墟镇，新旅伤兵之友队的同志永远忘不了一个人，一个 12 岁的“战友”，他的名字叫屠明。

屠明天性活泼，在医院里受到许多伤兵的喜爱。他脸上有一块红色的胎记，伤兵们都亲热地叫他“小红”。

有一个失去了一条腿的营长，天天愁眉不展，唉声叹气，总是要寻死。可是见到屠明，他的眼里竟有了光彩。他拉着屠明不放，说一见到“小红”就想到他最喜爱的大儿子。他的大儿子也有块红色的胎记，不过不是在脸上，而是在耳朵后的脖子上。他的大儿子和屠明同年，也是12岁。

谁能想到，屠明这么活泼可爱的小伙伴，竟在一次游泳的时候，不幸被水冲走牺牲了，救他的杨医官也被冲走牺牲了。

在追悼会上，大家齐唱了左林作词、黄中一作曲的《屠明挽歌》，这首歌一直回响在新旅伤兵之友队同志们的心头：

如同晴天霹雳，
亲爱的屠明弟弟
离开了我们。
漓江的洪流吞没了你。
我们没有悲伤，只有痛恨，
为了你的死，
我们要咬紧牙根。
拿出力量，努力学习工作，
把日本强盗打回东京！
啊！亲爱的屠明！
安息吧！
愿你安息在祖国的土地里！
我们七千万儿童永远前进，
向着民族解放的大路。

亲切的关怀

新旅在桂林得到大发展、大提升，这背后饱含着许多有识之士的无私帮助。

新旅的团务干事会，一直是新旅的核心力量，一直接受着陶行知先生的指导与帮助。来到桂林，新旅加入了陶行知先生创办的生活教育社，他们形成了捆绑式、一体化的发展格局。

陶行知先生的教育理论是新旅的魂，而他本人一直是新旅的“靠山”，给予的帮助总是伟大而无私的。

陶行知先生人在重庆，但心里一直牵挂着新旅的孩子们。

他得知新旅的孩子们过着居无定所、颠沛流离的日子，特意写信给宋哲元将军的秘书邓哲熙，请他向宋将军进言，将宋将军在广西阳朔拟捐给教育机关的房子捐给生活教育社和新旅：

宋明轩先生在阳朔有一座房子，听说有捐给教育机关之意，不知是否确实？如果属实，我们希望他能捐给我们的生活教育社和新安旅行团，希望老兄进一言。倘能有成，则敝社与新安旅行团可以立一永久基础，自能更为社会努力。现将敝社及新安旅行团之性质及宗旨，略述大概，以备参考：

生活教育社发起在十二年前，提出“生活即教育”、“社会即学校”、“教学做合一”、“在劳力上劳心”、“即知即传”的主张。我们的目的则在于教育的普及，生活的提高，自觉性之启发及创造力之培养。在第二期抗战中，我们更提出全面教育的方案，以配合全民抗战的需要。对于儿童教育，我们的主张是：培养他们团起来作手脑并用的小工人，团起来作追求真理的小学生，团起来作即知即传的小先生，团起来作百折不回的小战士。

新安旅行团是首先实行这种主张的一个儿童集团。从绥远抗战以来，行三万里路，脚迹遍十一省。到处慰劳军队，唤起民众，以谋军民之切实合作，并沿路帮助儿童们组织有力量的团体。他们一路是用着戏剧、电影、唱歌等实施他们的教育；同时向老百姓请教，以增加他们的知识。现在在广西分成三队：一队为伤兵服务，一队为难民服务，一队为乡下老百姓服务。他们希望有一个固定的地方，把生活安定下来，经常地进修，使自己的学问不致荒疏，又能给出外服务的小孩回来的时候，得到他们渴望的休息。

他力所能及地利用他的关系，为新旅募集经费。我们从两封感谢信中，可见陶行知先生的一片赤诚丹心。

一封是写给菲律宾洪光学校校长杨静桐的感谢信：

拜读由宿务来札二封，敬悉一切。纳卯中华学校小朋友汇款国币五百二十三元八角七分，已收到无误。无任铭感！您这样为我们的小朋友努力，真使人钦佩极了！

纳卯中华学校小朋友来信，指定捐助“新旅”二百元，余三百二十三元八角七分捐助敝校，当即照办，收条迳寄纳卯。

一封是写给张治中的感谢信：

奉读六月十二日大函，承蒙捐助晓庄研究所一千二百元，赐交新华银行代收，最为感谢！并蒙慨允，以后如为大力所许，仍愿酌量赐助，尤为感激。

汪达之先生业已于月中离渝，新安学校承蒙捐助之五百元，不知是否于汪先生离渝前交到彼处，如尚未交去，务请寄交桂林邮箱一四六号转汪达之先生收为感。

新旅的另一个核心力量，就是新旅党支部，他们接受着中共的领导。对新旅影响最大的人物，当数周恩来。作为中共举足轻重的领袖人物，周恩来多次给予新旅以亲切的关怀和方向性的指导。他的每次关怀和指导，都成为一种精神力量，渗透在新旅的血脉风骨里。

新旅在桂林时，周恩来三次路经桂林，都抽出时间接见、看望新旅的同志们，并对新旅的工作给予及时的关心和指导。

1938 年 12 月 7 日，周恩来第一次经过桂林赴重庆。

时任军委会政治部副部长的他在桂西路桂林中学的操场上，同军委会政治部部长陈诚一起接见三厅到桂人员和所属文艺团队。新旅作为特约团体也参加了这次接见。

周恩来总结了长沙大火以来的善后工作，对三厅所属团队有表扬也有批评。那天，他当着陈诚的面说：“我同陈部长乘车从长沙来桂林，一路上看到新安旅行团写了不少标语，这很好嘛！可是我不知道你们什么时候成了军委会政治部的直辖团体，你们是特约团体嘛！”

新旅的同志们面面相觑。原来周恩来看见新旅刷写的大标语下都有“军委会政治部新安旅行团宣”的署名，认为这个落款弄巧成拙了。周恩来巧妙地在表扬中予以批评，暗中提醒新旅一定要坚持自己的独立性原则，容不得丝毫疏忽大意。

第二天，周恩来就在八路军桂林办事处接见了新旅党支部书记徐之光，做出了一个决定，让新旅主力经重庆去西北，安全转移到陕北，在桂林留下一个西南工作队，坚持桂林的工作。周恩来知道，新旅已引起国民党反动派的仇视，对于这个革命少儿团体的前途命运他十分担心，因此想方设法要保存新旅作为民间团体的独立性。

1939 年 2 月 15 日，周恩来由重庆去新四军视察工作，第二次路过桂林。

周恩来在八路军桂林办事处接见了汪达之、徐之光。他敏锐地意识到，桂林作为一座文化城，在西南抗战中的作用越来越重要。于是，他改变了原来的决定，指示新旅不要去西北了，建议团员们“深入到民众中去”；如果发生不测，在国统区无法生存，就撤退到新四军工作。

当时，新旅已做好主力去西北的计划，在汪达之的积极筹划下，准备募集两辆卡车改装成流动舞台，既可行车，又可演戏，还可当宿舍，一车三用。根据周恩来“深入到民众中去”的最新指示，“汽车计划”被放弃。新旅已建立的西南工作队改为在桂林城区开展文艺工作，同时成立各工作队组，深入郊区和农村，广泛发动，广泛宣传，由此新旅在桂林的各项工作轰轰烈烈地展开。

根据周恩来为防不测的指示，新旅特派张杰秘密赴皖南和新四军军部取得联系。张杰到达后，向军部领导全面报告了新旅出发以来的工作情况，并在《东南战线》第 5 期发表《从困难中产生，在抗战中成长的新安旅行团》，系统介绍了新旅的工作情况和取得的经验，他还在新四军干部大会上介绍了新旅。3 月 12 日，在浙江金华，张杰受到了周恩来的亲自接见。

1939 年 5 月 3 日，周恩来到皖南视察后，从浙江一路赶来，第三次路过桂林。

那天晚上，徐之光悄悄通知新旅党支部的几位支委到桂北路八路军驻桂办事处去一趟。

晚上8点钟，在办事处李克农的房间，大家出乎意料地见到了正在等他们的周恩来。原来，在回重庆前夕，周恩来特意要看望新旅的同志们。

“小同乡们，又见面了！”一见面，周恩来高兴地说道。

“我和小徐（徐之光）还是芜湖同乡加校友呢！”李克农也笑着说道。

“那你们更是亲上加亲了！”

两位首长仔细询问了新旅的近况及汪达之的情况，徐之光认真地做了汇报。周恩来听了十分高兴，他给大家讲述了目前的抗战形势、中共的统一战线政策，要求大家多向汪达之先生学习。

对于汪先生，他特意关照大伙儿：“你们过去很尊重老师，入了党，更要尊重老师！你们的汪先生是很会做统战工作的，要争取一切同情和支持你们的人，把抗战工作坚持下去。你们是党员，要学会在国民党地区做工作的方法和策略，不要在外表上学延安，学八路军。这里和八路军根据地不一样啊。”

对于适应新环境，做到“社会化”的问题，他语重心长：“你们的供给制比八路军还八路军！集体主义有好处，但要注意适应社会环境，也要让团员们了解和学会处理生活和社会各方面的关系。不然，你们就显得有些特殊了，那怎么和社会上的青年、儿童打成一片呢？现在有些青年，不重视仪表，衣裳脏了不洗，头发长了不理，邋里邋遢的。上街的时候，还要夹一本进步书，似乎这样就像一个进步分子。要救亡，不一定要做出这个样子来嘛！”

这一次接见，周恩来再三提醒新旅要注意少年儿童团员的伙食营养，要想办法让大家学会自己安排生活，要组织学习文化知识。

后来，周恩来的指示，在新旅一一得到了落实。

比如，每逢周末新旅都要举办“快乐会”。大家在晚会上表演节目，有唱歌的、讲故事的、表演快板和舞蹈的，也有玩魔术、耍杂技的。谁的节目表演完了，大家满意了，才允许吃分给他的一份水果和糖果，其他的节目才能继续进行下去。不论轮到谁，都要把自己拿手的节目贡献出来。每次晚会总要开上两个小时，让大家玩个够，在欢乐的气氛中度过难忘的周末。

为了让大家学会自我管理经济开支，新旅后来决定发给男团员每月3元、女团员每月5元的零用钱，供买衣服以外的日用品。有的团员的钱用不了，团里就办起了合作社和银行。

新旅团员中，没有了老气横秋的“小胡子”，没有了不修边幅的“进步青年”，没有了衣冠不整的“救亡者”，个个朝气蓬勃，个个英姿飒爽……

那天晚上从办事处出来，已是夜里10点多钟，大家的心久久不能平静。

让大家更想不到的是，第二天下午3点多钟，周恩来、李克农与桂林行营贺衷寒将军一行特意徒步来到新旅住地东江镇小学，前来看望全体团员。

大家听说周恩来来了，纷纷拥了过来。只见周恩来一身黄色毛哔叽军装，容光焕发，神采奕奕。

他走进教室，看到地板上铺着整整齐齐的地铺，被子一床挨着一床地放着。他满意地点点头说：“从小就要严格要求自己，养成整齐清洁的习惯，做起事来有条有理。”

在大家的簇拥下，他一边走着，一边摸着身边小朋友的头，询问年龄和父母的情况，也非常关心大家的身体、生活和学习情况。听着大家的回答，他一个劲儿地夸赞孩子们精神好、工作好。贺衷寒也竖起大拇指，连连点头：“不错不错！精神可嘉！”

后来，李克农告诉汪达之，之所以这次请贺衷寒一起前来新旅视察，是因为新旅毕竟是政治部的特约团体，在桂林是归桂林行营政治部具体管辖，让贺衷寒这样的人当面为新旅说几句好话也就起到作用了！

为了新旅，周恩来用心良苦。

当面聆听周恩来的关怀教诲，这是一生的幸运。

这份幸运，不久也降临到两个迫切盼望归来的新旅团员的身上。

1938 年 5 月，新旅在西安时，党支部派出朱金山、凌则之、张宜天三人去延安学习。学习一年之后，朱金山被调往晋察冀边区工作，凌则之、张宜天两人则回到西安七贤庄八路军办事处，等待机会去重庆，再转往桂林，回到新旅团部。

在办事处焦急等待的日子里，他们突然接到通知：周恩来同志叫你们去谈话！

两个人跟着工作人员向办事处的院子里跑去。见到了心中敬爱的周恩来同志，他们顿时兴奋得不知说什么好。当周恩来操着一口淮安乡音让他们坐下时，他们感到分外亲切，紧张局促的感觉一下子消散了。

周恩来问他们："你们在延安一年了，主要的学习收获是什么？"

"我们坚定了政治方向。我们要把学到的政治经济学、社会发展史、游击战争等几门主课，中央首长的报告等这些学习材料和笔记，还有抗大、鲁艺的毕业证书，还有延安青年在艰苦生活条件下那种团结、紧张、严肃、活泼的作风，统统都带回新旅去……"凌则之滔滔不绝地讲着。

周恩来微笑着把手一抬打断了他的话："你们学了不少东西，延安这一切都很好，你们把它全搬回去，是怕你们新旅还不够'红'吗？你们年轻人，就怕人家不知道你是'红'的，对吧？"

这突然的反问，一下子让他们愣住了：去年组织上不同意整个团体去，才派他们去的，现在学完了，不把学到的都带回去，那怎么算完成任务啊？

"你们新旅在大后方，到处宣传我们党的抗日主张，广泛联系了社会上的各个阶层，许多人同情你们，支持和帮助你们。不光是青年、儿童、学生、市民、工人，还有教职员都愿意和你们来往，这是什么原因？"周恩来耐心地启发他俩，"你们从延安回新旅去，是很难保密的。许多延安出来的人，言谈举止人家一眼就能看得出来，你们怕也不能例外。现在广西也在反共了，新旅在那里已经是够'红'的了。你们去后，如果以你们说的那样做，那么反动派要对新旅下手就有借口了，这个问题你们想过没有呢?”

这时候，他俩才明白过来，原来那些想法太幼稚了:“我们忘了大后方政治环境的复杂性，更没有想到这是关系到团体存亡的严重问题。”

这一次的接见，周恩来也谈到了社会化的问题，他的话让两个人醍醐灌顶:

“你们新旅的同志不怕艰苦、不怕困难，内部很团结，做了许多抗战工作，得到了很多的朋友，做了许多别人不能做的事，就是因为你们用陶行知先生的‘生活即教育，社会即学校’的办法。你们的汪先生很会利用一切社会关系，很会统一战线工作哩!大后方和陕北不同嘛!你们是钻到敌人肚子里干革命的，一定要注意社会化，不要怕人家不知道你是共产党，怕人家不晓得你是从延安来的，‘红’要‘红’在心里，处处和社会生活打成一片，那你们才可以在大后方多做点儿工作，能长期存在下去呀!

“你们到重庆以后，能不能回到新旅去，什么时候去，董必武同志会告诉你们的。如果回到新旅去，一定要告诉那些小同志，不要文人还没当上，先学上了文人的脾气，头发长了也不理。你们可以学会互相理发嘛!不修边幅，衣裳脏了不洗，走路还要挟上一本标志进步的书，那样你们就生存不下去的!现在有些青年，好像别人不说他最抗日最进步，似乎自己就受了委屈一样，那不行呀!你们在抗大、鲁艺受过军事教育，军风纪要好一点儿，回到团里要做出整齐清洁的榜样，不要不伦不类的样子，小小年纪就学文人腔调。还要告诉大家不要什么事都那么一本正经，个个像个小老头、小夫子一样，这也得改一改。青年、少年嘛!要保持天真活泼才好，工作学习之后，可以好好游戏嘛!”

临分别的时候，周恩来还在叮嘱他们:“你们出了办事处大门，就踏入国民党统治区了，办事处的同志会替你们备好护照和服装的，一路上要小心机警，互相之间说话也要注意，不要‘延安腔’!祝你们好好工作，一路平安!”

那次接见，让凌则之、张宜天两人兴奋了很长时间，他们一遍遍咀嚼着、回味着周恩来的教导。

数月以后，两人到了重庆，当时的桂林形势已发生了变化。根据组织上的安排，他们留在重庆育才学校工作了，再也没有回到新旅。

但他们无数次在梦里见到了新旅的战友们。周恩来的谆谆教诲，在他们的耳畔回荡一生，让他们受益一生。

退兵一战

1939 年年底，国共两党团结抗战的局面出现裂痕，随着日本帝国主义政治诱降的加强，国民党反动派的反共运动甚嚣尘上。一度进步人士云集的桂林城，阴霾笼罩，谣言四起。

中共出版的《新华日报》桂林版停止发行。

进步图书杂志出版，审查更加严格；进步书报发售，查禁明显增多。

新旅等创建的“桂林儿童团体星期座谈会”须经“注册登记”，没有政府同意，视同非法。

“新旅的各种活动暂时收缩进行！”新的情况，要有新的应对措施。面对国民党反动派掀起的反共高潮，根据上级党组织的指示，1940 年春，新旅派出的多路工作队在圆满完成任务后，开始陆续返回桂林住地东江镇小学。

后来，东江镇小学因有地下党组织活动，引起了国民党反动派的注意，新旅不得不搬到东郊观音山居住。

观音山是离城十几里、山峦环抱中的一片空地，新建了一些简陋的新村，以竹编糊泥为墙，以油毛毡为顶，每排建筑三五家不等。新旅的住处是团员们亲手用竹子和松树皮捆扎起来的热带式的房子，就连家具也是用竹子做的。新旅和生活教育社的同志们住在一起，大家自己动手，在房子周围种上了各种蔬菜。附近洼地夏天有积水，成了可以游泳的大汪塘，但蚂蟥极多，叮在身上又痛又痒。

因为地处偏僻，在观音山新居住下来的新旅，暂时脱离了国民党反动派的视野，同时他们也做好了最坏的打算。

在团务干事会上，顾问汪达之要求大家未雨绸缪：“对方逼我们生存不下去，让我们自己解散，这是他们的老主意了。按照周恩来先生对我们的希望，还是要尽可能把这里的工作坚持下去，我们要想到最坏的可能出现后，将怎么继续坚持下去。”

“最坏的可能，不是没有的。万一不给钱了，你这近百人的队伍怎么办？可不可以现在就做点准备，把队伍中的骨干和必要时可以减少的人分类，对他们未来的出路，也做点打算呢？”李克农向汪达之直言相告。

“是的！我们也考虑了，到了不得已的时候，也只有这么办了！”汪达之的内心比以往任何时候都显得沉重。他一手创办的新旅，是他的命啊！每一个孩子都是新旅大树上的一片叶子，每一个孩子都是他的骨肉亲人，他无法割舍这个大家庭中的每一个人。

该来的还是要来！

桂林行营政治部梁寒操主任召见新旅顾问汪达之。两人见面略作寒暄后，梁寒操便直奔主题：一是行营政治部拟派人来新旅领导；二是全体团员应和政府其他公教人员一样，集体加入国民党。

“梁先生，关于行营政治部派人来团领导一事，当初陈诚部长也提出过。后来，鉴于新旅是一个无党派的民间少年儿童团体，约定作为军委会政治部的特约团体，同意不再另行派人，除按季度向上呈送工作报告和计划之外，政治部对团体内部工作不予过问。现在行营再派人来，我们和军委会政治部的特约关系就不好处理了。”汪达之和他的团务干事会早就料到对方会有这一出，因此他不卑不亢地予以反驳。

“那你们加入本党不成问题吧？你们也在政府的公教人员之列呀！”绕过了领导权问题，梁寒操又谈起了入党问题。

“先生，您知道我们团员都还是少年儿童，不满 18 岁的年龄呀！”

“你们不都是儿童嘛！儿童可以例外。”

“是有几个年过 18 岁的，我当然就是一个了。我们从未想过要参加政党活动，所以至今无党无派。如今若要改变，我还得和他们商量。这一点，是否可以容后再议？”

“这可是政府的规定啊！你看哪一个公教人员没有入党？半月以后，

行营所属公教人员将集体举行入党仪式，到时候都要来！”

对方下了最后通牒！

汪达之忧心忡忡地从桂林行营回来，立即召开团务干事会商量对策，经请示李克农同志，并请国民党元老李济深从中斡旋，拿出了一个缓兵之计：年龄大的汪达之、徐之光、纪宇三人，作为新旅代表，在名义上履行一下集体参加国民党的手续。在桂林行营举行的集体入党仪式上，三人唱了支“党歌”，念了几句“誓为党国尽忠”之类的话，填写了一张登记表，领到了一张“党证”。此后，再也没有通知他们参加任何活动。

意料之外的事来了。

新旅总干事徐之光走了，他被党组织调往延安“学习”去了。因为他当了好几年的新旅总干事，在当前形势下，这是党组织从安全角度为他和团体考虑，说服了汪达之之后做出的决定。从此，新旅团务干事会的重担落到了张平的身上，由他接任总干事，并兼任秘密党支部书记。

意料之中的事也来了。

桂林行营办公厅奉军委会政治部“训示”：从第三季度起停发新旅的经费！

尽管是意料之中的事，但真的来临了，还是让新旅的每一个人感到无比的失落和心痛。

看来新旅是到了分流的时候了。汪达之找到了李克农，决定亲自去重庆一趟，一来找周恩来同志请示对策，二来找他的老师陶行知先生，想在陶先生创办的重庆育才学校安置部分团员。

“去重庆，桂林和重庆办事处之间可以通车，困难不大。但是看来要改变官方对你的态度，大势似已很难挽回，为使团体坚持下去，不致使这么多人马上饿肚子，还是决心进行精简吧！要把大家安顿好，困难会很多，相信进步家长和社会人士还是会支持你们的。”李克农给了汪达之中肯的建议。

那天，汪达之悄悄地落泪了，他对新旅的每个人有万千的牵挂、万般的不舍。如何精简，团务干事会已讨论了多次，现在就要成为事实了，他心如刀绞。

“老团员，家在沦陷区而父母又不在大后方的，如果没有妥当的社会职业，或者本人坚持不愿就业的，就尽力保留下来。其他人员，在家长和本人志愿条件下，妥当地安排就学或者就业，一定要使大家各得其所。”汪达之在团务干事会上做出最后的决定，大家都默默地表示同意。

汪达之带着纪宇去了重庆，他们出发的那一天，住地哭声一片。原来，新旅团务干事会的决定公布了，许多小团员哭了起来。

“不给钱，我们也要把抗战宣传工作做下去。只要对团体生存下去有利，团体要我们怎么做，我们就怎么做！”

“我是不愿意离开团体的，可是如果我们都不走，团体又怎么生存下去呢?!”

“如果要我走，我也一定保持和发扬我们团体的光荣传统，把抗战工作坚持到底!”

“团体马上就没有钱了，我提议把我们的零用钱集中起来使用!”儿童部的王山把仅有的五毛钱团币送到了张平的手中。

大家都学着王山，主动把剩下的零用钱（团币）交上来，一共52.12元，交给团体集中使用。

“我们家在大后方的，都自费吧！爸妈一定会帮助我们把抗战工作坚持下去的!”少年部的王德威提议道。

“赞成，明天我就写信回家!”儿童部的方南君第一个响应，争做“自费团员”成了许多人的不二选择。

一个孩子拿来一块红布，上面画了一个大拳头，还有一句誓言：不管反动派压迫，我们要和困难环境奋斗下去！每个人都在上面签下了自己的名字。

这块红布昭示着团体所有人的决心：永远团结在一起，外面压力越大，大家团结越紧!

新安，新安，新中国的少年！
不怕苦，不怕难，不怕敌人的凶残！
我们从抗战里生长，一切都为了抗战！

抗战抗战，胜利就在眼前。胜利就在眼前！

《新安进行曲》响起，这歌声就是新旅团员的心声，就是对反动派的仇恨，就是抗战到底的宣言！

新旅团员一批一批地走了。

褚群（原名褚继群，曾用名楚群）、任先哲（原名任劳）等几个团员，在桂林党组织的帮助下，被安排到汉口基督教女青年会战时服务团工作。

裴未如等人被安排去重庆育才学校学习。

年龄太小的郝侠、聂向孔等，由父母带回家就读。

唐振元等一些家在桂林的团员，也返回家上学。

剩下的40多个团员，除家在沦陷区的以外，其余人全部实行了自费。进步家长们都尽力在经济上支持新旅，许多团员从家里要来的钱都超过了个人的生活费，全部交给团体集中使用。

从桂林保育院来参加新旅的袁立，将妈妈送她的一只金戒指也捐了出来。

炊事员王德银，是逃难来新旅的，他把谋生多年积攒的40块银元，全部拿了出来。从此，他不取任何报酬地为大家服务。冒着风雨，冒着敌机的轰炸，他背着一口行军锅，成了新旅的“好管家”。

那天的快乐会，也是告别晚会，没有了快乐，只有无尽的悲伤和无比的愤怒！

“伙伴们，同志们，今晚是我们最后一次快乐会了，可是我们却都快乐不起来了！”范政流着眼泪主持。

“今后，我们虽然和离去的同志不在一起了，但我们的心是永远在一起的！我们要冲破黑暗，要把抗战进行到底的决心是一致的！”张平鼓励的话音刚落，一片掌声响起，打破了一时的沉闷。

起来，同胞们！起来和鬼子们拼！……

红日照遍了东方，自由之神在纵情歌唱。……

大家围坐在楼前的空地上，没有人指挥，没有人报幕，歌曲唱了一首又一首。范政的笔在纸上飞快地写着，他即兴创作的送别诗很快出炉：

朋友，啊同志！
抬起头，挺起你的胸膛朝前走！
敌人不怕眼泪，它只认得拳头！
今夜漓江暂别，让我们各自去战斗！
胜利的曙光在招手，让我们相会在鸭绿江头！

那一晚，大地含悲，星星落泪，执手相看泪眼，无语凝噎。

那一晚，离别的场景，一辈子铭刻在新旅每个人的心头，挥之不去。

1940 年夏日的一天，一个“好消息”传来。

“热忱欢迎新旅去，一切费用统由战区解决！”这是国民党第四战区司令张发奎发来的快邮代电（一种代替电报的邮政快件）。

张发奎这葫芦里究竟装的是什么药？顾问汪达之先生去了重庆，团务干事会的同志有点儿丈二和尚摸不着头脑。

当时负责新旅工作的党的联系人龙潜带来了准信。原来，他从张发奎的机要秘书、中共秘密党员左洪涛处得到情报，并经来桂林的第四战区司令部地下工作者何家槐证实，新旅如果去了，将被改编为他们政治部的政工队。

如何回复张发奎？众人商定，如此回电婉言谢绝：“本团体为全国性民间团体，难于限在四战区范围工作。热忱感谢邀请的盛意！”

汪达之从重庆回来了。他对于团务干事会谢绝第四战区的“邀请”十分满意。随后，他马不停蹄地赶到八路军桂林办事处，向李克农同志汇报了去重庆的情况。根据周恩来同志的指示，由于接下来的局势可能更坏，新旅必须要有一个妥善的后退一步的办法。

如何后退一步？李克农提出了一个万全之策：“可以恢复新安小学！万一新旅不能公开存在了，大的到学校当教员，小的去做学生。这样，就有了一个后退隐蔽的地方，然后再设法撤到新四军去就方便了。”

经广西省政府顾问、地下党员杨东莼向广西省政府主席黄旭初疏通，新安小学的校址选在了桂林丽泽门外的致和村。

致和村，是桂林几十里外的一个小山庄。这里山清水秀，四处石山平地兀起，条块水田环绕群山。在这个风景秀丽的桃源之地，新安小学复校了。

新旅顾问汪达之先生兼任校长，纪宇担任生活指导部主任，童常担任总务部主任，刘萍、关建、尹卜甄分别担任高、中、低年级班主任，辅导员由金毓堃、李楠、张若曼担任。因为汪达之忙于新旅“退兵一战”的各项工作，学校的工作由纪宇主持，后由张泉接任。

新安小学于 1940 年 9 月正式开学。

致和村依山傍水，桃花江水潺潺流过，村头有数株参天的古树，学校设在一座古庙和借来的几间民房里。学校约有 100 多人，主要是当地农民的孩子、共产党干部的子女和新旅派去学习的十几位小朋友。桂林城内常有敌机空袭，有些人认为在郊区农村读书更为安全，因此，学生中也有城市居民、国民党军官和基督教神父的子女。

据新旅团员李楠回忆，当时，高、中、低年级都采取复式教学。班主任负责语文、算术课，1941 年 2 月，罗络来校后，负责全校的体育、美术课。辅导员负责音乐课和课外活动，同时兼教一些语文、算术课，帮助班主任批阅作文、日记。学生中实行集体民主的生活制度，选举班长、组长，定期开生活检讨会和文娱会。学校按照“生活教育”的办学方针，进行抗战民主的教育教学活动。由于教师、辅导员发扬民主，将新旅的一些集体生活制度适当地同学生的实际情况结合起来，因此，学生生动活泼、热爱集体，师生之间团结友爱，新安小学成为桂林市一所新型的学校。

经教育家方与严先生介绍，12 岁的余允绍（后改名羽扬，以下称羽扬）加入了新旅，他的革命人生就是从致和村开始的。在他看来，在新旅的美好时光，就是他的“金黄色年代”。他在回忆录中写道：

我参加“新旅”不久，是一个什么都不懂的孩子，从大山里走出来，就像一个刚刚睁开眼睛的婴儿，看到这个奇妙的世界，感到十分新鲜。这个团体的大哥哥、大姐姐待人就像自己的兄弟姐妹一样。我和儿童部的孩子一起唱歌跳舞，一同读书学习。我不懂的，他们告诉我，我不会的，他们教我，我一点都不感到陌生，就像在家里一样快乐。儿童部过集体生活，每天做什么事情，一条条都写在黑板上。大家轮流当值日生，负责掌握那一天的时间，主持那一天的活动。早上一吹哨子，大家一起起床、一起洗脸、一起吃早饭。吃饭时围着桌子站好，等到齐了才能动筷子。上午读书、听大同志讲课，不懂的问题当场问，还要做笔记。下午一起到河边洗衣服，赤着脚在浅水里蹦来蹦去。肥皂是团部发的，毛巾、牙刷、牙膏都定量供应。每天晚上最后的一个日程是开生活会，大家讲讲一天的收获和体会。有什么缺点，做错了什么事，都要在会上进行批评和自我批评。我们就在这种集体生活中熏陶、锤炼，自己管理自己，自己教育自己。

一个15岁的女孩逃婚来到了这里。

她叫康燕芬，她终于找到了关建、尹卜甄、王韶三位大姐。

抗战全面爆发后，她随家人南迁，辗转来到桂林。两年前，她的父亲在离桂林不远的大容江镇开了一家北方饭馆，勉强维持一家人的生计。那时候，关建、尹卜甄、王韶三位大姐常来她家饭馆吃饭，因而认识了她这个端菜、洗碗、扫地的“小跑堂”。

三位大姐了解得知康燕芬在老家读到了小学五年级，因为母亲刚去世，家里的活儿就落到了她的身上。一来二去，大家就熟悉了。三位大姐想介绍她加入新旅，可她父亲不允，只好经常带些书报过来给她学习。康燕芬看到三位大姐工作太忙，衣服脏了也没空洗，就让她们来吃饭时把脏衣服带来，她帮她们洗，还给她们每人做了一双布鞋。三位大姐十分感动。

后来，康燕芬被三位大姐推荐参加了她们在镇上组织的“小小歌咏队”，学会了包括《大刀进行曲》《松花江上》等许多抗日歌曲，并多次参加演出。

有一天，康燕芬的父亲托朋友给她找了对象，拿回一张照片，说对方是银行职员，家庭条件也不错，准备把这门亲事定下来。康燕芬一听就火了，心想我才15岁，你就给我找婆家，不是把我往火坑里推吗?

一气之下，她就背上小包出了门，当晚离家出走，一直找到了致和村，投奔三位大姐而来。关建为了不让她家人着急，给她父亲写了一封信。她父亲一直信任她们三个人，听说女儿是跟着她们一起学习、工作，也就放心了，终于同意女儿参加新旅。

从那以后，康燕芬白天上课学习，晚上就到居民家去做“小先生”，教大家读书认字，给他们讲抗战形势。正是新旅的大哥大姐们，引领着她走上了革命道路。

学校是办起来了，但如果新旅将几十人全部转移到致和村的新安小学隐蔽，学校的经济将难以长期维持下去。

“我们可不可以用庆祝新旅五周年和为新安小学筹募办学基金的名义，举行一次大型的义演活动呢?”

汪达之先生的建议立即得到了全体团员的赞成。可是就新旅目前的情况来看，虽有一些文艺骨干，但太少了，她终究不是一个纯艺术宣传的团体，尚没有比较成熟的大型节目。

李克农给汪达之鼓劲：“你的想法很好！可以请桂林进步文化界给你们以支持和帮助!”

李克农的话，让汪达之想到了一个人，他叫吴晓邦。

几个月前，新旅刚搬到观音山的时候，在汪达之的邀请下，舞蹈家吴晓邦带着他的两个学生盛婕和吕吉到新旅来教舞。当时吴晓邦刚从上海辗转到桂林广西艺术馆工作。那时，他几乎每天都是从十多里外的月牙山下的施家园徒步到新旅来义务上课，教授舞蹈基本法则。这给汪达之和新旅团员们留下了深刻的印象。

汪达之找到吴晓邦，说起了新旅义演的事，想不到他当即表示全力支持。当初吴晓邦答应去新旅教授舞蹈，就是因为他从新旅顾问汪达之的身上见到了一种坚韧不拔的精神。多年后，吴晓邦回忆起当年的汪达之，从内心深处感佩这个青年人：

他为了保护这一群孩子的安全，并且一边对他们不断灌输生活实践的教育，一边率领他们面向群众进行抗日救亡的宣传活动。他一直与孩子们朝夕一起，共同生活。我被他们这种生活教育，自力更生，发奋图强，艰苦奋斗的行动所感动！

那段时期，吴晓邦从报上读到很多关于沦陷区内军民抗日的新闻，他决定以“虎爷”的故事为新旅编排一出大型舞剧。

“虎爷”原名赵福，生于虎年，是一个沦陷区内的大地主。他依仗女婿在省里当官的权势，压迫当地人民。他有两个儿子，大儿子赵德光，很早就加入了国民党，当上了国民党军队中的参谋，成了“虎爷”的继承人。日本军队侵略我国后，“虎爷”所在的农村也成了沦陷区，他只能携带着妻子和亲信，逃到大后方躲藏起来，四处打听大儿子赵德光的下落。二儿子赵德兴受到其他爱国青年的影响，不愿跟“虎爷”逃走，就地参加了沦陷区的游击队。他和当地的群众一起，与日寇打起了游击战。经过了艰苦的岁月，最后，人民武装大反攻的一天终于到来了，农民们重建家园，唱起了建设新中国的进行曲。

吴晓邦废寝忘食地和新旅的演职员们共同生活工作了三个月，在他的精心构思和编排下，这出舞剧被分为四幕：第一幕《旧的生活》；第二幕《旧的毁灭》；第三幕《新的在孕育中》；第四幕《新的实现》。

在吴晓邦的带动下，进步文化界对义演给予了倾情支持：

音乐界的刘式昕为舞剧创作乐曲，并亲自任乐队指挥；

桂林艺术馆的欧阳予倩，把他领导的管弦乐队全体人员都动员来参加演奏；

文学和戏剧方面，杜宣、严恭全力协助创作并加以指导；

美术方面，周令钊从设计舞美、指导制作到画广告都包了下来；

新闻宣传方面，由高芬、高灏做专题采访，《救亡日报》全文刊出文学剧本，免费刊登演出广告；

…………

《虎爷》全剧需要演员近 70 人，新旅精简后的 40 多人，一个人要干两个人的事。三个月的排练，大伙儿不分白天黑夜，手脑并用，同舟共济，终于把这出舞剧排练出来了。

1940 年 12 月 21 日，《虎爷》终于演出了！

“新安旅行团五周年纪念会并为母校新安学校筹款公演！”大街小

巷贴满了义演海报，大报小报都刊登了义演的广告。

观众场场爆满，场场都要加座！这样规模的演出，成为桂林进步文化界的一次联合行动，它在桂林是空前的，就是在整个国民党统治区也极为少见。

有人从广东曲江赶来，有人从湖南衡阳赶来，有人从广西柳州赶来，义演票价虽有2角、5角、1元、5元四种，但许多观众都争购高价票坐低价的座位。《虎爷》的义演成功，使新旅获得了千余元的经济收入。各界群众热情支持义演的盛况，与反共投降、排除异己的政治寒流形成了鲜明的对比。

这是新旅在大型节目中的“实战”演习，为新旅在艺术宣传方面的发展培养储备了大批骨干，岳荣烈、陈明等一批优秀的舞蹈人才脱颖而出。

这是新旅在国统区退兵前的“最后一战”，扩大了社会影响，对反动派倒行逆施给予了强有力的回击。

秘密大转移

1941年1月7日，震惊中外的皖南事变发生，第二次国共合作遭到严重破坏。

举国哗然之下，桂林的政治形势急剧恶化，敌人加紧了对抗日民主革命力量的政治迫害。

1月20日，八路军桂林办事处被迫取消。

2月1日，郭沫若主办的《救亡日报》被迫停刊。

2月1日晚，邹韬奋主持的生活书店被军警特务查封。

据内部消息，汪达之、纪宇、张平三人被列入黑名单，随时有被捕的危险。

千古奇冤，江南一叶；
同室操戈，相煎何急！

当新旅的同志在一张破旧的《新华日报》上，看到周恩来“为江南死难者志哀”的亲笔题词时，整个局势的严峻性就更加明朗了。

到苏北抗日根据地去！

李克农根据周恩来同志的指示，要求新旅迅速做好准备，现有人员全部秘密转移到苏北新四军抗日根据地去。先分批撤到香港，由香港八路军办事处的廖承志同志安排，分批去上海，再到苏北。

新旅党支部和团务干事会的同志经过讨论，做出了转移的初步安排：

桂林城里，由张平率领聂启坤、岳荣烈、黄叔宽三人组成留守处，主要是应付官方门市，比如每周省政府举行的总理纪念周，只要通知，新旅就得去。

其余人员全部撤到郊区致和村隐蔽起来，由童常组织大家学习《论持久战》《新民主主义论》《西行漫记》等油印小册子，然后相机分批撤离。

由张杰带范政、张天虹作为先遣组，负责打前站。范政曾随金山率领的中国救亡剧团到过香港、河内、西贡等城市和新加坡等国家，熟悉海内外情况；张天虹是广东人，可以解决途中语言不通的问题。因为从桂林到香港这一段路是撤退的关键，所以要求先遣组探明桂林至柳州、贵县、玉林、廉江、广州湾（湛江）、香港的沿途交通状况，特别是国民党军区盘查的情况，以便于事先做好准备；到港后，和八路军驻港办事处取得联系，为后续同志安排好一切。

如果一切顺利，每周走一批，每批五至八人，全部撤离需要三个月左右的时间。因此，刚刚复校不久的新安小学还必须办下去，否则在那里隐蔽和学习都无法进行。

初步安排确定后，张平带着新旅党支部和团务干事会的同志来到广西省立医院，看望病中的新旅顾问汪达之先生。自《虎爷》演出后，汪先生就累病了。张平详细报告了周恩来、李克农的指示和大家商议的结果。

汪先生对于这样的安排很是兴奋，同时也生出莫名的忧虑：苏北抗日根据地，还需要我们新旅吗？

“当前第一是安全，只要大家安全到了根据地，其他一切都好办了！新旅的事业，也是党的事业啊！”

在大家的安慰下，汪达之的心情渐渐开朗起来。是啊，几年来，如果没有共产党、八路军的帮助，新旅可能早就不存在了，一次次活生生的事实表明，共产党才是唯一的靠山，才是唯一的希望，将来只有共产党能让新旅这个团体发展壮大。

撤离的各项准备工作陆续展开，最让人头疼的还是路费问题。

由于停发了数月的津贴，团里的积蓄基本上都用完了，公演《虎爷》挣来的1000多元收入也所剩无几。为了筹措路费，新旅只能变卖电影放映工具、舞台设备、道具等。

张牧、曹维东等人负责的变卖活动正加紧进行时，国民党三青团方面放出风来：“新旅的这些设备都是公家的，应该予以接收！”无奈之下，他们只好快刀斩乱麻，速战速决，把幕布、服装等低价卖给估衣商人，把电影机、发电机等转让给贵阳的一家电器商人，七拼八凑才卖了800多元。

到了致和村的团员们，想到了一个挣钱的老办法：靠写作来挣稿费！

写作是新旅团员的强项，到达桂林后，新旅也曾出版过许多著作。1939年，新旅曾派范政随同金山率领的中国救亡剧团到香港、河内、西贡等城市和新加坡等国家宣传中国抗战，回国后，范政写了《海外一课》一书出版。后来，张杰从皖南新四军军部回来，写了《敌后的孩子》一书出版。1940年，张杰、张拓、范政编辑了一套“儿童抗战小丛书”，包括儿童抗战故事、歌曲、歌谣、舞蹈、短剧、绘画、诗歌、谜语、游戏等共20本64开小册子，全由桂林文化供应社出版，所得稿费一度缓解了新旅当时的经济困难。

现在，正巧作家司马文森在桂林文化供应社编辑一套“少年文库”文艺小丛书，他得知新旅的困难情况后，特意前来约稿。于是，新旅立即成立了由童常、左林、张拓、范政、聂大朋组成的临时写作委员会，要求每人尽快写出一本书。

为了能集中精力、减少干扰，五个人全部住进致和村。在一个二层小土楼上，临时写作委员会召开会议，每个人自报写作计划，统一思想。写作虽然是以解决路费、尽快转移为目的，但主要还是要做革命宣传工作，在当前形势下，要宣传团结抗战、争取民主进步、打击和暴露国民政府的倒行逆施。出于公开发行的需要，写作一定要讲究斗争策略和方法，一定要利用少年儿童的特点和有利条件，用文艺的手法来达到斗争的目的。

经过大家的日夜奋战，左林的《生活的故事》、张拓的《在湘桂线上》、聂大朋的《火线上的孩子们》和童常的《在内蒙古的草地上》陆续完稿。张杰的《敌后的孩子》和范政的《海外一课》也再版编入“少年文库”文艺小丛书。6 本书稿送去，得到预付版税 1000 元，这笔钱总算是解决了新旅燃眉之急的路费问题。

“新旅必要时，要争取国民政府军委会西南办公厅主任李济深将军的同情和帮助。”李克农做出指示。

是啊！新旅去年成立五周年时，在观音山住地举行了庆祝会，还收到了李济深将军的题词：

五年苦奋斗，卓哉众孺子。
跋涉十八省，三万四千里。
丑虏逞凶焰，故园伤废邱。
努力求新知，复此山海仇。
复校喜成功，成功勿自满。
此行虽云劳，前途更辽远。
忧患淬砺易，安乐淬砺难。
莫笑老年人，只作老生谈。

1941 年的正月初五，总干事张平带领着 20 多个团员，来到了伏坡山下李济深将军的寓所拜年。

这一次的拜年，其实就是一次联欢，张拓等人筹备时煞费苦心：他们挑选了能歌善舞的男女小团员 20 多人，准备了一面红色的缎旗，由王德威画上装饰性图案，中间画了一群高举拳头的孩子，宣示了大家坚持抗战反对投降、坚持团结反对分裂、坚持进步反对倒退的决心。缎旗上款是“送给抗日英雄李济深将军”，下款是“新安旅行团全体团员敬赠”。

联欢时，新旅专门准备了吴晓邦先生精心编排的三个舞蹈，这是他根据聂耳作曲的《义勇军进行曲》、贺绿汀作曲的《春天里来百花香》、苏联抒情歌曲《快乐的人们》编导而成的。舞蹈之中，穿插表演了范政作词、张天虹谱曲的《歌唱李将军》，还有从报刊上选到的一首童谣，略加修改，请舞剧《虎爷》的作曲家刘式昕配上了动人的曲调。

9 岁的女团员陈伟童声独唱《源头水》，那清纯悠扬的歌声，深深地打动了李济深和他家人的心：

源头水，山下流，
流到山村野渡头。
渡头有个小娃娃，
又会唱歌又会耍。
唱什么？唱家乡，
家乡茶饭甜又香，
耍什么？耍刀枪，
刀枪磨好上战场。
上战场，保家乡，
保家乡，上战场，
赶走鬼子享安康，
赶走鬼子享安康。

“新旅准备去南洋宣传抗日，今天来拜个晚年，也是向您告别。”当时为了保密，对外一律不提去苏北根据地，临别时，张平对李济深做最后的道别。

对于新旅的处境，李济深也深为理解，此刻他也为新旅孩子们的表演所动容。他饱含深情地说：“你们也该走了，我一定帮助你们。”

几天后，李济深派人送来 1000 元路费，还有一张盖了关防的军委会西南办公厅的空白通行证。

李将军的这一义举，为新旅的撤退之旅，添薪加火。

桂林的春天，白天有着和煦的阳光，夜里却有着料峭的春寒。

先遣组明天就要出发了，新旅对外也将正式宣布解散，大部分人员都要转移到致和村隐蔽。今晚，在国统区的最后一次团员大会，在新旅住地的一间教室里举行。

张平语调沉重："由于桂林形势突然变化，我们对外要宣布解散，大部分团员转移到致和村新安小学去，部分团员要回家或转到别的岗位上去。今天就是一次告别晚会吧。"

每个人都心情凝重，再也没有了往日的欢娱气氛。没有歌声，只有眼泪，只有默默的别情离绪。

在死一般的沉默寂静中，范政站了起来。他知道，明天先遣组就要出发了，新旅将要转移到苏北，可这是机密，还不能在会上公开。但他再也抑制不住自己的感情，一边擦拭着眼睛，一边即席朗诵起他刚刚写成的新诗：

同志，朋友：
让我们紧紧地握着手，
你的手为什么发抖？
你的泪水滚滚流。
不，朋友！
让我们的眼泪往心里流，
让我们把仇恨记心头。
今天的离别，
正是为了明天的战斗！
今天的离别，
将是我们迎接胜利的前奏。
再见吧，朋友，
让我们紧紧地握着手。
再见吧，朋友，

再见在黎明到来的时候！

这劲拔有力的诗句响彻在每个人的心头，似战鼓，似号角，似天空滚过的惊雷。

掌声短暂地响起，又迅速地停息了，因为外面四处都是反动派的眼睛。大家轻轻地拭去眼角的泪水，紧紧地握手，紧紧地拥抱。

在彼此的祝福声中，天明奔赴新的征程，投入新的战斗。

1941 年 2 月，千里大转移正式开始。

负责打前站的先遣组张杰、范政、张天虹三人出发后，每天写信回来，介绍他们“探亲”路上的情况。半个月后，信来，“已经到香港，见到了阔别多年的家人”，说明他们已平安抵港。随即党组织对分期分批撤离做出统一安排：

新旅团员和新安学校教师需要转移的共 48 人，16 岁以下的小团员有 23 人。为了不让敌人察觉，按照年龄大小，三人或五人一组，化装成兄弟姐妹或亲戚，每组安排一名党员或大同志带队，大约每个星期一批，陆续出发。

至于出行的线路问题，如果从桂林经柳州、贵县、玉林、廉江、广州湾（湛江）至香港的交通不能通行，问题就大了。最好能够开辟出其他线路，即使将来用不上，也可以比较一下哪条路更安全、更节约路费。于是，新旅先后派出曹维东、张牧等人前去“探路”。

因为曹维东曾被派去浙西工作，所以新旅派他前去探索从被日本占领的宁波去上海的可能。曹维东出发几天后来信说，什么时候能通过日军占领区，要看时机，他准备在那里等机会，而别人去就难了。

后来，张牧带着会说几句广东话的孔方（原名孔繁玉）去了台山，他想从台山或新会出海直接去港澳。然而，这条出海的路线日军封锁很严，于是张牧一行又折回广西贵县，继续走“老路”去香港，时日上多费了一倍。

这两条路线都不可行，只有按照先前确定的“老路”撤退。

这次秘密大转移的路线和步骤，大致分为三段进行。

第一段，从桂林到香港。

先从陆路去广州湾（湛江），再乘船去香港。得知张杰他们平安抵港的消息后，张平带着第二批团员出发了。一行六人，张平和岳荣烈、陈明化装成兄妹，张拓、韩枫和郭华化装成兄弟。出发前，团部给六人赶制了一身当时流行的灰蓝色学生装。1941 年 2 月下旬的一天，六人悄悄离开桂林，先是坐火车到柳州，在一家旅店住了一夜，然后改为步行，途经广西的贵县、玉林、陆川和广东的廉江，六七天后到达广州湾。由于当时日本侵略者正在准备发动太平洋战争，无暇顾及国统区的战场，所以一路上还比较安全。

但是当时的广州湾属于法租地，二战法国战败后，这里的殖民当局不允许任何抗日活动，因此，大家不敢久留。第二天打听到有去澳门的法国邮轮，船票比较便宜，他们便登船取道澳门去香港。想不到半路上遇到日本巡逻艇，日本兵端着刺刀登船搜查，看到新旅团员们年纪小，又是学生打扮，就一晃而过。众人虚惊一场。后来撤退到广州湾的团员们，都是从广州湾乘船直达香港，没有绕经澳门。

第二段，从香港到上海。

香港方面负责接待和转送工作的是以廖承志为书记的中共中央华南局，对外的名义是八路军驻香港办事处。当时从广西陆续撤退到香港的，还有一大批中共地下党员和进步人士，像刘季平、戴伯韬、贺绿汀、项南、夏林、陆子敏、叶方、蒋宗鲁等。来香港的人都被安排在九龙弥敦道一栋楼房住宅里，这里就是地下党招待所。因为当时香港属于英殖民地，没有被日本占领，所以一般人身安全并没有问题，但是为了不引起殖民当局的注意，要求大家不能高谈阔论，不能放声高歌，不能成群结队进出，一定要保持“住宅”的平静。

廖承志抽空与新旅每个团员都进行了谈话，还让办事处组织大家三五人一批游览香港，让大家接触香港社会的各个方面，扩大眼界、增长见识。离开香港去上海，编组有一些变化，有几批仍然让新旅的同志单独编组，有几批则让新旅小团员与其他大同志混合编组。去上海是坐法国客轮，一路比较顺利，三天就到达上海。

第三段，从上海到苏北。

为了完成接待和输送大批干部去苏北抗日根据地的任务，1941 年

3 月，中共中央华中局在上海专门成立了新四军上海办事处。办事处委托苏中区党委管理，并和上海的中共地下党组织江苏省委保持联系。办事处在杨斌、徐盼秋等人的领导下，从成立到 1942 年年底撤销的将近两年时间内，就接待和输送了 1700 多人，使他们安全到达苏中、苏北抗日根据地，为根据地建设和武装斗争做出了重要贡献。

新四军上海办事处共接待了三批从香港转来的新旅小朋友。他们有的在上海只待了两三天，就立即被转送到苏北；有的滞留月余，迟迟不能动身。据上海办事处负责人徐盼秋回忆，为了安全分批转送到位，上海办事处的同志真是煞费苦心：

首先，要替这些小朋友们改头换面。他们从香港到上海，一身港派打扮，香港衫、漏空鞋，都是在香港新买的，这身打扮在当时的上海是属最时髦的，怎么能进苏北根据地呢？去苏北的形象必须与去的目的地情况相同，例如，去苏北家乡念书，必须象个苏北学生；生活无着回苏北投亲靠友，其形象就必须像个苏北穷孩子。为此，我与方萌去旧衣店买了许多旧衣服，一律短衫长裤乡下孩子打扮。其次，要教会他们如何上轮船，如何接头等等。我给每人一张一角钱的储备票，票上的号码就是联络记号，××号是党员，××号是群众或积极分子。一角钱相当于现在的一分钱，伪军搜查也不会拿去，我要求每个人记住号码，即使拿去，只要背出号码就可表明政治身份。同时告诉他们上轮船后，每个人坐在指定的位置，交通员坐在中间一个醒目的位置上，手里拿一本杂志或书作暗号，大家要随时盯着交通员，但不许与他打招呼，如果交通员脱帽、抓头，就说明他遇上了麻烦，不要再跟着他，船一靠岸，自己上路。再就是详细交代清楚去苏北的路线，在万一没有交通员的情况下该怎么走，遇到敌人查问怎么讲等等。总之，要帮这批小朋友考虑得特别周到仔细，因为他们毕竟是孩子，没有通过敌人封锁线的经验。替他们乔装打扮，让他们背熟路线暗号后，交通员就为他们买船票，分批送他们进入苏北根据地。

当时的路线是这样的：从上海十六铺码头上船，到苏北青龙港或张黄港下船。一路上如果顺利的话，交通员就走在前面，几个孩子每批带三、五人不等，就不紧不慢的跟在后面，走十几里路，穿过公路不远，就到新四军的接待站了。

进入根据地，沿途到处都是身着灰军装的新四军战士和参加减租减息的农救会成员、妇救会成员及儿童团团员。他们打着红旗，敲着锣鼓，一边唱歌，一边喊口号，一个个喜气洋洋、笑容满面。还有儿童团员列队鼓掌欢迎新旅团员们，大家像回到了家一样。

到了掘港镇，新旅团员们受到了苏中四地委组织部的接待和欢迎，后由苏中交通站同志护送，经李堡、伍佑，到达转移的目的地——苏北盐城新四军军部。

当大家看到先期到达的张杰、范政、张天虹三位团员时，高兴得跳了起来，抱在一起，唱在一起，笑在一起。

5 月上旬，韩枫、张拓和郭华三位团员也到达盐城。几天后，岳荣烈、陈明、聂启坤、黄明等到达军部。华中局指示，在新旅没有全部到达之前，先建立新旅苏北分团，由张杰任团长，张拓任副团长，并把鲁迅艺术学院华中分院少先队的十多位小朋友编入新旅。

7 月上旬，张平、张牧和左林也到达盐城。

7 月，汪达之顾问和聂大朋、李楠、王德威等十几位团员到达苏中。因 7 月下旬日寇对盐阜区开始大“扫荡”，苏中区党委决定，他们暂缓北上，成立新旅苏中工作队，由聂大朋任队长，在如东的栟茶、李堡开展儿童工作。同月，纪宇、袁立等一批团员到达苏中，与苏中工作队会合。

12 月，应苏中区党委的要求，苏中工作队留下徐莎、张泉、关建、罗络、尹卜甄、刘萍、曹维东、任干、徐畹华，由徐莎任队长，继续在苏中区工作，其余人由汪达之、纪宇、聂大朋率队从李堡出发，北上向盐阜区进发。

一个月后，1942 年 1 月 8 日，汪达之等人终于到达阜宁县的陈集，与先行到达的团员们会合。

至此，新旅顺利完成了 3500 公里秘密大转移的任务。

撤离至上海时，新旅团员陈伟因为年龄太小，暂时不能送到处于敌人大“扫荡”中的根据地，被安置在徐盼秋家里，扮成徐的“女儿”，后出于安全考虑，又将她送到孤儿院，徐又变成她的“舅舅”。直到半年后，徐盼秋才和陈伟扮成一对苏北农民父女，一路将其护送至苏中根据地。

新旅团员张权（原名张承模）到上海后，请假回家看看爸妈，因家中突生变故，被母亲留下念书。

最后撤离的童常留在香港写作时，因太平洋战争爆发，日军占领香港，他无法再去苏北，只身滞留香港，后回桂林坚持党的工作。1946 年，他奉命去台湾潜伏从事地下工作，后不幸被捕。1972 年，童常光荣就义，是年 54 岁。

桂林，注定是新旅团员最为重要的人生驿站。在这里，留下了他们并肩战斗的日日夜夜，留下了风雨如磐的青春岁月。

聂大朋想起了一首诗，一首在柳江上和童常共同创作完成的诗：

别了，桂林！
你，美丽的城市，
躺卧在清澈闪光的漓江之滨。
三年里，你同我们
结下了多少依依友情。

忘不了敌机轰炸下的岩洞大课堂，
忘不了讨论会上切磋争论；
忘不了人丁兴旺的大发展，
忘不了建团四周年的热烈欢庆。

桂林市儿童星期座谈会，
万正乡组织起几千儿童；
大墟伤兵振作起来重返前线，
新安学校的光辉照亮致和村。

七星岩、老人山、象鼻峰，
到处留下我们的脚印；
从昆仑关前线归来，
披戴数百里战火硝烟，
漓江浪花洗去满身征尘。

抗战的中国有晴有阴，
大后方容不下赤心报国的少年儿童。
为了明天的胜利，
我们只有悄悄地忍痛登程。

啊！亲爱的桂林！
你甲天下的美景，
你可敬爱的人民。
等到赶走日寇，云开日出，
我们再来同你畅叙别情！

我亲爱的战友们！
让我们欢呼，让我们歌唱！
你们翻过了高山，
渡过了大小的河流，
冲破了敌人的封锁线。
今天，
同我们胜利地汇合在苏北平原！

让我们手牵手，
让我们肩并肩，
结成一道抗日的钢铁战线！
让我们手牵手，
让我们肩并肩，
举起抗日民主的旗帜向前！

含泪的微笑

千山万水，千难万险，新旅团员终于回来了，回到了盐城新四军军部，回到了苏北抗日根据地。

冰火两重天！国民党统治区和共产党根据地有着截然不同的气象。平原地区特有的河荡、田野、林木、苇草，处处清水宜人、金穗留香，处处生机勃勃、欣欣向荣，苏北敌后抗日民主根据地显示出他们从未见过的蓬勃活力。

1941年5月，新四军政治委员刘少奇、代理军长陈毅、华中局组织部部长曾山在军部亲切接见了先期抵达的张杰、范政、张天虹、张拓、陈明、岳荣烈、郭华、韩枫等团员。

第一次见到苏北抗日根据地的最高首长，团员们有说不出的兴奋与激动。

“新安旅行团，听说你们为了抗日，跑遍了全国，了不起呀！热烈欢迎！前年就打算欢迎你们了，你们现在才赶来，要是早来，说不定也会在皖南被反动派包围了呢！”陈毅同志像见到久别重逢的朋友一样，和大家握手，开着玩笑。

“你们大队还没到，那你们先到的就先把分团旗帜打起来嘛！”刘少奇同志给大家打气鼓励，为了表示支持，他又转身对曾山说，“可以把鲁迅艺术学院华中分院的少年队划归他们，这不就有人了吗？有人好开展工作嘛！”

曾山同志笑着说：“没问题！我要告诉大家，周恩来同志已经让人把新旅支部的组织关系转来了！”

各位首长的话，让新旅的同志们心里热腾腾的，真的有了一种回家的感觉。

随后，华中局和新四军军部的正式下达决定，成立新旅苏北分团，张杰、张拓分别担任正、副团长，鲁艺华中分院少年队王云飞等十多人加入新旅。

新旅苏北分团当时的住地是盐城大街上的一个旧商店。战火中，店主不知去向，店里空空如也，楼上的账房和库房就成了团员们的宿舍，楼下柜台内外就成了课堂和排练场。经过一段时间紧张的整训后，全团按照新四军军部的指示深入盐城五区农村发动群众。

那时的团员穿着一身军装，整天和老百姓打成一片。军民鱼水情深，让团员们深受感动。陈明作曲、彭彬作词，一首唱响苏北的歌曲从此诞生：

河里的鱼儿要用水养，
老百姓的军队要老百姓来帮，
新四军打仗在前线，
老百姓帮忙在后方，
军民团结一条心哟！
捍卫国土保家乡。

1941 年 7 月 1 日，新四军军部大礼堂举行庆祝中国共产党成立

20周年大会，刘少奇在会上做了长篇报告。新旅苏北分团全体人员参加，并现场表演了文艺节目，让许多人第一次领略了新旅的风采。

此时此刻，汪达之、聂大朋带着部分团员抵达了苏中平原。

天上骄阳似火，地上热火朝天。回到了根据地，就像回到自己的家一样，大家忘记了旅途疲劳，长期郁积心中的沉闷之情被这里民主自由的空气荡涤一空。

在苏中区党委和行署驻地，汪达之一行先后拜访了行署主任管文蔚、区党委书记陈丕显。详细汇报后，双方达成共识：目前因为敌人大扫荡，先撤到相对安全的苏中二分区，由中共泰东县委负责为新旅陆续到来的团员找一个集中地，同时成立新旅苏中工作队，协助地方开展工作。

1941年10月10日，是新旅成立六周年的日子。在汪达之的提议下，举行了一场简朴的庆祝会。大家动手大扫除，把一间较大的房子作为会场布置起来，正面墙上贴上几个美术大字“庆祝新安旅行团建团六周年”，房门入口处贴着由黄叔宽主编的庆祝建团六周年的精致壁报《迎接新的战斗》。壁报上是大家写的稿子，画的画。

庆祝会由聂大朋主持，王德威指挥合唱《新安旅行团团歌》《三万歌》，唱完歌后，大家开始发言。汪达之一改往日团体生日讲团史的惯例，决定从这两支歌谈起：

“‘生活即教育，社会即学校。拼命的做工拼命的跳，一边儿学习，一边儿教，别笑我们年纪小，我们要把中国来改造！’‘不怕它水深，不怕它山高，向民众报告，代民众喊叫，我们是民众的小向导！’这些年，我们在大后方处处受限制，很难全部做到，甚至不许你做。现在来到根据地，限制没有了，我们就要认真地在生活实践中学习，在工作斗争中锻炼，看谁能做得更好！

“《三万歌》的五段歌词向我们提出了五个要求：睁开眼睛看，放开脑袋想，腾出光阴玩，张开嘴巴谈，伸出双手干。就是要勤动脑、动眼、动嘴、动手，勤玩，活泼愉快，像一团小火苗一样，保持少年儿童的特点，决不要成为一个古古板板的小老头！”

会上，苏中工作队的同志们通过了给先期到达盐阜区的新旅团员的一封信，向他们共同祝贺建团六周年，希望早日团聚共同战斗。这封信请参加庆祝会的泰东县董县长带给交通站寄了出去。

盐阜地区的新旅苏北分团，与苏中工作队的同志们心心相印。六年来，他们有太多的经历、太多的感言。《江淮日报》记者罗列前去采访后，一篇《苦斗六年的新安旅行团》，道出了团员们六年来的深情回望和下一步的任务展望：

> 新旅成立已将近六周年了，在他们不怕艰苦的精神坚持下，大都完成了他们出发时的已定任务。六年来他们走遍了苏、浙、鲁、冀、晋、察、绥、甘、宁、陕、豫、鄂、湘、桂十四省，上海、南京、北平、天津、武汉、桂林等大都市。历程共三万七千里，受宣传群众全部达 250 万人。包括回、藏、蒙、满、汉、苗等民族，成份大半是儿童及乡村农民，此外有军队知识分子及其他阶层人物。六年来分散在各处干部达一百多人。金华、桂林、贵阳、成都、长沙、柳州等处均有组织。组织儿童团体 54 个，现尚存在有 40 队、团。浙江著名的台湾少年团，也是新旅派出干部协同组织的，这些光辉的功绩，将在中国教育史上成为不朽的一页。
>
> 新旅不但不骄傲过去的成绩，忘记中国整个的儿运还需要努力去开展，相反在将纪念六周年的前夕，他们已提出新的任务，为着建设儿童文化、儿童幸福事业而斗争。他们要求最关心儿童的先生有力来响应他们的号召。新的计划里面，包括着建设儿童艺术——戏剧、文学、音乐、舞蹈、美术——及儿童科学，并尽力建设儿童幸福事业——儿童的运动场、剧场、公园、出版社、木工厂、俱乐部、图书馆、玩具制造厂等等。

1941 年 12 月，应苏中区党委的要求，新旅苏中工作队留下徐莎等部分团员继续在苏中区工作，其余人员随汪达之沿海北上。像一支远征的“童子军”，顶着呼啸的寒风，艰难前行，数百里跋涉，他们无所畏惧，因为心中充满着无穷的热望。

1942年1月8日，晨光熹微中，盐阜区阜宁县陈集迎来了新旅苏中工作队的同志们。

"我们到家啦!"同志们的欢呼声惊醒了偏僻的小镇，惊醒了睡梦中的新旅苏北分团的团员们，有些人来不及穿好衣服便冲了出来，大家高兴地笑啊、跳啊、喊啊。女孩子们的眼泪哗哗地流了出来，相互抱在了一起。大伙儿有说不完的离别情，连护送的战士和带路的向导都被这热烈的场面感动得潸然泪下。

新旅"大部队"胜利会师！当晚，一场欢迎晚会隆重举行。

我亲爱的战友们！
让我们欢呼，让我们歌唱！
你们翻过了高山，
渡过了大小的河流，
冲破了敌人的封锁线。
今天，
同我们胜利地汇合在苏北平原！

让我们手牵手，
让我们肩并肩，
结成一道抗日的钢铁战线！
让我们手牵手，
让我们肩并肩，
举起抗日民主的旗帜向前！

盐阜区的同志们唱起了《欢迎战友们》，这首歌由粗夫作词、新旅团员张天虹作曲，淋漓尽致地表达了新旅全体人员的心声。

几天后，盐阜区党委宣传部又举行了一次较大规模的欢迎会。

那段日子里，同志们尽管有着久别重逢的欢悦，但一转身，满脸的笑便渐渐变成了含泪的微笑，因为掩饰不住内心的那份痛楚——

1941年7月24日，在盐阜区第一次反"扫荡"中，新旅团领导张平、张杰、张牧、左林赴建阳县湖垛向中共中央华中局和新四军军部请示工作，在北秦庄遭到日伪军包围，张平、张杰、左林三人失踪，张牧泅水脱险。事后打扫战场时，发现了浸泡在稻田水中的死者，范政也曾去认尸，但因为天气炎热，尸体腐烂，实在难以辨认。

大家多么盼望能有奇迹发生，失踪的人能从天而降，回到新旅来。一天天过去了，种种生还的可能都被排除了。但没有人能接受他们牺牲的现实，没有人同意召开追悼会，没有人不在盼望着他们回来。

思念的雨，一直在新旅团员的心头下着。

从年龄来说，张平是团内的“老大哥”，他给人的感觉就是踏实、沉稳。大家公论：“不管干什么，只要有张大哥，就没错！”

在南京安徽中学读书时，张平就是校学生会的领导人之一，“一二·九”运动时参加过南京卧轨，是抗日的积极分子。

新旅刚刚“出道”到南京时，正是最困难的时期，在南京安徽中学读书的张平提出加入新旅，但那时新旅自身陷于困局，便没有收他。

新旅到上海时，张平已是复旦大学的高材生了。他跑到安徽当涂，说服了当邮政局长的父亲：“如果国家亡了，大学毕业也没有用。只有把日寇赶走了，国家才能得救，才有出头之日。”他拿出父亲供他上学的钱交给新旅，要当一个“自费团员”。他赶回上海时，新旅已经出发，他竟一直追到闸北火车站。

精诚所至，金石为开。他的一番赤诚之心，感动了新旅的所有人，大家用热烈的掌声欢迎这个大学生加盟新旅。“老大哥”一样的他文化水平较高、思路敏捷、工作认真，无论为人，还是做事，都得到了大家的一致认可。

“人从武汉散，他在武汉干。一群小好汉，保卫大武汉。”陶行知先生的这首诗，就是为张平等人而写。在武汉最为危急的时刻，张平等人毅然留下参加“保卫大武汉”的斗争，直到武汉沦陷前夕才撤出来，这是怎样的“真的猛士”啊！

1940 年，徐之光同志被调去延安工作后，张平接任新旅总干事兼任党支部书记。这时候的新旅面临着大发展之后的大危机——政治形势严重恶化，特约团体经费断绝。他没有气馁，义无反顾地冲在最前沿，同汪达之顾问和干事会的同志们，按照党组织的要求，广泛团结各方人士，在复杂的形势中与敌人斗争。

在他的带领下，“退兵一战”取得胜利：新安学校复校，并以新安学校筹募基金的名义，成功公演了大型舞剧《虎爷》，为新旅扩大了影响，稳住了阵脚，并为后续转移筹得了经费，赢得了时间。

分批撤退的时候，他带着岳荣烈、陈明、张拓、郭华、韩枫等人一路辗转到苏北盐城。他到上海时，曾请堂兄堂嫂陪他回过一次老家，以结婚的名义跟父亲要钱。一向开明的父亲知道，儿子结婚是借口，实为抗日，就给了他一笔钱。那一次，张平与家人拍了一张合影，想不到竟是他留给家人的最后一张影像。

如今，这么好的“老大哥”没了，这么优秀的“主心骨”走了，让大家情何以堪？

再说说张杰，又让人撕心地痛。

张杰是新旅启程离开淮安后，最早加入新旅的团员。在革命家庭长大的他，很小的时候就先后参加了陶行知先生创办的晨耕工学团、报童工学团、山海工学团，一边劳动，一边卖报，一边学习。当地下党的哥哥被敌人逮捕后，他的生活失去了依靠。在王洞若同志的介绍下，他加入了新旅。

张杰生性豪爽。在新旅，他就像一团火，照亮着所有人，感染着所有人。在上海，他就同徐之光、张牧商议，希望能早日得到党组织的领导。他坚信，没有党的领导，什么事都难以干成。尽管因为当时的上海地下党组织遭到破坏，王洞若批评了他们，但张杰没有灰心。

在他和徐之光、张牧的不懈努力下，新旅终于在甘肃平凉建立党支部，他成为第一批入党的三个党员中的一个。从此，为了新旅，为了党的事业，他夙兴夜寐、殚精竭虑。去皖南与新四军接洽，他圆满完成了任务，写出了《敌后的孩子》并出版。团体秘密转移时，张杰负责对外联络，他让外界看不出丝毫迹象；张牧负责内部整理，变卖器材家具，为转移筹备路费。张杰和张牧，一个主外，一个主内，张平称赞他们“发挥了团体左右两只臂膀的作用”。

现在，团体的主心骨没了，一只臂膀也没了。

半年后，不幸的消息再次传来。

1942 年 7 月 7 日午夜，新旅的“舞蹈天才”岳荣烈在郭墅张庄三师卫生部医院因伤寒病并发急性肺炎，虽经全力抢救，但因敌人封锁，根据地缺少药品，最终未能挽回她年轻的生命。

噩耗传来，新旅住地哭声一片。

新旅的医生范敏言就在现场抢救，谈起弥留之际的岳荣烈，他悲痛欲绝：“当她稍微清醒时，我问她有什么话要说，她摇头，只是流眼泪。从她翕动的嘴唇隐约听得，她是想在临终前再见见团体的同志们。当时交通不便，又不知团体的确切地址，只好骗她说，大朋、张拓已带着大家赶来，很快就到啦！她才昏沉睡去。中间几次清醒，好像都在问，到了没有？她对团体和同志们的感情是那样的强烈，使她产生的期待力量也是极少见的！就这样足足等了一天半，最后还是静静地停止了呼吸。”

岳荣烈的离去，对于她的舞蹈老师吴晓邦是个沉重的打击，他恨苍天不公，痛心疾首：一位年轻的舞蹈天才在星空陨落了！

吴晓邦回忆时字字含泪：“……当我教了两个星期以后，我发现有一位 18 岁的女团员，名叫岳荣烈，她不但懂得了我的意思，而且还在学习基本技术时，能够很快地掌握我的理论核心。她在学习上进步很快，一个月后，我讲授的内容，她不仅学一样懂一样，而且可以掌握推理，举一反三。我在新安旅行团的一个月教课期间，发现了这样一位具有舞蹈素质的天才。后来，我发现她在戏剧表演上，也具有非凡的才能。一个半月以后，当我决定要给他们排练歌舞时，舞蹈基本训练工作便由她代理；在排练节目时，她又是我最好的助手。她是我永远难忘的一位舞蹈天才……”

20 岁的岳荣烈走了，她把仅有的积蓄、津贴都交给了党。

和岳荣烈同一天入党的聂启坤说，岳荣烈的离去，在某种程度上和一个人有关，那就是张平，他俩是未公开的恋爱关系。张平牺牲后，对岳荣烈的打击可想而知。她幼年丧母，性格内向，有话不肯轻易说出，这种悲伤和压抑，对她的情绪和健康造成了不良的影响。后来她得了重感冒，经常发烧、咳嗽，体质下降。想不到，她这么早就走了……

第二天，举行了一场隆重的追悼会。区党委宣传部部长王阑西同志来了，汪达之顾问主祭，张牧致悼词，大家一起唱起由范政作词、张天虹谱曲的《岳荣烈挽歌》：

在一个黑沉沉的夏夜里，
病魔夺走了你。
你悄悄地离去，
永远和我们分离！
同志，请你安息！
安息在祖国的土地里。
因为，黑暗终将破晓！
明天早上，苏北平原上，
千百万孩子，为你歌唱。
同志，请你安息！
我们可以代替你！

左林终于有了下落。在党组织的营救下，他逃出了南通敌占区，经苏中区回到了苏北新旅团部。这是不幸中的万幸。

而张平、张杰最终没有回来，牺牲已成事实。

新旅在一年时间内痛失三人，这是有史以来最重大的损失。

汪达之在桂林大病一场后，就留起了胡子。他痛恨一切反动派，痛恨万恶的侵略者，他暗暗发誓，不赶走日寇，决不剃须。

万千不舍，也无法换来生命的回归，他们牺牲的消息已经传到了延安。

1942 年 11 月 1 日，延安《解放日报》刊出这样的消息：

10 月 10 日为新安旅行团成立七周年纪念日。该团于 14 日在盐阜区某地举行纪念大会。陈代军长亲临参加，勉励该团小朋友积极领导全华中儿童工作。大会历时五日，……第五日，举行追悼会，追悼去年苏北反扫荡中殉国之张平、张杰两团员，及今夏因工作积劳病死之岳荣烈团员……

丹心碧血，音容宛在。

后来，新旅的团员们最怕经过阜宁芦浦，因为那里的纪念墓碑上镌刻着他们三个战友的名字。所有人经过一次哭一次。

组织十万儿童

分开近一年的新旅团员们在苏北大团圆了，大家穿上了崭新的团服。

1941 年年底，天气渐冷，刘少奇、陈毅看到新旅的同志们穿得五花八门，看在眼里，疼在心里，当即做出决定：新四军军部给新旅每个团员一套团服，团服式样由新旅自行设计。

新旅的同志们欢呼雀跃。选什么式样呢？过去团员们穿的是工装，这标志着新旅团员要向工人阶级学习，像工人一样勤劳、俭朴。现在要适应根据地大众化的要求，而且做的是棉衣，工装显然不合适。

“穿列宁服!”在集思广益的大讨论后，新旅做出了这样的决定。列宁是革命领袖，马克思列宁主义是中国共产党行动的指南，穿上列宁服意味着在中国共产党的领导下坚决革命到底。列宁服的上衣非常像短大衣，穿在身上既暖和又舒适，也便于冬季活动。

穿上崭新的灰色列宁服，新旅的每个人都仿佛“脱胎换骨”，都感到特别的温暖。走在路上，个个精神抖擞、容光焕发，心里甭提多高兴了。郝杰、王山、何仁、王德威等小朋友，仿佛一下子长高了许多。

1942 年 1 月 26 日，《盐阜报》如此介绍了新旅大团圆后的情况：

> 新旅现有团员 45 人，男团员 31 名，女团员 14 名，年龄最小的仅 9 岁。这 45 人中，就成份说，有资本家的少爷小姐，有地主的儿子姑娘，有工人和贫家的穷小孩。就地域说，包括了江苏、浙江、湖北、湖南、广东、广西、河北、河南、江西、安徽、山东、察哈尔和吉林等十三个省份。再就参加的情形说，有的父母亲自送来的，有的是自动参加，有的则是瞒着家庭，欺骗父母偷跑而来的。

可是，他们着同质的衣服，吃同一锅里的饭菜。努力于同一目标——争取抗战胜利——的工作。这一群，好象是兄弟姊妹样，没有什么“贵贱”之分，也没有什么贫富之别！

会合于苏北抗日根据地的新旅，面临着新的任务。刘少奇同志指示，新旅要迅速进行组织调整，召开团员大会，然后进行学习休整，拿出今后工作的方案。

1942 年 2 月 15 日，新旅到苏北后的第一次全体团员大会在阜宁县东岔头召开。

会议回顾总结了新旅六年来的工作，通过了新团章，组成了总团部和新的团委会，选举张牧担任团委会主任委员兼党支部书记，张拓、聂启坤为党支部委员，纪宇、张拓、聂大朋、聂启坤为团委，分管秘书、宣教、组织、研究等部工作。

汪达之仍担任顾问，同时被赋予新的使命：被盐阜区行署任命为行署文教处督学，主要致力于抗日根据地的教育建设和改革工作。

3 月上旬，盐阜区党委决定成立青年工作委员会，负责领导盐阜区的青年儿童运动。张牧、聂启坤调至盐阜区党委青年工作委员会工作，聂大朋继任团委会主任，张拓为党支部书记，聂大朋、岳荣烈、范政、李楠为支委。不幸的是，当年夏天，岳荣烈因病无药可治，永远离开了大家。

进入休整的新旅，开始了紧张的学习生活。

整训课程安排丰富多彩，内容分政治、自然、艺术三种。政治课内容包括社会进化过程和中国革命问题，如三民主义、新民主主义、抗战纲领、“三三制”、统一战线的问题等。自然课是从与日常生活有关的火、水、冰、雪谈到冬天动植物栖息枯萎的原因，以及生理卫生、普通卫生常识，如怎样保持身体健康、如何防止和医治冻疮等。艺术课分文艺创作、戏剧、歌咏、舞蹈、杂技等五种。

张牧、张拓、聂启坤、聂大朋、纪宇等年龄大一点儿的同志，都给大家授课。

新旅还请来刘彬、王阑西同志做形势报告，戴伯韬同志讲授根据地教育工作，林山同志讲授文学，汪达之讲新旅团史。

给大家留下深刻印象的是杨帆同志的“锄奸课”。他通过一个个紧张激烈的锄奸故事，让大家着了迷。郭华等人就是在杨帆同志的影响下走上保卫工作岗位的。

手把锄头锄野草啊，
锄去野草好长苗呀！
咿呀嗨，呀嗬嗨，
锄去野草好长苗呀，
呀嗬嗨，咿呀嗨！

杨帆唱起了《锄头舞歌》，大家高兴地一起打着拍子唱起来。他把汉奸、特务比作野草，说锄奸就好比锄草，锄去野草好长苗，除去汉奸特务，才能巩固抗日根据地！这样深入浅出的教学，让大家记忆犹新。

一次，他讲到做防奸反特工作要掌握多种技术，要会骑马、游泳、打枪、开汽车，还要会爬树。说完，他把衣服一脱，脚蹬手攀，一下子就蹿到旁边的一棵大槐树上。新旅的小朋友们惊讶得张大了嘴巴。

后来，范政、郭华、韩枫、彭彬等人在杨帆、丁兆甲的传授下，学会了骑马、打枪。

想不到骑马的本领，后来真的派上了用场。大“扫荡”时，担任联络员的韩枫骑上县委书记尚实的大白马，一天跑了200里路，向区党委刘彬、张爱萍同志请示工作，又及时赶回来传达最新指示，保证了团体胜利转移。

韩枫成了新旅的“白马王子”。

“不要让人一看就觉得你是个‘左’倾进步分子。”

“不要怕人家不知道你是共产党。”

“不要怕人家不知道你是从延安来的。”

“不要文人还没有当上，先学上大文人的脾气。”

“小小年纪就学着文人的腔调。”

“人家说你们个个是小老头、小夫子，这也得改！”

在大后方时，周恩来多次对新旅团员们提出这样的忠告，提醒大家注意“社会化”，这样才能在国民党统治区存身立足、开展工作。

可是到了根据地以后，有些人开始飘飘然了。有人自诩是从大城市来的见过世面的“洋包子”“广包子”，看不起人家根据地农村里土生土长的“土包子”；更有人把自己走过的四万里路程，与红军二万五千里长征相提并论。

这样的优越感，这样自命清高的苗头，非常危险，这和新旅“以人民大众为师”的优良传统严重背离！

一场讨论会随即展开。

张牧在《盐阜大众》报上发表了一篇《不要作天之骄子》的文章，不指名地批评了有些青年人自命不凡、清高自大、脱离群众的倾向。

通过热烈的讨论，所有人对自己有了更清醒的认识。

“土包子”并不丢人，“洋包子”也不见得有多大光彩，关键在于时刻不忘向人民群众学习，踏踏实实地做好工作。

新旅不过是党领导下宣传抗日救亡的少年儿童小团体，虽说走过四万多里路，但无法同伟大的红军长征相比。有人动情地说，如果说红军长征是浩渺无边的大海，那么新旅走过的路只不过是这大海里的一滴水！

春天来了，满眼葱翠，生机勃发。

经过一段时间的休整学习，新旅团员的思想得到了统一，认识得到了提高，团体战斗力得到了显著提升。

1942 年 3 月，华中局召开扩大干部会。新旅暂停学习，要给与会的同志们奉上一台歌舞晚会。

为排演节目，新旅全力以赴，热情高涨。晚会上，有大后方带来的吴晓邦编导的舞蹈《春的消息》，有合唱、独唱、集体舞蹈、快板，还有新编的舞剧《反法西斯进行曲》和表现新旅从国统区到根据地经过的《四万五千》……精彩的表演，让华中局的干部们享受了一场精神盛宴。

一天晚上，大约九点半钟，新旅的孩子们正要钻进稻草地铺上的被窝，准备睡觉，生活值日生李楠突然宣布：明天上午，刘少奇、陈毅同志要和新旅的小朋友们见面！

“啊！太好啦！太好啦！”大家站在被窝上跳了起来。

听说刘少奇同志最近几天要去延安，现在正是他最忙的时候，他还想着新旅的小朋友们，这怎能不让人感动。

其实，刘少奇同志去年就在新四军政治部向党中央提交的《一九四一年华中地方工作总结》中充分肯定了新旅的成绩：

> 小学是儿童运动的堡垒。盐阜区近已有新安旅行团着手在各小学普遍组织儿童团，开展儿童运动。……孩子工作团，盐阜区有新安旅行团（曾在全国步行五万里，全国闻名），在推动儿童运动。该团生活与学习均甚紧张，对儿童运动领导与帮助积极。

第二天早饭后，新旅团员全部穿上了列宁服，范政一声口令，出发了。

不满10岁的郝杰打着三角团旗走在最前面，50多人排着整齐的队伍，一路唱着歌曲，引得正在田里劳作的老乡们抬头观望。

半个多小时后，大家来到了单家港，这里是新四军军部和华中局驻地。

白布门帘撩开，刘少奇、陈毅、赖传珠、邓子恢等几位新四军的领导同志走了出来。新旅的小朋友们使劲儿鼓掌，把手都拍疼了。

“今天同大家见面谈谈天儿。”刘少奇同志一开口，就把大家逗乐了，“这天儿，是指天下大事，世界上的大事，还有你们新安旅行团的大事。”

刘少奇同志幽默生动的谈吐，一下子吸引了新旅的同志们。他从第二次世界大战讲到中国抗日战争，从八路军、新四军、敌后抗日根据地的发展讲到蒋介石破坏抗战、积极反共、制造摩擦，引起全国人民的反对。他指出，抗日的事情大家干，国家的事情大家办，事事从全国四万万五千万人出发，事事想到全国四万万五千万同胞，才能坚持长期抗战，取得胜利。

对于新旅的儿童工作，刘少奇同志做了充分的思考，他的话字字铿锵。

“你们1935年从江苏淮安出发，在那么困难的条件下，跑遍大半个中国，宣传抗日救亡，组织少年儿童，很有成绩，很有功劳嘛！现在你们来到抗日民主根据地，这里有共产党的领导，各项工作都在蓬勃发展，同大后方完全不一样。新旅到了这里，是否还有继续存在的必要？我们说，新旅一定要存在下去。你们是一个有光荣历史的革命团体，工作有很大成绩，在国内、国外有广泛的影响，这是不可多得的。国民党反动派不许你们宣传抗日，不准你们发动儿童团结抗战，还要迫害你们。共产党不但欢迎你们，支持你们，还要发展你们。回到苏北，就是回到了家。我们把根据地的儿童工作都交给你们去做，你们文艺也要搞，但现在主要是做儿童工作。儿童工作很重要，儿童虽小，能做许多帮助大人抗日的事。儿童又是未来的小主人。抗战胜利后，新中国的建设，就靠你们这些少年儿童。

“怎样做儿童工作？在抗日根据地，儿童工作也要讲民主。不论工人、农民、穷人、富人的孩子，都要欢迎他们，教育他们，组织他们参加儿童团。要把儿童组织起来，学识字，学文化，学抗日道理，当小先生，宣传抗战。还要学种田，学做工，帮大人劳动。

“我们决定，先把苏北的儿童工作交给你们去做，希望你们当好这个孩子头！希望新旅小朋友发扬民主精神，把抗日根据地的少年儿童都团结起来，组织起来，为民主中国的实现奋斗到底！”

院子里掌声雷动，新旅的同志们个个心旌激荡。

陈毅走到新旅小朋友面前，十分风趣地说：“少奇同志讲得好！我这个老儿童都想跟你们一道去做儿童工作哩！少奇同志把话都说了，我除了拥护，再没有多少讲的。根据少奇同志交给你们的任务，我提议，将来把整个华中的儿童都交给你们去组织。在苏北先组织十万儿童！”

又是一阵经久不息的掌声。

在新旅举行七周年团庆纪念大会的时候，陈毅同志亲临现场，又给新旅点了一把火，而且下达了挑战书：“希望你们三年内一定完成组织苏北十万儿童的任务！我代表新四军向你们挑战，同你们竞赛！你们组织儿童团，我们新四军消灭敌伪军，收复苏北失地，三年内看谁先完成任务!”

新四军首长的讲话，像是给新旅的同志们打开了一扇窗，指明了前方的道路，规划了工作任务；又像是点燃了一团火，把他们对苏北抗日根据地儿童工作的赤诚之心烧得旺旺的。

苏北抗日根据地儿童工作的春天来了。

刘少奇同志、陈毅同志的讲话带给新旅的同志们极大的振奋。新旅开始“招兵买马”，在《盐阜报》上刊登征收新团员的启事，不断增添新的血液。

1942年5月，在盐阜区党委青年工作委员会的指导和支持下，新旅组建七个工作队分赴阜宁、阜东、涟东、淮安、盐城、射阳、建阳等县，以各地乡村小学为中心，组建儿童团、少年队，开展儿童工作和文艺活动。同时，举办抗日儿童干部培训班，培训“小先生”，开展扫除文盲活动，普及抗战歌曲，组织慰劳团慰问新四军和抗日家属，组织收集废铜烂铁和子弹壳支援军工生产，进行集体劳动，等等。

我是小学生，变做小先生，
不做守知奴，学会教别人。
我是小先生，教书不害耕，
你没有工夫来学，我教你牛背上哼。
我是小先生，这样来指导学生：
学会赶快去教人，教了又来做学生。

“组织十万儿童”成了新旅的号角。从此，他们一直践行的即知即传、能者为师的“小先生”制，成了新旅组织儿童团的最好武器。他们走到哪里，哪里就有“小先生”，哪里就有了儿童团。

那些儿童们入了团，不但学唱救亡歌曲、学习抗日革命的道理，还学会了许多游戏，学会了帮助爸爸妈妈劳动做事。没上学的小朋友，每天还有“小先生”来教识字。儿童团员走路和说话都格外神气。许多家长都愿意让自己的孩子参加儿童团。于是，没有成立儿童团的地方，有些小学校和农救会还来人请新旅小朋友派人去指导那里的少年儿童工作。

新旅工作队就是各儿童团最好的老师。在他们的帮助下，儿童团员们上街宣传表演，有的写墙头诗、写标语、出墙报，有的荡湖船、打莲湘、挑花担、打快板、合唱、唱道情、打鼓说书；有的在路口放上识字牌当“小先生”，教过路的人识字；有的听了《鸡毛信》的故事，就学样盘查汉奸辨别坏人，站岗放哨，侦察送信，应对敌人“扫荡”；有的参加护理伤病员的工作，主动帮助洗衣服、喂饭、倒尿倒屎，鼓励伤员早日治好伤病重返前线。

扭起秧歌真热闹，
男女老少哈哈笑，
东庄西庄锣鼓响，
老太婆，拍手笑，
小朋友，兴趣高，
诸位同胞一起来，
快把秧舞来学好。

苏北地区的秧歌舞运动蓬勃开展，新旅功不可没。

秧歌舞贴近大众、贴近生活，曲谱简单，节奏感强，舞蹈动作也不复杂，易学易会，表演不受场地限制，不需要复杂的道具和器材，它比农村剧团和墙头诗运动更容易普及。

当时，新旅工作队分散到各县老百姓家里，白天做儿童工作，晚上开展群众文艺工作，组织农村剧团拉胡琴、排小戏。后来集中在一个地区，把教师组织起来学习秧歌舞。在新旅的帮助下，阜宁、阜东等县的小学教师率先学会了扭秧歌，建立了300多名教师参加的秧歌舞研究会，然后在儿童中推广。

苏北全区先后成立了823支秧歌队，“胡子秧歌队”“小脚奶奶秧歌队”“妇女秧歌队”“少儿秧歌队”……如雨后春笋般冒了出来。

村村、校校，处处秧歌，遍地锣鼓，扭秧歌成了当时群众文艺活动的主要形式。阜宁县汪朱区有一个乡一共1600人，参加扭秧歌的青年、妇女、儿童达1200人，超过全部人口的70%。这就是说，除了老弱病残外，几乎所有人都投入了秧歌运动。

就在这个时候，新旅创作了《扭秧歌》《儿童解放舞》《参军去》《保卫陕甘宁》《小放羊》等一批大中小型秧歌和秧歌舞。

新旅文艺宣传队带着这些群众喜闻乐见的节目，几乎跑遍了苏北农村，同敌后广大的军民生活在一起、战斗在一起。

1942年4月1日至9日，一场由新旅组织的“盐阜区儿童慰问团”慰问活动，感动了苏北区的党政军干部。

新旅团员们发动盐阜区小朋友给部队战士们写信。他们一边写信，一边唱给战士们听：

你写信来我写信，慰劳信雪片样飞。

高举抗日小拳头，拥护救星共产党。

拍着手儿唱着歌，祝新四军大哥身体壮！

郭华、韩枫率领慰问团一行17人，携带各县儿童捐献的子弹壳、废钢铁、鸡蛋等礼物，两天跑了40多公里路。他们从华中局、新四军军部、三师师部到盐阜区党委、行政公署，从盐阜军区司令部、政治部到阜宁县委、县政府，所到之处都受到了极为热烈的欢迎。

1942年4月11日，《盐阜报》如此报道：

盐阜区儿童，已由各完小派代表15人，与新旅团员二人组成“盐阜区儿童慰问团”，携带盐阜儿童所献之子弹壳、废铜铁、鸡蛋等礼物，向各军首长慰问。数日以来到处奔走、慰问，深得陈军长之赞许。并向小朋友提出几点要求：“……（一）发动盐阜区三分之二的小朋友于明年参加儿童团，并做模范团员；（二）努力读书从小学至大学；（三）帮助自己父母。”盐阜区儿童节筹委会拟发动“小朋友万人签名运动”。并答复军首长之号召。

为了响应陈毅军长的号召，1943年7月20日，一场由新旅发起的“一万儿童签名运动”，轰动苏北、轰动全国。

蒋介石挑起内战，悍然进攻陕甘宁边区。新旅联合儿童生活社在

《儿童生活》上组织盐阜区一万儿童签名，发表《我们向全国同胞的呼声！拥护团结，反对内战！——一万儿童签名运动的信》，揭露国民政府顽固派的反共行为。

敬爱的蒋委员长、毛主席、朱总司令、陈军长转全国抗战将士、全国同胞们：

我们正欢呼庆祝抗战六周年，忽听老师向我们报告说，胡副长官（胡宗南）撤调保卫黄河的抗日部队16个师，打陕甘宁边区，要解散共产党。这不是又打内战了吗？这个消息，不但我们根据地儿童觉得可怕，就是我们的父母邻居都觉得可怕。

苏北自从鬼子打来，就乱得不成样子。幸亏共产党新四军来了，他们组织民兵，勇敢打鬼子，建立起抗日民主政府。现在连我们小孩子也有权利抗日救国，我们有吃的有穿的，还有学校读书。这就是共产党领导得好，共产党是我们的救星。

今天有人不打敌人，反要来打抗敌有功劳的共产党八路军。我们是要反对的。六年来，全国同胞不知流了多少血多少汗。胜利就要来了。我们放着胜利不要，枪口对内，自己人打自己人。国家亡了，我们的血汗不是白流了吗？我们盐阜区根据地的儿童，是坚决反对内战的。千万双小拳头、千万对小眼睛向着我们的敌人日本鬼子，也向着那些想打内战的坏蛋们，我们要高呼：拥护团结！反对内战！此致

团结抗战的敬礼！

江苏省盐阜区一万儿童签名

7月20日

这封信由新旅印发到苏北地区各校各儿童团。各地小朋友展开讨论，然后在信上签上自己的名字，表示赞成。

半个月时间，两万多封儿童的签名信从苏北各地寄来，有不少签名信是在被敌人据点分割的边沿区的儿童写的。

同声相应，同气相求。只因，新旅发出撼动心灵的呐喊：

“为了使我们不会做亡国奴，为了表现我们儿童的力量，全盐阜、全苏北的儿童们，热烈的响应吧！”

反“扫荡”斗争

“盐阜区，三个旅，七旅、八旅、新安旅！”老百姓口口相传，竟将新旅与新四军三师七旅、八旅相提并论。

七旅、八旅，这可是三师两个最强的主力部队啊！人数都在万人以上。新旅只有区区百人。这是因为新旅出色的儿童组织工作深入人心，影响很大，赢得了口碑。

苏北的老百姓喜欢看“过部队”。当新四军部队经过街头村口时，老百姓都兴高采烈地站在路边观看。从士兵的番号着装，到部队的轻重武器，都是他们津津乐道的话题。

而新旅经过时，更让人刮目相看。这是怎样的一支队伍啊——

有男有女，年纪又小，他们身上背着的武器也很特别，都是一些乐器、道具之类的东西。为了保护和携带方便，新旅团员们根据乐器、道具的形状，自制各式各样的布套背在身上，老百姓弄不清这些奇形怪状的东西究竟是什么“新式武器”。

这不是什么“新式武器”，新旅开展抗日宣传的武器就是文艺。除了文艺，他们还有一颗赤诚爱国之心，还有对敌斗争的无穷胆识和智慧。特别是在苏北反“扫荡”斗争的枪林弹雨中，新旅的团员们个个都成长为真正的“战士”。

抗战时期，苏北敌后根据地像一把尖刀插入敌人的心脏。日伪军将敌后根据地视为眼中钉、肉中刺，他们先后发动了两次大规模的疯狂“扫荡”，狂妄地叫嚣：“将新四军消灭在黄海之滨！”

1941 年 7 月 20 日，盐阜区第一次反“扫荡”斗争开始。

7 月 24 日，新旅团领导张平、张杰、张牧、左林赴建阳县湖垛向华中局和新四军军部请示工作，在北秦庄遭到日伪军包围，新旅两员主将张平、张杰英勇牺牲，张牧泅水脱险，左林被俘后在地下党的营救下回到新旅。其他团员在张拓、聂启坤等人的率领下奋力突出重围，回到新四军军部。

1943 年初春，敌人发动了第二次大“扫荡”。这时，军部及时转移到淮南新四军二师地区，盐阜区党委做出指示：

一、新旅尽快分散，目前不要搞大型演出；

二、有些小同志家在上海的，可以让他们暂时回家，待情况允许时再来；

三、家在游击区的小同志，条件好的也可以暂时分散回家，将来再集中；

四、新旅目前的活动形式，主要是分小组活动，依靠地方党、依靠群众对付敌人的“扫荡”；

五、回上海的同志从海上走比较安全，交通和经费都由阜东县委负责安排；回上海的同志中如有党员，其党的组织关系仍留在解放区；

六、新旅有问题时，就近请示县委解决。

根据盐阜区党委的指示，少数几人乘船去了上海，盐阜本地部分团员回家“打埋伏”，全团紧缩到六七十人。

本地团员曹汉拿着新旅的介绍信回到了家乡蛤蜊港，去了合利小学读书。不久，在乡民兵指导员和班主任老师的帮助下，曹汉的家乡先后成立了乡、区儿童团，他分别担任团长。他带领大家制作了团旗、团棍，还给各小队长做袖标，经常组织儿童团员们听形势报告，上街写抗日标语，每天升旗唱儿童团团歌：“小兄弟，小姊妹，都来参加儿童团。教识字，学本领，还要帮助抗日队，赶走日本鬼，建立新中国。”

民兵队和妇救会在合利小学办了夜校，曹汉依据新旅的做法，由高年级的儿童团员做“小先生”，开展教识字扫盲、唱歌、扭秧歌等活动。后来，曹汉带着几个同学参加了新四军射阳独立团，学做卫生护理工作，抗战胜利后，他终于又回到了新旅的怀抱……

家在淮海区的张野回家“打埋伏”就没那么幸运了。当地的国民党杂牌军听说张野是从新旅回来的“小共匪”，就派人来抓他。恰巧那天他外出走亲戚不在家，敌人就把他母亲绑走了，还牵走了一头几家供养的大黄牛。后来通过有头脸的亲戚出面交涉，将大黄牛作为处罚送给了国民党杂牌军，他母亲才被放回来。

解放区和国统区真是冰火两重天！张野从此更加坚定了跟新旅走、跟共产党走的决心。可惜事与愿违，这时候在外闯荡八年的父亲回来了。因为张野现在是家里唯一的独苗——此前，一个妹妹被疯狗活活咬死，一个弟弟掉进粪坑被淹死——现在国民党杂牌军又盯上了张野，遭绑架后受了惊吓的母亲坚决不同意张野再回新旅，执意让父亲带他走。抗战胜利后，张野也曾寻找过新旅，但新旅撤离北上了。苦寻无果后，张野参加了地方青年工作。徐州解放时，组织上听说他曾是新旅团员，通知他立即到徐州团市委报到，分配他在青年俱乐部工作。在新旅的日子让他学会了许多，懂得了许多，一生受益无穷。

反“扫荡”期间，聂大朋被调去筹备新旅淮海分团，张拓接任新旅团委会主任、团长，汪达之顾问和纪宇也回新旅随团行动。新旅化整为零，全团分为三个队：山鹰队，队长李楠，副队长陈明；海燕队，队长范政，副队长王德威；野马队，队长张早，副队长韩枫。部队拨发了七八支步枪、三支手枪和一批手榴弹给新旅，让他们组织起精悍的队伍，随时应对敌情。全团转移到阜东县八大家一带的海滩隐蔽，打游击。

各人脱下军装，换上便装，颈上加挂一个粗布米袋，装满口粮，两头垂在胸前，像一对粗大的手榴弹。

晨钟（原名沈成忠）主动要求到战斗部队工作。他当过骑兵，干过宣传队，又在鲁迅艺术学院华中分院培训过。经领导批准，他被安排到涟东县中队二连担任文化教员，并配发一支小马枪。同志们听说这个年轻的“小兵”是新旅来的，都叫他“小文化教员”。他给部队上政治课和文化课，讲科学破迷信，教唱《大刀进行曲》《军民鱼水情》等抗日歌曲，成了二连的“小红人”。

八大家地区紧靠黄海，东西南北纵横七八十里地。西部有五岸、六垛，北部有八大家、喜鹊湾，东部有芭斗山等小集镇，南部是一大片草滩，和海紧紧相连。八大家一带人烟稀少，土地贫瘠，但这里是老根据地，老百姓虽然很穷，觉悟却很高。敌人很少到这个地区来，这里是和敌人周旋转移的好地方。

芭斗山有一个村子，墙倒屋塌，满目疮痍。这个原先靠烧盐、打鱼为生的只有二三十户人家的村落，一场海啸过后，死的死，逃的逃。有一对父子，父亲叫老陈，满脸风霜，全是岁月沧桑的印记；儿子 11 岁，叫陈必林，光着屁股，身上连一件衣服都没有。

爷儿俩见来了新四军，又大多是十几岁的小战士，二话没说，便主动帮助新旅烧火、做饭。春荒时节，吃的就是胡萝卜蘸盐蒿子。新旅撤离的时候，这对相依为命的父子请求参加革命，团里答应了他们的请求。

后来，老陈一直背着行军锅，随新旅南征北战，成为在团工作最久的老炊事员；小陈当上了舞台美术队队长，成了团里的顶梁柱。

反“扫荡”过程中，苏北区党委书记刘彬对新旅给予了倾力支持。他亲自部署反“扫荡”工作时，再三交代县区的工作同志尽可能地给新旅提供服务和帮助。

不久，新四军三师师长黄克诚转来党中央的电报，命令新旅去延安，随新四军团以上赴延安学习的干部一起从海上出发。

当兴奋的团员们连夜赶到吴集附近的大淤尖港口时才知，因敌情恶化，干部团的船只已提前出海。后来听说，因为海面被敌人封锁，他们折回岸上，寻机再次出海时，遭遇敌艇，不幸全部遇难。不能让新旅再冒险了，全团从海上去延安的计划就此搁浅。全团折回八大家一带海滩，在当地盐民、渔民和棉农的掩护支持下，同全副武装的日伪军周旋。

鬼子“扫荡”的大队人马来到了八大家。敌人的驻营地离新旅很近，近得可以听见烧杀抢掠中人们的哭喊声。新旅的每个人都恨不得冲上去和敌人拼个你死我活。但上级指示，新旅的主要任务是保存自己！大家白天分散卧藏在半人高的海草滩里，晚上集结转移。

一天清晨时分，轮到陈伟负责趴在草堆上瞭望。时间久了，她就放松了警惕，拿出一本书看了起来，竟忘记了自己的任务。直到敌人大队

1000 多人马距离新旅一里多路时，她才发觉。

万分紧张的时刻，应对敌情人员迅速就位，步枪子弹上膛，手榴弹弦套上了手指，背包藏进了草堆。两位小团员飞奔到二里地外，通知另外两个小分队做好转移准备。

“赶快分散跑到海边去!”一声令下，全团三个分队的 40 多人都隐蔽到海边草滩的草堆里。趴在草堆里的同志们清楚地看到，二里外的鬼子在小沟上搭起了桥，过了桥后向昨天他们才住过的四里外的那个大庄子走去。

天黑时，村民兵送来了情报，那 1000 多个鬼子住在四里路外的大庄上，还带了十几只军犬，扬言要搜索这一带的草滩。怎么办？为了防止中途遭遇敌人受到损失，全团分为两个梯队，一队由张拓、汪达之、纪宇带领，一队由左林、张早带领，分两路趁着黑夜向射阳河边辽阔无人的海滩突围。

新旅 40 多人迅速集中，依靠北斗星的指向，一夜急行军 70 里，终于跳出了敌人的搜索圈。最紧张的时候，他们每天要转移两三次，并且只能在荒凉的海滩上把草堆扒空睡在里面，有时一整天只能吃上一顿整煮小麦。

新旅的同志们在战斗中积累了经验，磨砺了意志，在血与火的淬炼中踔厉奋发、坚毅前行。

有一次，两个十七八岁的同志迎面碰上了敌人。

他俩是去侦察敌情的，不料正面遇上一小队穿便衣的敌人尖兵。他们遭到敌人的疯狂追击。两个人与敌人斗智斗勇，机动灵活地穿梭奔跑，最终顺利甩掉了敌人。所有人都替他们捏了一把汗。

还有一次，陈强和何仁与队伍失去了联系，所有人万分焦急。

那天夜里，他俩埋伏在一处芦苇塘中，爬起来时，竟发现找不到队伍了。反“扫荡”的日子里，掉队是十分危险的，人生地不熟，一听口音就不是本地人，一旦遇到敌人后果不堪设想。他们白天不敢走路，只好隐蔽在盐蒿草堆中，以草当被睡觉休息，晚上趁黑出来寻找队伍。看到远处村落灯光闪烁或者听到狗儿狂吠不止，他们就伏在地面仔细观察动静，确认没有问题再继续前进。饥饿难耐时，就向盐民讨一点儿盐蒿子粥。所谓盐蒿子粥，就是将盐蒿子这样含有毒素的野草种子洗净，加点胡萝卜或山芋头煮成粥。在那样困难的情况下，能吃到这样的东西就很不错了。当他们经历了千难万险找到队伍的时候，所有人喜极而泣。大伙儿高兴地抱在了一起，就像看到九死一生归来的亲人一样。

还有两个小团员，竟然赤手空拳活捉了敌人奸细。

那天晚上，团员们在六垛附近的一个小村庄里宿营，由黄明、王山负责站岗放哨，担任警戒。17 岁的黄明手中拿着一把小条帚，14 岁的王山手中拿着一杆红缨枪。

他们突然听到小树林方向有狗叫声，急忙蹲下来，仔细观察动静。不一会儿，听到了小树林里传来“嚓嚓”声，一个黑影鬼鬼祟祟地向这边摸索而来。他们沉住气，一声不吭地等着。当那人离他们只有五六米远时，王山一个箭步冲到那人后边，黄明飞快地冲向那人侧面，两人一前一后堵住了他的去路，同时大喊：“不许动！”

一个伸出红缨枪，一个伸出小条帚。对方误以为是枪抵着他。

黄明喊道：“再跑，就开枪了！”那人一听，便不敢跑了。在房间里睡觉的同志们听到喊声都出来了。

经过审问，此人竟是敌人派来寻找我新四军和游击队的奸细，他交代了鬼子要“扫荡”海边的情报。

团员们一边将奸细押到区政府继续审查处理，一边马上组织全团转移，躲过了一场全军覆没的包围突袭。

新旅的同志们跳出了敌人的搜索圈，安全到达了海边。

在荒滩深处，有一座矮小的“滚地龙”（一种用草把垒堆，外糊烂泥的半圆形简陋住房），住着一户中年贫苦农民，夫妻二人带着一个吃奶的孩子。他们靠割草出卖为生，春荒时连一顿玉米糁子也难吃上。新旅团员就把随身携带的大米和面粉全部倒出送给正在喂奶的大嫂，同他们一起吃胡萝卜、盐蒿子，还照市价付款。

这户人家非常感动，自愿帮新旅在荒滩中搭建防寒避雨的“滚地龙”，每个草棚可住十来个人。为了防止目标过大，新旅把三个队拉开距离，相隔一两里路，互相可见。白天一律不准外出，只准躺在草地上，大家就互相传阅或轻声朗读随身携带的书籍；夜晚就地活动，但不准唱歌谈话，不准点火燃灯，保持绝对隐蔽。

在广阔无际的荒滩上，团员们同盐民、渔民打成一片，帮助他们一起干活。海滩上刺骨的寒风像针一样刺在脸上，团员们和盐民们一起割草，实在太冷了，他们就使劲儿地砍草、蹦跳、跺脚。那段日子里，大家睡草地、吃盐蒿，一边对这一带进行社会调查，一边组织政治文化学习。

反“扫荡”的几个月里，新旅团员们走遍了海甸地区所有的村庄。在一个村子里，最长住两三天，有时只住半天，跟敌人“捉迷藏”。每到一个村子，他们就住在群众家中，帮助群众挑水、扫院庭，召集群众开会宣讲抗日救国的道理，教群众唱抗日歌曲，和群众一起站岗放哨，发现敌情就和群众一起躲避，决不让敌人知道行踪。

最困难的时候，一望无垠的草滩成了大家的家。喝水，没有河流，吃饭，没有粮食，找人，没有百姓，每天吃草种和海草，喝涨潮时的盐海水。几天不洗脸是常有的事，一个个都成了黑人一般。但没有人沮丧、苦叹。有时候夜里需要紧急转移，为了抵挡寒风，他们想出了一个办法，将被子披在身上，被子的一端串上带子系在头上，他们戏称这是“美丽的披风”。

在形势最为严峻的时候，新旅将年纪小的团员分散到群众中“打埋伏”。黄明、郝杰、陈伟、方南君、郭立范、王山等人化装成老百姓的孩子，在海甸地区的小村庄里隐蔽。他们和这里的群众建立了深厚的感情。

方南君被分到一户农民家中“打埋伏”。为了打扮成农民的“儿子”，他穿上中式土布棉袄，腰间扎一根草绳，脚穿一双芦花草编的“毛窝子”，还剪了当地儿童的“桃子头”。早上起来，跟着农民“妈妈”一起挑水、烧饭、推磨、喂猪，有时一同下地搭柴火、挑野菜。跟着“妈妈”边学边做，他一口一个“娘”，农民“妈妈”一口一个“伢子”。在乡亲们的保护下，他不仅安全度过了反“扫荡”，而且学会了不少农活和一口流利的苏北话。临走与农民“妈妈”告别时，两人竟哭得难分难舍。

陈伟年纪小，在一次转移时遇到了敌人，埋伏时她的心扑通扑通地跳个不停。如果被敌人抓住怎么办呢？她想起自己曾在团员大会上说过，鬼子捉到我，杀就杀，什么都不讲。这样的誓言，想不到这一次可能真的要用到了，她的身体本能地抖动起来。

顾问汪达之看在眼里，过来紧搂着她颤抖的身体，给她打气："小伟啊，不要怕，有我在，就有你在！"

无论是在和队伍一起转移同仇敌忾的日子里，还是在老乡家"打埋伏"同甘共苦的日子里，一句"有我在，就有你在"，一次次温暖着幼小的心灵，鼓舞着团员们的斗志。

在"打埋伏"时，陈伟被送到了海边的陈大爷家里。陈大爷家的屋子是用泥砖砌的，十分破旧。陈大爷以烧盐为生，他女儿比陈伟大几岁，日常里帮爸爸割草烧盐。海滩风大，满头白发的陈大娘怕陈伟冻着，把火烧得旺旺的："草滩上有的是草，尽管烧，别冻着了。"

这是一个苦大仇深的家庭。陈大娘告诉陈伟："过去盐霸十分厉害，逼得我们家破人亡。新四军来了，减租减息，斗倒了最坏的盐霸，生活才好起来。闺女，到我家你放心，你就是我的亲生女，只要我们在，不会少你一根毫毛。"

有一天，敌人来了。

陈大爷鼓励大家："要沉着、勇敢，定定心，我们一定可以斗赢敌人。"为了保护陈伟，陈大娘用黑灰给她搽了脸、手脚、脖子，又给她换上了一件破旧衣裳，头发也搞得乱蓬蓬的。陈大爷拿来一把梳子，陈大娘赶忙给陈伟插上，她说，盐家姑娘爱戴这个。

草滩上出现了日寇的马队，敌人的佩刀在阳光下发出寒光。陈大娘紧紧抱着陈伟，她们的心跳在一起："闺女，有我在，就有你在！"

这朴实的话语重如千斤，这是用他们全家的生命许下的承诺啊！一旦被敌人发现陈伟是新四军，将殃及全家。陈伟说："大娘，万一有什么不幸，我承担一切，决不连累你们！"陈大娘露出一丝苦笑："孩子，敌人凶残得很啊。我做了好的准备，也做了最坏的准备！"

此刻，陈大爷也是一脸刚毅，准备随时迎接战斗。

终于，马队的蹄音渐渐远去了。敌人万万没想到，就在破旧的草屋里，老乡们用生命掩护着一个新旅的小战士。

这就是我们伟大而可敬的人民！

“打埋伏”时，黄明和郝杰被分散到一个姓李的老乡家。

这一家只有李老爹和李妈妈，两位 50 多岁的老人，白发苍苍，满面风霜，岁月把他们的腰也压弯了。

家徒四壁，只有一张木板床，床上只有两条很薄的旧被子。

“孩子啊，你们为什么要到我们这个贫穷地方来受苦呢?”老人听说他俩的家离这里很远，有点儿疑惑不解。

“我们是为了抗日救国啊！日本鬼子占领了我们的家乡，我们不愿做亡国奴才出来的。不把日本侵略者打跑，我们也回不了家乡啊。”不到 10 岁的郝杰说。别看他人小，肚子里可装满了抗日救国的道理。

老人频频点头，竖起大拇指，一个劲儿地夸他们了不起。

“你们有孩子吗?”黄明问两位老人。

李妈妈含着眼泪，拉着他们的手说道：“我们的儿子，在 3 岁那年得病，家里穷，没钱买药治病，死了。现在，你们就是我们的儿女啊。”

从此，两位老人真的像对待自己的亲生儿女一样对待他们。黄明和李妈妈住在东屋，郝杰和李老爹住在西屋。他们帮助老人浇水、种菜、烧饭、喂鸡、纺线。老人做玉米糊糊给他们吃，自己却吃野菜充饥。两个孩子如何吃得下去呢，说什么也不肯吃。

“你们年纪小，正在成长，不吃饭不行啊!”这朴实感人的话，让两个人流下了感激的泪水。

“爹爹和妈妈不吃玉米粥，我们也不吃。”为了一家人都能吃上这顿饭，他们把玉米糊糊和野菜拌在一起，大家高高兴兴地吃了一顿饭。

一天，郝杰生病了，发高烧，上吐下泻。两位老人想方设法求医问药。在他们的精心照顾下，郝杰很快恢复了健康。在得到情报，敌人要进村子“扫荡”时，老人拉着他俩的手说：“孩子，别害怕，有我们在，就有你们在。”

他们带着两个孩子趁天黑躲到海滩，隐蔽在草丛中。不久，敌人骑兵进了村，枪声四起，浓烟滚滚，老人的房屋被烧掉了。两位老人和两个孩子都哭了。

“振作起来，修复家园!”在村干部的带领下，大家一起动手，帮助李老爹和李妈妈从残垣断壁中扒出能用的砖瓦、木头、草垫。黄明、郝杰不怕脏不怕累，跟着大伙儿一起干。房子修好的那一天，两个孩子开心地笑了，为亲人做了力所能及的事，他们心里宽慰了许多。

反“扫荡”胜利了，他俩要返回部队了。李妈妈赶来送行，特意送来了她亲手做的布鞋，千叮咛万嘱咐：“孩子，别忘了我们。你们打走了鬼子，一定要回来看看我们啊。”

两个孩子都哭了，在风中和老人不停地挥手告别。

这一走，因为战争年月，戎马倥偬，再也没有机会回来看望两位老人，但这份感情一辈子铭刻在他们的心中。

第一次少代会

三个月的反“扫荡”斗争过去了，新旅又投入紧张的儿童组织领导工作中。

在新旅的发动下，盐阜区的儿童团运动如火如荼。儿童团员们宣传抗日救国的道理，发动群众团结抗战，帮助军队递送情报，维持地方治安，募捐慰问品，劳军优抚，护理伤病员，做“小先生”教群众识字……一个个忙得热火朝天，不亦乐乎。

在抗日烽火的洗礼下，各地儿童团组织蓬勃发展，不断壮大。为了检阅成果、总结成绩、交流经验，新旅决定和复校的新安学校、儿童生活社及各县儿童团联名发起召开盐阜区第一次少年儿童代表大会。

为了这次会议的顺利召开，新旅做了大量的前期筹备组织工作。

1944 年 4 月 19 日，新旅、新安学校、儿童生活社、盐阜师范实验小学、阜宁实验小学等团体组成的盐阜区儿童总团部筹委会诞生，酝酿制定团章、团旗、团歌、团礼、团规等。

1944 年 5 月，发动儿童团大活动，成立各区儿童团，举行各种儿童游艺大赛。

1944 年 6 月，新旅向淮安、射阳、阜宁、建阳四县派出工作队，协助开展大活动，各县在大活动引领下成立团部。

1944 年 7 月 22 日，盐阜区儿童总团部筹委会进行选举，左林任筹备会主任委员，黄叔宽、张渔、李洪生任筹备会委员。

1944 年 7 月 28 日，《苏中报》、《盐阜大众》报、《淮海报》同时刊登新旅招收新团员的启事，合格者经过一个月试验即可为正式团员。这是新旅为培养大批少年干部，到各县帮助举办儿童干部训练班、建立儿童团县团部而采取的应急措施。

1944 年 7 月至 10 月，新旅大批少年干部组成的工作队到各县帮助整顿恢复儿童组织，举办抗日儿童干部训练班，建立儿童团县团部。

1945 年 3 月至 4 月，为了更好地筹备召开盐阜区第一次少年儿童代表大会，新旅再次向各县区儿童团派出工作组，调查总结儿童团工作经验。

经过紧张细致的工作，一切准备就绪。

1945 年 5 月 17 日至 31 日，在盐阜区党委的支持下，盐阜区第一次少年儿童代表大会在阜宁县罗桥拉开了序幕。

420 名大会代表，是从盐城、盐东、射阳、建阳、阜宁、阜东、滨海、涟东、淮安 9 个县的 18 万儿童团员中民主选举产生的，年龄大多为 12~16 岁。至此，刘少奇、陈毅同志交给新旅的组织 10 万儿童的任务，正式宣告完成。

历经重重封锁，从四面八方赶来的九县九支代表队来了。

在盐东县洋马小学读书的吉萍，被老师指派出席会议。她从没出过远门，回家和妈妈一说，当即遭到了反对。还是爸爸开明，劝说妈妈："人在人前闯，刀在石上荡，蹲在家里锻炼不出人来！"

妈妈终于同意了。吉萍等 40 多名盐东县代表，在武工队的护送下穿过了重重封锁线，终于到达新旅住地罗桥。

苏中地区也派出了两名儿童团代表前来参加大会，他们是被一路

“邮递”过来的。

两位代表，一男一女，男的叫陆得荣，女的叫陈腹英，他们将代表兴化县五万儿童团员在大会上致贺词。

兴化县委宣传部部长郑光耀非常重视此次出行，临出发前，他百忙之中前来送行：“你们一定要服从交通站的指挥，一出门就要通过日伪设在苏北和苏中之间的封锁线，只要通过盐城到宝应一线的封锁线，往后的情况就好多了。一路要当心，不要被日本鬼子和伪军把你们抓去!”

“要是万一鬼子和伪军把我们抓住，我就说是粟裕师长派我们来和你们谈判的，要你们赶快投降，你们的日子不会长久了!”陆得荣十分认真地说。

郑光耀一听，哈哈大笑起来，他扶了扶近视眼镜，也很认真地说：“个子还不到大人的胳肢窝，就想当谈判代表了？不过，要真遇到严重情况，你们背包一甩，把介绍信吃到肚子里，咬定说是当地的小孩，放牛的。”

当时两个孩子虽然已经 15 岁了，但是由于长期营养不良，个子长得很小，穿的也是农村穷孩子的衣服。郑部长的话很符合实际情形。

县委派了一个同志把他俩送到交通站。大家对他们很热情，立刻就办手续，就像寄挂号信一样登记各种信息，是哪个单位的、职务、年龄、到什么地方去、去干什么等等，手续很严格，很正规。一路上，他们就这样被一站一站地“邮递”移交。

当时射阳湖和射阳河周围密布日伪据点，他们只好“见缝插针”，有时白天走，有时晚上走，有时还半夜起来走。

从地图上看，从兴化东乡到阜宁罗桥，如果没有敌人的封锁，坐汽车只要两三个小时，步行也只要两三天就能到达。可这一次，他们在敌伪据点之间“邮递”穿行了七八天才到达目的地。

代表们分散居住在周围村子的老百姓家里。他们有组织地进行集体生活，自带碗筷、毛巾、牙刷等生活用品，衣服也自己洗。小代表们多数是第一次远离家门，新旅的大哥哥、大姐姐们便到各代表队担任辅导员，帮助小代表们学习和管理自己的生活。

为丰富代表们的文娱生活，大会多次组织晚会，节目有歌舞、快板、戏剧、音乐，都是各代表队自编自演的斗争故事。最受欢迎的是新旅的影子戏《拥军》《拔萝卜》和建阳等县的淮剧《小地下军》、话剧《勇敢的小华》，戏中的小英雄机智勇敢，与阴险狡诈的敌人斗智斗勇，配合新四军挫败敌人，大大提高了代表们的斗争精神和学习兴趣。

会前，九支代表队整编为四个大队，分别以革命领袖列宁、斯大林、毛泽东、朱德的名字命名。四个大队的大队长分别由新旅的王德威、李洪生、王云飞、陈明担任。

开会的地方实在太简陋了：房子是一个礼堂样的大草房，墙是土坯垒成的，主席台是土垫的墩子。会场没有凳子，也没有砖头，与会者全都席地而坐，就坐在泥地上，听报告时把笔记本放在膝盖上做记录。

会场的布置却另有一番景象。会标横幅“盐阜区少年儿童代表大会”是新旅小画家王德威和方南君用形态各异的 11 幅老鼠彩色画像各抱一个大字组成的，高悬在主席台上方。

主席台两侧，各种标语醒目有序：

“全区少年儿童团结起来，把抗日战争进行到底!”

“打败日本帝国主义，建立新中国!”

“向八路军、新四军致敬!”

“儿童们团结起来，站岗放哨，协助做好抗日工作!”

四周的布置，在讲解人员的解说下，更让所有人心情振奋，深受鼓舞：

“盐阜根据地抗日斗争形势图”，除部分黑色区域为敌占据点外，其余大片红色区域是解放区；

“新四军歼灭日寇、伪军和缴获各种武器弹药战绩表”；

“儿童团五年来发展壮大比例图”；

“宣传抗日的标语和演戏、扫盲、锄奸、募捐、慰问、拥军、优抗等各项工作和生产成绩的统计表”；

各县陈列的自制的教学用具、动植物标本，有黄泥烧制的砚台、玩具手枪，自制的粉笔、毛笔、标语笔，锅烟灰制的墨汁，芦苇秆削制的蘸水笔尖和土纸印的练习簿本，等等。

这些就是根据地的少年儿童们，一面坚持战斗，一面坚持教学，克服各种困难，粉碎敌人的军事围剿和经济封锁的最好见证。

5月17日上午，大约8点钟，在军号和鞭炮声中，具有历史意义的盐阜区第一次少年儿童代表大会开幕了。

全体代表为盐阜抗日阵亡将士和牺牲的小英雄默哀，齐唱《国际歌》。

在主席台上就座的有盐阜区党委书记刘彬、行署主任曹荻秋、副主任计雨亭、参议长车载、文教处处长白桃（即戴伯韬）、新旅顾问汪达之、新旅团长及盐阜区少年儿童总团部筹委会主任左林，还有淮海军区孔科长和苏中区少年儿童团的代表。

左林主持会议，他宣布了会议的三大意义：

第一，检阅少年儿童的力量，总结三年来的工作，选出模范少年团、儿童团及模范团员的候选人，以待下届大会竞选；

第二，成立盐阜区少年儿童团总部；

第三，进行政治时事文化的学习，互相学习，交换经验，回去更好地领导儿童团。

盐阜区行署主任曹荻秋首先致辞："你们是盐阜区18万儿童团员选出的代表，你们的任务是要把30万少年儿童全部组织起来，提高觉悟，学习文化，改善儿童生活，要和全国军民一起挑抗日的重担，长大要成为新中国的优秀公民，要挑建国的重担，成为祖国建设的骨干。"

"我参加过很多大会，像这样全是小人开的大会还是第一次，你们跑了几天路，不怕苦、不怕累来参加这个大会，是为了团结抗战。"行署副主任计雨亭对这样的"小人会"深有感触，他向小朋友们发出号召，"你们解放了，做了代表，还要记住，你们有责任帮助被压迫、被剥削的小朋友，将他们解放出来，和你们一起参加抗日救国工作。"

当天下午，盐阜区党委书记刘彬的报告从国际讲到国内，有论据，有分析，引起了代表们的浓厚兴趣，特别是对国民党反动派的揭露和批判，可谓入木三分：

"小朋友们，你们都是祖国的未来主人；革命要有人接下去，现在打走日本鬼子，建设民主的新中国，这是我们的目标，也是你们的目标。要相信共产党，不要听信坏人造谣。国民党反动派破坏团结，躲到大后方，抗日不认真，造谣算一等。污蔑共产党‘共产共妻’，是‘红眼睛、绿眉毛’；骂共产党‘杀人放火’，你们看，我就是共产党，哪里是什么红眼睛、绿眉毛呢？不跟大家都一样很漂亮吗？”

小朋友们鼓掌大笑起来。

“汉奸卖国贼勾结日寇，残害人民，他们实行‘三光’政策，无恶不作，对这些坏人你们看怎么办？”

“杀！”台下的小代表们异口同声道。

“对！对汉奸、为首作恶者，国法难容，坚决惩办，一个也不放过！谁压迫人民，就反对谁，这就叫爱憎分明。”

刘彬书记的讲话，在孩子们的心中播下了爱国主义的种子。

新旅顾问汪达之先生讲话的主旨在于强调“团结”，他的讲话给大家留下了深刻的印象。

“人小力量小吗？我说不见得，既小又不小。我们打一个比方。”说完，他停了一下，从台上拿起一根芦柴，在大家面前一折，“噗”地扭断了。然后，他又把用绳子捆得好好的一捆芦柴拿来折，一次，两次，三次，都没有断。

他继而说道：“任凭你多大力气，一捆也是折不断的，这就叫‘芦柴成把硬’。我们小朋友也是这样，一个人的力量是很渺小的，如果把我们组织起来，力量就是无穷的，这就叫‘团结就是力量’。团结起来力量大，全国人民团结起来，还怕赶不走日本鬼子？”

5 月 18 日上午，各县代表队向大会献礼，参加检阅。

演练场上，各队表演了杂技、刀术、拳术、棍术、团体操、高跷献花、集体歌等节目，口号响亮，动作娴熟，技术精湛，得到了在场党政军首长的一致赞扬。“列宁”大队第一、第二中队扭秧歌到检阅场，突然变换队形成“小主人”“抗日”等字样图案，让人惊叹不已。

5 月 19 日晚，少年儿童代表大会以一场极为精彩的晚会结束了第一阶段的议程。

5 月 20 日上午，大会第二阶段的议程开始。

黄克诚师长、张爱萍副师长、洪学智参谋长等新四军第三师师部领导同志赶来参加大会。

大多数小朋友是第一次见到传说中的赫赫有名的黄克诚将军。他是从刚解放的阜宁前线赶来的，一路风尘仆仆。只见他一身灰色旧棉军装，腰间紧束皮带，裹着绑腿，戴着近视眼镜，面带微笑，走到主席台前。

“你们辛苦了。我们还未将盐阜区内的敌人全部消灭，根据地还未能连成一片，所以你们来开会要兜圈子，绕了很多路，脚都起了泡。相信再过一年开这样大的会大家可以坐上凳子啰。”

他的讲话，赢得了台下一片欢快的笑声和热烈的掌声。

“你们不愧为新的一代，有作为的一代，为抗战做了许多出色的工作，为军队做了许多工作，我代表三师指战员感谢你们。陈军长要你们组织 10 万儿童，你们不但完成了任务，还大大超过了。全区 30 万少年儿童，你们组织了 18 万，很了不起！

“希望大家要努力带头学好文化，参加抗战工作，把日寇赶出中国。消灭了汉奸，建立新中国，因为将来你们就是新中国的‘大老板’！要从小就爱劳动，帮助父母做事，多生产粮食，支援前线，改善生活。要向父母、邻里宣传科学，反对迷信，不靠神仙靠自己；日本鬼子我们自己打，哪里有菩萨为我们打仗。要锻炼身体，注意卫生，健康成长……”

黄师长正在讲话时，盐城代表签名递了一张条子上来，左林交给黄师长。

黄师长笑着说：“盐城代表要求新四军解放盐城。我们不但要解放盐城，而且要解放苏北，解放上海、南京，一直到全中国国土上没有一个日寇。”

黄师长讲话后，会场一片沸腾，歌声响起：

桃呀桃杏花，李呀李子花，抗日的英雄人人都爱他。

手捧大红花，放呀放光芒，献给黄师长，祝您身体健康，领导我军民，天天打胜仗。

在新旅团员陈伟的指挥下，“列宁”“斯大林”“毛泽东”“朱德”四个大队踩着高跷，打起锣鼓，上台献花。黄师长和高跷上的小代表一一握手，全场掌声雷鸣。团员们把早就剪好放在口袋里的彩色纸屑向师长身上洒去，台上台下，一片欢腾。

盐阜区第一次少年儿童代表大会是一次交流经验的大会，更是一次总结提高的大会。

会议期间，一大批模范典型做经验交流。有介绍组织发展儿童团、开展抗日宣传经验的；有介绍帮助抗日军队完成侦察敌情、递送情报先进事迹的；有介绍帮助民兵站岗放哨、维持地方治安、打击汉奸恶霸破坏活动的；有介绍募集废钢旧铜、子弹壳支援军工生产成功经验的；有介绍募捐慰问前方抗日将士、抗日军人家属，护理后方伤病员的；有介绍帮助缺少劳力的抗属代耕代种和开展生产，将自己的生产成果用于劳军、优抗、支持贫困儿童上学读书的……通过模范典型交流，大家得到了启发，为推动下一阶段的儿童抗日运动积累了宝贵经验。

会议期间，代表们听取了盐阜区党政军领导的报告，提高了思想认识，增强了抗战必胜的信心与决心。大会主席左林以“怎样做一个好干部”为题做了专题报告，在他的倡导下，一场扎扎实实的大讨论和自我批评活动随即展开。

三天的讨论中，各代表队间掀起了一场挑战：看哪个反省检讨得最彻底！

个别“怕说”“怕羞”的小朋友也勇敢地站了出来。每个人都以“重新做个好团员、好干部”的决心，对自己做了严格的检讨。如“曾被敌人引诱带路，找公粮、捉鸡……”“听坏人造谣，自家没主张，随着乱讲”“在募捐中，肚子饿时私自做主吃过慰问品”“用公款为自己买过铅笔”“包庇汉奸亲戚没向政府检举”“自高自大，不讲民主，老对团员发脾气，欺侮小同学”“工作全是推别人做，自己不做”“对军队拥护不够”，等等。

一些代表，因感到自己错误太多，情绪低落，十分难过。大家立即进行慰问，送本子、送鸡蛋等。被慰问的代表非常感动：“大家待我比兄弟还要好，我再不改正错误，那真没脸见人了。”“毛泽东”大队被慰问的一个代表连续站起来作了三次表态发言，表明自己要做一个好干部的决心。

这次的反省检讨，实质上是一次自觉的灵魂净化，让小朋友们在进入社会之前就懂得识别敌我和公私的界限，能够明辨是非，为树立正确的革命人生观和为人民服务的献身精神打下坚实的基础。

行远自迩，笃行不怠。许多人在以后的革命大熔炉里，自律自强，三省吾身，一步步成长为党的优秀干部。

激动人心的时刻终于到来了！

在无数人的期待中，盐阜区历史上第一个少年儿童总团部诞生了。

大会最后一项议程是通过民主选举成立总团部。在选举前，大会公布总团部委员人选的条件，由各代表队提名，最后无记名投票通过。

会议选举左林为少先队总队长、儿童团总团长，李洪生、滨海县儿童团长杨建东为副总团长，射阳县儿童团长郑布舜（后改名佐牧）、阜宁县儿童团长郑益之、涟水县儿童团长黄天民被选为总团部组织部、宣传部的副部长。会后，这几位同志留了下来，随新旅工作组去农村开展儿童工作，不久他们都参加了新旅苏北分团。

这是一次胜利的大会，是一次民主的大会，是一次继往开来的大会。从这一天开始，盐阜区的少年儿童们有了自己正式的统一组织——盐阜区少年儿童总团部。

她的诞生，标志着新旅接续奋斗，再担重任，苏北抗日根据地的少年儿童运动进入了一个崭新的阶段。18 万儿童团员，在新旅担纲的少年儿童总团部的领导下，高擎反侵略的大旗，为夺取抗日战争的全面胜利，建立民主中国，做出了特殊的贡献。

历史不会忘记，苏北老区的人民不会忘记。

燎原火种

长征是宣言书，长征是宣传队，长征是播种机。

四万里路云和月，来到苏北抗日根据地的新旅，正走在新的长征路上。他们每个人都是一粒火种，撒到哪里，哪里就有革命的火苗在熊熊燃烧。

从盐阜到淮海，从苏北到苏中，到处都有新旅前进的足迹。虽然新旅的主要活动范围是在盐阜区，但团体在淮海区的影响丝毫不亚于盐阜区。

新旅在盐阜区开展的工作，震动了相邻的淮海区，让淮海区的党政军领导“眼馋”起来。淮海区党委书记金明、淮海军分区司令员刘震、行署主任李一氓每次来华中局、新四军军部驻地阜宁县开会，都会抽空来看望新旅的各位“小先生”。

“我们淮海区也需要有一个像新旅这样的开展儿童工作的团队!”

求贤若渴的金明找陈毅军长，找黄克诚师长，找盐阜区领导。

“同意!”在盐阜区党政军领导的支持下，新旅在淮海区设立分团的计划被提上了议事日程。

1942年夏天，新旅决定，由郭华带领刘亚、崔海波、郭瑞田前往淮海区帮助开展工作。当时的淮海区正在召开青年抗日救国会第一次代表大会，四人作为特约代表参加了大会，郭华还被选举担任淮海区青年抗日救国会儿童部部长。

1942年9月初，新旅团部由羊寨小学移住单家港，举办文艺训练班，帮助淮海区培养文艺骨干。

因为人手太少，去淮海区帮助各县开展儿童工作的进展缓慢。1942年11月，在反“扫荡”斗争紧张的时刻，新旅团委会主任、团长聂大朋准备亲自出马，带着杨开云、彭彬两人前去增援。

听说聂大朋要走，汪达之从几十里外赶回新旅。尽管他知道聂大朋去淮海区是要去建立一个分团，并非离开新旅，可他依然认为离开团部就意味着可能离开团体，他不想放聂大朋走。但团委会已做出决定，聂大朋的去意又是那样坚决，他只好连连叹息。

“既然团委会已经做了决定，我也只好服从，可惜我晚到了一天。不过我真诚地希望你过一段时期仍要回到新旅来，我们一起把团体建设得更好！要分别了，没有什么可赠送你的，还是送两句话吧！

“静默如地下的种子，自由如空中的鸽子，勇猛如斗虎的狮子。

“这是陶先生的话，转赠给你。还有我的两句话：做人之道，舍‘认真勇敢’之外，别无所谓光明。从一点一滴做起，一步一步向前走去!”

汪达之的赠言让聂大朋感动不已，他立即掏出笔记本，一字一句地记了下来，他要作为“随身铭”时刻谨记。作为回赠，聂大朋从背包里拿出厚厚的一本约有 10 万字的日记，这是他到根据地以来的工作、学习、锻炼、成长的实录和心得。送给汪先生，这是详细的汇报，也是最好的礼物。

因为写得生动形象，后来汪达之将聂大朋的日记拿给新旅团员们学习，可惜在大“扫荡”中，大家传阅时丢失了。

聂大朋一行到淮海区的时候，正值淮海区青年干校开办，有学员 200 多人。他们到干校报到时，干校负责人高兴坏了。全干校就一个支部，而且正愁没有支部书记呢，聂大朋就来了，正好走马上任支部书记一职。其他人各有分工，杨开云负责干校俱乐部工作，郭华、彭彬在青救会用油印机编印《淮海儿童》小报。

就在这时候，敌人的大“扫荡”开始了，日伪军对淮海区采取“铁壁合围”，形势万分危急。为了跳出敌人的合击圈，青干校停办，聂大朋等人被要求“打埋伏”，分散隐蔽到老百姓家中。

费尽周折，聂大朋等人好不容易回到行署。但是敌人的大“扫荡”还未结束，反“扫荡”的形势还很严峻，聂大朋等人决定随部队行动。聂大朋被安排在泗沭县警卫连当指导员，郭华在行署警卫连担任副支书，彭彬担任青年队队长，杨开云是女同志，留在地方工作。局势稍有缓和，郭华、彭彬、刘亚、崔海波、郭瑞田就一个个陆续回到了大本营——盐阜区新旅团部。

由于形势变化，组建新旅淮海分团的计划暂时搁浅。根据组织安排，参加实际工作锻炼的聂大朋、杨开云留了下来，从此走上了更加广阔的战场。

1943 年春，反“扫荡”斗争胜利结束，让新旅到淮海区帮助开展工作的请求再次被提上了淮海区党政机关的议事日程。

首先与新旅互动的是淮海区涟水县委。

新旅团务委员韩枫率领徐莎、郭立范、崔海波三人，通过日伪盐河封锁线，来到了涟水县梁岔乡沟南村。新旅协助县青救会在这里连续举办了三期训练班，每期半个月。训练班上，新旅教大家学唱抗日歌曲、学跳秧歌舞，介绍开展儿童工作的经验，宣讲新旅历史和事迹。

1944 年暑假，涟水县举办了为期一个月的夏令营，营内专设少年儿童营，那些在训练班经过新旅培训的少年都成了夏令营的骨干。夏令营一结束，全县以秧歌舞活动带头的各种抗日活动便轰轰烈烈地开展起来了。

新旅一出手，果然不同凡响。为了尽快让新旅播撒的种子结出芽苞，涟水县接连派出两批儿童骨干去新旅团部学习。经淮海区党委批准，从新旅“取经”归来的骨干，组成了 20 人编制的脱产的涟水县儿童工作队，对外简称“儿工队”。儿工队成立后，学习新旅的做法，四处演出、散发传单、写标语，到中小学去教唱抗日歌曲、教跳秧歌舞，逢集时到集镇上演讲，参加县里的各种会议，等等。

1945 年春，涟水县委将儿工队骨干分散到各区去担任区儿童团长，这些儿工队的骨干又将他们从新旅学到的工作经验“复制”带到各区乡基层去，抗日的歌声响彻各个角落。男男女女，老老少少，村村唱起革命歌曲，扭起秧歌；村口要道处有儿童团站岗放哨的身影和他们演讲教歌的声音。

1945 年初夏，在全县儿童团活动普及的基础上，涟水县召开了县儿童团成立大会，儿工队队长程尔然被选为县儿童团团长。

为了将新旅在涟水县播下的种子扩散到整个淮海区开花结果，1945 年 10 月，淮海区在沭阳城举办了全区儿童干部培训班，简称“儿干班”。儿干班主持人朱群，是淮海区青救会负责人，曾主持过新旅在涟水县举办的培训班。涟水儿工队的许多成员，这一次派上了用场，都被抽来作为淮海区儿干班的骨干。

新旅作为儿童运动的“点火人”，在淮海大地，用传帮带的方式完成了火种的传递。

新旅的火种也传到了苏中解放区。兴化县红红火火的儿童工作，就是在新旅的指导下开展起来的。

1944 年年初，新旅团长张拓来到兴化县，看望留在苏中区工作的新旅团员张泉，向他介绍了苏北盐阜区的儿童工作情况。

1944 年 3 月，在张泉的穿针引线下，兴化县委派出正在合塔区织机舍小学读书的新四军小战士陈元桂、赵宝生、李连新三人到新旅学习。不到半年的时间，他们学到了新旅儿童工作的许多经验，学会了歌舞演出等各种文艺宣传的本领。回到兴化县，县委以他们为骨干举办了一期儿童干部训练班，受训儿童干部有五六十人。训练班结束后，兴化县儿童工作队成立，成立后工作队又轮流到各区去办训练班。

1945 年 4 月，兴化县召开了第一次儿童代表大会，选举陈元桂为县儿童团团长，陆得荣、陈腹英、赵宝生为副团长。儿童团成立后，走遍了全县大小村庄，他们教儿童团团员唱歌、演戏、扭秧歌；组织儿童演讲，宣传抗日救国道理，号召各界人士募捐，宣传共产党、新四军的抗战主张，帮助新四军打仗，等等。

1945 年 10 月，两淮解放后，兴化县委派出陈元桂、陆得荣、陈腹英三人去新旅苏北分团工作。三人在新旅得到了很好的锻炼。

劫劫长存，生生不息，新旅厥功至伟。

说到苏北分团，这是新旅在苏北大地上燃放的又一个璀璨的火种。

提到苏北分团，人们自然会想起，这是 1941 年 5 月新旅先期到达盐阜区的团员根据华中局和新四军军部的指示成立的临时性组织。

当时的苏北分团有 20 多人，部分人来自鲁迅艺术学院华中分院少年队。张杰、张拓分别担任正、副团长。分团刚成立不久，就遇上了日伪军的大“扫荡”，可惜，张杰在大“扫荡”中英勇牺牲。张拓、聂启坤率领苏北分团的其他团员奋力突围，终于跳出了包围圈，回到了新四军军部。

就在那个骄阳似火的7月，新旅苏北分团做了一件震惊中外的事，他们向苏联及全世界反法西斯国家的小朋友发出了一封信——《现在我们是站在一条战线上的弟兄》。现在读起来，信中发出的呐喊和号召，仍让人血脉偾张、激情飞扬：

…………

英勇的伙伴们！现在我们是一条战线的兄弟。我们要拿出我们的小力量，为自己的祖国，为反抗法西斯强盗，为人类永远的幸福和平而奋斗。我们一定要坚持抗战，和你们一起站在反法西斯的战线上，以我们坚持对日的抗战，来帮助你们！

我们需要更亲密的拉起手来。我们要互相交换斗争经验，互相报道自己的消息，用钢铁样的反法西斯儿童的大团结，来回答敌人的残暴。亲爱的伙伴，你们一定会愿意的。

最后，为了预祝胜利的将来，我们高呼：

胜利是我们的！

紧紧的握住你们的热手！

时隔数月，新旅苏北分团与苏中工作队的同志胜利会师，新旅总团部成立，苏北分团第一次完成了她的历史使命。

苏北分团的重建，是在日本帝国主义宣布投降以后。

1945年10月24日，中共中央华中分局、华中军区成立；10月29日，苏皖边区政府成立。

原中共盐阜区党委领导的新旅划归中共中央华中分局和苏皖边区政府领导，住地由淮安迁到边区政府所在地淮阴南门大街。

当时新旅团员们住在南门大街城南公园马路对面的一幢宽敞的房子里。这幢房子紧靠马路，是南北走向长方形的三层楼房，二楼南端有个大窗户，开了窗就可以走上老乡的房顶。

淮阴是华中军政机关的要地，国民党潜伏的特务想方设法要搞破坏。新旅刚住进去，就差点儿“全军覆没”。

有一天深夜，突然听到外面马路上有两个女人的尖叫声：“同志！同志！你们屋顶上有人！”

住在二楼的新旅少年队的同志们差不多同时从床上跳起来。只见窗外忽地闪过一个黑影，“汪汪”叫了两声，蹿下楼去了。大家从窗户上了老乡的屋顶，发现有两根导火线直通新旅住处二楼的窗下，连着炸药，一旦引爆，后果不堪设想。

后来公安局的同志前来侦查，发现老乡屋顶另一端的瓦片被踩碎了很多，说明有坏人来此活动过。那条大狼狗很可能是用来转移视线的，幸好敌人的阴谋没有得逞。一场虚惊之后，新旅全面加强了防范措施。

那时候，原盐阜区改为华中五分区，原盐阜区党委改为华中五地委。

新旅走了，去担负全苏皖边区的儿童指导工作了。以前新旅在盐阜区（现在的华中五分区）开创的少年儿童工作的大好局面，必须加以巩固和发展，不能半途而废。华中五分区急需一个儿童工作团体。

征得新旅的同意后，五分区决定重建新旅苏北分团，专门从事五分区的少年儿童工作。

1945 年 10 月，在庆祝新旅建团十周年活动后不久，五地委机关举行欢送新旅总团开赴淮阴的茶话会，宣布重建苏北分团。至此，新旅总团与苏北分团正式分开。

苏北分团住地在淮安县城青龙桥 44 号，业务受华中五地委民运部和青年联合会的指导，党内工作归五地委机关党总支领导。苏北分团行政设团务委员会，党内建立支部，下设分队，每队六七人。分团重建初期，团委会领导成员有李洪生、徐莎、郭立范、王云飞、张明等。李洪生任团长，徐莎、郭立范分别担任党支部书记、副书记。

1946 年春，张明、王云飞、郭立范先后调出。新旅总团派刘海峻、陈兆清、崔世成（后改名崔士臣）、王家明（后改名陆明）到分团工作。6 月，李洪生、徐莎、黄明、秦守文、陈腹英、陈元桂、陆得荣等团员调出，五地委决定由地委青联宣传部部长韩枫兼任分团团长，刘海峻任副团长兼党支部书记。

苏北分团从重建到结束，其实只有一年多的时间，短暂的时光却留下了永久的印记。

苏北分团重建伊始，正值抗战胜利不久，解放区的党和政府积极领导人民恢复生产，同时加强战备，警惕国民党反动派发动内战，抢夺胜利果实。为此，苏北分团在加强自身建设的同时，重点做好儿童团的组织宣传工作。一边积极组建新解放区儿童团，一边派出工作队到射阳、建阳和涟东等老根据地检查指导儿童工作。

1946 年 4 月 4 日儿童节，在苏北分团的指导策划下，五分区各地举行了形式多样的庆祝活动，特别是在淮安县城区举行的大规模的庆祝活动，轰动了七里八乡。

1946 年 7 月，全面内战爆发。党和政府的工作重点已转移到战争方面。苏北分团的同志坚决服从革命大局的需要："党叫到哪里，我们就到哪里去！"

——去参加土地改革。1946 年 6 月底，分团离开淮安城，随华中五地委民运部和工、农、青、妇联干部组成的土改工作队，到阜宁县板湖区钱庄乡搞土改试点工作。在调查农村阶级状况、宣传党的政策、组织贫雇农诉苦算账、分田地等工作中，分团除完成共同任务外，主要指导儿童团开展各项宣传鼓动工作，局面非常活跃。

敌人散布谣言："共产党长不了，分去的土地还要连粮一起送回，谁分土地，谁倒霉。"造成部分无地农民思想动摇，对没收地主的土地不积极不配合，而且不肯说出内情。分团的同志决定从儿童团入手，了解农民的顾虑，并做儿童团团员们的思想工作，向他们讲述各解放区战场的胜利，讲述有共产党领导、有强大的新四军，胜利一定在我们手中。然后发动儿童团中的贫农子女回家动员父母，从而使儿童团成为土改的动力。团员陈兆清因在土改中表现出色，被光荣吸收入党。

——去参加涟水县保卫战。1946 年 10 月，根据上级指示，苏北分团配合阜宁县青联，抽调马集、停翅港、羊寨等乡农村剧团的骨干，组织宣传队，参加涟水县保卫战。在分团党支部的动员下，大家以最短的时间编写出秧歌剧《军民一条心，打败蒋军》、独白剧《给蒋独裁算命》等节目。

在前线，大家冒着敌人的炮火，奋勇前进。有的配合苏北文工团到部队、民工中搜集材料、搞创作；有的用老乡家的锅底灰做颜料，在村庄墙壁上刷写大字标语。到了晚上，就在台上点亮油灯，给部队、民工进行慰问演出，通过演出既活跃了战地生活，又鼓舞了斗志，受到大家的一致欢迎。在此期间，分团还派出郑益之、杨建东、黄天民等团员跟随支前民工担架队做政治工作。直到战役结束，主力部队过了陇海铁路，他们才陆续返回。

——去到对敌斗争第一线。1946 年 10 月底，分团集中在阜宁县板湖南孙老庄休整。分团党支部在总结工作时，表扬了在参加涟水县保卫战中表现突出的好人好事，吸收了王建民、郑布舜入党；同时，欢送王建民去野战部队工作。随着我军主力北移，国民党军队和地主还乡团打入我县城和交通沿线重要村镇，苏北的对敌斗争形势发生急剧变化。分团于 11 月中旬转移到阜东县东坎、陆集一带，尽管敌情紧张，生活艰苦，但全团 22 人思想稳定，对敌斗争情绪高涨。

12 月 25 日下午，从华中五地委开会回来的韩枫传达了地委的指示：新旅苏北分团的同志要分散打游击，待情况好转时，再开展业务工作！

如何分散打游击？12 月 28 日晚，召开了全团会议。会上，经全体讨论，一致同意执行上级决定，分团同志分散到自己的家乡去坚持游击斗争，这样人地两熟，便于应对敌情。分散名单确定：韩枫、刘海峻、陈兆清、茆荃、郑益之去阜宁县；杨建东、杜果、黄天民、周全去滨海县；郑布舜、林文谦、崔士臣、田明去建湖县；陈一萍、深男（原名左文）、孙敏、韩霖四位女同志和吉萍去盐东县；薛家安、嵇球去涟东县；陈法尧、王家明去阜东县。刘海峻宣布了各组的行走路线和负责人，分发了给有关县委的介绍信，宣布了注意事项。

30 日晚上，分团在离开陆集途中做出决定，提前举行一场联欢晚会庆祝元旦，同时为大家送行。晚会是在群众家里举行的，三间草房的中间点着一盏油灯，表演的节目都是新旅团员们自编自演的。分团的同志们既是观众又是演员，还邀请了当地群众前来观看。外面寒气逼人，屋内温情涌动。这是分团在一起的最后一次联欢，大家对着灯团团围坐，手拉着手，互相勉励，互道珍重。

天还未亮，厨房大师傅周全连夜做饭，把准备新年吃的咸鱼、腊肉全部煮了。一顿热腾腾的美餐，大家吃得唇齿留香，也永远难忘。天明时分，大家背着背包出发了。韩枫、刘海峻一一送走分团的同志们后，也踏着冰霜、迎着朝阳，离开了陆集，去向地委有关领导汇报苏北分团的结束工作和日后重建的打算。

1946 年的最后一天，苏北分团第二次完成了她的使命。分散到各县打游击的新旅团员，大多数人根据地方党组织的安排参加了地方武装，拿起了枪杆子，和敌人面对面地展开斗争。后来由于革命形势的不断发展，他们从地方游击战到大兵团作战，从江北打到江南，苏北分团再也没有机会把大家集中起来从事儿童工作了。

苏北分团，像一个火种，更像一颗流星，在新旅的天空里划出最美的弧光。

解放区第一份儿童报

1941 年 10 月，新旅有了自己的报纸——《儿童生活》。

新旅进入苏北，像一支文艺轻骑兵驰骋在苏北广袤的原野上。但是他们也遇到了一个现实问题：人手有限，如果单靠有限的人力走村入户去组织儿童工作，进展实在太慢了。

范政想到一个主意：办报！

他说，如果办一张报纸，印上几千份，就等于有几千双腿、几千张嘴去宣传了。根据地是我们自己的天下，有权办报，那就办一张儿童报吧！

“这个主意好！”范政的提议得到了大伙儿的一致赞成。

“我们的报纸就叫《儿童生活》，先一周出一期，8 开 4 版，怎么样?”尽管范政只有 16 岁，可他也算一个“老报人”了。在北平时，他就在《北平新报》工作，集编辑、记者、撰稿于一身。他是办报的最理想人选。

盐阜区党委宣传部部长王阑西全力支持："你们搞，我可以叫诗人林山，还有搞美术的同志帮助你们。遇到什么困难，再告诉我。"

说办就办！经过讨论决定，《儿童生活》成立由范政、王德威、黄叔宽等人组成的编委会，范政担任主编。

当时，区党委只有一个小铅印机，单单印一张 4 开 4 版的《盐阜报》就已经很紧张了，一时无力承印这张小报。

怎么办？"我们先油印再说，许多部队的小报不都是油印的吗？"黄叔宽提出建议，并自告奋勇地承担了小报的刻印工作。

盐阜区党委特批经费，买来了油印机、铁笔、蜡纸等。黄叔宽手上长满了冻疮，刻印时常常满手裂口流血。手冻僵了，脚冻麻了，他就不停地搓手跺脚来取暖。夜里，只靠一支蜡烛取亮，他毫无怨言地做着。

范政、王德威等人从一个刊头画的精雕细琢，到每个错别字的查找修正，一处都不放过。

在编委会全体人员的努力下，《儿童生活》小报终于出版了，一班人捧着报纸个个眼含热泪。这是解放区第一份儿童报，他们欢呼着伟大杰作的诞生！

报纸一问世，便一下子传遍了根据地，成了儿童团的好伙伴、好朋友。

随着需求量的不断增加，在盐阜区党委的支持下，不久，《儿童生活》改为套色石印，从第 4 期起又改为套色铅印，每 10 天一期。报纸图文并茂，生动活泼，成了根据地儿童的"抢手货"。

巧合的是，新旅在盐阜区创办了《儿童生活》，留在苏中区的新旅团员们则创办了《苏中儿童》。

1942 年元旦，留在苏中工作的张渔、陈强等新旅工作组的同志，凭着一腔热忱，编辑出版了一张 8 开油印的《苏中儿童》小报。

为防止敌人的"扫荡"，他们编辑部的地点有时在河湾港汊边上的土屋里，有时在河边芦苇荡里的小船上。深夜里，在摇曳的烛光下，一张蜡纸，一支铁笔，一块磨损了的旧钢板，就是他们的全部家当。

印刷是极其简陋的，有时借不到油印机，就直接用刷子蘸油墨往蜡纸上刷印。一开始的印刷质量不太理想，后来得到了范政同志的悉心指导。他给苏中的同志写了一封长信，在热情欢呼《苏中儿童》出版的同时，对内容、栏目及编排技术等方面提出了许多具体的改进意见。他把自己在编辑工作中的心得体会，十分详细地告诉了他们，并希望随时和他们通信交流。

苏中区的新旅同志看着范政寄来的活泼精美的《儿童生活》，一个个都爱不释手。他们连夜开会讨论制订了《苏中儿童》的改进方案。不断改进的《苏中儿童》受到了小读者们和小学教师们的热烈欢迎，还受到了苏中地区党政领导的充分肯定。《儿童生活》也及时和他们保持联系，相互交换消息，转载文章。

《儿童生活》像"哥哥"一样，带着"弟弟"《苏中儿童》共同前进。

后来，新旅苏中儿童工作组的同志奉命回到盐阜区新旅总团。《苏中儿童》停办了，张渔和陈强一起参加了《儿童生活》的编辑工作，张渔协助范政做文学编辑，陈强协助王德威做美术编辑。

在《儿童生活》设有美术专栏的同时，1943 年，新旅又创办了《儿童画报》，4 开石印 3 套色印刷，先后编印了 5 期。王德威负责的《儿童画报》主要靠木刻，并且把木刻版子直接排上印刷机。当时根据地的很多美术工作者都会木刻，和《儿童生活》《儿童画报》结下了缘分，他们是新旅刊物的"铁粉"。鲁莽、吴耘、沈柔坚、丁达明、洪藏、黄丕星等画家把一批高水平的画作，通过新旅的刊物，奉献给了苏北抗日根据地的孩子们。

编委会的一帮小编辑为了办好《儿童生活》《儿童画报》等刊物，其中的艰辛，让人动容，令人心疼。

就拿《儿童生活》来说，编辑中最大的也只有十六七岁，他们在游击战争的艰苦环境里，受到了最实际的锻炼。新旅的小战士们通过敌人的封锁线深入各个村落去做儿童团工作，他们同时也是《儿童生活》的小记者，负责采访、报道和组织稿件。他们自己动手写文章、绘画、木刻、编歌，依靠集体的力量千方百计地办好《儿童生活》等刊物。

在反“扫荡”斗争中，领导机关经常转移，印刷厂经常迁移或“打埋伏”。每出一期刊物，要先向兵站了解机关移动的方向和所在地址，然后将全部编排好的稿件、版面设计以及编辑们创作木刻作品用的木刻板和木刻刀等工具打在小背包里，一路奔波，去请分管首长审稿。

看着这些十四五岁的孩子，首长们感动不已，安置孩子们与自己同吃同住，用最快的速度审阅稿件，有时遇到印刷厂任务紧，就尽可能优先安排新旅的印刷任务，并拨给最好的纸张。每当孩子们艰难辗转找到印刷厂所在地时，印刷厂的工人们都是二话不说争分夺秒地赶印。

孩子们和制版工人一同制版、描版、修版，帮助校对，抢着帮忙摇石印机和踩铅印机。当时印刷厂的条件很差，工厂为了提高新旅报刊的印刷质量，常托地下工作同志潜入敌占区县城，采购一些高级的石印彩色油墨，使套色画报印得更加光彩夺目。

那时候制版没有网纹，孩子们就和工人师傅一起动脑筋想土办法，把铁匠师傅的大钢锉的网纹用制版墨拓下来制成网纹，使画报变得色调丰富。新旅的刊物就是在工人同志的支持合作下，在最艰苦的印刷条件下坚持以最快的速度和最好的质量出版的。

有一次，《儿童生活》的纸张批下来了，可是没有地方印。怎么办？上级让范政等人自己想办法。

那天黎明时分，天气非常冷，范政顶着严寒，背上背包，带上原稿和三块木刻板出发了。70 多里路，他一直走到天黑，才到了新四军军部。

军部印刷厂的同志告诉他，印刷要找钱部长。但钱部长离此地还有十几里路。看范政太累了，军部印刷厂的同志就借给他一匹马。但这是一匹烈马，走到一座破桥上时，马一发威，范政连人带马摔到了河里。

全身湿透的他，冻得瑟瑟发抖，头晕脑涨。他烧点草烤了烤，继续前进，但不敢骑马了，只好牵着走，一直牵到钱部长那里。钱部长笑着说：“小同志，你来得真不凑巧，我们正忙着印文件，这半个月一点儿空也没有。”

听他这样一说，范政身子凉了半截，一下子栽倒在地。

第二天，钱部长介绍他去十几里外的三师印刷厂。听说有地方印刷，范政来劲儿了，拖着病体赶到了三师印刷厂。

等了几天，终于轮到给他排版了，他一刻不离排字房。为了美观出效果，他满屋翻找花边、花线，亲眼看着工人们拼版，一连校对了四遍。那天晚上，铅版上了机，快要开始印时，范政忽然发现了两个错字，工人同志劝他算了吧，范政一口拒绝，说什么也得改！结果花了半个钟头才改过来。

当他抱着带着墨香的报纸回到团部的时候，大伙儿兴奋地把他抱了起来，山呼“万岁”！

刊物是新旅开展儿童工作的重要抓手，许多重要的工作要通过刊物及时部署下去。所以，刊物的及时出版显得尤为重要，为了不打“马后炮”，必须与时间赛跑。小编辑们通宵达旦地工作，已成了常态。即使在反“扫荡”斗争中，他们在转移途中仍坚持编辑和创作工作。

1943 年春，日寇以所谓“梳篦战术”开展疯狂的大“扫荡”，新旅全团奉命撤退隐蔽到阜东县东海边的大草滩里。在敌人随时都可能带着军犬来搜索的危急情况下，他们没有悲观等待，而是在草垛底下挖个洞，把随身带着的木刻刀、木刻板从小挎包里取出来放进洞里，继续战斗。

就在那段隐蔽转移的非常时期，新旅集中 10 天时间，专门创作了 10 个独幕剧、4 个杂耍、10 余首新诗歌，出版了《每月新歌》《儿童文娱》，其中有秧歌舞剧、话剧、歌曲等 15 种文艺作品。

一批优秀作品喷薄而出。

范政创作了诗歌《满天星》《爸爸打东洋》、剧本《中国孩子可怕》、通讯《小俘虏访问记》，李洪生创作了诗歌《军民是一家》，白刃创作了诗歌《弟弟的眼泪》，宏新创作了诗歌《顽固派》，王家明创作了小说《勇敢的小姑娘》，韦林创作了小说《和皇军洗澡》，话剧《八滩之战》、秧歌剧《雨过天晴》也相继诞生……

反“扫荡”胜利后，这批诞生于烽火路上的优秀儿童文学作品，通过不同的渠道在根据地陆续传播开来，成为少年儿童珍贵的精神财富。

张拓编导、章枚作曲的秧歌剧《雨过天晴》，由章枚、黄明、彭彬、范政、王德威、王云飞和陈明演出，内容是反映张爱萍副师长指挥的解放陈家港战斗的故事。节目有歌有舞，有故事有人物，摆脱了过去的“活报剧”的影响，着眼于描写有血有肉有个性的普通人。一个个惟妙惟肖的人物登上舞台：黄明扮演女主角媳妇桂香，彭彬扮演儿子刚生，范政、王德威扮演日本军官和汉奸翻译，章枚扮演的公爹老头儿唱着男低音，王云飞用油墨涂黑了一颗牙齿，瘪起了嘴巴，还真像个老太婆。

《满天星》《爸爸打东洋》《军民是一家》分别被贺绿汀、韩枫、陈明谱成了曲，旋律轻快、充满童趣的歌曲非常适宜各地儿童团传唱，成了当时经典的流行歌曲。

青石板，板石青，
青石板上钉银钉。
银钉亮，银钉明，
长空万里满布星。
星儿多，多得数不清，
多不过英勇战斗的小英雄。
小英雄，有本领，
戴着月，披着星，
星夜里摸到敌军营，
枪声就放不停。
又喊杀来又冲锋，
手榴弹儿拼命扔。
轰、轰、轰！
炸死东洋兵，
我们得了胜！
小英雄，笑盈盈，
满天星，亮啊亮晶晶！

——范政《满天星》

爸爸打东洋，剩下我和娘，
天天娘种田，我在旁帮忙。
爸爸打东洋，常常打胜仗，
前线来家信，我娘喜洋洋。
爸爸打东洋，百姓不遭殃，
我劝叔伯们，快快上前方。
爸爸打东洋，我们后面帮，
鬼子全杀尽，快乐过时光。
——范政《爸爸打东洋》

打了大胜仗，八路到我家，
好比亲家到，大家笑哈哈。
爸爸来招待，妈妈烧开茶，
我也来帮忙，军民是一家。
——李洪生《军民是一家》

新旅创办的《儿童生活》，从1941年创刊，一直办到抗战胜利，共出了30余期，发行近万份，是华中敌后办得时间最长、期数最多的刊物之一，是华中报刊发展史上的一朵奇葩。

《儿童生活》有力地指导和推动了华中地区儿童团的工作，产生了巨大的影响，成为华中少年儿童中一支嘹亮的战斗号角。

《儿童生活》上刊登的革命历史、各种战斗故事、英雄人物传记、各地儿童活动通讯、模范儿童团和儿童团员的介绍，极受儿童读者的欢迎。还设置了《天下大事》《孩子的话》《科学世界》《小小问答栏》《木刻连环画》《小演唱》《小信箱》《儿童园地》等栏目，培养了广大小读者诸方面的兴趣。

如雨后春笋般涌现出来的各地儿童团，根据《儿童生活》每期的内容组织学习和宣传。儿童团员们热情地响应《儿童生活》的号召，开展了战地劳军、慰问烈军属、募集废铜烂铁、建立识字岗和盘查哨、保卫夏收、破除迷信、发动上冬学、做“小先生”等一系列活动。特别是《儿童生活》发起的“团结抗日、反对内战”的一万儿童签名运动，短短的半个月时间，就收到从苏北各地寄来的两万多儿童的签名信。

很多学校和村镇成立了《儿童生活》读者会，负责组织阅读、讨论、宣传、代销、发动写稿、搜集意见、联系编辑部……同时还负责按期将内容讲解给不识字的小朋友听。这些读者会成了儿童团集体活动中的一个重要组成部分。

《儿童生活》在各儿童团的骨干和积极分子中发展了近 400 名通讯员，他们经常给刊物写稿；还约请了 100 多位热心的教师和地方工作同志做“儿童之友”，按期向他们寄送刊物，约他们写稿，并请他们辅导读者会小朋友的学习和写作活动……

由于来稿日益增多，原来 10 天出版一张的 8 开铅印小报已无法满足需要。小读者们纷纷来信，要求增加内容、扩大篇幅，并希望改为易于保存和传阅的小本子。新旅编辑部接受了这些意见，从第 25 期起，《儿童生活》就改为 32 开本的半月刊杂志了。

新旅创办的刊物得到了解放区首长们的高度重视。

陈毅军长十分重视新旅和《儿童生活》的出版工作。为了鼓励新旅的同志们，他派专人快马送来他为《儿童生活》亲笔题的词：

抗战事业应该让儿童参加，新四军愿意做儿童们的良友。

三师副师长张爱萍曾是大革命时期江西苏维埃红军根据地少年儿童运动的领导者和组织者，他在亲临前线指挥战斗的紧张时刻，还不忘按期给《儿童生活》赶写长篇连载的《苏维埃儿童团的故事》，给新旅以极大的鼓舞。

抗日战争胜利，新旅进驻淮阴，担负起苏皖边区的儿童辅导工作。他们积极筹划建立华中少年出版社，编辑出版了 24 开本的《华中少年》月刊杂志和 8 开彩印的《华中少年画报》以及少年丛书，创办编印了 5 年的《儿童生活》完成了她的历史使命，正式停刊。

新旅的秀才们不但让解放区的孩子们看上了图文并茂的杂志，还让孩子们看上了诙谐幽默的“土电影”。但为了一场“土电影”，新旅差点付出生命的代价。

那一次，新旅决定由张拓编导，美术组王德威等一批小画家负责设计和制作，为当地老乡和孩子们演出一场皮影戏，也就是大家所说的“土电影”。

皮影戏需要驴皮，没有驴皮，他们就找来装香烟的硬纸板大纸箱，拆开来剪成纸人傀儡。新旅的同志们一起动手，不到五天就搞出了一台皮影戏晚会。

那个春寒料峭的夜晚，王德威等人熟练地操纵着纸人，《大萝卜》《送公粮》《帮助新四军》等一组短剧一个个上演。大人们乐得合不拢嘴，孩子们更是笑得前仰后合。

就在这时，意外发生了。

当时演出用的灯光照明，是从老乡家里借来洗脸用的铜盆，在里面装上豆油，用棉花捻搓成灯芯点燃照明。因为表演时间太长，装油的铜盆被烧得滚烫，盆里的热油因高温燃烧起来。火苗一下子蹿起二三尺高。再烧下去，就会点着老乡家的草房。

说时迟那时快，王德威不顾一切地端着滚烫的铜盆冲出了屋。就在这时，张拓也跑了过来，两人撞了个正着，一盆燃烧着的灯油全泼到了张拓的身上。张拓一下子成了“火人”。

为了不让火苗殃及草房，只见“火人”张拓迅即转身，向空地奔去。王德威也冲了上来，一下子将张拓扑倒在地，两个人抱着在地上翻滚。幸好两人穿的是棉军装，火焰终于扑灭了，两人身体无碍。

这幕舍生忘我的救助场景，这种患难与共的手足之情，成就了一段佳话，在老乡中口口相传。

1944 年的秋天，新旅来了一个小画家——肖峰。

他春天就从江都出发了，当时身上揣着县里的介绍信，因为敌情，一路走走停停。有时候遇到敌情，一躲就是十天半个月，所以，到达新旅住地时已是秋天。

肖峰清楚地记得，第一天到新旅，因为没带被子，就跟新旅团长左林睡一个被窝筒。可能是因为长途跋涉的疲劳，肖峰夜里竟然尿床了，左林只好裹着军大衣睡在一旁。

第二天，肖峰醒来后十分尴尬。左林安慰他说："你年纪小，偶尔尿床不奇怪，不要紧张，被子明天洗洗就好了。"

他指着正在门外吹哨子的值日队长王德威的背影说："他以前和你一样，也会夜里'画地图'，不过他是我们新旅最有名的小画家，还是我们《儿童画报》的主编。今天你一来新旅就'画了一幅地图'，说不定你也和他一样将来会成为画家!"

想不到一语成谶，在新旅大熔炉的煅烧下，40 年后，肖峰与王德威真的成了海内外闻名的大画家，分别担任中国美院的正、副院长。

1946 年 6 月 10 日，苏皖边区政府主席李一氓为新旅出版的《华中少年》杂志创刊号题词：

> 经过战争与民主的锻炼，在抗战的炮火中生长起来，在无比自由的气氛下工作和学习，新生的一代有对解放区的热爱，也有对自己光明的努力。

此刻的新旅，依然面临着印刷设备奇缺的问题，工作开展十分困难。

就在这时，联合国善后救济总署中国分署的职员、著名的奥地利记者严斐德来到了新旅住地参观访问。

在欢迎晚会上，严斐德操着不太熟练的中国话表达了对新旅十分友好的感情。在新旅团员的伴奏下，他兴奋地跳起了舞蹈，还和大家一起津津有味地吃着炒糊的花生。这个场面，被王德威用铅笔速写下来。这张题名为《和严斐德先生交朋友》的画上，严斐德的形象非常逼真：狭长脸，深眼窝，高高的鼻梁，稀疏的头发，坐在大伙儿中间高兴得合不拢嘴。第二天，这幅画转到了严斐德的手中，他高兴地回信表示感谢。

在双方的交流中，新旅团长左林得知严斐德在上海时同中国福利基金会的宋庆龄会长结下了友谊，他还多次呼吁“联总”拨给解放区医药和物资。

4 月 27 日，左林决定托严斐德先生带信到上海，请他转交给中国福利基金会会长宋庆龄女士。信中详细汇报了新旅在苏北解放区的工作、学习、生活情况，并对宋庆龄女士“在那样不好的环境下，热心为中国人民幸福而艰苦奋斗，表示亲切的慰问和敬礼”，同时恳请她能够支援新旅急需的印刷设备及其他物品。

宋庆龄会长见信后十分欣慰与感动。7 月 24 日，她欣然提笔复信给新旅团长左林：“送上油印机一架，如有需要请告知，当尽可能代为设法……”

当新旅收到这封珍贵的回信和迫切需要的油印机时，内战全面爆发，国民党反动派对苏北解放区开始大举进犯。新旅随军北上，踏上了解放战争的战场。

在行军的征途上，新旅携带着宋庆龄会长赠给的油印机，印出了大量的宣传品与文艺作品，对鼓舞解放区军民的斗志起到了巨大作用。

嘹亮的战斗号角，一直吹响在前进的路上。

新安复校

汪达之到苏北抗日根据地后，担任了两个职务，一个是新旅顾问，另一个是盐阜区行署文教处督学。

他就像一个挑夫，一肩担着新旅，一肩担着教育。

新旅之于汪达之，就是他的命，一直呵护有加；而对于教育，他的心里一直装着他的新安学校。

抗战后，淮安沦陷，新安小学停办。到了桂林，历经艰难，在北郊致和村复校，可惜好景不长，又因局势环境突变，再度停办。

现在到了敌后根据地，完全可以选择一处相对安全稳定的地方，恢复新安学校。汪达之的建议得到了盐阜区行署文教处处长白桃的全力支持。

1943年夏秋时节，盐阜区党委和行署决定在涟东县长浦河村恢复新安学校。位于涟东县东北50华里的长浦河村地处偏僻农村，因废黄河西岸的长浦河得名。过了废黄河，东面是阜宁县的马集区，南面是淮安县，距离日寇占领的涟水、阜宁、淮安三个县城都比较远，是苏北抗日根据地相对稳定的地带。因此，行署文教处便将新安学校的复校地点选在了长浦河村。

新安学校校长仍由汪达之担任，纪宇、李楠同志先后担任生活指导部主任，负责教学和思想政治工作。新旅还派出张早、张若曼、方南君、何仁等同志参加学校工作。

1943年8月21日，汪达之以校长的名义，在《盐阜大众》报上刊登新安学校复校启事：

> 本校原设在淮安，有部分同学组织新旅，旅行全国。抗战后原校沦陷停办，曾由新旅同学在桂林复校。又因环境恶劣停办。新旅即转来苏北，现承军政首长和各界赞助，又将在阜宁复校，先办小学部。报名者可至阜宁文教科或板湖区署接洽……
>
> 校长　汪达之

学校本部设在长浦河村的袁庄。

老师来了。这里的老师，从校长到教师一律不拿薪酬，都是供给制。40多个老师的来源由三部分组成，一部分来自新旅，一部分是从党政军中抽调的人员，一部分是临时聘用的“艺友”。

所谓“艺友”，源于陶行知先生的发明。“艺”就是教学艺术，“友”就是朋友，学生与有经验的老师交朋友，在实践中学习当老师，边干边学。用陶行知先生的话讲就是：“事怎样做便怎样学，怎样学便怎样教。教的法子根据学的法子，学的法子根据做的法子。先行先知的在做上教，后行后知的在做上学。大家共教共学共做才是真正的艺友制，唯独艺友制才是彻底的教学做合一。”

教职员工和外地来的学员借住在袁庄、于庄、徐庄等庄子的群众家里。没有食堂和会场，在地方民主政府的支持下，师生们自己动手盖了十几间大草房。

学生来了。一下子收了630多名学生。学校设小学部，包括两个初小班、一个高小班和一个艺友师范班。后来，为适应抗日战争的需要，又增办了干部文化班、成人识字班、秧歌舞培训班，学员最多的时候达千人左右。学生来源大部分是本地的农民子弟，其余的有原新旅小团员、盐阜区党政军干部子弟，还有各地派来参加各种培训班的干部和积极分子。这时的新安学校既是根据地里的一所实验小学，也是培训干部的初级干校。

新安学校还办起了苏北抗日根据地的第一所幼儿园。

在办学过程中，汪达之发现在前方作战的指战员的孩子、烈士遗孤，还有地方干部的幼儿由谁带是一个大问题，如不能妥善处理将影响前方打仗、后方支前等工作。

在地方党政领导的支持下，汪达之从艺友师范班抽调了三位队员，在学校旁边向群众借了两间大屋子，办起了幼儿园。

谁做园长？汪达之选择了艺友师范班的陈士修。

陈士修是新旅的一个特殊团员。她12岁考入阜宁县中学，因为家境贫寒加之日寇入侵而辍学。不久，新四军解放了她的家乡，在板湖镇不远的孙家庄开办了一所新型学校——阜宁县立第一中心小学，内设初中补习班，她便进入了这所学校。

新旅派来了聂启坤、韩枫、温琦（原名温凤英）三位小老师。聂启坤担任初中班政治教员，韩枫、温琦担任辅导员。学校组织了儿童团，陈士修被选为第一任儿童团长兼学习委员。

1941年秋后，陈士修等十名表现出色的学生随新旅团员来到新旅，参加为期两周的集训。新旅团员独立生活、遵守纪律的自律精神，团结友爱、民主活泼的集体精神，勤奋学习、多才多艺的创造精神，给她留下了深刻的印象。

集训结束后，陈士修回到学校，被新旅团部确认为新旅驻校工作人员，接替新旅团员担任辅导员。她一边工作一边学习，完成了初中学业。寒假时她继续回到新旅参加集训，成了“根在新旅、蔓在学校”

的特殊团员。

这期间，她除了做好本职工作外，还带领一个儿童团小分队到民运工作队去参加当地的减租减息运动，到县暑期小学教师训练班去教老师们扭秧歌，她还向各校介绍做辅导员工作和开展少年儿童工作的经验。在火热的工作学习和战斗生活的锻炼中，15 岁的她光荣地加入了中国共产党。

新安学校复校后，她参加了该校的艺友师范班学习。汪达之创办幼儿园，园长人选一下子选中了她。

但陈士修心有顾虑：一个 16 岁的姑娘，去带几十个孩子，大的七八岁，小的四五岁，这怎么管得住啊？后来，在汪达之的鼓励和帮助下，陈士修为孩子们付出了全部的爱，把幼儿园办得有声有色。

陈士修晚年时，回忆当年任职幼儿园园长的生活，她说最难忘记的就是一个叫陈小龙的小男孩：

> 当时他只有五岁，父母在前线打仗，很少能见到孩子。有时行军从附近路过，不是半夜，就是孩子睡着了，轻轻亲他一下就离开。所以爸爸长得啥模样也记不清了。我特别疼这个小男孩，他不舒服时，就抱抱他。一天，他见我身边没别的孩子就跑来说："别人都叫你老师、阿姨，我不叫，我想叫你……"我问："小龙，你想叫我什么？"他扭过头来，在我耳边说："妈妈！"你说说看，当时我只有十六岁，脸"唰"地一下红了。他看我不吭声，一个劲儿地求我："你答应啊，答应我啊！"我看他流泪了，就说："我答应、我答应。"他一听就扑在我的怀中，呜呜地哭了起来。我听得出，他的哭声是幸福的。

在当地老百姓看来，新安学校像学校，又不像学校。

有人说："这个学校天天招生，天天有人毕业！"

原来，这里有六年制的小学教育，有为期一两个月到半年的干部文化补习班，有为期几天到十几天不等的短期集训班，还有冬闲农民识字班。"天天招生，日日毕业"也就不稀奇了。

再看看学校的教室。这里没有固定的教室，没有学桌，师生住地又分散，上课时学生自带一条小板凳，再自带一块小木板放在腿上当学桌。热天就在树荫下上课，冷天就找背风处上课，雨天就按自然村庄分点上课。

上什么课呢?

当时，纸张稀缺，又没有印刷设备，教材都是由任课教师根据学校的教学计划自编自印的。课程也根据教学对象因人而异。小学教育主要有语文、政治、算术、历史、地理；干部班主要学《论持久战》、抗日民族统一战线、根据地建设等理论，并结合文化课学习；农民识字班主要教当时革命斗争生活中的常用字词。

“教学做合一”“在劳心上劳力”“手脑并用”等系列教育思想，贯穿新安学校的教学始终。

小学语文和数学课都选取根据地军民杀敌、锄奸、支援前线等方面的事例来做教学案例，启发学生结合实际口述、自主阅读进行写作，或者自编算术题来演算。小学部的每一个班级都配备一名辅导员，帮助学生们学习洗衣服、打草鞋、搞清洁卫生和参加力所能及的生产劳动；其他类型班级的学生则自己组织起来管理学习和生活的事务。

学校特别注重劳动教育。学生经常为住户挑水扫地，参与建校舍、开荒、种粮种菜、纺纱织布等各类劳动。校长汪达之带头参加生产劳动，他纺出的线又细又匀，是全校最好的；他还带领师生一起动手，在长浦河上建起了一座桥，解决了群众的过河困难。每年农忙季节，师生们都主动帮助有困难的群众家庭插秧、收割。

每周五下午都雷打不动地召开民主生活会。会上，先由学生自己总结检查一周来的学习、工作、生活等方面的优缺点，然后由大家本着“与人为善、治病救人，知无不言、言无不尽”的原则，进行表扬鼓励或批评帮助。对表现突出的由学校在全校大会上进行表扬，会后利用黑板报和快报，开展个人、小组、班级之间的挑战竞赛活动。

那时候的新安学校，已经开始推广讲普通话了。师生来自四面八方，为了改变“南腔北调”的现状，全校使用统一语言，统一学“国音”普通话。渐渐地，全校变成了“一条腔”，教学和交流起来方便多了。

1944年1月15日至21日，新安学校联合新旅、儿童生活社等团体发动了一次大规模的拥军优抗慰问活动，号召全盐阜的学校和儿童团共同进行六大工作：一、写一万封慰劳信，慰劳新四军三师暨盐阜军分区；二、募集破铜烂铁，每人一斤铁；三、每人献一斤山芋、一棵白菜慰劳军队及伤兵；四、慰问抗属，进行归队宣传；五、写拥军标语一万条；六、举行军民联欢会，联合演出。

复校后的新安学校，办学效果显著。新安学校受欢迎的程度，从1944年7月3日《盐阜报》的一则报道中可见一斑：

> 6月15日阜东教育参观团一行12人到达新安学校参观，共参观了五天（16—22日）。内容为汪校长报告该校概况，集体生活委员会的欢迎会，分组参观儿童团的欢迎会、专题报告和讨论会（如儿童团问题、艺友制问题、编写教材问题、群众教育与生产教育问题、特别学习组问题）、话别会。参观团参观该校集体生活，四点半起身早操早会。短短五日，极感融洽与愉快。22日晚的话别会上，参观团一致表示新安全校的民主空气和群众密切的联系，教师工作的热情，儿童团的自动精神，以至全校生产劳动的热烈情形，都是值得钦佩的，并提供意见作为临别赠言。

1945年2月，新安学校校址迁到了距长浦河村不远的阜宁县马集区。

长浦河村新安学校招收学生的对象主要是农民子女、干部子女寄宿生及文化补习干部。因为办学性质的改变，新安学校开始承担协助盐阜区党委培训干部的任务，学校迁到马集区境内的明吴、钱王、杨码村一带。

这里是老根据地，敌人疯狂进攻时，学校的老师就和地方干部、民兵分散在群众家里就地坚持斗争。平时除学校的重大问题需要研究外，成天都和乡村干部、民兵一起工作、一起学习、一起抬担架支援前线。

1945年8月，日寇投降后，汪达之被选为苏北解放区赴延安的代表，离开了新安学校。代表团行至中途，接中央电报，形势已有变化，代表们暂回原地待命。

1945年9月24日，新旅参加解放两淮的战斗后，回到了淮安河下镇莲花街。三面临水的新安小学旧址已毁于战火，只剩下几间破旧的厢房，四处野草长得很高。十年前从这里出发的15个人，回到母校的只有汪达之、左林、张早、纪宇四人。十年光景，物是人非，大家唏嘘不已。

1945年11月，汪达之奉命在莲花街新安小学原址恢复新安学校，并任校长。1946年4月，在阜宁县马集的新安学校迁至淮安合并办学。

这时候的学校招生以烈军属和干部子弟为主要对象，设有儿童保育班、小学班，还兼顾莲花街的民众教育。烈军属和干部子弟入学，全是供给制。学校有教师3人，学生30~40人。

学校的教师和保育员爱护学生如同爱护自己的孩子一样，使这些孩子在革命摇篮里健康成长。学校还办有蒲草合作社和粉笔造工场，努力为当地蒲农和穷苦孩子谋福利。

1946年7月中，全面内战爆发，新安学校绝大部分师生在汪达之的率领下，从淮安北撤到山东。学校后来与其他单位合并为华中干部子弟学校。

纪宇、严涛然、桂足三、张梭枚、江真、陈少欣、杜国才、韦佩刚、何车平等教师留在苏北，回到阜宁县马集区，参加担架队，分别担任队长、指导员等职务。他们白天休息，晚上紧随军队行动，还组织担架队学习。就是在那样艰苦的情况下，他们也没有放弃新安学校，毅然挑起了办学的重担。

随着形势的发展，在地方党委的关心下，新安学校日益发展壮大，教师增加了张志汶、张云、郑星明、曹克忠、朱笑言、白崇云、苏明、刘立新、王安华等十余人。学校设立了艺友师范班和妇女干部文化补习班，并在明吴等五个村开展全面村学工作。五个自然村划分为五个工学组，每个组由教师担任辅导员或组长，开展一揽子村学工作。每个村建立一个村学委员会，由地方干部和热心于教育事业的民众参加，协助学校解决教室、教具和动员学生入学等问题。

时隔不久，五个村的入学儿童就达到285名，另有校外儿童46名、小先生26名、妇女识字班学员110名。学校所有人员都同群众吃住在一起，成为群众家庭中的一员，而每一个群众家庭的成员又是学校的学员，彼此都亲密无间。

艺友师范班的学员是践行陶行知“生活教育”核心理念的“急先锋”。他们一边从事革命工作，一边坚持刻苦学习，通过不断总结、不断创新，丰富实践经验，进一步提高理论水平，在实践中增长才干。他们用自己编创的墙头诗去教育群众，收到了很好的教育效果。有一首告诫还乡团不要作恶的墙头诗这样写道：

还乡团，还乡团！
不要糊涂不要狂！
蒋匪反共命不长。
乌龟碉堡更难保，
到时看你怎么了？
还乡团，还乡团！
作恶加罪逃不掉！
人民对你不会饶。
你想翻天休梦想，
只有死路道一条。
还乡团，还乡团！
不要顽固不要凶！
我军马上要反攻。
趁早自新改前非，
人民对你会宽恕。

学校的文化课教师们煞费苦心，他们根据革命形势的需要、学员的思想状况及行为表现自编课文，尽量使每个学员既能学到文化知识，又能提高思想觉悟。妇女识字班的“七言八语”很有针对性：

会讲会说字不识，
写信读信要请人。

字字句句拦路虎，
你想困难多不多。
识字班里好处多，
识字明理能进步。
学习文化翻了身，
遇到文字不求人。

宣传是新旅的拿手戏。新旅来的教师们通过演唱、漫画、诗歌等群众喜闻乐见的形式开展教育。教育的对象从孩子到老人，从青年民兵、乡村干部到每个家庭，实现了全覆盖，真正做到了家喻户晓、人人受教育，让“生活即教育”“社会即学校”“教学做合一”的理念落到实处、见到实效。

新安学校的重建，对苏北抗日根据地的文化教育建设和人才培养起到了无可替代的作用。

新安学校，让农民不再做睁眼瞎。

他们先在学校周围的几个村庄，对农民进行“学文化，当主人”的宣传发动；然后配合农教会、妇救会等地方组织，把不识字的男女青壮年按自然村庄组织起来，由学校分派教师去各村庄上课；还有就是把学生发动起来，开展对父母、哥嫂、姐妹等的包教活动。他们还在村头路口挂起识字牌，由站岗放哨的儿童团员负责教行人识字。

那时候，农民的日子尽管还很困苦，但他们的心是热的。夜晚，到处是灯火闪烁，男女老少聚到一起，有的在学习、有的在讨论、有的在唱歌跳舞……到处都是一片热火朝天、生机勃勃的景象。

新安学校，让儿童工作开花结果。

学校举办儿童干部培训班，为根据地培养儿童团骨干。学校经常有目的地组织他们参加抗日宣传、减租减息、社会调查等活动，借以培养他们的独立工作能力。一大批新安学校培训出来的学员纷赴各地，进行宣传发动，成立了儿童团，成为儿童工作的生力军。

新安学校，让秧歌舞火了起来。

复校后的新安学校充分利用歌舞的艺术形式，来建设和发展根据地的教育事业。为了适应形势的需要，学校决定在校内增设秧歌舞培训班。参加培训的人来自盐阜区各县各地，就连淮海区也派人来学习。

秧歌舞这种为群众喜闻乐见的艺术形式很快就在苏北抗日根据地流传开来。实践证明，秧歌舞的普及，不仅丰富了苏北抗日根据地军民的文化娱乐生活，而且对宣传民众、发动群众、教育人民、打击敌人起到了积极作用。

新安学校，让优秀人才脱颖而出。

复校后的新安学校，为抗战建国先后培养、输送了600多名优秀师生。

据当年长浦河村新安学校的当地人张翼德回忆：

> 在那战火纷飞的年代，命都难保了，哪里还谈得上青少年读书。未想到，新旅却把学校办到我们村子里，实在是青少年读书难得的机遇。因而，我家亲友求学者纷至沓来。我家就有大哥张翼（后在北京某军为师级干部）、表哥贾桂林（后任江苏省镇江市财政局局长）、大哥的同学石甫国（后任广州军区空军政治部主任）和石甫民（后任江西省人事厅厅长）都到新安小学来读书。还有我家三姑张鸿志（后任湖北省卫生厅副厅长）和庄邻周更生、周林（后任江苏省南京市市长）一起在新安学校读书，他们经常到附近村庄搞宣传、撒传单、贴标语，公开进行抗日宣传。周围群众都明白，在新安学校师生的积极宣传鼓动下，我们南集一带的抗日形势高涨。组织民兵、动员参军、支前等活动，都得到广大群众的拥护，每次扩军都完成任务。因而，新安学校的工作受到各级领导的认可。

如此困难的境地里，如此艰难的岁月里，新安学校取得了如此骄人的成绩。

这和一个政党分不开，那就是共产党！

这和一群小好汉分不开，那就是新旅的同志们！

这和一个人分不开，那就是新旅的领头人汪达之！

当年在新安学校任教的袁峰、朱杏生回忆说：

特别是汪达之同志，对工作真正是极端负责。不管环境多么险恶，工作任务多么艰巨，生活多么艰苦，他总是乐观积极，说在前，干在前，处处以身作则，事事以人民利益为重；对同志真正是满腔热忱，把群众的疾苦当作自己的疾苦，把群众的欢乐当作自己的欢乐。在他的影响和带动下，同志们都以多做工作为荣，以能帮助别人克服困难为自己的最大快乐。因此，当地的干群说："胡子校长（汪校长当时留有大胡子）真是共产党的好干部！"夸新安学校老师是他们的"贴心人"。

汪达之的心里装着他的新旅，装着他的学校，装着学校周围的群众。

袁庄的袁志香一辈子都记得汪达之的恩情。

有一次，他的爱人得了严重的慢性阑尾炎，在当地医生的治疗下不但不见好转，反而病情越来越重，一家人心急如焚。汪达之校长来了，他得知原委后，主动写了一封介绍信，让他们去新四军三师卫生部医院检查治疗。后来，卫生部医院的张军医免费为袁志香的爱人治好了病。袁志香和当地群众都称赞汪达之校长是"真共产党"！

新安学校创办时，汪达之被人称为"古庙活菩萨"；到了根据地，他又被人称为"真共产党"。一向特立独行的汪达之，是共产党吗？

答案是肯定的。

1944 年 1 月，因为表现一贯突出，在盐阜区党委书记刘彬、行署文教处处长白桃的介绍下，汪达之光荣地加入了中国共产党。

他的入党，对于熟识他的人来说，是众望所归的大事；对于新旅来说，是一件具有里程碑意义的大事。

其实，汪达之入党是一波三折。

他对共产党一直心存敬畏和感激。他知道，没有共产党的支持和厚爱，就没有新旅。因此，他一方面无条件地尊重党对新旅的领导，使之生存发展；另一方面又希望在一定程度上保留他和新旅的独立性。

他曾经不无担心地告诉张牧："共产党有铁的纪律，作为党员，那就要无条件服从了。我入党以后，党如果要决定取消新旅，那我将怎么办？"

后来，这个顾虑彻底打消了。1942年、1943年，他两次申请入党。在当时的情况下，出于种种原因，盐阜区党委书记刘彬建议：汪达之留在党外，工作更有利、更方便。随着形势的不断变化，汪达之的申请最终得到批准，他终于如愿以偿地加入了中国共产党。

从此，汪达之把全部身心献给了党的事业，鞠躬尽瘁，死而后已。

入了党的汪达之，还收获了迟来的爱情。

1946年5月11日，在淮安县新安小学，汪达之和杨南琛喜结连理。

那一天，驻扎在淮阴城的新旅的孩子们来了。他们听说“汪爸爸”要结婚了，喜出望外，派出代表队跑了30里的路前来祝贺。

那一天，涟东县长浦河村复校时的汪达之的“老房东”们来了。他们念念不忘汪校长的恩情，这样大喜的日子，他们怎能不来。

那一天，河下镇莲花街的老乡们来了。为了他们的孩子，汪校长吃尽了辛苦，他们从心底里为汪校长找到爱情的归宿而高兴。

远在上海的陶行知先生得知消息后，更是万分欣喜。杨南琛的父亲杨敦甫先生是上海十里洋行的银行家，也是陶行知的挚友。当年，杨先生把他老家南京北郊劳山脚下的数十亩地赠给陶行知先生创办晓庄乡村师范试验学校，并多次为学校捐款。杨先生去世后，杨南琛的母亲喻慧君女士深明大义，把丧葬赙仪六万块大洋悉数捐给陶行知办学。如今，杨南琛投奔苏北抗日根据地，与汪达之志同道合，并肩作战，这样的结合真是天作之合。陶行知先生当即挥毫贺诗一首：

> 天也欢喜，地也欢喜。欢喜他和你。如鸟比翼如枝连理，共造新家庭。相敬相爱相扶持，在学习上同心，在工作上协力。把这力光大，化为民主团结创作力，安居乐业造新帮，欢乐无比。再进一步创造新人类，多福多寿生儿子，儿子又生孙，孙子又生儿子。子子孙孙生到无穷期。一半儿像他，一半儿像你。

谁也没有想到，这竟成了陶行知先生留给汪达之的绝笔。两个月后，1946年7月25日，积劳成疾的陶行知先生突发脑溢血在上海去世，留给汪达之夫妇和新旅团员们永久的痛憾和思念……

毛主席来信了

始于1942年2月，历时三年多，从延安遍及各抗日根据地的整风运动，是中国共产党的创举。这一轰轰烈烈的整风运动提高了党员的马克思列宁主义理论水平，使全党达到空前的团结和统一，为夺取抗日战争和民主革命的胜利奠定了思想基础。

苏北敌后根据地的整风运动是从1944年6月下旬开始的。

根据中共盐阜地委组织部的通知，新旅的张拓、范政、韩枫、陈明、徐莎、张天虹、郭立范、彭彬八名党员干部到地委党校参加整风学习，时间半年。

张拓、范政、韩枫都是团委委员、党支部委员，他们这一走，让留在团里主持工作的团长左林独木难支，亟需增补领导成员。

通过分别召开党员、团员大会，选举左林、黄叔宽、黄明为党支部委员，左林任书记，团委会增选黄叔宽、王德威、张渔、李洪生为团委委员，以左林为书记、团长的新的领导集体产生了。

新旅的八名骨干从涟东县的陈集码头，步行到阜宁县罗桥盐阜地委党校报到。这次整风学习的任务，是组织学员学习党中央规定的22个整风学习文件，提高学员的马克思列宁主义理论水平和思想觉悟，增强党性，自觉改造思想，克服主观主义、宗派主义、党八股等不正之风，同时要对参加学习的每一名干部的历史、社会关系进行审查，做出结论，以便党组织正确使用和选拔干部。

新旅来的八名党员都是十二三岁参加新旅、十六七岁入党的，经受过无数的考验，历史清白，政治可靠。全校分为两个队，新旅团员被分在第二队，全队共有12个组，张拓、范政、韩枫分别担任三个学习小组的组长兼党小组组长，范政、韩枫还被推举为第二队党支部委员。

整风学习分为两个阶段。第一阶段约三个月，主要是认真阅读整风学习文件，领会精神实质，进行小组讨论和大组讨论。新旅的同志们系统学习了毛泽东同志的《〈农村调查〉的序言和跋》《改造我们的学习》

《整顿党的作风》《反对党八股》《在延安文艺座谈会上的讲话》、刘少奇同志的《论共产党员的修养》等著作。尽管党校住地生活条件十分艰苦，但他们以苦为乐，如饥似渴地汲取着思想的营养。

第二阶段也是三个月时间。每个学员按要求写出思想检查和自传，自觉地向党组织坦白交代自己过去在工作、生活中所犯的各种错误，检讨思想作风中的缺点，如实交代自己的历史政治问题和社会关系，分析产生错误的思想根源，提出今后的努力方向。

学习过程中，能歌善舞的八位新旅同志发挥了特长，担任了各组文娱干事，负责活跃学员们的文娱生活。每天早上，全队学员要锻炼身体，集合跑步、上操；傍晚，各组分散学唱歌、扭秧歌、学跳舞。每次开大会、听报告，都会从新搭建的茅草大棚里传来动听激越的歌声。

为了配合进行革命气节教育，学习结束前，他们突击赶排了一位德国作家写的三幕话剧《自由万岁》，剧本叙述了一位共产党领导人被特务逮捕后受尽折磨，被打断了左臂后，被特务假意释放并造谣说他已自首叛变，遭到同志们和妻子的怀疑责骂，他仍然坚贞不屈，保持了革命气节的感人故事。韩枫扮演共产党领导人，陈明扮演妻子，范政、彭彬扮演特务，另有十几位学员参加演出。这幕戏的内容同整风学习密切相关，大家演得惟妙惟肖，在党校结业典礼大会上演出时，台下许多女学员都感动得流了眼泪。

50 多年后，韩枫还珍藏着一个笔记本，这是参加党校整风学习时，他被评为学习模范的奖励，上面记满了 1945 年到 1946 年的日记。这个极富纪念意义的笔记本，成了他们家的“红色传家宝”。

整风学习结束后，张拓、陈明、徐莎、郭立范四人继续回到新旅工作，范政、张天虹、彭彬和韩枫四人被另行分配了新的工作，从此离开了新旅。

新旅骨干们学成归来，全团其他成员又集中到阜宁县益林条龙庄进行整风学习。

整风中学习的党中央毛泽东主席的光辉著作，指引着他们前进。毛泽东，这个光荣而神圣的名字，在团员们的心中熠熠生辉。他们多么盼望有朝一日，去到延安，见到毛主席啊。

想不到，数月之后，新旅与毛主席之间真的有了一次特殊的“见面”。

整风学习的同时，新旅还参加了大生产运动。

为了打破日伪军的经济封锁，减轻人民群众的负担，新四军后方机关搞起了大生产。新旅团员们积极报名，上级发给他们每人一部简陋的木制纺纱机。

刚开始的时候，一个个笨手笨脚的，左右手协调不起来，断纱、缠纱、不出纱现象屡见不鲜。

但是没有人灰心，大家虚心请教，苦练基本功，终于学会了纺纱。然后，还在团内展开竞赛，看谁纺得多、贡献大。大家纺出的纱团集中交给织布厂，染成灰色，再织成粗布，制成军装。

当大家穿上自己纺的纱做成的灰军装时，心里甭提多自豪了。

后来，新旅继续发扬南泥湾精神，走自力更生的道路。新旅全团四五十人，每天需要蔬菜三四十斤，全年需求有上万斤。为了实现自给自足，他们专门成立了生产小组，筹集种子，整理园地，开始了热火朝天的蔬菜生产。

与此同时，他们还组织手工业生产，派人到军鞋工厂学做鞋底，然后回团示范教授制作手艺。当时，做成一双军鞋鞋底约有半斤大米的工资，新旅各队积极投入批量生产，给新旅集体增加了收入。

1945 年 8 月底，新四军三师攻克两淮（淮阴、淮安）的战斗打响了。

在解放淮阴的战斗硝烟里，穿梭着新旅团员们的身影。他们不怕牺牲，穿过敌人的火力封锁线，在距敌不足百米的工事里，新旅团员王德威、陈强等人冒着枪林弹雨，冲到阵地上张贴标语，将慰劳品、慰问信送到攻城战士们的手中，在前线唱歌、打快板，和战士们一起向敌人喊话宣传。

在发起总攻的冲锋号声中，团员们随攻城部队爬上云梯，登上城头，跟着战士们冲进城里，进行激烈的巷战。遍地都是敌人的尸体和我们的伤员，他们帮助卫生队抢救、运送伤员，参加清理残敌的搜索工作，张贴“活捉潘干臣，解放淮阴城”的标语，真正经历了战斗的考验。

9月22日，他们又参加了解放淮安县城的战斗，同样冒着敌人的炮火奋勇前进。淮安解放了，三师将缴获的钢盔、军装、皮鞋、指挥刀等战利品赠送给新旅作为演出的服装道具。

新旅的英勇事迹，让中共华中局领导大为赞赏。不久，在淮阴接见新旅团长左林和团委会的全体成员时，华中局首长传达了党中央的关怀：

“党中央早在1943年年初就想把新旅调到延安去。那时彭雄参谋长率领干部团从海上出发去延安，不幸在途中被敌人拦击牺牲了。我们感到太不安全，就没让你们走，当然也舍不得你们走。这些年，你们留在苏北，做了许多工作，很有成绩。党中央对你们一直是很肯定的。现在，抗日战争胜利了，国内局势还不稳，蒋介石还有可能要打内战。你们的任务是继续把华中、苏皖边区的少年儿童都组织起来，在苏北也要留下种子，继续生根开花。以后的行动看形势的发展再定。”

左林明白，新旅的所有人都明白，反“扫荡”的时候，党中央就发来了电报要安排新旅去延安，可惜情况突变，他们去延安的计划就此搁浅。

但是每一个新旅人都感谢党中央的关怀。当左林召集大会，传达华中局首长的讲话精神时，群情鼎沸。这时候，左林代表团委会提出一个建议：“我们写一封信给党中央、毛主席，以感谢中央领导的关怀，大家看如何?”

“同意!”全体同志一致举手赞成。

大家当场推选了左林、黄叔宽、张渔、王德威负责起草。对于写信的内容，大家七嘴八舌地说开了：

“要首先向毛主席问好致敬!”

“应该把我们这些年的工作情况都做个详细汇报，从桂林转移到苏北写起，一直写到现在……”

“要写国民党反动派对我们的迫害。写党中央、周恩来同志对我们的关心，亲自指示我们转移，我们回到根据地才感到温暖、感到自由……”

“记得刘少奇同志亲切地对我们说：‘国民党不许你们组织少年儿童、宣传抗日。我们把苏北的少年儿童工作让你们去做……’陈毅军长还给我们题词：‘抗战事业应该让儿童参加，新四军愿意做儿童们的良友。’真是句句都说到我们心里，好极了！我们的工作劲头就越来越大了。”

“还要写我们一到苏北就经历了反‘扫荡’斗争的考验，团长张平、张杰在与敌人的拼搏中英勇牺牲。我们没有害怕、没有动摇，我们又选了新的领导，发展了许多新团员，队伍更壮大了。在1943年最残酷的大‘扫荡’中，我们坚持在荒凉的海滩上，睡茅草堆，吃盐蒿子，没有一个人叫苦，连小郝杰也没有哭过鼻子……”

“写我们超额完成了组织10万儿童的任务，召开了苏北少年儿童代表大会，成立了少年儿童总团部，黄克诚师长还亲自来给我们作报告、发奖旗哩！”

“写我们编辑出版了《儿童生活》《儿童画报》《苏中儿童》《儿童文娱》《每月新歌》这些刊物，还总结经验编印了《儿童工作讲话》一本书。”

“写我们在涟东、阜宁帮助组织农村剧团，开展秧歌运动；写我们演出了新旅第一个大秧歌剧《雨过天晴》。”

“还有，我们参加解放两淮的战斗，搞火线宣传。还有，别忘了新安小学复校了，也应该说一说呀！”

“更重要的是党中央、华中局交给我们的新任务，我们应该表个决心呀！”

…………

“这样写就太长了，只怕几十张纸都写不完呢！毛主席忙得很，哪有时间看这样长的信呀？……”

左林一语定乾坤：“大家的意见都很好，我们团委会再讨论集中，抓重点的写，好不好？”大家鼓掌叫“好”，会议才结束了。

起草小组写出了初稿，又经过几次修改，在全团大会宣读通过了。

这封信还是比较长，约四五千字，内容已不能再减少了。团委会决定由黄叔宽负责誊写，他一手工整秀丽的小字，在新旅是有点儿名气的。

想不到，又有人来告状了。儿童部的小弟妹们提出意见：“为什么这些事都要由团委来做呢？我们新选出的部长林铭纲的字就写得蛮漂亮，他一定能抄得很好！”

团委会立即采纳了小弟妹们的意见，由林铭纲负责誊写，黄叔宽在信封上写下了“敬爱的毛主席亲收”几个大字。

多年以后，林铭纲还依稀记得信的大致内容：

> …………
>
> 皖南事变后，根据周恩来同志通过李克农同志转来的指示，新旅40多个团员在地下党交通员的协助下，化装分批从桂林经香港、上海，安全回到了“老家”——苏北解放区，回到了亲爱的母亲——党的怀抱。
>
> 在苏北，我们经历了一次又一次残酷的反扫荡斗争的考验。1942年冬，日寇又发动了“梳篦式”大扫荡，新旅根据黄克诚、张爱萍的指示，分散到海边打游击。依靠群众的掩护，在荒凉的海滩上坚持了好几个月。1943年春，终于迎来了反扫荡斗争的胜利。
>
> 1944年春节，新旅通过苏北各县儿童团团部发动了一次大规模的慰劳新四军的活动。
>
> 响应刘少奇、陈毅同志的号召，经过两年多努力，组织了18万儿童团员，成立了盐阜区儿童团总团部。
>
> 在盐城、淮阴等地，编辑、出版了《儿童生活》《中华少年》《儿童画报》《少年画报》等儿童刊物，宣传党的抗日主张，介绍儿童团活动经验，表扬模范儿童团员，刊登文化科学知识和文娱活动资料。
>
> 1945年9月，在解放淮阴、淮安的战斗中，新旅团员深入连队做宣传鼓动工作。一些年龄较大的同志，身背宣传品，手拿手榴弹，和攻城战士一起，冒着炮火硝烟，爬上云梯，冲上城墙，攻进城里。战斗一结束，新旅战士们就在大街上挂起

了横幅标语，贴出了巨幅墙报，向群众宣传党的政策。

…………

信写好了，可是没法寄。当时各解放区还处于分割状态，从淮阴到延安，千里迢迢，不通邮政。恰巧，华中局领导人邓子恢、谭震林同志要去延安开会。团部就派专人把这封信交给他们，请他们带往延安，送给毛主席。

“毛主席来信了!”

第一个看到毛主席回信的是新旅团员崔士臣。

1946年5月26日，一个星期天的上午。崔士臣记得很清楚，这天上午八九点钟光景，照在院子里的太阳火辣辣的，他从门外进来，身上有点汗。他解开风纪扣，取下军帽，欲和周全同志商议一下一周的菜谱。

这时候，新旅苏北分团门前来了一位端庄英武、全副武装的新四军通信员。他在门外询问：“这里是新安旅行团吧?”

“是分团。”崔士臣随即答道。

只见此人一脚踏进门槛，站在走道上立正，行了军礼，然后打开军用挎包取出一封信递过来：“这是毛主席给你们的信。”

崔士臣接过信，见未封口，打开一看：

新安旅行团各位同志们：

来信收到，极为感谢!

祝你们努力工作，继续前进，争取民主中国的胜利。

毛泽东

一九四六年五月二十日

他激动得边跑边喊了起来：“毛主席给我们来信啦!”

新旅的同志们听到这话，一起跑了出来，随他拥到团长李洪生的办公室。分团的院子里顿时轰动了。

“毛主席万岁!”“共产党万岁!”一片欢呼声响彻云霄。

收到毛主席的这封回信后，新旅苏北分团连续两天组织了学习讨论。第三天上午，团长李洪生决定由陈元桂等三位同志将毛主席的信送往新旅总团。

他们走到华中局门口，巧遇送信来的那位新四军通信员，他骑马正要出门。

“你们干吗的?”他问新旅的同志们。

“我们准备把你送来的毛主席的信，送到淮阴新旅总部。”

“你们去，怕是当天赶不回来，我正好去淮阴，帮你们送去如何?”

“那真的是求之不得了！拜托代劳了!”

接过信，通信员骑马直奔淮阴而去。

1946 年 5 月 28 日，这是一个载入史册的日子。新旅左林团长收到了毛主席的这封珍贵的来信。

这一天，在新旅总部值日的是少年部部长王山，他立刻吹响了“紧急集合”的哨子。左林激动地向全体同志宣读了毛主席的亲笔回信。大家都情不自禁地鼓掌欢呼、跳跃、歌唱。

同志们听左林宣读了两遍，感到还不满足，一定要拿到手里看看清楚。尤其是儿童部的小弟妹们，又跳又叫地一拥而上。左林被大家围得紧紧的，一时都不知如何是好了。

王德威很机灵，连忙从左林手里接过毛主席的信，跳到凳子上说：“大家看吧！只许看，不许动!”他把信举得高高的。

同志们都睁大了眼睛满意地笑了：“啊！真是毛主席的亲笔字。”

“瞧！信封上写着‘请带交，新安旅行团，毛寄’。”

“哈哈！‘毛寄’。信封也是毛主席亲自写的哩！……”

毛主席的来信被新旅团委会用镜框裱起来挂上了墙。那几天，有团员半夜里起床，到团部会议室，望着镜框里毛主席的亲笔信出神。

团委会理解大家的心情，很快做出决定：请照相馆的师傅把毛主席的亲笔信和信封组合在一起拍成 1 寸照片，印发给全体同志，每人一张!

这可把大家乐坏了，一个个都把照片珍藏起来。有的贴在本子上，有的精心包装贴在日记本的第一页，有的放在贴身口袋里，有的甚至用针缝在衣袋里。

相隔70年后，新安旅行团历史纪念馆工作人员在上海寻访团员陈捷时，老人颤巍巍地拿出一件传家宝珍藏品：一块红布里三层外三层地裹着，层层打开，最后一层是一个小塑料袋，里面装着一张1寸照片，上面就是当年毛主席的亲笔信。

一封来信，对于新旅来说，就是最大的鼓舞、最大的动力。

新旅的团员们怀揣着毛主席的亲笔信，紧随解放大军，为了民主中国的胜利，继续前进……

听，风在呼啸军号响，
听，胜利歌声多么嘹亮。
同志们整齐步伐奔向敌人的后方，
向前向前！我们的队伍向太阳，
向华东的原野，
向祖国的边疆！

北上，北上

在苏北抗日根据地的日子，是新旅团员一生中最难忘的时光。

他们经历了血与火的洗礼，经历了苦难岁月的严峻考验。

那时的苦，现今许多人是闻所未闻：苏北是草蔓丛生、水网密集的地区，夏天到处是蚊子，团员们根本无法入睡，而且常患疟疾病；没鞋子穿时，赤着脚在田埂上走。冬天有时睡在四面透风的教室里，稻草铺地，冷得人直打哆嗦。卫生条件不好，衣服和头发上经常长虱子。吃的是大麦糁子粥，有时粥里放点胡萝卜和红薯干；没有菜吃时，就只能吃点盐粒。因为敌人的侵扰“扫荡”，经常要连夜转移行军，有时一个晚上要转移多次……

但是新旅的团员们没有人叫苦叫累，以苦为乐的他们，心中装着人民的事业，装着奋斗的理想，装着前进的动力。为了早日打败日本鬼子，大家团结一致、心无旁骛地投入各项工作。

再多的苦，团员们心中也有希冀，也有梦想。新旅团员房玲在回忆中说：“那时生活异常艰苦，却阻止不了我们这些孩子对美好生活的向往。抗战胜利前夕某天夜里，我们几个睡在麦场的门板上，望着天上闪闪发光的星星，说起抗战胜利后的最大愿望。有人说要大块吃猪肉，有人说要美美地睡上几天，我说要换个大门板睡觉……”

新旅团员期盼的胜利之日，终于来临了。

1945 年 8 月 15 日，日本宣布无条件投降，灾难深重的中华民族迎来了和平的曙光。

新旅诞生于日本帝国主义染指中国的时候，团结抗日、共赴国难是新旅的光荣使命。

新旅原定的历史使命已经完成。此刻，在中国共产党领导下的新旅，华丽转身，承担起新的使命。正如毛主席在来信中勉励的那样：继续前进，争取民主中国的胜利！

淮阴解放后，新旅总部迁到淮阴南门大街，一场五幕话剧《淮阴之战》引起轰动。

延安《解放日报》报道说：“文化工作者进城后，日夜赶排表现攻城英雄的《淮阴之战》的五幕话剧，在该城解放后数天的祝捷大会上演出，博得大众的好评。”

《淮阴之战》由苏北文工团排演，但三个编剧中有两个出自新旅：张拓，新旅老团长；范政，新旅《儿童生活》主编；黄其明，苏北文工团团长。三人强强联合，打造了这部经典之作。

此后，范政告别了朝夕相处的新旅的同志们，随部队回到了东北老家，投入新的战斗。

进了淮阴城的新旅，吸收了一批新团员，生活相对安定，许多老首长也常去看望他们。三师副师长张爱萍为新旅团员们拍下了许多生活、学习的照片。这些照片至今珍藏在新安旅行团历史纪念馆里。

在进行团体建设、加强政治业务学习的同时，新旅团员们还经常参加驻村工作。他们一边组织儿童、训练儿童少年干部，一边帮助农民下地干活、教妇女识字。

在淮阴五里庄，新旅办了个儿童少年训练班。承担训练任务的新旅干部，最小的只有十四五岁，比起各地儿童团长和儿童干部，无论是个子，还是年龄，都小得多。可 14 岁的新旅小团员钱凌白一脸自信：“我们有很大的决心把训练工作做好!”

新旅女团员们通过识字把妇女组织起来。白天，妇女们忙得很，不能来参加识字，她们就自己掏钱买纸买笔供妇女们在家练习。教字过程中，女团员们采用“一字多得”的办法，比如“婦”（妇）字左边是个“女”字，右边是个“帚”字，右下角是个“巾”字，会了一个字，一下子就会了四个字。

为了团结妇女，提高妇女的阶级觉悟，那段日子里，女团员们给妇女们讲“白毛女”的故事，一个个听得都拭起了眼泪；女团员们每天和妇女们一起下田，一边干活，一边给她们讲上识字班的好处，讲妇女翻身解放的道理。渐渐地，大家处得像亲姐妹一般，妇女们从地里回来就拉女团员们到家里去吃饭，不去就说是瞧不起她们。

后来，五里庄儿童训练班的小学员赵宏生做了儿童团长。在他的心中，新旅对他的影响太大了，他的一言一行都模仿着新旅团员。多年以后，90 岁的他来到新旅的母校——淮安新安小学寻根，他对当年在训练班中朝夕相处的新旅团员如数家珍：肖峰、陈强、韩枫、钱凌白……尽管年事已高，但“新旅”这个名字早已嵌入老人的血脉中，成了他一生的念想。

“解放区的天是明朗的天，解放区的人民好喜欢……”淮阴城内不时响起歌声，人们在一片歌舞升平中，过起了相对安逸的生活。

可是，谁知道，这种表象掩盖下的和平背后，很快就出现了电闪雷鸣。

1946 年 6 月，新旅住地淮阴的上空，国民党的飞机来了，国内战火再起，短暂的和平宣告结束。

7 月，太阳炙烤着江淮大地。新旅接到命令，年纪小的团员留在后方继续组织儿童支援前线，14 岁以上的团员全部开赴宝应前线慰问我野战军伤兵员。

原来，汤恩伯率领 12 万国民党兵力与粟裕、谭震林指挥的华中野战军 19 个团，在苏中泰兴、如皋一带展开激战。我军取得了苏中七战七捷的辉煌战果。在苏中战役中负伤的野战军官兵在宝应一带的野战医院接受治疗。

新旅出发了，顶着烈日，冒着酷暑，带着各界民众赠予的大批慰问品和华中少年出版社印制的精美画片，登上了运河上的小轮船，顺水南下。

进入医院所在地的村口，老乡们敲锣打鼓，举着小旗欢迎新旅的到来。

在野战医院，新旅的老团员们看到了与国民党政府的伤兵医院截然不同的场面：

这里的民众对待人民的子弟兵就像亲人一样。刚结婚的青年妇女，拿出自己的新被单、新帐子给伤员用；一些妇女整天待在农民家的病房里，无微不至地照顾伤员；因为过度劳累，有的医生晕倒在手术台前，醒后继续工作……

新旅的团员们更是忘我工作，全心付出。团员们分散到各个病房唱歌、跳舞、赠送画片，展开了慰问活动。团员们耐心地给重伤员喂饭、擦身、倒便壶，帮他们写家信，和他们拉家常，祝愿大哥哥们早日痊愈，重返前线。

有一个重伤员的微笑，让新旅小团员林铭纲记了一辈子。

那个人的头盖骨被敌人的子弹打穿，他头上缠着纱布，只露出眼睛、鼻子和嘴巴，可以吃饭，但不能说话。林铭纲帮他轻轻地擦身、给他喂饭，几天后，他终于笑了，拉着小林的手百感交集。那微笑，一直印在林铭纲的脑海里，那是信任的笑、感激的笑、温暖的笑，更是对未来充满希望的笑。

新旅团员的举动感动了伤员们，鼓舞了他们的士气。有位连指导员拉着新旅团员的手说："你们这些小鬼真行，走到哪里，哪里的士气就更高了。我的伤养好了，一定马上回到部队，多打胜仗，同你们比赛！"

日久见真情，新旅每到一处慰问后要离开的时候，都会上演感人的一幕：

伤员们互相搀扶着，有的拄着拐杖，有的举着新旅赠送的画片来送行。握手，拥抱，叮嘱，流泪，依依惜别，难分难舍……

那一天，一声枪响，新旅失去了一个优秀的男主演。

他叫张旭（原名张敦旭），是上海绍兴中学的进步青年。他在校时经常参加演出，是一个天生的好演员。

1945 年 11 月，他带着孟军（原名孟宪民）、庄烈（原名庄礼章）、吕斌（原名吕华山）、夏峰（原名夏信昭）、陶影（原名陶明贤）、毛国强等人，从上海来到苏北解放区参加了新旅。

后来，他曾两次冒着危险，从淮阴到上海动员十几个同学好友前来参加革命。

到新旅后，他被编在戏剧队，在队长晨钟的帮助培养下，慢慢地挑起大梁，多次担任主演。来宝应地区慰问伤病员时，他的拿手戏《打城隍》总是压轴，很受欢迎。

谁曾想，《打城隍》竟成了他人生的压轴戏。

那天，新旅在一个医院慰问演出结束后，出发到另一个医院演出，留下张旭、毛国强、苏文贵三人负责运送道具。因为民工还没到，三个人就在屋内边休息边等。

张旭躺在床上。毛国强在门边看书。苏文贵是张旭上海绍兴中学的同学，他玩弄起枪支来。

“不许动！”苏文贵举起步枪瞄准张旭，学着《打城隍》里兵痞的样子。

毛国强告诫苏文贵不要拿枪开玩笑，张旭示意他放下枪。

“不许动，你被抓住了！”苏文贵得意地叫着，无意间扣动了扳机。

“砰”地一声枪响，一声惊叫，张旭躺在血泊中。

毛国强立即去找医生，苏文贵吓得逃到十几里外的新旅淮安团部。团长左林及姚仁远等人问明实情后，便马不停蹄地赶到宝应，彼时已是半夜时分。

在一间挂着马灯的病房里，左林见到了脸色惨白的张旭。

“病人腹部被子弹打穿，流血过多，已无法抢救。”医生无奈地告诉左林。

“能否给他开刀接肠？请您想办法挽救这个青年人的生命吧！”左林近乎哀求。

医生摇摇头说：“太晚了，没有灯光，没有血浆，根本无法动手术。”

此时，张旭身下的三床棉被都被血浸透了，血滴滴答答地流淌到地上，大片的泥土都被染红了。

左林眼含热泪抓着张旭的手，不忍直视张旭的眼睛，那眼睛里充满了对生的渴望。最后的那一刻，张旭使劲儿地拉着左林的手，用尽全力说出最后的遗言：“我不行了，遗憾的是，我没有成为共产党员……”

在场的所有人都哭了。

追悼会上，没有张旭的照片，方南君素描了一张张旭的画像。大家深深地鞠躬，默默地哀悼，久久地痛哭！

张旭被安葬在宝应县城墙外的运河边上。多年以后，陶影从相册里找到了一张发黄的照片，这张照片寄托了多少人的思念啊。照片记录的那个瞬间，除陶影、孟军、吕斌、毛国强四个从上海来的战友外，还有团长左林、戏剧队队长晨钟、青年部部长郭立范、儿童部部长林铭纲。没有墓碑，临时用白纸写上“张旭之墓”四个大字，由陶影和林铭纲蹲在墓前用手按着，以代墓碑。

照片下一行字：一九四六年九月，在宝应运河边，张旭墓前。

1946 年 9 月 19 日，国民党王牌军 74 师师长张灵甫率领全副美式装备的部队，对涟水发起进攻。

两淮地区的一场大战即将开始，华中分局书记邓子恢派人送来紧急信件，指示新旅立即随部队从宝应绕过两淮，沿涟水、沭阳、新安镇一线向山东解放区转移。

一条小被，一条军毯，两套军装，一只吃饭的小碗，所有多余物资全部扔掉，每个人的背包不准超过 15 斤。年龄大一点儿的团员抢着扛起了马枪，小团员也不甘示弱地将两颗手榴弹揣在身上。以前驻村时的老乡们听说新旅要走，把炒好的花生和煮好的山芋拿来，不由分说地硬是往团员们的饭包里塞。识字班的妇女们和女团员们抱头大哭。此去不知何时才能见面，一个个挥泪告别。

一场艰辛而漫长的北撤行动由此开始。

从秋天走到冬天，从落英缤纷走到天寒地冻。天气一天比一天寒冷，刺骨的寒风吹得人抬不起头来。腰像断了一样，腿像折了一样，脚上走出了血泡，但没有人停止前进的脚步，没有人叫苦叫累。

意气风发、斗志昂扬的团员们在寒风中唱起了歌：

嗨嗨哟嗬！嗨嗨哟嗬！
亲爱的伙伴勇敢向前走。
翻过高山，越过激流，
我们的目的地就在前头。
嗨嗨哟嗬！嗨嗨哟嗬！
一百里的路程走了九十九，
今天的宿营地就在前头。

行军的路上，经常会遇到飞机轰炸。怎么办？

为了防空袭，每个团员的背包上都插满了小树枝，头上还戴着用带叶树条编成的帽子。听到敌机声，就散在路边蹲着，就像一棵棵小树。

几匹驮东西的小毛驴，听到敌机的轰鸣声会吓得跳起来，乱跑乱窜，这样容易暴露目标。怎么办？

新旅团员中的刘德明、李乙、同仇（原名孙同仇）这几个“大力士”就将毛驴顺势扳倒在地，众人把毛驴的耳朵、眼睛捂住，按着它的四条腿。毛驴竟乖乖地躺着一动不动。

一路上，大家竟未被敌机发现过，这也算是幸运的了。但是大家走得很辛苦，要躲避敌机轰炸，行军既慢又危险，于是改变行军方案：白天宿营，夜间行军。

一路所经村庄，新旅美术组的团员们常要在沿途的墙壁上写上醒目的大字：

全力支援前线打胜仗！

蒋军必败！我军必胜！

打倒蒋介石，解放全中国！

这些标语遍地都是，还有生动新颖的壁画，倾注了王德威等人的心血。

夜间行军的团员们，穿行在漆黑的夜幕里，迎着呼啸的北风前进。

为了不使小同志掉队，每人在左臂扎一条白毛巾，先头部队怕大家夜晚走路迷失方向，便在三岔路口用白粉做上标记，画上箭头指明前进的方向。

行军途中，大哥哥大姐姐抢着为小弟弟小妹妹背背包，互相搀扶着向前奔跑。

“不嘛，我能行！”

“不，我自己来！”

“快给我，跟上队伍！”

这样的话不时在路上响起，给人以温暖和力量。

崔海波赶着牛车，为了多拉一点儿集体的东西，他自己背着两三个背包走着。

陶影生病了，不得不随行李躺在牛车上。崔海波生怕她冻着，脱下棉衣给她盖上，自己顶着寒风赶车。陶影感动得掉下了热泪。

夜行军的路上，黑暗中看不见人的脸，依稀的星光下，只有影子随行。

有的人先是冻得瑟瑟发抖，一会儿就大汗淋漓。走到半夜，又困又乏，但是不能停步。

有的人实在太困了，只是本能地移动着双脚，迷迷糊糊地向前走，走着走着，竟然边走边做起梦来。“扑通”一声，有人被小土堆绊倒了，做梦的人才醒来，浑身惊出了冷汗，振作精神继续前进，直到天亮，才走到宿营地。

有一天夜里，雷电交加，风雨大作，大家住在一个破庙里，各人都睡在地铺上。烈士的女儿、10 岁的李静（原名胜利）刚来新旅不久，是全团最小的团员，为了照顾她，大姐姐们找来一块小黑板给她搭了一个小床。

睡到半夜，突然地动山摇。

“地震了！”有人大喊一声。

李静一下子被震到了地上，吓得大哭起来。团里的大姐姐们不顾安危，奔了过来，紧紧地搂着她、护着她，直到大地停止晃动。

大姐姐们搂她入怀的那一刻，让李静温暖了一辈子。

1946年9月底，一路风尘、一路历险的新旅，终于到达山东临沂北面的界湖。

在这里，新旅进行了短期的休整。团员们帮助老乡扫院子、挑水、拾柴，老大娘给团员们补衣服、做鞋袜，军民亲如一家。

就在这段时期，新旅又一次添丁进口。

从广东刚撤退到烟台的东江纵队的五个小同志参加了新旅，编到了儿童部，大家亲切地叫他们"小广东"。

东江纵队小战士多，当时由新旅的谢克林、羽扬两位"大哥哥"去东江纵队担任主考官，几十个小战士每人唱一曲《解放区的天是明朗的天》，结果叶志强、戴坚平、关洪标、黄锦生、谢生五人中榜。就这样，五个"小广东"被领进了新旅艺术的殿堂。

新旅大家庭中来了一个小团员，她叫珊宝，才11岁，上海人，是宋忠柏（后改名宗柏，以下称宗柏）的妹妹。她七八岁时随舅父吴仲超到了新四军军部，现在，她妈妈又将她送到了新旅。她的到来，给新旅增添了一份别样的乐趣。十分活跃的她，把上海弄堂小朋友的游戏教给大家，大家玩得非常开心。

1946年12月，在界湖北面的沂水县界首新王沟，新旅奉命编入计雨亭、刘季平、徐平羽率领的苏皖边区政府和参议会的北撤人员组成的黄河大队。黄河大队下设10个中队，新旅为第十中队，左林任中队长。

此时，蒋介石全面进攻的计划落空，准备发动重点进攻。山东是重点攻击目标之一，齐鲁大地上空阴云密布，大战一触即发。

那一天，通信员冒着漫天飞雪前来传达上级的紧急指示：新旅立即转移！

山东绝非久留之地。去哪里？

团长左林当时没有宣布路线。大家一致请求：上前线去！团长同意了大家的请求。

为了适应行军需要，新旅代号为"左林支队"，团长改为支队长，团委会改为支队指挥部。下设先头部队，负责打前站；机动队，负责联络；后勤队有几头驴子，又称“驴子队”，负责后勤物资。

1947年2月13日，大雪封门。这一天，新旅从新王沟正式出发了。

一大早，严忠（原名沈惠明）打开大门，就唱了起来：“十里风雪一片白，老汉我今天要行军，一大早就爬起来……”大家被他的歌声逗乐了。

雪还在纷纷扬扬地下着，所有的山峦都被大雪覆盖，山口的狂风卷起暴雪，风雪吹在脸上像刀子划过一样痛。队伍一路向前，每个人的背包上都盖了一件单衣，头上扎了一条毛巾。一开始队伍还朝着南边有炮声的方向走，可是没几天却转向西北了。继续北上，去哪里？事关军事机密，团长不说，谁也不好问。

雪越下越大，穿过沂蒙公路时，积雪已有一尺多深。深夜里，咬几口高粱面做的煎饼，喝几口开水，又匆匆忙忙地整队上路了。无孔不入的雪花钻进衣领，钻进胸口，钻进鞋子里，冻得人直打寒战。

一路前进，只听见脚踩在雪地上发出的咯吱咯吱的声响。没有人敢停下来，大家只有一个信念：跟上，跟上，别掉队，跟着集体就是希望。

北上，北上，沂蒙山横亘在前进的道路上。怎么办？

“翻过去！”众人手搀着手，心连着心，一起艰难攀援。翻过一座山，又是一座山，一直看不到峰顶，相互打气，横下一条心：再高的山，也要翻越过去！

终于爬上了峰顶，“会当凌绝顶，一览众山小”的心境油然而生。新旅团员以超人的毅力征服了沂蒙大山，每个人都忘记了疲劳，大家情不自禁地唱起了《沂蒙山小调》。

山过了，再过铁路。

国民党军队控制了津浦铁路，巡逻车来回在沿线逡巡。今晚，新旅要在磁窑车站附近跨过铁路到路西去，气氛陡然紧张起来。每个人的行装都进行了检查，脖子上围了一条毛巾作为联络记号。左林队长要求大家千万不要掉队，不准讲话，一个跟着一个。一切都笼罩在黑夜里，徒添了一份恐怖的感觉。

不知走了多久，终于靠近津浦铁路了。团员们悄悄地埋伏在铁路沟边的荒草中。敌人的军车开过来了，探照灯的光柱在大家的头上扫来扫去。所有人不能发出一丝声响，每个人的心都提到了嗓子眼。

终于，敌人的军车开走了，可以过铁路了。负责开路的有武器的大团员，都实弹分布在铁路的南北两头，以防不测。所有的小团员、女团员一个跟着一个，飞快地上了路基，跨过铁轨。等全部过去后，大团员们又立即跑到队伍前面武装开路。

北上，还是北上，依然不能停留。

不能停留，一方面是形势危急，另一方面是天太冷了，脚步一旦停下来，就有要被冻僵的感觉。

在这样的严寒天气，有一个人不怕冷，这个人就是新旅机动二队的队长晨钟。机动二队又被称为毛驴运输队，有七头毛驴，晨钟就是这支毛驴队的头儿。

他早年父母双亡，14 岁投身革命，参加了八路军 115 师第 5 纵队（后改为新四军三师）一支骑兵营。他的祖母是一位骑驴能手，他从小在祖母的教诲下，懂得了“马在石上荡，人在人前闯”的道理，练就了一身骑驴技术。

他还是有名的大力士，走路虎虎生风，性子暴躁，发起火来眼睛一瞪，拳头一捏，根根头发似乎都要竖起来。但在行军中，做了队长的他像是变了一个人，性格大变。他一边教大家骑驴的技巧，一边教大家送信、回答口令，在做好本队工作的同时，还抢着做最危险的工作，哪里发生了事情，哪里需要人手，他都冲锋在前。

行军到了何杨李，晨钟发动大家为老乡挑水，一只水桶不慎掉到井里去了，井很深，绳子又短了一点儿，大家钩了半天也没有钩上来。他不顾冰天雪地，脱下棉衣，光着膀子扒在井台上，一次次地甩着绳子，终于把水桶钩了上来。呵气成霜、滴水成冰的日子，他还坚持洗冷水澡。他从河里取来冰块擦身擦脸，然后用干毛巾擦干。

他浑身有使不完的劲儿，饭量也大，曾经一顿吃过 80 多个饺子，是新旅中名副其实的“鲁智深”“李逵”式的人物。

新旅的队伍一路北上，连续急行军，从肥城到平阴，快到黄河边的时候，团长左林才宣布了目的地：鲁中南一带将有大战，非战斗部队奉命转移到刘伯承、邓小平同志领导的晋冀鲁豫解放区去，这是为了我军主力能够运动自如，待机歼敌。

就在这时，消息传来，陈毅司令员率领华东人民解放军，在莱芜地区打了一场漂亮的运动战，一举歼敌六万多。团员们兴奋地唱了起来：

打得好来打得好来打得好，
四面八方传捷报来传捷报，
到处都在打胜仗，
嗨！捷报如同雪花飘！
…………

平阴是敌情复杂地区，不能停歇，必须继续前进，抢渡黄河。

这时候，敌军正从南北两面向平阴压来，敌机不时地前来侦察和俯冲扫射。为了争取时间，新旅恢复白天行军，不走小道，直接上公路，三个人一组，每个小组相隔 150 米的距离。每个人风驰电掣般地向前奔跑。

中午赶到黄河边的时候，来不及开火做饭了，必须以最快的速度渡过黄河，时间就是生命！

黄河岸边只有几只破旧的小船，一只较大的船却在对岸。怎么办？

万分危急的时刻，刘亚、方南君、李乙主动脱下棉衣，跳进黄河，一口气游到对岸，把那条大船弄了过来。

三个“渡河英雄”冻得浑身发抖，大家把大衣给他们穿上，互相抱紧了取暖。

人上船了，车子上船了，那头叫“刘桂英”的黑灰色毛驴却死活不肯上船。这头驴子是从淮阴带来的，前不久跌断了腿，走路一拐一拐的，像扭秧歌一样。因为有一个戏叫《刘桂英扭秧歌》，所以大家就管它叫“刘桂英”了。姚仁远在前面拉，李康中在后面打，它还是不听话。没办法，一声令下，大家一起动手，连推带拽，硬是把它弄上了船。

撑篙、摇橹，黄河上，新旅迎着风浪前进。每个人的眼睛都盯着天空，心情紧张到了极点，生怕飞机来袭击。一旦来袭，后果不堪设想。

苍天保佑，众人平安无事地过了河。

到了北岸，黄河大队考虑到连续急行军，大家的身体已疲惫不堪，宣布放假一天。

新旅一头瘦弱的毛驴体力不支倒下了，活活地累死了。无奈之下，大家含泪把它杀掉充饥。驴肉也只有几十斤，它实在太瘦了。

黄河大队副大队长徐平羽来了，夸新旅立了一功，说南京报纸登了“共军主力往西北逃窜”的消息。敌人用了12个师的兵力追击，想把我们这批“华野主力”歼灭在黄河南岸。后来敌机发现我们不是主力野战军，敌人的追兵才悻悻回头。这样的一来一回，为我主力部队争得了时间。

不久，胜利的消息再次传来。孟良崮战役打响，全歼国民党74师。

黄河一过，便进入了晋冀鲁豫解放区。

1947年3月2日，新旅到达临近河北的大周庄，开始了临时休整。从新王沟出发，到大周庄，行程800多里，历时18天。就像一场大战结束，那天晚上，每个人都睡得很香很香。

临时休整十多天后，新旅接到命令，到前面五里远的黄河大队部驻地演出。

那天，大家好不容易把布景、灯光运到演出地，装台，化妆，一切都准备停当。战士们和老乡们都来了，就等着开锣唱戏了。突然，黄河大队副队长徐平羽一脸严肃地走上戏台：“演出立即停止，马上赶回各自的住地整装出发！一切工作必须在三个小时内完成，行动路线各单位领导已经知道了。解散！”

继续北上，大家又马不停蹄地继续前进。

先后穿越东阿、茌平、高唐、夏津、武城等县，又经过半个多月的艰苦行军，终于到达河北省故城县前黄村驻扎下来。

为了纪念这次漫长而艰苦的行军，新旅儿童部的每个小团员都写了日记、散文或诗歌，编成了一册手抄的杂志《春风》行军专号。小画家肖峰还画了漫画，画上写道：小胖子脚为什么流血，原来鞋子破了！这是以“小广东”叶志强为原型画的，大家竞相传阅，后来作为团史保存了起来。

参加土改

1947年5月，前黄村传来一个激动人心的消息：新旅团长左林将作为华中解放区青年代表，赴莫斯科参加世界青年联欢节！这是左林的光荣，更是新旅全体团员的光荣！

左林出发去了东北，后因战争形势变化，无法成行，滞留东北。

此时的新旅由张早代理团长之职。不久，张早奉命参加地方工作，担任区委书记，张拓调回新旅担任团长，黄叔宽担任副团长兼党支部书记，张泉担任辅导员，张渔、陈强、王德威、方南君担任团委委员。新旅新的领导集体产生了。

前黄村离解放了的德州城有60华里，在村子驻扎的日子里，新旅搞起了生产运输，做起了“生意”。

新旅从村干部那里要来菜种、葱苗，种起了白菜、大葱；向村干部学习施基肥，到处收集人粪，和细土搅拌在一起，摊平在场地上晒干，然后一垄一垄地撒在菜地上。

时间不长，新鲜的白菜、大葱就青油亮亮地展现在眼前。看到自己的劳动成果，团员们感到格外兴奋。有的团员围着菜地唱起了歌，有的还学着农民的样子拔一棵大葱生吃起来。这下子俨然成了地地道道的北方人了。

新旅的运输生意主要由姚仁远、李康中、李乙这三个“赶脚”的负责。

这三个“黄金搭档”做运输生意可不是一天两天了。在新王沟时，他们三个人加三头毛驴组成了长途运输队，从界牌出发向东贩运白粗布、盐、香烟、自行车内胎，赚取地区差价。

三个人中，姚仁远和李康中17岁，李乙15岁，他们每天行走在崎岖的山路上，虽然穿着山东耐磨的“千层底”布鞋，但脚底板还是磨出了血泡，可想而知有多辛苦。

别看李乙年纪小，做起事来有板有眼。从苏北淮阴撤退到山东的路上，他在晨钟组长的带领下学会了养毛驴的手艺。他在长途运输队里专门负责服侍三头毛驴。每到一地，他就忙着给毛驴饮水，拌料喂料，晚上和衣睡在驴槽旁。此外，他还时时观察毛驴的“健康”状况。这种认真劲儿，感染着身边的每一个人。

最难的是贩运返回时，由于长途跋涉，三头毛驴驮着两三百斤的杂货，体力严重透支，趴在风雪交加的山路上一动也不动。怎么办？三个人只好把货卸下来，把驴扶起来，再把货放在驴背上，继续赶路。谁知没走几里路，毛驴又趴下了。这样反反复复，真是让他们伤透了脑筋。可是再难也要完成任务啊，这是最起码的原则。

有一次，姚仁远独自一人骑着自行车去烟台旁边一个叫王哥庄的地方，去购买自行车内胎、车轴和零件。冬天里长途骑行，没有手套，他就把毛衣脱下来，双手插进袖子里当手套。走的是山路，上坡时只能推行。奔波了好几天，好不容易到了目的地，买了十几副车胎、车轴和零件便立即返回。

他一个人翻越了一座又一座山，一架国民党的野马式飞机绕着山顶盘旋，久久不肯离去。他赶忙放倒自行车，钻进一片高粱地里。幸好是一架侦察机，等飞机走了，他立即狂奔下山，继续赶路。到了新王沟，才知道新旅已经转移了。他急忙把货交给了合作社，结了账就朝西北方向追赶队伍。

要命的是，老天竟下起雨来。车轮上沾上了泥无法推行，他就扛着车走。后来，他实在体力不支，只好请了两位青年农民帮忙，艰难地追了几十里路，总算追上了新旅的队伍。他像找到家的孩子一样，“哇”的一声哭了出来……

这一次到了前黄村，新旅决定让姚仁远牵头再干老本行，继续干“赶脚”的活儿。

经过打听，他们得知，从德州到邯郸贩运盐和白土布可以赚取一些差价。这一次，运输的牲口由驴子换成了骡子。他们特意从前黄村雇佣了一个20多岁的青年后生。后生家里有大车，他的赶车技术很好。新旅决定出资金和牲口，雇他赶车，每跑一趟付给他一点儿报酬。后生爽快地答应了。

盛夏时节，他们出发了。

这一带虽是平原地区，但方圆几十里内也有大小不等的沙窝区。赶车的人最怕车子陷进沙窝，一旦陷入，赶车的、坐车的都要下来推车。赶车的拼命抽打骡子，大声吆喝，骡子费死了劲儿，有时也无济于事，最终车轴都可能断掉。如果车轴断了，就要耽误好几天才能起程。他们不止一次地遇到过这样的情况。

夏天赶车最要命的是天气赤热难耐。人是浑身湿透的，索性光着身子，骡子汗如雨下，张着口呼哧呼哧地喘着粗气。那艰苦的滋味无以言说。

赶车人在酷暑难耐、饥肠辘辘的时候，喝茶吃饭也是有讲究的。姚仁远后来从那个青年后生那里学了些门道。

那青年后生，不愧是个“老赶脚”。每次到骡马店休息时，他先把骡子服侍安排妥当，然后给自己泡上一大壶茶，慢悠悠地喝起来，一喝就是一个多小时。喝完茶，他才叫上一碗“烩面饼”。

姚仁远因为太饿了，马上买了一碗“烩面饼”，谁知吃了几口就吃不下去了。这赶车的却吃得很香，不一会儿就碗底朝天，又把姚仁远那碗也吃了个精光。

北方的“烩面饼”是很好吃、很耐饿的主食。姚仁远没病没痛，怎么会吃不下呢？后来他琢磨出道理来了。原来，他一路上出了大汗，休息的时间又太短，应该像后生那样先喝水，等汗水凉了、心跳平稳之后再吃饭。果然，他第二天歇脚时，也把一大碗“烩面饼”吃了个碗底朝天。

尽心尽责的姚仁远后来竟挨了批。

姚仁远领着人搞长途运输，不到一个月就赚了几百元钱，他就开始飘飘然了。赶车的后生给他出主意，要他把老骡子卖了，买两头四牙口的小骡子，这样货装得多，还跑得快。姚仁远不加思索就答应了。

老骡子卖了，换来了两头小骡子，浑身毛色油光光的，看的人煞是喜爱。可是，当姚仁远向新旅党支部书记黄叔宽汇报时，竟受到了严厉的批评：事先未经团部同意，这属于擅自做主，违反了起码的纪律要求。

新旅就是新旅，不管你是谁，说话行事必须符合纪律规定。从那以后，姚仁远无论做什么事，都注意遵章行事了。

在前黄村，新旅还参加了中国历史上最深刻的农村革命——土地改革，见证了穷苦农民翻身当主人的历史时刻。

1947 年 8 月，新旅团员与军队战士组成土改工作队，分成两个组到故城县前黄村和刘孝子村参加土地改革。

新旅的大部分同志都去了河北故城县刘孝子村。

去的时候，几十个人坐着胶皮轮大车浩浩荡荡进了村。一开始，全村没有人相信他们：这些十几岁的毛孩子，来村里搞什么土地革命，这不是儿戏嘛！这么年轻，他们能担得了这么重的责任吗？

刘孝子村是个拥有一百多户村民的大村子，全村大多数人都姓刘，只有少数外姓人。这里的贫雇农长期遭受地主的剥削和宗族势力的压迫。要想发动“穷人们”向同宗族的地主展开斗争，其困难可想而知。这无异于发动农民们去“造反”。

工作队的同志们毫不气馁，他们仔细分析了村情，决定分散住进苦大仇深的贫雇农家里，和他们同吃、同住、同劳动，在每天的朝夕相处中，慢慢启发开导贫雇农的阶级觉悟。先开小组忆苦会，再开全村忆苦会，把土改工作一步一步地向前推进，通过群众大会把贫雇农发动起来。

村里有一个赤贫户，他叫李满长，被选作农会主任。他是一个讨饭来的三代雇农，家里上无片瓦下无寸土，从小靠扛活度日，闹饥荒的时候就以榆树叶拌糠菜糊口。但他练就了一副“铁脚丫子”，50 多岁的他从来没穿过鞋子，一年到头总是光着脚在地主的地里干活。这副铁脚板，就是在玻璃碴子上走，也不会划出口子来。

在忆苦大会的启发开导下，在贫雇农们声泪俱下的控诉中，大家慢慢认清了地主剥削的本质。在李满长的带领下，贫雇农们终于勇敢地把心中的怨恨说了出来：

地主是油嘴，农民是泥腿，
没有泥腿，饿死油嘴。

对于土改，王德威的记忆最深。

那一天，因为地主们从中作梗，在白天的群众斗争会上，尽管新旅团员们苦口婆心地劝说发动，但是依然没有什么效果。每个人都憋了一肚子气。

夜里，王德威坐不住了，左思右想都觉得窝囊。他索性带着农会主任李满长去了一个姓刘的大地主家，直接上门追逼他交出浮财。

这下子可捅了马蜂窝了，那地主趁机挑拨宗族矛盾，在村子里大喊大叫起来："姓李的打了我们姓刘的人啦!"

姓刘的贫雇农当时还没有彻底觉悟，这样一经挑拨煽动，不明情况的他们就围着李满长拳打脚踢，一下子将他打伤了。

王德威喝令他们住手，可谁听啊。还好，区政府就在村子附近，他迅速派人叫来了区长。区长一看这情形，立即拔出手枪，朝天放了两枪，总算平息了事端。

李满长被送进医院治疗。吃一堑长一智，第二天，新旅召开会议，总结经验，吸取教训。王德威等人进一步认清了阶级斗争的复杂性和正确执行政策的重要性。从此以后，不再意气用事了。

为了更好地团结贫雇中农，组织好阶级队伍，新旅提出了"不分刘姓还是李姓，天下贫雇中农是一家"的口号。在农会的组织下，又推选了刘姓的贫雇农代表刘长海担任副主任。

随着斗争的深入，新旅辅导员张泉大姐累倒了。老百姓把她抬到医院，她却放不下村里翻身的父老乡亲们。她一边治病，一边捎信给村里：刘孝子村的父老们，你们翻身怎样了？我虽然病了，但时刻想着你们的事……

当把这封信在群众大会上念给全村人听的时候，大家都感动了。一位老大娘说："人家张大姐生病了，还关心着俺们翻身的事情，我们可不能对不起人家啊。"

贫雇农们和新旅团员的心贴得更近了。秋收到了，新旅团员全部分散到贫雇农家帮助秋收。其中有一个苦力活“倒楂子”，就是把高粱连根刨起来。

一些小同志扛起镢头就走，大爷大妈就说：“你们不用去了，去了能刨得动吗?”

小同志们笑了笑：“到地里看好了。”

无论是大同志，还是小同志，大家下地一干就是一天。等傍晚回来时，手心里都磨出了水泡，但是没有人叫苦叫累。在同志们的心中，群众的事比天大，大家从心底里乐意做。

在心心相印、骨肉相连的血脉交融中，新旅和广大贫雇农迎来了第一个丰收年。

在新旅团员不懈的努力下，通过一系列细致周到的工作，村子里的封建宗族观念得到了遏制，土改工作终于取得了胜利。

在庆祝土改胜利的那天，村子里扭起了秧歌，新旅创作演出了《翻身》《放下你的鞭子》等节目，同时又排练了《兄妹开荒》《新安进行曲》等保留节目。李满长踩着高跷，带着青年们唱起了小调：

土地回老家呀，
房屋大搬家，
牛羊财物归原主，
劳苦人民坐天下。

新旅要离开工作队了，他们接到了命令，要南下前线开展慰问演出。

消息传来，已经处出感情的老乡们的心里都不是滋味。

就在那天晚上，村里开了一个热烈的欢送会，大伙儿踩高跷、扭秧歌，在场的人既兴奋又伤情。

“要不是你们，我们哪能翻身呀!”农民翻身了，老乡们念念不忘工作队的恩情。

“不，主要的还是大家组织起来，靠咱农会，靠咱大伙儿。”新旅的同志谦和地拉着老乡们的手说道。

那个叫二元的农民伤心地说：“留也留不住你们了，愿你们在外面好好保护身体，把工作做好，常捎信来。见到你们的信，就像见到你们的人一样。”

识字班的妇女们说：“我们歌儿唱不好，欢送你们只得唱一个。”接着就唱起来了。

一位姓黄的大娘，拉着14岁的小团员舒巧（原名苏翘）和珊宝的手，只是掉眼泪：“你们走了，什么时候回来呢?”

舒巧和珊宝也跟着难过地哭了起来。

散会以后，大娘就把舒巧、珊宝、二林（原名陈二林）三个人拖到家里，说有话讲。

进了门，大娘把门拴得紧紧的，马上端出准备好的面条、山芋。

“林儿、珊宝、舒巧，你们帮我干了那么多活儿，又帮助我们翻了身，分到了地。我没有东西谢你们，你们要走了，我今天做了顿饭，如果不吃就真对不起俺了。我做了几次饭叫你们吃，都没吃，今天一定要吃，不吃就不放你们出去。”

二林、舒巧和珊宝一看这情形，可为难了，吃吧，违反了“不拿群众一针一线”的规定，不吃吧，伤了大娘的这份心。三个人商量后，决定不让大娘为难，盛情难却，只好端起碗吃了起来。

临走时，大娘又拿出糕来往她们的饭包里塞：“走路上当干粮，三个人一起好好的，像兄弟姐妹一样；还有，别忘记了我们啊。”

“不会的，大娘，你放心!”

二林拿出一条新毛巾说：“大娘，这个留给你做纪念吧!”

大娘收下了。新旅走的那天，她一直送到村口，手里拿着这条新毛巾，拼命地摇啊摇啊，直到孩子们远去的背影消失在视野里。

土改工作队的大部分同志都撤走了，只留下一个小组做土改巩固工作。

新旅团委委员陈强留了下来，他和农委副主任刘长海一起住在牛栏里。

通过土改，刘孝子村发生了翻天覆地的变化，每个贫苦农民都沉浸在翻身的喜悦中。习惯了逆来顺受的他们，第一次尝到了当家做主的甜在刘长海的强烈要求下，在昏黄的豆油灯下，陈强帮他填写了入党志愿书。刘孝子村第一个共产党员诞生了。不久，李满长等人也入了党，村里第一个党支部建立起来了。解放大战开启后，妇女们争做军鞋，青年农民纷纷报名参军，翻身农民积极参加担架队、运粮队，支前工作轰轰烈烈地开展了起来。

新旅同志们：

……现在提起笔来和你们拉一排子，我们为了答复你们的愿望，响应上级的号召，全村人都带劲生产，好好支前。今年年景风调雨顺，青苗都长得挺好，真和你们走时向咱村里说的“秋季丰富”……

祝你们

积极工作

前黄村全体干部群众

离开前黄村住地不久，新旅就收到了全体村民的一封信，这让每个团员心头漾开了层层涟漪。这是一份厚重的礼物，证明了新旅同志们的心血没有白费；这是一份永远的情谊，离得再远，心也相互牵连在一起。

一切为了前线

学习使新旅永葆活力。

团结民主的新旅，互助互帮的新旅，勤奋好学的新旅。尽管团员们大都只有十几岁，但他们身上都有一股要强好胜的劲儿，这份精神激励和带动着他们身边的所有人。

你看，他们每个人都是笔不离手、书不离手、曲不离口，就是每天行军 60 里，中途休息的当儿，他们都要读书。每到一地住下来，他们就开始看书、唱歌、习舞，挑灯夜战那是常有的事。

在去山东的行军路上，秦守荣就给自己订下了“半月学习计划”，其勤奋好学的精神和境界让人动容：

第一、学习上：

（一）要看四本书：1.《关于斯大林的传说》；2.《列宁和斯大林的故事》；3.《王贵与李香香》；4.《表》。这四本书看完以后，写读后感和笔记。

（二）写诗一篇，内容是一个小孩子怎样翻身的，这个材料是我做儿童工作时得来的。

（三）隔一天写一次日记。

（四）要了解二个时事问题：1. 美国的经济危机为什么会很快的到来？2. 反动势力为什么必然会垮台，而民主势力又为什么会胜利？

（五）学习时应该专心学习，思想上不要胡思乱想的，要很认真的学习。

第二、生活上：

（一）整齐清洁，五天换一次内衣。

（二）要找四个人个别谈话：1. 郝杰；2. 鲁正；3. 余允绍；4. 黄叔宽。

（三）要学会下象棋。

第三、要改正的地方：

（一）不哭，有什么问题不能解决，去找大哥哥来帮助。

（二）要虚心的去接受同志们对我的意见。

（三）在和别的同志发生冲突的时候，一定要注意态度，要很好的让步。

（四）性子不要急，要很耐心的去做每一件事情。

第四、坚决要完成，每天都不能忘记的：

（一）坚决要完成上面所订的计划。

（二）每天一定要订计划和检查计划。

（三）在小队里要表现得好，积极带领干，在各方面争取做模范。

新旅有太多秦守荣这样的好学之人。身体孱弱的 15 岁的姚锡华，他的书包总是沉沉的，里面揣满了《社会发展史》《大众哲学》《社会科学二十讲》《社会科学基础知识》之类的哲学书籍。王德威、肖峰、徐光、郭立范几个人在行军、演出之余，手中的画笔从未停歇过，走到哪儿画到哪儿，见到什么画什么，画本换了一本又一本。

那时候，为了夜里能看书、画画，大家省下每月六角钱的津贴费，去买灯油。解放区没有铅笔，每到一个城市，第一件事就是找店铺买铅笔。纸张没有了，他们就到后方印刷厂讨来边角料，裁剪装订做成本子使用。

新旅出人才，这绝不是空话。在良好学风的引领下，新旅队伍中涌现出许多的“哲学迷”“音乐迷”“舞蹈迷”“绘画迷”“三弦迷”“二胡迷”“戏剧迷”“导演迷”……

植根于人民沃土的新旅，还虚心向群众学习。

新旅的团员们大多生在江南，长在南方，上台演出时南腔北调不算，有时还夹杂着明显的舞台腔。一些节目演下来，无法激起群众的亲切感。见到他们来演出，农民们都称：看江南新四军演戏了。话里有着明显的距离感。

为了让演出接地气、接近人民、接近大众，新旅掀起了向农民学习方言的活动。

每个演员都拜农民老乡为师，结合民运工作，深入到老乡中去。每人都把要演的台词逐字逐段地念给老乡听，请老乡们用方言纠正，并跟着练习咬字正音、撇腔。

经过一段时间的刻苦练习，演出队的节目立马有了浓郁的乡土气息，一下子与老乡们亲近多了，受到观众的普遍欢迎。一场演出下来，老乡们拉着团员们的手问：“同志，你们都离咱这儿不远吧？”

万物葱茏，谷穗飘香，平川遍地红高粱。

新旅参加土改后，和冀中解放区翻身的农民一起迎来了丰收的秋天。这个秋天，农民收获了自己的劳动果实，新旅也收获了撼动人心的

《进军腰鼓》。

1947 年 9 月，新旅团部听到一个消息：华北联合大学文艺学院（简称“联大”），也就是著名的延安鲁迅艺术学院的同志们来了，他们驻扎在束鹿县境内。

这是一个绝好的学习机会，不容错过。经过研究，决定由团长张拓带领王山、方南君、白洁、陈伟、陈大林（后改名大林）、林铭纲、毛国强等第一批队员前去联大学习取经。不久，又派出第二批队员晨钟、刘亚、张依等人前去学习。

这次学习是新旅的一个重大转折，是新旅在走向文艺专业化的道路上、在为工农服务的方向上的一次历史性飞跃。

张拓一行人从故城县前黄村出发，穿过枣强、衡水等县，走到了束鹿，在一个偌大的村庄里，见到了华北联合大学文艺学院院长、文艺理论家、教育家沙可夫同志和教务主任、诗人艾青同志。

一个是新旅，一个是鲁艺，两大“名角”终于见面了，团员们受到了热烈的欢迎。

艾青详细介绍了延安文艺座谈会上毛主席发表讲话以后，延安文艺工作蓬勃开展的情况和经验；歌剧《白毛女》的导演舒强介绍了导演心得；作曲家周巍峙传授了作曲知识。一见面，这些文艺大家的讲述就让新旅的团员们有了一种茅塞顿开的感觉。

中秋节的晚上，一轮明月悬在天空，打谷场上，文艺学院为新旅举行了一场特别的欢迎晚会。大家又一次开了眼界。

在这里，团员们欣赏到了从未见过的大合唱《万丈高楼平地起》、眉户戏《小姑贤》等。小歌剧《王大娘赶集》中，郭兰英那清脆悠扬的歌声把人的心都唱醉了，每个人的思绪在她歌声的引领下，在月空中曼舞飞扬。

在这里，团员们看到了从延安带来的《白毛女》《血泪仇》《周子山》《夫妻识字》《十二把镰刀》《王贵与李香香》等歌剧脚本及许多战斗歌曲的曲谱。大家如获至宝，纷纷拿出本子，把曲目分工到人，夜以继日地抄写。

在这里，团员们学歌、学舞、学戏，还学会了撼人心魄的陕北腰鼓。

这是怎样的一种震撼啊！

数十人腰鼓在身，铜钹震响，动作步伐整齐划一，犹如千军万马、猛虎下山，其势其状无可抵挡。所有人都学得一丝不苟，津津有味。

特别是吴坚老师，在教授时非常严格，要求一招一式都不能走样。那个“虎跳”的动作难度非常大，所有演员都要凌空跃起，平行旋转，从胯下击鼓，要求动作整齐，鼓声一致，要像龙腾虎跃一样洒脱壮观。

练习，练习，再练习。脚跳肿了，腿练酸了，手磨破了，没有人叫一声苦。新旅团员们坚毅刻苦的学习精神，给吴坚留下了深刻的印象。在他手把手地传授下，大家很快就学会了腰鼓的各种动作。

精彩时刻来了。

那天，在广场上，文艺学院演出队的同志们意气风发。数十个青年人，在雄壮的《解放军进行曲》的伴奏下，演出了一曲《进军腰鼓》。腰鼓声、铜钹声惊天动地，让站在土房平顶上观看的新旅团员们的心伴和着腰鼓的节点，澎湃跃动，铿锵起舞。

束鹿之行，新旅有了脱胎换骨的转变。

为了适应专业演出团体的业务需要，新旅把原来按年龄和性别划分的青年部、少女部、儿童部，改为按专业划分的表演队、演出队、乐队、美术队，分别由王山、陈强、方南君、王德威担任队长。在专业上有了明确的分工，既有利于指挥调度，又有利于专业训练和业务水平的提高。

专业体制改革后的新旅，掀起了又一轮“练工热”。

村子里热闹极了：天还蒙蒙亮，团员们就起身了，这边练声、练台词、练唱，那边练琴、操鼓，这边扭秧歌，那边打腰鼓。无论是河边，还是树下，无论是村头，还是巷尾，到处都是歌声四起，到处都是琴鼓和应。

一批富有战斗精神和民族特色的新节目大量涌现。《张德宝归队》《王大娘赶集》《四姐妹拜年》《光荣灯》等多部戏剧闪亮登场，《高楼万丈平地起》《翻身道情》《妇女自由歌》等一批歌唱党的领导、人民翻身、解放全中国的歌曲格外嘹亮，《进军腰鼓》《解放花鼓》等令人耳目一新的节目更是让人心旌震荡。

新旅和党心连心，和人民心连心，此时此刻，新旅的使命担当和轰轰烈烈的中国人民的解放事业紧紧地连在一起。

1947 年 10 月，新旅划归华东军区政治部领导。一个月之后，新旅奉命南下，赶赴华东野战军前方指挥部进行慰问演出。

全团经夏津、聊城等地，日夜急行军，到达了朝城。

急行军，每天要走上百里路。出发时，上级命令轻装，武器、行李、米袋一共不得超过 20 斤，其他“身外之物”都要精简。

这可难坏了孙肖平（原名孙清月）。他身上有一件心爱之物——《辞海》，那是他参加新旅时大舅送他的。当时大舅嘱咐他要好好学习文化。他恋恋不舍地把《辞海》放到了老乡的窗台上。

队伍即将出发了，孙肖平发现王山的米袋瘪瘪的，背包却比其他人大许多。王山是个爱学习的人，孙肖平断定他背包里一定装着在华北联大的听课笔记和一些学习读本。再看肖峰和王德威的背包也是鼓鼓的，他们一定不会扔掉自己的画纸、画笔和画稿，特别是向山东农民艺术家临摹的宝贵资料。

于是，孙肖平趁值日生还没喊出发，箭一般地飞跑回房东家，把《辞海》装进背包，从米袋里倒出半袋炒面。在行军休息时，孙肖平总是捧着《辞海》，用手指在地上默写生字、生词。后来，他成了一名作家，和这部《辞海》有着很大的关系。

急行军中，仅有的两把二胡被压坏了一把。本来弦乐器就少，只有一把二胡，会让歌舞剧的味道大打折扣，演出效果肯定会受到影响。大家焦急万分。

再大的困难，都难不倒聪明好学的新旅团员。

听说七八里外的村子里，有一个老艺人，曾在济南做过弦乐器。刘德明迅即上门，拜访了这位老艺人，学会了一个“土法子”：没有红木，就用枣树木料替代；没有蟒皮，就找来一张老鼠皮，用石灰水硝掉毛发；没有琴筒，就找来榴弹炮弹壳，把两头锯掉，正好合适；没有弦，就用军用电线的铜丝；没有松香，刘德明、叶志强就背着干粮，到几十里外的坟地里的松柏树上去采，采回来好几两，经过提炼，终于制成松香；至于马尾嘛，就从团部的那匹马的尾巴上“就地取材”。

你还甭说，这“土法子”挺管用，他们一下子做出了好几把二胡，弹奏的声音别具一格，把乐队的同志们高兴坏了。这个“伟大的发明”帮了大忙，在前后一年多的时间里，他们如法炮制出 20 多把二胡，全乐队几乎人手一把。新旅住地，从此又响起了悠扬的二胡声。

“陈毅司令员来看望大家了！”

“小同志们，你们给战士们带来了什么新节目啊？我们的部队现在阔气了，有汽车，还有榴弹炮，胜利在望了！”陈毅满脸含笑。

众人一片欢腾。

当陈毅看到刘德明的二胡是用美式榴弹炮弹壳做的琴筒时，拍着他的肩膀，夸了起来：“你们这些小文艺兵真会动脑筋！蒋介石这个‘运输大队长’不但给我们送来了武器，还给你们送来了乐器哩。”

陈老总可是新旅的老朋友了，他能叫出许多团员的名字。大家和他在一起像一家人一样，无拘无束。

1947 年年底至 1948 年年初，正是最冷的时候，新旅马不停蹄地为战士们演出。华野特纵、随营学校、新兵师、前方医院、华东局南下纵队、黄河金堤“安澜大会”、冀鲁豫党政军领导机关，到处都留下了新旅的足迹。

华野政治部副主任钟期光代表华野向新旅致敬：

> 新旅此次出击外线，我代表华野表示热烈欢迎。在文化战线上增加了新生力量，以加速打倒蒋介石的统治，建设新中国。
>
> 你们昨晚在随校演出，受到广大战士干部同志的欢迎，证明你们的工作，是与群众有密切联系的。

陈毅司令员交给新旅一项新的任务。

那个寒冷的冬夜，朝城岳楼屯，陈毅司令员、粟裕副司令员在政治部副主任钟期光的陪同下，前来观看新旅的演出。

上半场演出是在一个用土垒成的舞台上。《王大娘赶集》《光荣灯》《蒋美大活报》《张德宝归队》，一个个节目精彩纷呈，数千指战员的掌声、喝彩声、呐喊声交织在一起。

下半场，激动人心的《进军腰鼓》来了。指战员们自动围坐在广场的方形空地四周，几十个战士手持熊熊燃烧的火炬，迎接着新旅腰鼓队的到来。

你看，在军乐队铜管乐的伴奏下，英姿飒爽的小团员们来了。小团员们不怕天寒地冻，一身单衣，上白下蓝，腰间系一条红绸，头上扎着英雄巾，身挎红腰鼓，手里拿着系红布的鼓槌棒。

气势恢弘的铜钹队开道，腰鼓队紧随其后，鼓点和击鼓的舞蹈动作不停变换，上下翻卷，左右腾挪，似万马奔突，似惊雷骤雨。“急急风”将气氛推向高潮，现场沸腾了。

> 向前、向前、向前！
> 我们的队伍向太阳，
> 脚踏着祖国的大地
> 背负着人民的希望，
> 我们是一支不可战胜的力量。
> …………
> 听，风在呼啸军号响，
> 听，胜利歌声多么嘹亮。
> 同志们整齐步伐奔向敌人的后方，
> 向前向前！我们的队伍向太阳，
> 向华东的原野，
> 向祖国的边疆！

演出结束时，战士们纷纷跑上场来，把一件件棉衣披在新旅团员们的身上，大家兴奋地抱在了一起。

陈毅司令员置身于如此炽热的气氛中，深受感染。他高兴地拉着张拓团长的手，当场指示：“你们新旅的腰鼓打出了军威，很能鼓舞战士们的斗志。给你们一个任务，就是要把腰鼓打到各个部队去，还要教给每一个部队文工团，将来打到全中国去！”

那段日子，前来取经打腰鼓的部队文工团的同志络绎不绝。新旅按照陈毅的指示，认真地传授，精心地指导。“咚叭，咚叭，咚咚叭咚咚叭”的腰鼓声，响彻在新旅住地的上空。从此，陕北腰鼓迅速传遍了整个华东。

一切为了前线，一切为了胜利。

1948 年 2 月，新旅开赴河南濮阳华东野战军前方总部，慰问进行新式整军运动的华野兵团一、四、六纵队。

黄河两岸两军对峙，北岸是华野兵团一、四、六纵队大军，南岸是蒋军邱清泉兵团十几万大军。

为了鼓舞我主力部队的战斗士气，新旅全团发出“一切为了前线，一切为了胜利”的动员令。

一天转移一个地方，从这个点到下一个点演出，有时候要步行几十里。就这样，新旅高负荷地连轴转，共演出了 26 场。26 场演出，犹如 26 场战斗，再累再苦，没有人说一句怨言。

新旅团员严忠回忆道：

> 记得当时我每晚演两个戏，第一个《王大娘赶集》，第二个《张德宝归队》。演出的第一天我的嗓子就不好，连续近一个月，无人替换。为了保证演出，领导允许我可以早上多睡一会儿。听说吃猪肉对嗓子不利，我就不吃肉。刘亚同志告诉我吃柳树条的汁可以清火治嗓子，于是，我每天早上吃一根柳树条。柳树条吃在嘴里真苦啊！但为了演出，苦又算什么？
>
> 现在来看，是多么幼稚的行为，但这都是为了革命啊！

不只表演队苦，演出队更苦。他们每天都是提前早早地出发，赶着马车，步行一二十里路赶到演出地点，花半天的时间建好土台、竖起木杆、拉好幕布、挖好乐池。等大队赶到，匆匆吃完晚饭，在后台化好妆时，演出队的同志已经把舞台装好，汽灯高悬，一切就绪，就等鸣鼓开锣了。演出结束，已是深更半夜，演出队的同志还要拆卸舞台，收拾好幕布、汽灯、服装道具等。日日如此，夜夜如此。

新旅团员、演出队的姚富春对这段经历记忆尤深：

我在新旅时，是在陈强同志领导下的演出队里。虽然有些同志“一专多能”，但在组织和人员分工上，还是相对固定的。演出队有舞台装置、灯光、化妆、道具、布景等工作，就是幕后工作。我和吕斌、刘德明、陈必林、秦德声等几个人搞舞台装置，工作关系比较密切的是负责灯光的张超和刘善富同志。那时的舞台装置工作，是相当艰苦而又繁重的。每到一地，大多在野外演出，我们这些十几岁的小伙子就去打前站，先行搭台，找村长、找老乡借木头柱子、借门板，挖坑埋柱子，搭架子铺门板，车拉肩扛，爬高上低，拴绳子挂幕布。

给我印象比较深的是幅浅绿色又大、又厚、又重的前幕，上面有“新安旅行团”五个大字，从正面两三百米远处都能看清楚，特别显眼，也很壮观。再就是天幕、二道幕、边幕等，都要一一挂起来。那时，灯光主要是用汽灯，因为农村没有电，汽灯算是高级的了。这种灯灌上煤油要先打气，点的时候很麻烦。

讲到布景，也是因陋就简，就是根据剧情需要，用几根木头条做成框架，钉上布，由美术队王德威、郭立范、肖峰、崔达斯等同志用各种颜色兑上水，画到布上。到时候往台上一放，后边用铁棍子支撑固定好。有的用铁棍固定不住的大布景，只好用人扶着了，风平浪静的日子还好办，如果遇到刮大风下大雨的时候，就麻烦了。那时部队看一次文艺表演不容易，只要有人看，戏就要演，歌也要唱，绝不中断。维护舞台不垮的任务，这时更艰巨了。怎么办？有办法！全团上下一齐上，凡是没有表演任务的，不管你分工干什么的，都来了。有的拉紧幕布，有的扶着布景，有的抱紧柱子，柱子不能倒，那是台柱子呀，柱子一倒，舞台就垮了。

凡是遇到这种情况，演员表演就特别卖力，即便眼睛睁不开，也特别有精神，台下观众也特别热情，场面实在动人呐！

可以说，现在不论是在城市，还是在农村，尤其是在城市里的同行们是难以想象那种情景的。就是在这样艰苦的条件下，我从调进新旅到调出新旅的660多天里，没有听到一个人叫过苦，也没有看到过一个人偷懒，甚至有了病也不休息。大家都是同心同德，相互协作，高高兴兴、精神饱满地迎接一次又一次的任务，送走一批又一批难舍难分的热情观众，越是艰苦心越甜。所有这一切，在我的心目中打上了深深的烙印。

在前线慰问演出的那段日子，可苦坏了管服装道具的秦守文、朱佩清。

一到演出，他们就四处去借服装道具。有时为找一件合适的服装道具，要跑出几里路去借；有时演员化好妆，走到观众中去借衣服；有时和老乡换衣服穿，把自己的军装给老乡穿。演出到哪里，服装道具就借到哪里、换到哪里，用完归还，损坏赔偿。

新旅同志们革命加拼命的精神，让部队的指战员们深受感动，他们纷纷写信给新旅表达谢意，大家下定决心："不打倒老蒋不回家!"看到新旅演出的照明灯太简陋了，是用瓦盆、棉花条、食用油做的，又暗又脏，部队首长当即派人送来了从敌人那里缴来的六只汽灯。

演出亮堂多了，这可乐坏了新旅的同志们。他们小心翼翼地把汽灯装在两个大板条筐里，每次转移都由灯光组的几个同志轮流抬着走。如果遇上部队有发电机，演出就可以用上电灯了。有了这个"现代化"的照明设备，老乡们从四面八方涌来，团员们演得也特别带劲儿。

美术队在演出前先放幻灯片，新旅团员陈延武不但会写一手美术字，还擅长画飞机、大炮、汽车等。更让人拍案叫绝的是，他还会用口技为汽车、飞机配音拟音效。每次放映幻灯片时，口技一响，全场掌声四起。这成了美术队的一大"绝活"!

美术队除了放电影、放幻灯片、演皮影戏、绘制布景、流动宣传外，还要边行军边沿途刷写大标语。一路上，"将革命进行到底!""打到南京去，活捉蒋介石!""打过长江去，解放全中国!"这些醒目的大标语，大多出自新旅美术队之手，适应了战地形势的需要，起到了动员民众、鼓舞士气、打击敌人的作用。

刷标语是个力气活儿，要爬上爬下，腰酸背痛不说，最难的是没钱买颜料。但是这些都难不倒美术队的同志们，他们每到一处，先挨家挨户到百姓家刮锅底灰，用水拌成黑色颜料，挖一些红土拌成红色颜料，找点石灰拌作白色颜料；再用旧罐头盒制成颜料筒，用稻草或芦苇扎成标语刷。战士们和老乡们看到新旅同志刷出的标语，都竖起大拇指，一个劲儿地夸好。

慰问演出时，美术队的同志还为部队和群众绘制了大量的宣传画和领袖像。

那一天，他们遇到了一个解放军战士，对方听说他们是画画的，就从怀里摸出了一张珍藏的彩色印刷品。大家一看，这不是王德威为慰问“七战七捷”部队而创作的美术作品吗？怎么画上还染上了鲜血的印记？

解放军战士告诉他们说：“我的一个战友牺牲了，最后从他怀里找到了这幅画。我一直珍藏在身边，每次看到这幅画，我打起仗来就特别有劲儿!”

王德威等人听了，无比激动。想不到王德威的作品受到战士如此的珍爱，而且发挥了如此强烈的鼓舞作用。从此，美术队的同志们更加努力了，他们要把全部的才华奉献给可敬可爱的解放军战士和伟大的人民群众。

部队首长也非常感谢新旅的演出，他们到新旅住地看望团员们时，经常把各种各样的战利品送给新旅，像美国毛毯、军用水壶等。

那天，张爱萍副司令员来了。在苏北时，张爱萍就和新旅团员们是老相识了。看到新旅的孩子们他非常高兴，像慈祥的长辈一样，一会儿摸摸这个脸，一会儿摸摸那个头。他当即送给新旅两件珍贵的礼物——“小五虎”和小黄马。

“小枪小马送小孩嘛!”他风趣地说道。

“小五虎”是一支小手枪，没有巴掌大，又叫五风子、掌心雷。子弹盒像火柴盒一样大，只有五颗小子弹。

小黄马是一匹矮小的马，特别温顺，只要你顺毛摸它几下，它就趴下等你骑上。不像团里的那头驮行李的大黑骡子，又高又壮，一般人近不了身。小黄马这样的小马太适合孩子们骑了。

为了安全起见，新旅团部决定将“小五虎”手枪和小黄马都交由党支部武装委员、16岁的张迈（后改名张曼）负责保管养护。小黄马专门给病号骑，其他人不经批准，一律不准骑。

不知为何，大黑骡和小黄马竟成了形影不离的“好朋友”，小黄马走到哪儿，大黑骡就跟到哪儿，脾气也温和多了。

“朱总司令来了！”

那天晚上，在濮阳城内一座旧庙的大院子里，新旅听到了这个振奋人心的消息。

朱德总司令前来看望华野部队，新旅要举行一场特别的晚会，欢迎朱总司令的到来。

那晚，天主教堂里的灯光特别明亮，新旅团员的情绪空前高涨。朱老总身穿灰色旧棉大衣，笑容满面地坐在台下，陈毅、粟裕分坐在他左右两侧。

第一个节目就是小型腰鼓舞《欢迎花鼓》。张渔填写了新词，李仲林、陈大林担任主演，边舞边唱，还有10位男女小同志伴舞伴唱。

> 打起鼓来哟敲起锣，
> 跳起舞来哟唱起歌。
> 你来唱，唱什么，
> 唱一唱咱们的总司令
> …………

《兄妹开荒》《夫妻识字》《五姐妹拜寿》，精彩节目一个接着一个。最后一个节目《进军腰鼓》将晚会推向了高潮。

这震撼人心的腰鼓声，像大决战的炮声，像前进的号角，像前线的捷报。

新旅团员李静回忆，当时她的任务是在台下“侦察”观众的反应，她看到坐在身边的朱德总司令一脸慈祥地微笑。节目到高潮快要结束的时候，总司令拍着她的头说："你们演得好，干部、战士、老百姓都能看得懂，都很喜欢，我也很喜欢。文工团就是要为工农兵着想。工农兵看懂了，喜欢了，你们就成功了。今天晚会很成功，谢谢新安旅行团的同志们。"

时隔不久，新旅负责人左林在平山县西柏坡见到了朱德。

那是1948年年底的一天，调任团中央少儿部部长的左林，在从西柏坡去中央团校作报告的途中，与朱德总司令相遇。总司令知道他来自新旅时，顿时满面春风，像是见到了老朋友一样："新安旅行团我知道，为了抗日救亡，跑了大半个中国。在全国还有点名气。今年夏天我们在濮阳还见过。你们的腰鼓打得很有气魄，戏也演得好。将来总一定还能见面的，不是在黄河边了，要在南京见面，要在上海见面！"

为朱总司令演出的那晚，大家回到农村住地已是半夜时分，各人倒下便很快进入了梦乡。

表演队队长王山却撑起一件雨衣，挡住豆油灯的亮光，双腿弓起，把纸铺在膝盖上，不停地写着什么。

表演队的演员孙肖平看到了这一幕，他以为王山队长在写当晚的演出总结。

一觉醒来，孙肖平见王山还在写，便坐起来凑过去看，原来他在做数学运算题。孙肖平以为是眼睛花了，揉揉眼又看，一点儿也不错，是在做运算题。

"队长，你昨天夜里做数学题干什么？"第二天早晨，孙肖平好奇地问王山。

"我喜欢数学。"王山有些不好意思地说，他以为影响了别人的睡眠。

"你哪有算术课本？"

"借房东家一个学生的。他白天要用，所以我利用晚上的时间做几道习题。"

"这鸡兔同笼和秧歌、腰鼓之间难道还有内在的联系？"

王山只是笑了笑，没有回答。

后来，孙肖平从一位老团员那儿得知了一些情况。原来，王山是小画家王德威的弟弟，他们的父亲是一个工程师，王山从小受父亲的熏陶，是个“科学迷”。在桂林恢复新安学校时，王山和何仁一起动手做了一台小发电机，下一步就是冲磁，磁一冲好就可以接上电线，让灯泡大放光明了。但是就在这时，突然接到上级命令，要求新旅全团大转移，秘密绕道香港，经上海去苏北抗日根据地。眼看小发电机就要成功了，只好丢下，为此，王山偷偷哭了好几次。

到了苏北，因为新旅组织儿童工作的任务繁重，王山的个人爱好只好暂时放一边了。

“你看我很喜欢打腰鼓、排秧歌剧是吧？其实，我最感兴趣的还是科学技术。”有一次，王山和孙肖平谈心时敞开了心扉。

“你不说，我一点儿也看不出来，我总认为你想做一个出色的文艺家。”

“战争环境嘛，革命需要做什么工作，就要把什么工作搞好。”

后来，王山真的成了一名光学专家，设计出了我国第一颗人造卫星瞄准具。

在濮阳的日子，新旅队伍里有一个人不堪重负倒下了。

她叫白洁，一个童工出身的上海少女，12 岁参加新旅，曾经任新旅儿童部部长。她是打腰鼓的高手，打起腰鼓动作娴熟，姿势洒脱，忽如战将冲锋，忽如天女散花。能歌善舞的她，就像一朵圣洁的花朵，陨落在黄河之滨。

整日整月的行军，高负荷的工作，缺医少药的艰苦环境，让白洁的病情加重。她骨瘦如柴，病体十分虚弱。

从冀中平原向鲁西南出发的时候，在满载着布景、道具、粮食和炊具的牛车上，挤出一角，躺着年仅 17 岁的白洁。经常发烧的她，手里依然捏着心爱的歌本，坚持背诵默记……

此刻她最想念的是上海，是她的父母。不知从哪儿拾到一块印有“上海出品”字样的牙膏皮，她像宝贝似的藏在背包中。想妈妈、想上海时，就把那块牙膏皮拿出来瞧几眼。

党支部把照顾白洁的任务交给了年长几岁的戴永芳（原名戴芸芸）。她曾一字一泪地写下《忆战友白洁同志》，文中提起白洁最后的时光，让她肝肠寸断：

在一个黎明前的冬夜，我怀抱小白洁那双冰棍似的脚，躺在铺着半捆柴草的门板上，总也暖不过来，真叫我忧心忡忡，彻夜难眠。心想，快些到大城市吧，白洁就有救了。可眼下我的体温是有限的，怎样才能使她温暖地睡个好觉呢？

想着，想着，我记起幼时听母亲说过用火砖取暖的事。顿时，我高兴得叫了一声："好罗！"她喃喃地问："你，好什么？""明晚，我让你暖暖地睡个好觉。"我说。"你别为我操心啦！这阵子苦了你了……看来，我……不行了，不要为我耽误你的工作……"她喘着大气，吃力地说着。我脑子里轰了一下！迫不及待地爬到她那一头去，紧紧地抱着她。两人披着棉袄，半躺着靠在墙上。忽见大门的隙缝中透进一道白光，射在她那清癯得怕人的脸上，我的心象被什么咬了似的，浑身颤抖起来，她在我的怀里就象一片被霜打过的枯叶，一种悲哀的情绪在我胸中油然而生，为了掩饰，我说了声："哟！下大雪了。"

"真的，好姐姐，我知道……自己不行了，不能跟你们一起回上海了。可我……多么想看到全国解放的那一天是什么样子！多么想看看我受苦受难当了一辈子工人的爸爸妈妈呀！……"那微弱的话语中，包含了多少深沉的爱，包含了多少美好的希望啊！

"我十三岁偷跟姐姐肖英跑出来参加革命，他们都不知道我在哪里。没有想到会看不到他们，看不到……全国解放的日子，真……是……的……"

"不！不！"我说，"我们打下济南你就能进大医院了，你会与我们一起庆祝全国解放的，你可不能没有信心啊！我的好妹妹……"我禁不住热泪滚滚，哽咽地痛哭起来……借着那道白光，我发现她竟意外地笑了，笑得是那样的甜。

"你是大人了，还哭，不害臊。"一句话，说得我难为情地破涕为笑。啊！她是在安慰我，鼓励我不要悲伤，要乐观。多好的人啊！要坚持到春暖花开，坚持到胜利啊！我心中默默地祝愿着……

1948 年的 9 月，新旅的队伍随着解放大军，开进了山东省首府济南市，我们敲锣打鼓与民同庆，大街小巷到处是笑脸，到处是鞭炮声。可是，我们亲爱的战友白洁同志，一朵洁白的春兰，却被肺结核病夺去了年轻的生命，长眠在行军路上——冀中濮阳地区的土地上了。

济南祝捷

1948 年 5 月，华东局发来一纸电报：新旅即来山东益都接受新任务!

山东益都是华东局、华东军区所在地。新旅要走了，华野政治部钟期光副主任有点舍不得，他本想将新旅留下来参加三野文工团，可华东局不同意。

接到电报，钟期光无限惋惜地说："我只有服从命令听指挥了！现在正式代表华野政治部感谢新旅，每人送一条美国军毯，还有一批美国罐头，都是'运输大队长'蒋介石送来的，明天派美国十轮卡车送你们。"

一旁的粟裕副司令追加一句："每人再发一套新军装，祝你们一路顺风！欢迎'小鬼们'再来!"

新旅奉命从濮阳出发，跋山涉水，千里迢迢，三个月后，1948 年 8 月，终于到达华东局、华东军区所在地——山东益都。解放济南前线的文艺宣传任务便交给了新旅。

此时的新旅，刚刚"充过电"。

在来益都的路上，新旅曾在渤海区行署所在地惠民郊外的苏加村进行短暂的休整。在那里，新旅组织全团学习了戏剧理论书籍——斯坦尼斯拉夫斯基的《演员的自我修养》、郑君里的《角色的诞生》、米哈伊尔·契诃夫的《演剧六讲》等。

新旅团员吕斌清楚地记得，那时他还上了一堂“特殊的课”。

一天晚饭后，一直帮助吕斌进步的晨钟通知他，今晚不要睡得太死，夜里一点钟左右有人叫你时，不要问干什么的，要立即跟他走。这一说，吕斌怎么也睡不着了。半夜，他被人叫到了村边一个大草垛旁，进去一看，黄叔宽书记和其他几个人正等在那里。

“你们是党的外围组织成员，今天第一次给你们上党课。这个课不是学校的一般课程，而是党课!”黄书记的话让吕斌感到无比激动。

听了一段时间的秘密党课，吕斌终于圆了“入党梦”。

此时的新旅，又补充了“新武器”。

6月，左林从东北回来担任新旅党支部书记，他带回来几样“重量级宝贝”——东北局李富春、蔡畅送给新旅的手风琴、小提琴、曼陀林琴等乐器。

9月，左林奉命调到团中央工作，担任少儿部部长。这是新旅全团的荣耀。

全团在整训期间，为配合大反攻，专门排演了由马健翎创作的秧歌剧《血泪仇》。这是一部用秦腔配曲的秧歌剧，由张拓导演，陈强出演主角王仁厚。经过试演，看戏的和演戏的全都哭成一片。

有了理论武装和“新武器”补充的新旅，壮怀激烈，铿锵前行，迎接着胜利的到来。

1948年9月24日，人民解放军一举攻克济南，从此拉开了战略大决战的序幕。

中共中央在贺电中指出：人民解放军强大的攻击能力，已经是国民政府军队无法抵御的了，任何一个国民政府城市都无法抵御人民解放军的攻击了!

因为一场大战的胜利，济南城沸腾了，人民沸腾了。

因为一个团体，泉城响起了文艺惊雷。

新旅走到哪里，哪里就人山人海，哪里就一片欢腾。济南的街头、广场、公园，到处都有新旅装扮一新的宣传卡车，到处都有秧歌队、腰鼓队活跃的身影。

那一天，新旅的宣传车格外引人注目。

进了济南城的新旅成了“暴发户”。他们从军管会要来了发动机、钢琴、唱片、幕布、灯光用具和管弦乐器等。他们还弄来了几辆大卡车。美术队和演出队合作将大卡车装扮成光彩夺目的游行彩车。汽车头上是一个大大的红五星和毛主席、朱总司令的画像，车子周围都用彩绸、标语和漫画围起来，就连车轮上贴的都是红纸剪的五星。

最前面一辆坐的是腰鼓队，紧接着的一辆坐着乐队，最后一辆坐着吹大喇叭的军乐队。宣传车在军乐队吹奏的《八路军进行曲》的乐声中出发了。

在府东大街的皇亭广场上，新旅腰鼓队的阵势一下子吸引了两万多人前来观看，整个广场被观众围得水泄不通。

那天热闹的场景，军旅作家哈华在《新旅的宣传卡车在济南》一文中这样写道：

> 有些小朋友也来了，被挤得哇哇的哭，鞋子也踩丢了，找不着了。新旅费了好大的力气才把秩序维持好。有一个头发都白了的姓张的老爷爷也来了。大家问他：“为啥不在家多歇息，还来看我们小同志演出呢？”“不，别看你们小，演的事，比我这半身已埋在土里的人还懂得多呢。我看了你们这个戏（指《蒋美活报》），才知道要不是蒋介石卖国，依靠美国，内战打不起来啊！你们叫八路军的小兵，多演这样的戏。”“得民者昌，逆民者亡！解放军打进济南城，我还心想‘一朝天子一朝臣’换一换朝代罢了，可是解放军来济南以后，出乎我的意料，真是秋毫不犯。明朝刘伯温（古代预言家）推背图的推算太平盛事的到来，我看是应在现在了。我多年不出门了，孙女跑回来说：‘你想看看毛主席是怎样的人吗？汽车上有他的像呢！’我带着孙女就来了！”
>
> 宣传卡车沿府东大街慢慢的走。老百姓都恋恋不舍，好象一条长蛇，紧跟在后面。作坊里、住宅里、店铺里的学徒、老

板、工友、商人、妇女都放下工作，紧跟了来。为了满足他们的要求，不断在无数火炬中演出小节目，新旅同志把嗓子都唱哑了。但刚走了不远，又被新的人排开手拦住不放走。新旅小同志们只好再来个节目。童话作者《苏联的女儿》大林和宗林的对口唱《解放花鼓》，最为大家喝采。因为她（他）们唱出了济南人民过去在蒋军统治下的苦楚和解放后的欢乐，以后又告诉了他们人民政府的政策。大林打起了腰鼓，唱道：

“漫天的乌云风吹散，初升的太阳放红光，
过去的济南是地狱，今天解放乐洋洋。
打起鼓来哟敲起锣，跳起舞来哟唱起歌。
你来唱呀唱什么？唱的过去受苦难，
今天咱们解放了。解放过着自由好生活，好生活。
济南的风光真是美，青山重重映湖水。
本是一个好城市，好城市呀受长罪，
只因那个蒋介石他欺压咱们，要捐要税啊，
赛虎狼，赛虎狼！……”

跟着她又把解放军的胜利都唱出来了。但又指出：

“有人心里还担心，说什么还要搞斗争，
这是谣言没根据，千万不能来相信。
政府保护工商业，十六个大字写得清：
发展生产、繁荣经济、公私兼顾、劳资两利……”

唱到这里，一个商店老板的老婆笑了。她扯了一下她男人的衣裳说：“特务的谣言，信得么？他们还说：共产党先甜后苦，不管商店、工厂都得斗争……”

这时夜已深了。宣传卡车走了一段路，又被人摆开凳子在街上拦住了，弄得一点办法也没有。大家说：“我们小同志还没吃饭呢！明天再唱给你们听吧！”“你们唱得好，尽是我们心里要知道的事，再唱一个吧！”有的喊着说，大家又拍起巴掌来。

这时正好来了市民的高跷队。大家来个“金蝉脱壳”计，要他们联合公演，让他们先表演。乘大家不注意，卡车喇叭“呜”的一声，猛一下大家吓慌了，顿时让开一条路来，宣传卡车开足马力，一溜烟地逃跑了。

新旅小同志们回头一看，有的商家正搬出花筒来，等着新旅小同志联欢，见他们跑了，只好自己乐起来。这时，只见万道金光和火星飞到天空。

第二天，“祝捷宣传周”拉开帷幕，十来万人的大游行开始了。

新旅的同志们早早吃罢晚饭，爬上宣传卡车就出发了。腰鼓队在前面开路，“咚叭，咚叭，咚咚叭咚咚叭”，打着腰鼓的团员们个个英姿勃发，神气极了。

在大二马路，新旅和军政文工团、人民剧团会合了。十多辆宣传卡车，多个军乐队，三个腰鼓队，像千军纵横，似万马奔腾，骤雨般的鼓点，飒爽的舞姿，变换的舞花，看得那叫一个过瘾啊，叫好声响彻云霄。有一个爬到电杆上的小朋友，忘乎所以地想要鼓掌，差点儿没掉下来，惹得同来的小朋友哈哈大笑。

在数百个霓虹灯的装点之下，人民公园披上了节日的盛装。新旅的同志们在璀璨的灯光下边舞边唱：

打起鼓来哟敲起锣，我们大家来扭秧歌。
济南哟一片齐欢唱，欢唱胜利喜洋洋。
胜利哟不忘忙生产，建设新济南支援前线；
解放全中国啊，全国胜利得安身！

游行一直持续到深夜，新旅的队伍走到哪里，哪里就有疯狂的欢呼声。

有的市民已经睡了，听到“咚叭咚叭”的腰鼓声，就赶紧披上衣裳跑出来参加游行。有的市民站在楼上的窗前，衣衫还没扣好，就探出身子来，向新旅团员们挥手欢呼，向毛主席画像致敬。

济南彻夜无眠，全城沉浸在胜利的欢悦之中。

1948 年 11 月，全团移住齐鲁中学。

团员们深入工厂、学校，深入城乡民众中，排演《黄河大合唱》《买卖公平》等节目，在人民剧场公演，受到济南民众的热烈欢迎。

新旅为济南解放后的第一个新年增色添彩。

淮海战役大捷，国民政府军队伤亡及被俘 55 万人。为了欢庆淮海战役的重大胜利，团长张拓和音乐家牟英合作写出歌曲《捷报满天飞》，排演了《胜利花鼓》《祝捷秧歌》。

其后，在激情的鼓舞下，新年伊始，新旅决定全力开排大型歌舞剧《王贵与李香香》。剧本根据延安著名诗人李季的原诗，参照北方大学文工团集体创作的《一杆红旗》进行改编，曲调用的仍是陕北民歌和苏北革命歌曲。张拓担任导演，陈强担任剧务兼工作组长，灯光由殷国豪负责。剧中人物：王贵由孟军饰演，李香香由陈大林饰演，李瑞由陈强饰演，王贵的父亲王麻子由孙肖平饰演，牛四娃由张曼饰演，崔二爷由严忠饰演，路顺由毛国强饰演，赤卫队队长由王山饰演，媒婆由周梦雷饰演……

《王贵与李看看》在济南人民剧场连续公演七天，一举轰动泉城。有些青年学生接连三场买票看戏，他们说："生出娘胎没看过这么好的戏!"

更为巧合的是，《王贵与李香香》原诗的作者李季恰巧路过济南，由延安剧作家姚仲明陪同前来观看。他们看后非常兴奋，希望新旅继续加工修改，将这部反映陕北土地革命的歌舞剧演到上海去。李季的话让新旅团员们信心倍增："我们一定要敢于在上海大剧场里同旧文艺打擂台!"

在连续演出到第五天的时候，意外发生了。女主角陈大林的嗓子坏了，实在不能坚持后面两天的演出了。怎么办？大家焦急万分。

"我上!"一个人挺身而出。大家一看，原来是孟文。

她和陈大林当初都是饰演李香香的人选，最终剧组选择了陈大林担任女主角。孟文不但不介意，还主动承担起做杂务的工作。她理解演员的辛苦，主动帮助搬凳子、倒茶水、端饭菜、洗衣服……她事先没有参加过排演，唱词、曲子也没有学过，但她以替补演员的身份上场，却演得很好，大家都很惊奇。

原来，功夫不负有心人。她是一个有着强烈责任心的人，为了使全团的演出不受到影响，她在思想上早就对这样“万一”的后果做了考虑。她一有空就对陈大林的演出进行细致观察，注意发现细节问题，主动和陈大林研究改正，并认真学习陈大林的动作、表情、对话以及歌曲的词调等。正是有了这样的准备，她才出色地完成了救场的任务。

说起排演《王贵与李香香》，新旅团员严忠一辈子也不会忘记。

那天夜里，还在梦中的严忠被张拓团长突然叫醒。团长带着他来到了团部。团部里全体团委、支委挤坐在一起，大家以期待的眼神看着他。

张拓开口了：“今夜找你来，有一件事想听听你的意见。团委会和支部经过认真研究，交给你一个重要任务，就是我团准备马上开排大型歌舞剧《王贵与李香香》。其他演员我们都定了，就是崔二爷这个角色的难度比较大，在生活基础、表演技巧、思想素质方面都要有较高的条件。我们第一次排这样大型的剧目，困难很多。团委会和支部经过研究，想叫你来扮崔二爷。我们考虑过你的条件：你来自农村，对地主的生活有一定的了解，已演过几个戏，有一定的经验，所以想叫你演。演这个戏就是用文艺武器向群众宣传，控诉地主的罪恶，告诉人民，我们打倒国民党解放全中国的正义性。而地主崔二爷又是代表反动势力一个方面，他在戏中的份量是重要的。这个任务是艰巨的，是组织上对你的考验，希望你考虑一下，看能不能完成。”

经过一夜的反复思考，第二天天刚亮，严忠下定了决心，同意出演剧中的那个地主崔二爷。为了使严忠熟悉地主崔二爷的生活，对角色产生自信，张拓要求各部门提供条件，帮严忠熟悉地主生活。团里特意安排陈大林帮严忠打饭，一心侍候好“地主”。只见严忠每天穿上地主的皮袍子，拿上手杖，捧上水烟袋，戴上瓜皮帽，吃饭、上街、游公园，俨然一副地地道道的地主派头。崔二爷是光头，没有头套，怎么办？为了演出，严忠也不怕难看，豁出去了，干脆把自己的头发剃掉。

在排演中，大家表现出极强的敬业奉献精神。孟军在演王贵被崔二爷吊在树上打那一段情节时，要求把自己真的反绑起来吊在梁上，也不叫一声疼。张曼演牛四娃是第一次演戏，在排他送鸡毛信那场戏时，为了配上牛四娃急忙报信的上场音乐，他来来回回反复跑了几十次，跑得大汗淋漓，也不叫一声苦。乐队同志自始至终没有一个人有怨言，一句音乐合了几个小时还未完成，大家仍然操琴端坐，决不离席。

在济南，新旅成立了新民主主义青年团支部。

1949 年 3 月 10 日上午，在济南中学大礼堂，新旅举行团支部成立大会。除新旅团支部 20 位青年团员到会外，新旅非青年团员及济南市团委、青联、齐鲁中学、齐鲁师范、女中、女师、华大附中、市立三中、职工学校、成通、仁丰砂厂、工矿部文工团等单位的代表 300 余人也参加了大会。

走进会场，巨幅党旗、毛主席彩色画像悬挂中央，各类标语催人奋进，全场洋溢着浓烈的喜庆气氛。

大会在《跟着共产党走》的歌声中开幕。新旅青年团代表李康中同志报告了四个月以来新旅青年团由五人小组发展成现在的 20 人的支部的经过，大会以无记名投票的方式选举出李康中、周群、张依、林铭纲、秦守文等五人为支委，全场报以热烈的掌声和欢呼声。

黄叔宽同志代表新旅党支部向大会祝贺，他在讲话中希望全体团员不要脱离群众，要帮助非团员一起进步，并加强学习，更好地为人民服务。济南市团委甘霖同志讲话后，入团仪式开始。刚入团的陈伟跑上了台，心情无比激动："今天是我正式进步的开始，我以前不进步，对青年团的看法是鄙视的。"说到这，她难过地哭了。

这时，台下响起了口号声：

"做个青年团员是光荣的！"

"这是进步的开始！"

"擦干眼泪，变为力量！"

在大家的鼓励下，陈伟拭去了泪水，昂起头来，一脸坚定地说："我看到许多青年团员的模范行动，我要向他们看齐！"

一些入团的同志纷纷上台发言，检讨自己的缺点，"向先进学习"成了一致的心声。要求进步的同志也陆续走上台来，恳请团组织审查考验，争取早日加入青年团。

这场成立大会，让新旅团员的精神在洗涤中净化，在比学赶超中升华。

在济南，新旅招收了一批新团员，全团人数增加到 120 多人。

其中有两个 18 岁的高中生，一个叫马戈（原名马世昌），一个叫王树元，他俩加入新旅颇费周折。

济南解放时，两人正在市立三中念高中，是学校里的文艺积极分子。他们看到大街上激动人心的腰鼓声中走来一队解放军文艺宣传战士，都是些十六七岁的青少年，穿着草绿色的军装，扎着整齐的绑腿，有的手提演出用的大汽灯，有的背着木枪、红缨枪等道具，有的提着用炮弹壳做的胡琴，那神气劲儿，他们羡慕极了。

两个“追剧迷”如痴如醉地看完新旅演出的花鼓、秧歌、莲花落等各种节目，就下定决心，一定要参加新旅。

后来，新旅的刘亚、李群（原名张丽群）、李仲林到三中来开展学生工作。他们见马戈、王树元能唱会跳，就动员他俩参加新旅。马戈和王树元求之不得，一口答应下来。

不久，马戈作为学生代表参加了淮海前线慰问团，乘火车开赴皖北。

过了一段时间，他从淮海前线归来。一到家门口，只见门框上挂着白布，院子里传来撕心裂肺的哭声。他如雷轰顶，劳碌了一生的母亲竟离他而去了。家里突生变故，他强忍悲恸，待母亲的头七一过，便脱下孝衣冲出了家门。

他找到王树元，要一起去找新旅。费尽了口舌，好不容易说服了王树元的母亲，两人赶到新旅原住地时，谁知竟已“人去房空”。房东大娘告诉他俩，新旅全体人员已于昨天南下了。

怎么办？一个字：追！不论追到哪里，都要找到新旅！

他们先是找到了新旅留守在济南纱厂体验生活的羽扬和周均，简单谈了自己的经历，各唱了一首歌，入团考试便算合格了。羽扬和周均给他俩写了推荐信。后来他们听说济南新民主义报社也要南下，而社长刘健飞正是当初马戈参加的淮海前线慰问团的团长，在他们的再三央求下，刘社长同意带他们一起乘火车南下。

一路上，敌人的侦察机不时在低空俯冲，与火车平行竞驰。列车行进到离滕县不远的一个小站时，突然听到几声防空警报枪响，于是列车开到一片树林地带，缓缓地停下来。

“敌机空袭，注意隐蔽！”军官模样的指挥员大声喊叫着。车厢里的人纷纷跳下，在沟坎、路边、树林里隐蔽起来。

一个多小时过去了，仍不见有解除警报的迹象。马戈和王树元焦急万分，决定不等了，步行去追赶新旅。

两人沿着铁路向滕县方向走去，一口气走了几十里路。快到滕县火车站时，他们的衣服早已湿透。

突然，一阵悠扬的琴声吸引了他们的注意。远处车站月台上，有一群身穿绿军装的战士，有的在弹三弦，有的在拉二胡，有的在吹笛子，有的在唱歌。

那些人的脖子上围着羊肚子白毛巾，腰间扎着皮带。他们的身姿和装扮特别像新旅的同志们。

继续飞奔，到了近前一看，真的是他们！

吹笛子的是秦德声！弹三弦的是李乙！练嗓音的是陈伟、陈大林！啊，终于追上新旅的同志们了！

新旅的同志一看是他俩，也万分欣喜，大家一起兴奋地蹦了起来。

加入了新旅，张拓立刻发给他俩一人一套军装。脱下了百姓的衣裳，换上了崭新的军装，他们的人生从此走向崭新的天地。

同志们向太阳向自由，
向着那光明的路。
你看那黑暗已消灭，
万丈光芒在前头！

南下，南下

1949年3月，新旅接到华东局和华东军区的命令，全团随军南下渡江，准备参加接管中国最大的城市——上海。

兵强马壮的新旅，有了在济南的数月历练，积累了用文艺为解放城市的工人、市民和学生服务的实际经验，他们对未来充满了信心和美好憧憬。

新旅的同志们乘着火车从济南出发，一路南下，经山东滕县、江苏徐州，一直到苏北的新安镇，全体人员下车步行。

到新安镇的时候，已是夜幕降临之时。春寒料峭的夜晚，饥肠辘辘的团员们又冷又饿。四周一团漆黑，不知去哪里能弄到吃的。

这时候，一路追赶到滕县加入新旅的马戈想起，从济南家中出发的时候，祖母颤颤巍巍地把十几个咸鸡蛋和两大块山东厚锅饼塞进了他的挎包里。因为家境贫寒，卫生条件差，当时他身上长了疥疮，祖父又交给他一瓶疥疮药，让他在路上涂抹。

马戈赶紧打开挎包，将咸鸡蛋和厚锅饼分与众人。大家正饿得头晕眼花，顾不得客气了，剥开蛋壳、掰开锅饼就往嘴里塞，各人吃得津津有味。

“怎么一股药味啊？”角落里，不知谁叫了一声。

“可能是芥末荞面做的饼吧？”有人猜测道。

马戈打开挎包一看，原来疥疮药瓶的塞子掉了，吃食沾染上了药的味道。他想解释，可又怕大家不舒服，就把话咽了回去。

挎包里的蛋和饼被一扫而光，大家倒在稻草铺上沉沉地睡去。

第二天早上，天刚蒙蒙亮，一声信号哨，全体集中从新安镇出发了。

“去哪里?”

“先去淮安休整一下!”

听说去淮安，大家又一次兴奋起来。淮安是新旅的诞生地，三年前，因为时局紧张，新旅从淮安出发，一路北上。现在吹着胜利的号角，又沿着三年前北撤的路线，回到淮安。真是三年河东，三年河西啊，别有一番滋味在心头。有人感慨吟起诗来：

去年今日此门中，人面桃花相映红。
人面不知何处去，桃花依旧笑春风。

之所以选择在淮安休整，主要是想看看河下镇新安小学的旧址，看看那里的父老乡亲们。他们在敌寇的铁蹄下，不知道遭了多少罪，想听听他们内心的倾诉。

南下，南下，顺着运河向淮安进发。

急行军的路上，这些十几岁的孩子每天要走七八十里路，确实很累，许多小弟弟小妹妹的脚上走出泡来。大哥哥大姐姐就安慰他们：“不用怕，等晚上到了宿营地，用热水烫烫脚，把针在油灯上烧一下消毒，然后帮你们把泡挑破了就好了。解放军同志的铁脚板，就是这样磨炼出来的。”

淮安，我们回来了!

淮安的乡亲们再次见到新旅的孩子们，就像见到儿女归来一样，拉着他们的手嘘寒问暖，还诉起分别三年来一桩一桩的苦楚。

为了告慰相别三年的乡亲们，新旅在淮安组织了多场演出，特意编排了一个独幕秧歌剧《毛主席万岁》。这个戏说的是在被蒋军侵占的解放区农村，一个曾当过儿童团长的放牛娃，为了捍卫土改的胜利果实，通过张贴“毛主席万岁”的标语，同还乡团展开巧妙斗争的英雄事迹。

在这个戏里，舒巧第一次做了主角。张拓团长选择她反串饰演放牛娃。她虽然嗓音有点儿沙哑，但擅长舞蹈和表演，戏中有与还乡团头目搏斗的场面，她能胜任这个角色。戏中，孙肖平饰演老村长，郭明（原名郭明山）饰演跛子伪保长。

这个戏中，王树元第一次上台表演。他饰演了一个国民党军队的哨兵，只有一个字的台词："谁?"说完这个字，他就当了俘虏。

你可别小瞧了这一个字的表演。第一次上台演出的王树元为演好这个角色，摔得满脸是血，鼻梁上留下了一个半月形的疤痕。

排练时，有人说他演得不像，没有演出哨兵"害怕"的情绪来。严忠、吕斌启发他："你一个人站岗，应该很害怕，要演出害怕的样子来。要体验害怕的情绪，要有害怕的'自我感觉'。"

当时的宿营地，是一个大地主的宅院，听说解放军来了，地主吓跑了。宅院很大，前厅后阁，几进几出，还有一个荒废的后花园，阴森可怖，人迹罕至。为了找感觉，在一个月黑风高的夜里，王树元悄悄从地铺上爬起来，披上军装，一个人蹑手蹑脚地走进了荒废的后花园。

他捡了一根木棒，抱着当枪使，在空旷的后花园站岗。站着站着，突然听到脚下有"嗦嗦"的响声，一个软软的东西"吱"的一声跳到水塘里去了！是蛇，是老鼠，还是黄鼠狼？他惊出了一身冷汗。就这样站着体验了半个钟头，手脚冻得冰凉，都有点儿麻木了，王树元决定回去。因为心情紧张慌不择路，他一个踉跄，绊倒在一堆瓦砾中，脸跌破了，满脸是血。

第二天，他的鼻梁上多了一块纱布，还有一个十字形的橡皮膏。几天后，揭去橡皮膏，鼻梁上留下了半月形的疤痕。

演出时，虽然只有一个字的台词，但王树元演得非常到位，这种认真体验、一丝不苟的精神，受到了团里的表扬。从一个字台词的哨兵演起，王树元后来成了团里的主演，成了全国闻名的大剧作家，样板戏《杜鹃山》就出自他的笔下。

在淮安休整了五天后，新旅从运河坐船南下。这条路，新旅的老团员们都记得，14 年前，新安旅行团的 15 个人就是从这里登舟出发，走上了抗日宣传的道路。

如今，他们再次从这里出发，但不再是当初的 15 个人，而是现在的 150 多人；不再是乘坐当初的小轮船，而是乘坐现在的大帆船；不再是当初的前途未卜、一路坎坷，而是现在的春风浩荡、乘胜前进。

南下，南下，新旅要挺进大上海。

春风轻拂的运河两岸，成片的油菜花灿然开放，柳树抽枝，迎春花开，遍地花絮飘扬，蝶飞蜂舞。新旅的同志们行进在美好的江淮春色里。

顺风时，大家上船练歌说戏；风止时，大家上岸步行拉纤。过了宝应，到达高邮，这里离长江越来越近了，大战之前的紧张气氛也越来越浓了。准备渡江用的木船隐藏在河湾边、港汊里、大树下。岸上车马滚滚，部队调动频繁，坦克、大炮也上了船，大军枕戈待战。

4 月 21 日晚，有人拿来了一张文稿，当众传达了毛主席、朱总司令发出的向全国进军的命令，号召全军奋勇杀敌，打过长江去，解放全中国。一声令下，长江边群情沸腾，个个摩拳擦掌。

傍晚时分，扬州六圩渡口，新旅已集结好队伍整装待发。

姚仁远、李乙等四位负责运输的同志先登船渡江。他们带着装着服装、道具、文书档案、两部发电机和各种行李的几十个箱子出发了。

不承想，半路上运输队遇到敌机的轰炸，姚仁远所在船的船老大落了水，姚仁远又不会撑船，只好任其漂荡。在敌机不停地轰炸中，姚仁远的船好不容易漂到了江滩边。下船后，大家四处找人，好不容易会合到一起，然后用杠棒等工具把几十个箱子一直抬到了镇江火车站，等候新旅全体同志的到来。

夜色降临的时候，新旅的“大部队”终于开桨渡江了。船夫们奋力摇橹划桨，船儿向长江南岸前进。

新旅团员们迎着呼啸的江风，迎着奔涌的波涛，放声歌唱：

拿起铁锤拿起枪，
坚决消灭蒋匪帮；
工人弟兄多干活，多干活，
农民弟兄多打粮，多打粮，

人民的军队向前进，前进，前进，向前进，
浩浩荡荡过长江。

船到江心时，夜空传来飞机的轰鸣声，敌机投下照明弹，江面顿时亮如白昼。敌机对着渡江的船只俯冲投弹，江面上到处是炸起的水柱。还击，还击，枪声四起，炸声崩响……

冒着敌人的炮火，船停靠镇江，避过了敌机的封锁轰炸。团员们连夜赶到镇江火车站，和运输队的同志一起乘坐火车，穿过隧洞，抵达丹阳。

前方部队已经解放了常州、无锡、苏州，所到之处，我军势如破竹，敌人兵败如山倒。

丹阳，中国版图上一座不显眼的江南小城，此刻成了解放上海的前线指挥中心。“上海市军事管制委员会”已经成立，军管会的各级干部在此集结。

在这里，团员们见到了许多熟悉的老首长、阔别已久的老战友：陈毅、曾山、刘彬、刘季平、徐平羽、钟望阳、章枚、芦芒……大家喜泪涟涟，执手相看泪眼，那种久别重逢的亲热劲儿就甭提了。

新旅驻扎在离城三里远的一个村庄里。

根据华东局的指示，新旅划归上海军管会文教委员会文艺处领导。具体负责文艺处工作的是夏衍、于伶、黄源、钟敬之、陆万美五位处长。夏衍长期在国统区工作，在桂林时曾协助周恩来在南方局负责指导文艺工作，是新旅的老领导了，其他几位处长也是一直关心新旅成长的老前辈。

此时的新旅仍由张拓担任团长，阎毅千为副团长兼党支部书记，张渔、陈强、王德威、方南君为团委委员。按照文艺处的统一部署，新旅到上海的首要任务是参加入城文艺宣传活动，把老解放区的文艺成果介绍给上海观众。上海观众的品位要求，大家心知肚明，经过了济南的历练，艺术水准不能降低，更不能让人觉得“土气”。

因此，新旅在丹阳整训期间提出：“将革命的政治内容同尽可能的完美的艺术形式统一起来！”每个节目的排练严上加严，技艺上精益求精。

以前在济南时邀请来团的音乐家牟英、戏剧家田稼，因为要筹建山东省文联人民剧团被华东局留在了山东。到了丹阳，新旅要在秧歌剧的基础上创造新歌舞剧，没有自己的作曲家可不行。无奈之下，只能向驻扎在附近的华东军区文工团求助。对方慷慨相助，将作曲家管荫深调入新旅，解决了燃眉之急。

张拓和陈明合作编导了有戏剧情节的大型秧歌舞蹈《建设新上海》。

舒巧、李仲林、李群等人日夜不停地排练《进军腰鼓》，练得腰酸臂疼仍不停歇，一直练到一百多人动作标准统一、整齐划一。腰鼓不够，丹阳当地人又不会做，大家只好自己动手。没有做过木工，只能边学边做。功夫不负有心人，终于做成了一大批腰鼓，还送了一部分给兄弟文工团。

孟军、陈大林、陈强、孙肖平、张曼、严忠、毛国强、王山、周梦雷等人争分夺秒地排演《王贵与李香香》。

乐队里有个十一二岁的小团员，叫陈聆群，因为头上长了一绺白色的头发，大家戏称他“小白毛”。甭看他人小，每次演出都能把小锣敲得山响。两年前，新旅在黄河北岸时，他从华东军区文工团调入新旅，孙肖平是他的小组长。因为小家伙白天工作非常卖力，晚上一睡就不醒，所以经常在被子上“画地图”。半夜里，孙肖平就要起来抱着他撒尿，吹半天口哨，才能把他的小便引下来。谁能想到，从前爱“画地图”的“小白毛”现在竟成了乐队里的一把好手！

乐队最怕排孙肖平的戏。因为他不识简谱，一开口经常跑调。但是孙肖平出身农村贫寒家庭，演戏有真情实感，一进入角色，就能一把鼻涕一把眼泪地哭起来，把乐队打鼓的、吹号的、拉二胡的个个感动得跟着流泪。后来没办法，乐队队长方南君就按照导演的指示，让乐队根据孙肖平跑调的唱腔随机应变。

在排演《光荣灯》一剧时，导演要求在剧情结束时全体演员纵情大笑。其实，这是一种硬逼出来的干笑，非常难演。但是，在广场上面对成千上万的战士彩排时，台上的全体演员却笑得前仰后合，甚至有人笑岔了气，一边擦眼泪，一边捂着肚子“哎哟，哎哟”地直叫。广场上顿时响起雷鸣般的掌声。

事后才知道，这是男主角王树元的“恶作剧”。因为在《王贵与李香香》一戏中，孙肖平饰演王贵的父亲王麻子，后来，新旅的同志一见面就叫他“王麻子”。前不久，卫生员李伟把孙肖平的痔疮切除了，在全体演员要大笑之前，王树元突然轻轻地冒出一句：“王麻子有两个屁股眼！”于是全体演员发疯似的大笑起来。

后来再演《光荣灯》时，王树元就再也不说这句剧本上没有的台词了。不过，在快要到大家大笑时，他就不由自主地向孙肖平身后看去。他这一看不要紧，大家又疯了似的大笑起来，于是，又引起雷鸣般的掌声。

那天，大家集中在丹阳城里的一个广场上，陈毅司令员做了动员报告，所有人认真学习了党中央和解放军总部发布的入城守则与有关政策。陈毅说，有些同志入城后不学新知识，竟闹出在马桶里洗菜这样的笑话。

新旅的同志大多来自农村，为了不闹出“土包子进城”的笑话，所有人一有空就向上海战友请教。

上海是哺育过新旅的摇篮。当年，绝境中的新旅，他们一次次得到来自上海的援助。这一次，即将进入上海了，大家都有一种莫名的激动。特别是那些家在上海的团员，他们一次次地站在村南的稻场上，踮起脚尖眺望着上海的方向，思念的翅膀早已飞到家和亲人的身边。

陶影哭了，她想念她的妈妈。

抗战胜利前夕，她从上海跑出来，到苏北参加了新四军。那时她才13岁，是家中唯一的千金小姐。半夜逃离家门时，父亲抓住了她，要求母亲对她严惩不贷。母亲实在下不了手，就把她拉到另一个房间，用鸡毛掸子猛抽沙发，还大声斥责：“看你还敢向外逃！”陶影佯装哭叫求饶。母亲知道女儿去意已决，就偷偷拿出一只戒指，塞给女儿。第二天天没亮就帮她逃出了家门。

陶影离开上海四五年了。身处丹阳，心在上海，归心似箭的她多想早日看到慈爱的母亲啊。

团里打腰鼓的能手毛国强，和陶影一样，也是一个资本家的独子。为了参加革命，他没有读完中学就去苏北参加了新四军。他母亲好不容易打听到他的地址，从上海赶到了苏北，决心要把他拉回家。他不答应，母亲就跳到河里自杀。他把母亲从河里救起后，流着眼泪跪在母亲面前说："姆妈，请您原谅儿子吧，自古忠孝不能双全啊。"母亲无可奈何地抹着眼泪走了。

在丹阳，毛国强一遍遍向上海眺望着，内心呼喊着："姆妈，不孝的儿子就要回来啦!"

"要是白洁还活着该有多好啊!"有人想起了上海姑娘白洁。

白洁 10 岁在上海当童工，12 岁参加了新旅。她的腰鼓打得特别出色，此时此刻，同志们多想她能打着腰鼓进上海啊。可惜她和她挚爱的腰鼓永远地埋在了黄河北岸。

她曾是那样地惦念着上海，惦念着自己的亲人，上海解放在即，可她再也回不来了……

打着腰鼓进上海

1949 年 5 月 12 日，上海战役打响了。

新旅接到命令出发了。全团从丹阳移师上海附近的南翔古镇的一个村落里，住地临近火车站，四周茂林修竹，很是幽静。

全团待命随时进入上海，团员们在枪炮声中数着日子，恨不能一步跨入上海。

5 月 25 日凌晨，团长张拓决定带着陈强先行出发进入上海摸清情况。他们伴着夜色，踏着泥泞的小路直奔南翔火车站，好不容易找到站长和解放军军代表，才得知上海北站已为我军控制，市区苏州河南已获解放。经过交涉，他们搭乘手摇巡道车来到了上海北站。

一路上，到处是战争留下的印记。在晨曦初现的拂晓，他们走出北站，进入了新生的上海。

此刻，街上的店面还未开门，马路上到处是和衣而睡的解放军战士，有的倚墙而坐，有的卧地而眠。

后来，新旅团员肖峰依此创作了经典油画《拂晓》。画面上，繁华的夜上海一片沉寂，刚刚经过战争洗礼的南京路分外宁静，在闪烁的霓虹灯下，华东野战军的两位司令员陈毅和粟裕挎着雨衣，踏着湿漉漉的马路，巡视露宿街头正在酣睡的指战员们。这时，一位倚在高大建筑物的圆柱基石上的荷枪而眠的老战士，似乎经过了许多个不眠之夜的激烈战斗，睡得格外香甜。依偎在他膝盖上的小号兵，像趴在父亲腿上那样进入了梦乡，幼小的脸庞稚气分明。

这幅画被收藏在中国美术馆，成了新旅标志性的记忆。

看到这样一支“不入民宅”的共产党军队，上海居民感叹不已：国民党永远不会回来了！

张拓和陈强凭着两条腿一路穿行，到了淮海西路，找到了上海文艺界的朋友陈定。在他的指引下，接管了淮海中路 1449 号一幢白色的花园洋房，这里原本是国民党国防部“中国万岁剧团”的驻地。

一进去，他们吓了一跳，草坪上躺着浑身血污的国民党伤兵，地下室角落里蜷缩着十几个破衣烂衫的溃兵。张拓等人立即喝令他们缴枪列队，抬着伤兵到附近指定的俘虏收容所报到。

再上二楼，看到一块“上海人民剧团”的招牌，看房人声称，这是上海地下党批准成立的。张拓当即电话请示军管会文教委文艺处，于伶同志代表文艺处当即下令：这是有人混水摸鱼，马上责令解散！

5 月 27 日，上海战役结束，大上海回到了人民的手中。

第二天，张拓通过一个接管官僚资本工厂的军代表，商调来两部美制十轮卡车，准备去南翔接新旅的同志们。没想到全团接到入城通知，早已按捺不住，没等卡车去接就提前出发了。

团员们从火车站那边乘车出发的时候，一路陪伴他们的小黄马和大黑骡完成了使命，被留下来交给了地方。分别的时候，许多小朋友都哭了，一个劲儿地摸着、抱着，一路行军的日子里，他们和小黄马、大黑骡早已处出了感情。

别了，可爱的小黄马、大黑骡。

进入上海，团员们背着背包，挎着锣鼓，佩戴着“上海军管会”鲜红的臂章，精神抖擞、英姿飒爽地走来了。他们放声高歌：

同志们向太阳向自由，
向着那光明的路。
你看那黑暗已消灭，
万丈光芒在前头！

走在宽阔的柏油路上，看着两边的高楼大厦，看着欢欣鼓舞的人们，他们情不自禁地扭起了秧歌，沿途的市民纷纷鼓掌，欢迎这些“文艺童子军”的到来。

来到住地，大家刚放下背包，就背起腰鼓冲向大街，震天动地的腰鼓敲起来了。

那段日子里，新旅的同志们全身心地投入到入城宣传活动中。街头演出、广场演出、会议演出、舞台演出、郊区演出、工厂演出、部队演出、学校演出……上海的大街小巷留下了新旅的足迹，上海的每一个角落都飘荡着新旅的鼓声、歌声。

新旅的腰鼓、花鼓、秧歌、歌剧、民间舞，诸如《夫妻识字》《买卖公平》《王大娘赶集》《有一个人》等，带着解放区火热的乡土气息和蓬勃的战斗热情，让上海的观众耳目一新，狂热的观众效应超过了济南。每次演出的“开场戏”《解放花鼓》，更是受到观众的山呼热捧。他们把南方的凤阳花鼓同北方的陕北腰鼓巧妙地糅合在一起，同时融入歌颂上海战役胜利的唱词内容和曲调元素，让节目浑然一体，撼动人心。

进上海不久，潜伏的国民党残余势力对城市进行各种破坏活动。马路上到处是银元贩子，破坏了金融，扰乱了市场。针对这种现象，在军管会文教委的指示下，新旅组织编写以宣传党的经济政策、向银元贩子作斗争为内容的快板、说唱、歌曲，组成了100余人的大型秧歌队，参加上海市取缔破坏金融贩卖银元的斗争，广泛演出《反银元投机花鼓》等节目。团员们化装成上海的工、农、商、学、兵和市民，从住地淮海中路出发，一直跳到人民广场，舞蹈动作不断更新，节目屡演不衰，取得了很好的宣传效果。

激动人心的时刻到来了！

7月6日，上海市隆重举行解放军入城仪式和纪念“七七”事变30万人大游行。

这一天，飘起了蒙蒙细雨，这是洗刷帝国主义殖民耻辱的雨，这是荡涤国民党反动统治仇恨的雨，这是迎接大上海解放新生的雨。

这一天上午，上海市军管会主任、上海市市长陈毅同志发表了讲话。下午，入城仪式开始了，上海全城鼎沸。

南京路上，大上海万人空巷。人们像潮水一般涌来，夹道欢迎人民解放军入城。

在人们如潮的欢呼声中，解放军的队伍从外滩过来了。

步兵、炮兵迈着整齐的步伐，机关枪、迫击炮扛在肩膀上，乘着威武的战车，驾驶着轰鸣的坦克，浩浩荡荡的威武之师、正义之师来了。

新旅的队伍舞着彩旗、喊着口号、扭着秧歌、打着腰鼓，集合在南京路旧跑马厅的广场上。解放军过来了，新旅腰鼓队的同志六人一排，紧随其后，足有半里路长。腰鼓队的后面是彩车，彩车上装着巨大的红五星，红五星中挂着毛主席和朱总司令的画像。这威武的气势，和解放军的队伍相得益彰；这雄壮的鼓声，让南京路欢腾的海洋跌宕起伏。

长江流水汹涌澎湃，
解放大军排山倒海，
蒋匪统治土崩瓦解，
人民翻身胜利花开。

歌声嘹亮、鼓声雄壮的新旅腰鼓队，从跑马场到霞飞路，从霞飞路到外白渡桥，又从外白渡桥到南京路。

这是人的海洋。沸腾的人群，跟着解放军，跟着腰鼓队，涌来、闪开，闪开、涌来，街道两旁汇成波澜壮阔的人潮。

这是声的海洋。腰鼓声，口号声，鞭炮声，喝彩声，雷声，雨声，

“三大纪律，八项注意”的雄壮歌声，坦克的轰鸣声，交织成万马奔腾的胜利乐章。

这是从未有过的激越，这是从未有过的喜悦。雨，还在下着，汗水和雨水流淌在一起，湿透了军装，湿透了演出服，腰鼓也湿了，鼓槌上的红布渗滴着红水。眼睛被雨水遮住了，擦一下；手起了血泡，鼓还在敲打；滑倒了，爬起来继续；鼓皮湿了，拭干了再打；扭秧歌的彩绸滴着雨水，仍在腾挪翻飞……

心沸腾了，所有的困难都化成了前进的动力。

这样的场面，多少人当场流泪；这样的场面，多少人记忆一生。

新旅腰鼓队的小朋友们出彩的表演，被一个人看在眼里、疼在心里。

他就是上海军管会主任、市长陈毅同志。此刻，他站在国际饭店的检阅台上，向为解放大上海立下不朽功勋的解放军战士，向打着腰鼓昂首走来的新旅团员，向热情欢呼的人们，连连挥手，频频致意。

当新旅的队伍走到大光明电影院门口时，一个解放军同志飞奔而来。

“你们是新安旅行团的同志们吗?”

“是啊!”

“陈毅同志请你们上楼去一下。老总怕你们冻坏了身子，淋出病来，老总就在楼上。”

陈老总请我们上楼去休息？一时大家都怔住了。

那个解放军同志抬抬手，大家便跟着他向国际饭店走去。

分批乘电梯到十四楼，就看到上海军管会文艺处的黄源处长站在大厅门口迎接大家：“陈老总见你们淋着雨打腰鼓，人人都成了落汤鸡，可精神都那么好。你们年纪不大，正是长身体的时候，老总怕你们淋坏了身体，很心疼你们，请你们来休息休息，吃点儿点心。”

大家身上的水还在往下淌着，怕弄湿了地板，犹豫着不敢进去。

“同志们辛苦了!”正在犹豫间，穿着便装的陈老总来了。

这是一张熟悉的面孔，一张慈爱的面孔，依然是那样亲切、平易近人，依然是一身素朴，上身一件白衬衣，下身一条蓝裤子。

他笑着招呼大家："来，来，来，同志们都进来，都进来。"和大家一一握手，嘘寒问暖。

"同志们，你们的腰鼓真的打到上海来了，给入城仪式增添了不少光彩。你们在南京路上龙腾虎跃，表现了中华民族的精神气概，好得很嘛！来，吃点儿蛋糕，喝点儿咖啡，开开洋荤吧！我代表上海人民谢谢你们!"

"今天我宴请上海各界代表及民主人士，你们擦擦汗水、雨水，吃点东西以后来宴会表演点节目，给宴会助助兴!"

新旅的同志们每次见到陈老总，都会从他幽默风趣的谈笑中获得鼓舞的力量。此刻，他的话，又一次让人感受到浓浓的暖意。

长期在农村地区战斗生活的团员们，第一次置身这金碧辉煌的国际饭店，第一次品尝着咖啡、橘子水、奶油蛋糕、糖果点心。大家顿悟一个道理：

"我们的的确确进入了一个新的天地，中国人民革命斗争的的确确进入了一个新的阶段，党的工作重点的的确确转入到了城市!"

新旅的每一个同志都十分清醒，前方的路，依然任重道远。

一次入城仪式，让新旅的腰鼓一举成名，成了流行一时的文艺新样式。

部队文工团来了，地方文工团来了，企业工会来了，业余文艺组织来了，就连电影明星也来了，大家纷纷上门来取经学习打腰鼓。

新旅牢记陈老总一年前"要把腰鼓打到各个部队去，还要教给每一个部队文工团，将来打到全中国去"的号召，来者不拒，甚至"送货上门"，到大学去，到中学去，到工厂去，精心传授，热情辅导。

他们知道一个道理：一个人要教一百多个人打腰鼓，一百多个人再教下去，就有上万的人学腰鼓。每个人都废寝忘食地教，夙兴夜寐地教，一天教下来，腰上的皮磨破了，腿累得再也抬不起来了，全身酸痛，但还是咬牙挺住了。

1949 年 10 月 1 日，上海市举行国庆游行活动，新旅组织万人大型腰鼓队参加游行，这震撼人心的腰鼓声，彻底征服了上海百万人民。

新旅的腰鼓，还在响着，还在传着。随着全国解放战争的胜利，“打出军威”的腰鼓，通过各个部队文工团传遍了祖国大地。陈老总“将腰鼓打到全中国去”的期望，终于实现了。

这是战斗的号角，这是前进的号角，这是胜利的号角。每当腰鼓响起，必将激励着无数的人，不断奋勇前进。

新的征途

1949 年 7 月，大型秧歌舞蹈《建设新上海》在上海演出了，这是上海解放伊始，新旅在文艺战线推出的“重磅炸弹”。

骄阳似火的日子，上海文艺界在复兴公园举行盛大的庆祝上海解放园游会，周信芳、袁雪芬、白杨、赵丹、黄宗英、周小燕等一批文艺界名流参加演出，新旅精心排练的《建设新上海》一炮打响，赢得了各界的交口称赞。

这次演出，新旅进行了大胆创新。为了适应上海观众的审美需求，他们在秧歌的基础上糅合了中国古典戏曲舞蹈的技法，在歌舞中融入了情节，借鉴融合了吴晓邦的中国现代舞创作技法，设计了四场秧歌舞。

秧歌舞以一种全新的形式出现在世人面前，在上海滩引起了轰动。上海《文汇报》推出歌舞台本和创作经验《新秧歌的尝试》，在著名诗人艾青的极力推荐下，《新华文摘》创刊号全文转载。

由此，新旅完成了一次质的嬗变，正式成为一个专业性的音乐舞蹈团体。

学习，是新旅的生命，置身于这个团体中，每个人都把学习当作最大的任务。他们在批判继承民族文化遗产的基础上，如饥似渴地学习戏曲和传统舞蹈，开始了中国古典舞的基本训练。

他们“四处出击”，广泛组织采风学习，到福建、到苏南、到安徽、到山东，深入民间，采集素材，带着《采茶扑蝶》《大鼓子凉茶》

《花鼓灯》《盾牌》等回来了，然后加以整理提高。

8月下旬，在张拓团长的带领下，陈明、王山、方南君、舒巧、李群、李仲林、毛国强一行出发了，他们要前往武汉，参加吴晓邦开办的四野舞蹈队短期训练班。在武汉整整学习了三个月的时间，接受了“人体自然法则”的系统训练，听取了“新舞蹈艺术概论”的理论课，特别是吴晓邦的“自由创作课”，使他们受益匪浅。他们互相学习，取长补短，同四野舞蹈队交换了节目，学习了吴晓邦到东北解放区后创作的代表作《进军舞》《苏联红军舞》，还同中南文工团的骆文、程云、海默等同志，四野文工团的胡果刚、彦克等同志深入交流了进城后提高业务的经验。

10月1日，组织保送到中央团校二期学习的新旅团员林铭纲和秦守文一起参加了开国大典。他们和团校学员们一起排列在天安门广场国旗旗座的周围，亲历了这一庄严而伟大的时刻。多年以后，林铭纲接受采访时，还是那么幸福与自豪：“我19岁那年，在首都天安门广场参加了开国大典，亲眼看到毛主席用电钮操作升起的第一面五星红旗飘扬在美丽秋天蔚蓝的天空。”

11月，新旅兵分两路，分头行动。一路组成若干工作组，冒着敌机突袭的危险，分赴江南造船厂、江南厂武汉路分厂、大隆机器厂、国棉十七厂、国棉十二厂等工厂，配合各军管小组发动工人、群众恢复生产，支援解放军解放全中国。另一路组成观摩学习小组，到北京中央戏剧学院歌剧团和舞蹈团、北京人民艺术院、中国青年艺术剧院、天津中央音乐学院参观学习。在北京见到了当年华北联大的欧阳予倩、沙可夫、艾青、张庚、贺敬之、舒强、贾克、戴爱莲、陈锦清等老师，在天津拜访了吕骥、李焕之等音乐家。各位老师热情地鼓励新旅要在新形势下抓紧学习，提高技艺，探索建立剧场艺术的路子，以迅速适应建国后人民的新需求。为了学取“真经”，新旅特意留下王山、方南君分别在中央戏剧学院和中央音乐学院继续学习。

12月上旬，新旅观摩学习组和新旅下厂工作组会师了。这次会师，没有笑声，只有哭声——孟军走了。

他在上棉十二厂辅导工人开展文艺活动，在车间劳动时被机器皮带绞住衣服不幸牺牲。新旅失去了一个优秀的“男主角”，一连多日，全团沉浸在巨大的悲痛之中。从老炊事员到最小的团员，一提起孟军，没有人不伤心落泪……

在大家的印象中，孟军，长方脸，大眼睛，高个子，厚厚的嘴唇，一看就是一个厚道的人。新旅每场大戏的男主角几乎非他莫属，他首次扮演男主角是和白洁合演秧歌剧《兄妹开荒》。两个上海人，一个演哥哥，一个演妹妹。当时为了演好角色，他们深入生活，到村子里找年龄相仿的小伙子、小姑娘，学习他们的动作神情，演出后很受战士和老乡的欢迎。

大家永远忘不了，当《兄妹开荒》的前奏曲响起时，孟军扮演的“哥哥”头扎白毛巾、身穿白布褂、肩扛镢头出场的情景。他嘹亮的歌声是那么让人记忆深刻：“雄鸡雄鸡高呀么高声叫，叫得太阳红呀么红又红。身强力壮的小伙子，怎么能躺在热炕上做懒虫。扛起镢头上呀么上山冈，山呀么山冈上，好呀么好风光。我站得高来看得远哪么也呀嗨，咱们的边区到如今成了一个好呀地方。哪哈也呀嗨嗨哪哈也呀嗨!”

想不到，在濮阳地区，女主角白洁走了，现在进入大上海，男主角孟军也走了。

“天妒英才，上苍你睁眼了吗?!”新旅团员们仰首问天。

为了全面提高新旅全团的业务水平，1950 年新年起，全团进入业务整训，这是新旅建团以来最正规的一次艺术练兵活动。

著名昆曲老艺人汪传钤、华传浩来了，他们来教授中国古典舞蹈；声乐教授周小燕、唐荣枚、吕伯克、曾叔懋来了，他们来教授西洋美声唱法；乐队演奏员也分别找到了自己的老师。全团的学习热情空前高涨，坚持半天学习、半天工作，有的小演员起五更睡半夜地刻苦练功。后来成为著名舞蹈家的张均（原名张承颜）就是当时的学习标兵。

著名舞蹈家吴晓邦来了，他来担任全团的艺术指导。2 月 6 日，上海遭受敌机的狂轰滥炸，吴晓邦义愤填膺，决定带领新旅排演大型舞剧《愤怒的火焰》，由他本人编导，张拓作词，管荫深作曲，激情歌颂上海人民英勇地反轰炸斗争。

这是一个流动的大学，是一个革命的熔炉，更是一个温暖的大家庭。

在上海，新旅的队伍继续扩大，一批新团员加入进来，他们沐浴着大家庭温暖的阳光。

14 岁的谷斯涌带着华东团工委少儿工委的介绍信，找到了淮海中路 1449 号新旅住地，心里高兴极了。别看他人小，他可是个“老革命”了。在白色恐怖时期，他就参加了党的地下活动。上海解放后，他急于参加革命工作，但因为年龄太小四处碰壁：“南下服务团”嫌他小，不肯收他；十兵团文工团留他住了几天，因为要进军福建，说有小兵是个累赘，劝他先回家去。几番周折，华东团工委的同志看他参军心切，便告诉他，有个新安旅行团，是个有光荣历史的少儿团体，现在成了文艺团体，还吸收小团员。团工委与有关部门联系以后，决定介绍他到这儿来。

新团员单独编队学习，由老团员曹汉、唐炯分别担任正、副队长，带领他们学习文化知识、政治常识和业务技能，同时根据需要逐步承担团里的演出任务。叶志强手把手教谷斯涌使用打击乐器，在《黄河大合唱》演出时，团里安排谷斯涌敲小铃。后来大家教他学打腰鼓，他参加了“万人大腰鼓”演出，震动了整个上海。

在谷斯涌看来，新旅的每个老团员都是英雄，他们身上有无数的战斗故事。在大哥哥大姐姐们的帮助下，谷斯涌把他们讲的故事一个个记下来写成文章，投寄给当时上海的儿童报刊。《埋地雷炸退鬼子兵》《渡河的船》《小英雄小牛》《共产党帮助咱们翻了身》等故事刊登在《中华少年》《小朋友》《新少年报》上，中华书局还为他出版了儿童图画故事书《毛主席万岁》。

后来谷斯涌做了一名编辑，成为名副其实的“笔杆子”。对于新旅，他永远怀有一颗感恩的心。

在上海，14 岁的张承明也成了新旅大家庭中的一员。

一进入新旅，团部领导就把他编在了舞蹈队，想让他好好学舞蹈。

在舞蹈队他感受到了别样的温暖，大哥哥、大姐姐像对待小弟弟一样，欢迎他的到来。可他最喜欢的地方是团里的道具仓库，因为那里有他最喜欢的“日式三八大盖枪”。那枪背起来，比他人还高。他经常一边唱着革命歌曲《三大纪律八项注意》，一边操练，还时不时地喊着口号：“一二三四！”“向左——转！”“跑步——走！”“立——定！”“一二一！”

他经常在道具间这样叫着喊着，引起了戴安大哥的关注。戴大哥问他：“你这么喜欢玩枪啊？你可知道枪是干什么用的吗？”

“我知道！是打敌人的！”他得意地抬起头回答道。

“对！但是玩好枪也是要有本事的。光像你这样背着枪、喊着口号，那还是远远不够啊！来！我带你去看看那些革命战士是怎么玩枪的，好不好？”

“好！”

戴安大哥带着他走进了新旅的“小小图书馆”，找到了图书馆的业余管理员叶志强：“志强，请你把《新儿女英雄传》这本书拿给他。”

“好的，你稍等一下。”

戴安接过书，转过身来，语重心长地对张承明说：“你看这书中的那些战士们，个个都是‘玩枪的能手’，你可要好好地向他们学习哦！”

张承明点点头，接过书，迫不及待地读了起来。

戴安大哥为张承明开了一份书单，张承明读了一本又一本。

《钢铁是怎样炼成的》中的保尔·柯察金，《卓娅和舒拉的故事》中的卓娅、舒拉，《青年近卫军》中的奥列格、邬丽娅、万尼亚、谢辽沙、刘巴，革命英雄刘胡兰、董存瑞……这么多的革命书籍，这么多的英雄人物，伴随着他成长的岁月。

在阅读的过程中，遇到有的地方看不明白，有些字不认识，他就主动向新旅的大哥哥大姐姐们请教。大哥哥大姐姐们亲切地手把手地教他学文化、学业务，不厌其烦地指点他，每个人都成了他的辅导员。

在上海，陶影四处打听一个人，可是那人一直下落不明。

那天，陶影收到了一个饭包，里面装满了日记本。这是新旅团员唐炯从北京托人捎来的，他保管了多年。

陶影打听的人，就是这个饭包的主人，他叫崔海波。唐炯从北京捎来确凿的消息，崔海波已经离开了人世。

如遭雷击的陶影，顿时失声痛哭。她觉得是自己害了崔海波。

新旅有一条纪律，不准谈恋爱。

陶影参加新旅后，崔海波是她的互助组长，像大哥哥一样地帮助她、关心她。有一天，17 岁的崔海波让陶影看他的日记："最近我感到很苦闷，我对陶影很有好感，这是不允许的，想汇报思想，又没有勇气……"

看得陶影满脸绯红，飞也似的逃走了。单纯的陶影觉得崔海波不应该"玷污"他们之间的友谊，更不应该违反纪律，好长一段时间没有理他。

在一次联欢会上，崔海波偷偷递来一张纸条，上面写着："我已检讨过了，是我不对，请你原谅!"

崔海波因为这受到了组织的批评，陶影同情之余原谅了他。后来，崔海波"老毛病"又犯了，几次主动汇报思想，几次自我检讨。陶影开始有意地回避他。

因为长时间的行军生活，加上后勤运输任务繁重，崔海波累垮病倒了。新旅准备向济南进发时，大家恋恋不舍地留下了病重的崔海波。在他被送往后方医院前，陶影赶去和他告别，他却好像没见到她似的，只顾埋头收拾东西，一句话也没有。陶影深情地看了他一眼，就走了。

想不到这是她看他的最后一眼，一次告别竟成了永别。事后得知，崔海波患的只不过是胸膜炎，但战争年代药品极度匮乏，最终病魔夺去了一个年轻的生命。

陶影翻开崔海波留下的日记，眼泪哗哗地流着。她在回忆中写道：

> 日记是海波心灵的镜子，镜子里映出的是我虽然认识但并不了解的闪光的海波。他很"慎独"，纯洁得像块水晶，容不得思想上有半点灰尘，时时剖析自己，经常作自我反省。他内心炽热，永远燃着革命之火。他是那样爱工作，爱同志，把火和热默默地献给他人。他十分坚毅，在从河北到山东几个月的

行军途中，带着病痛行军，带着病痛工作，从没吭过一声，直到支撑不住为止。他严于克己，在那“不准恋爱”的岁月，他向最亲密的朋友——日记倾吐一切；宁愿让火热的感情把心烧碎，绝不在行动上“犯规”。他是一个勇于自我牺牲的人。他的这些优秀的品德将永远激励着我。

从1935年10月出发，到1950年10月，新旅已走过整整15年的历程。

1950年10月10日，新旅隆重举行团体成立15周年纪念会。宋庆龄、李济深等发来贺信贺电，华东军政委员会文教委员会主任、华东局宣传部部长舒同代表华东军政委员会和华东局出席并致贺词。

纪念会上，大家看到了许多离团的老同志，他们从四面八方赶来了。特别让人欣喜的是，新旅之父——“汪爸爸”也回来了。

南京解放后，作为华东干部子弟学校校长的汪达之，率领战地师生两三百人来到了南京。在参与恢复南京文化教育事业时，他首先提出：恢复晓庄学校！

晓庄试验乡村师范学校（1928年更名为“南京晓庄学校”，后简称“晓庄学校”）是他的恩师陶行知先生于1927年亲手创办的学校，是一所真正意义上的乡村教育试验学校。但是学校开办仅三年就遭到了蒋介石反动政府的封杀，陶行知遭到通缉被迫流亡海外。抗日战争爆发后，陶先生回到祖国，为着抗日救亡、为着民主解放、为着教育理想四处奔波。

不幸的是，因“劳累过度，健康过亏，刺激过深”，陶先生突发脑溢血在上海去世，安葬在南京劳山脚下的晓庄学校旧址内。毛泽东亲自题写悼词“痛悼伟大的人民教育家陶行知先生千古”，宋庆龄为其题词“万世师表”。

恢复晓庄学校是陶行知生前最大的心愿。如今，晓庄学校旧址已毁于战火，站在废墟上，看着镌刻在墓前牌坊上的先师的遗墨“爱满天下”，汪达之心旌飞扬。晓庄学校是恩师陶行知乡村教育事业起步的地方，也是他倾注了一生心血的地方，恢复晓庄学校，意义重大。

他的建议，不久就得到了周恩来总理的亲自批准，决定由汪达之主持晓庄学校在原址复校的工作，并担任复校后的第一任校长。

如果陶行知先生地下有知的话，他一定可以含笑九泉了。

晓庄学校的复学，在一个 12 岁的孤儿心里留下了温暖一生的记忆。

已是 85 岁高龄的他，提到新旅，提到汪达之，提到晓庄学校，就会立刻勃发出青春的激情。

至今，他的手机里仍保存着一张斑驳的黑白旧照，这是他当年入学晓庄师范（1952 年更名为“南京晓庄师范学校”，简称“晓庄师范”）时的学籍照片：上身白衣，小平头，一张清瘦稚气的小脸，嘴唇微翘着。照片上写着“晓庄师范学校学生学籍，姓名：赵恺；学号：333”。

多年以后，赵恺成了一名诗人，以《我爱》《第五十七个黎明》蜚声诗坛。

> 我人生的第一轮“太阳”，
> 悬挂在日本飞机的翅膀上。
> 一轮冰冷的太阳，
> 一轮咆哮的太阳，
> 一轮滴血的太阳。
> 它的重量，
> 就是仇恨的重量。
> …………

他曾经以这首诗纪念在重庆大轰炸中牺牲的父亲，在他的眼里，日本鬼子的弹坑就是父亲的墓穴。失去了父爱后，母亲去了大洋彼岸，再也没有音讯，他在孤儿院长大。没了父爱，又没了母爱，他便成了彻底的孤儿。

那时，赵恺刚从南京五台山小学六年级毕业，靠变卖家产供他上学的姨母实在拿不出钱来了。天无绝人之路，恰逢南京晓庄学校复校招生，他考上了，关键是吃饭不要钱。就这样，在燕子矶，赵恺开始了此生最为重要的求学生涯。

那一天，12 岁的赵恺和汪达之同在学校澡堂洗澡。汪达之看着瘦弱的小赵恺，无限怜爱地摸着他的头，拍着他的光屁股，帮他擦身，戏水，沐浴，就像一个父亲对待自己的孩子一样……没有父爱的赵恺，在那一刻，泪水奔涌而出。

"作为复校后的首届学生，汪达之带领我们走过生命中的珍贵时段。高山长河，影追形随。手拿着锄头锄野草，锄去野草好长苗：从汪达之手中接过他从陶行知手中接过的锄头，我们为知识拓荒。拂晓的村庄，黎明的故乡。晓庄嵌着我们的足印，锄柄嵌着汪达之的手印。"

赵恺忘不了在晓庄师范的日子，在那里他接受了陶行知、汪达之等前辈教育思想的洗礼，他的一生从此改变。他人生的诗行，一直充溢着磅礴大爱。至今，母校师生仍传诵着他的长诗《陶行知》：

…………

可是，
敌人还没敢开枪，
你倒猝然倒下了！
象士兵扑倒在解放战场，
你扑倒在呐喊解放的教育诗上。
教育诗的最后一句是：
"埋葬我时，把头朝向北方！"
向北方，
连头颅都在指北针的祖国找到了磁场。

…………

"汪爸爸"回来了。

现在的他不仅是晓庄学校的校长，还是新旅永远的顾问；他心中不仅装着晓庄学校的事业，还时时牵挂着新旅的命运。

在新旅成立 15 周年纪念大会上，他向华东军政委员会郑重提议："新安旅行团"的名称已不适应当前的形势，应该改名为"新旅歌舞剧团"。

舒同当即批准了这个建议，在纪念大会上正式宣布新旅改名为"华东新旅歌舞剧团"。不久，张拓从华东文化部回团担任团长，章力挥

（原名章丽辉）担任党支部书记兼教导员，方南君为副书记。

涅槃重生的新旅闪亮登场，一场向上海人民献礼的大型歌舞剧《王贵与李香香》拉开了序幕。

由张拓对剧本进行加工。为了使情节集中紧凑，他把全剧从济南演出时的十七场合并为五幕，前面还增加了序幕，写的是王贵和李香香一家人翻身后的红火日子。这个故事在回忆中展开，开场的舞台画面采用定格的手法，宛如一幅描写陕北风情的油画。随着音乐响起，人物开始活动了。

由管荫深进行音乐加工。他把原有民歌《信天游》等土地革命时期的歌曲，在保留原有色彩的基础上进行了改编，连缀成一个整体并重新配器，用小型管弦乐队伴奏，使之同剧中人物和戏剧情节更好地糅合，从秧歌剧的民歌配曲朝歌舞剧的方向迈出了很大一步。

由张拓、陈明、陈强负责排演工作。孟军走了，他未竟的事业仍在延续，男主角王贵由王树元顶上，陈大林、陈明饰演李香香，严忠饰演崔二爷。他们在探求歌舞结合、虚实结合的道路上费尽心思。比如《香香求救》这一场，边舞边唱，充分发挥舞蹈的作用，用一个特写追光，照射着在与风雪的搏斗中前进的李香香，给观众留下深刻的印象。

城市剧场演出要求高，新旅特意请来了一批上海戏剧界的“大腕”：布景设计是池宁，灯光设计是胡孑，效果是蒋柯夫，化妆是陈绍周，宣传是张友良。这些名家均是友情义务帮忙，分文不取，这种无私奉献的精神，感动着新旅所有的团员。

《王贵与李香香》在上海兰心大剧院、解放剧场一经推出，便一票难求。每场演出结束，剧场门口都挤满了热情的青年观众，他们想同演员见面。演员们都来不及卸装，就跑到窗口同观众们打招呼，那经久不息的掌声和欢呼声，永远印在团员们的脑海里。

完成历史使命

1951 年 2 月，顺利转型后的新旅开始了全国巡演。

他们带着空前成功的歌舞剧《王贵与李香香》，沿着沪宁线出发，先后来到苏州、无锡、常州、镇江、南京、扬州等地进行巡演，场场爆满。

在演出途中，全团又投身“抗美援朝，保家卫国”的宣传，参加抗美援朝捐献飞机义演，先后集体创作排演了小型舞剧《鸭绿江上》、独幕舞剧《战斗在朝鲜》。

一路巡演，一路掌声，一路汗水，一路收获。

1951 年，新旅团员走向了国外。

新旅老团长左林随中国青年代表团访问苏联；

新旅团员陈大林等人应邀访问莫斯科；

新旅团员陈大林和秦德声还应邀参加了在德国柏林举行的第三届世界青年联欢节，结束后在柏林等地演出了歌剧《董存瑞》。

1951 年，新旅团员还走向了革命老区。

1951 年 7 月，华东军政委员会文化部交给新旅一个光荣任务：参加以谢觉哉为总团长的中央慰问团，赴革命老区慰问演出。

新旅团长张拓因参加全国文工团会议，无法随团，决定由章力挥、陈强率队参加中央慰问团第四分团，赴武汉、南昌、瑞金、长汀、上杭、龙岩、古田、漳州、泉州、福州等地慰问南方老革命根据地群众。

新旅超强的凝聚力和战斗力被人们所公认，所到之处都给人留下深刻的印象，老区人民赠送的一面面锦旗，见证了新旅的辛勤付出和光辉业绩。

让新旅团员们记忆尤为深刻的是在福建长汀地区，几棵硕大的黄果树下，慰问活动现场聚集了各界群众上万人。

那一天，有两个年轻的小姑娘，搀扶着一位双目失明的老太太走上台来，全场掌声雷动，她就是有名的“双枪老太婆”！老人有七个孩子，在抗日战争和解放战争中都牺牲了。她在一次战斗中双眼受伤失明，但她没有放弃战斗。由于国民党的封锁，她无法和组织取得联系，一直领导队伍在山里打游击。全国解放了，她也一直不知道，是党多次派人到深山里寻找，最后在一个十分隐蔽的山洞里找到了他们，把他们接到山下……

新旅去的时候，漫山遍野开满了映山红，又叫杜鹃花，花儿红得像火。老乡们说，这满地的杜鹃花是烈士们的鲜血染成的。后来，新旅团员王树元依据以上的故事背景，写出了经典剧目《杜鹃山》，一举轰动全国。

福建的山路比较多，能开车的公路很少，在不少地方，演出的灯光箱、服装箱、天幕、大幕、侧幕、横栏幕、舞台布景、大道具等，都要靠人肩扛背驮、手把手抬着。这些工作光靠舞美队的人是不够的，其他部门身强力壮的人也都加入这个队伍中，另外还要请一部分民工。

面对这些困难，没有一个人有怨言。慰问革命根据地的老乡们是党中央的决定，老区人民为中国革命和新中国的诞生付出了鲜血和生命的代价，新旅是代表党中央和全国人民前来慰问的，使命光荣，责任重大，容不得有任何懈怠！

舞台美术队的同志非常辛苦，他们在陈必林队长的带领下，天刚亮就出发了。汽车走到山路边的入口处，就要把车上的所有器材全部搬下来，开始徒步翻山越岭。午饭是在一个有山泉水池的地方吃干粮、喝泉水，一直到下午两点多钟才到达目的地。然后开始搭台、装台，一直忙到晚上七八点钟。好不容易装好一个台，可是只演一场，演完马上就要拆台、装车，奔向下一个点，把戏送到老区人民的家门口。不像新旅在上海演出的时候，搭一次台，有时可以演上半个月甚至一个多月。

记得在一次演出中，铺舞台的木板是借老百姓的门板和床板拼起来的，有厚有薄。演出中，有节奏欢快的舞蹈节目，特别是《苏联红军舞》，演员穿着马靴，跳着热情奔放的舞蹈，观众的情绪被带动了起来，掌声、欢呼声不绝于耳。

突然，有一块木板断裂，舞台上露出了一个大洞。此时，站在舞台边上的舞美队队长陈必林看到这个情况，担心演员的脚会踩空，一旦卡在木板中，就一定会受伤！

为了让老区人民高兴地看完这台演出，说时迟那时快，他不顾自己的安危，迅速钻进了舞台底下，毫不犹豫地用自己的肩膀顶住这块断裂的木板，堵住了这个大洞。

当演员的马靴踩在这块软软的“木板”上时，那块断裂的木板已经成为带刺的木板。舞台上的演员并不知道发生了什么。此时，舞美队的另一个同志迅速拿来一块木板和榔头、铁钉，也钻到舞台底下，想和陈必林一起修补舞台。

此时，陈必林肩膀和背部的衣服、皮肤都磨破了，血往外流着。为保证演员安全地演完这个节目，他俩咬着牙协同作战。陈必林迅速地把木板接过来，用好木板顶住破碎的木板，另一个舞美队员迅速将木板钉牢。在节目表演结束之前，舞台台板已经顺利地补好了，可是陈必林身上被木板磨破的地方还在流血。

当他们两个人从台板下爬出来的时候，剧团已经有人手拿药水和纱布等在旁边，待他们一出来就迅速给陈必林清洗和包扎。演员们围了过来，他们得知情况后，内心万分愧疚：“陈队长，真的对不起啊，原来我们是踩在你的肩上了啊！”

所有人都被感动了，有的激动得流下了眼泪。这是一个永远让人难忘的场景。在新旅团员的脑海里，经常会闪现陈必林不顾一切地冲向舞台下边，钻进台板下去补救舞台大洞的情景。大家相信，如果是在战场上，陈必林也会绝不含糊地为祖国献身，他的身上有一股敢于牺牲的英雄气概！

胜利完成老区慰问演出任务的新旅，载誉归来。

张拓传达了全国文工团会议精神，学习了周扬同志《发展新歌剧、新话剧、新音乐、新舞蹈》的报告，明确了文工团要走向专业化、正规化、剧院化的方向。团委会经过热烈的讨论，拿出了建立“新旅歌舞剧院”的方案报告。方案报告得到了负责上海文艺工作的夏衍同志的热情支持，决定由他提请文化部批准。

可这份报告后来石沉大海，杳无音讯。

30 多年后，张拓到北京看望夏衍时才知道了事情的真相：原来和一个人有关，这个人就是新旅团员们挚爱的“陶太师”——陶行知先生。

没有陶行知，便没有新安小学，更没有新旅，他像对待自己的孩子一样，为新旅倾注了全部的心血。让新旅团员们扼腕痛惜的是，“陶太师”英年早逝，永远地离开了他们。斯人已去，新旅为何受到牵连？

原来，陶先生长期从事平民教育，生前曾大力推崇清朝的“乞丐教育家”武训，并自谓“甘当武训第二”。1951年，先生生前倡导拍摄的电影《武训传》公映后，被批判为“狂热宣传封建文化”的“大毒草”，武训也被批判为“对反动的封建统治者竭尽奴颜婢膝的能事”。从此，伟大的“人民教育家”陶行知被视为“反动改良思想”代表人物，打入另册，其教育思想也被否定，陶行知的名字便突然成为禁忌，隐没于历史尘埃中长达30余年。

当年，文化部在开会讨论新旅建立“新旅歌舞剧院”的方案报告时，有人提出，新旅和陶行知有关。因此，方案就此搁浅。

1952年5月，全国文工团进行整编。华东局宣传部和华东军政委员会文化部决定，新旅和华东人民革命大学文工团、上海青年文工团、南京文工团合并组建华东人民艺术剧院。同时，新旅开始“分流”，王德威带领新旅美术队去杭州中央美术学院华东分院（现中国美术学院）进修。

1952年年底，华东人民艺术剧院建制撤销，以新旅为主组成歌剧团，后陆续改为华东实验歌剧团、上海实验歌剧团、上海实验歌剧院等，几经调整，最终独立发展为上海歌剧院。

1952年，这是一个特殊的年份，也是一个永恒的年份，它就像一个时光驿站，定格在新旅每一个团员的记忆里。至此，走过17年光辉历程的新旅，顺利完成了她的历史使命。

其实，新旅的名称没有保留下来，有一个人也遗憾，那就是一直关心新旅成长的周恩来同志。

日理万机的周总理太忙了。1950年夏天，他特意委托去上海看望新旅团员的邓颖超同志，转达他的一份心意——赠送给新旅一把小提琴。

1952年的那个清晨，夏衍打来电话，团长张拓的心一下子升温骤热。原来，周恩来总理观看了他们剧团的歌舞节目，询问起剧团的历史，得知是新安旅行团演变而来，当晚就打电话给夏衍：

“我们红军很多光荣的连队，至今都把番号保留下来了，为什么我们党自己领导的有光荣传统的新安旅行团，却要把番号改掉呢？请代我向新旅同志问好，希望他们能继续保持自己的好传统！”

十年之后，1963 年 1 月 30 日，新安旅行团团员关建作为上海妇联负责人，见到了周恩来总理和邓颖超同志。听说关建是“新旅的人”，周恩来总理百感交集。在上海友谊会堂观看上海市各界妇女春节联欢晚会时，周恩来总理特意拉着关建的手，让她坐在他和邓大姐的中间。

这个珍贵的瞬间被一位记者抓拍下来，这张照片现在珍藏在新安旅行团历史纪念馆里。这张照片，凝聚着周恩来总理对新旅无尽的关怀。

完成了历史使命的新旅，像一面旗帜依然飘扬在每一个团员的心中，他们胸怀天下、爱国奋进的一颗红心永远不变。无论身在何方，无论在何岗位，他们依然为国家的繁盛继续前进。

完成了历史使命的新旅，就像一颗划过天幕的流星，留下一道璀璨的银光，照亮了黑夜，照亮了星空，向着美好的远方而去，向着希望的未来而去。

他们是一群“小好汉”。

他们的课堂在祖国大地上，他们的老师是人民大众，他们的作业是抗日救亡。

他们强壮了自身，也壮大了队伍；他们长了身体，也长了精神。

他们一直接受中国共产党的领导：毛泽东、周恩来、刘少奇、陈毅……

他们一直受到社会各界的支持：宋庆龄、陶行知、田汉……

他们一直得到全国人民的支持：风雨十七年，风云五万里，风火二十二个省市自治区。

他们走过第二次国内革命战争、抗日战争、解放战争，一直走进社会主义新中国。

他们从 1935 年 10 月 10 日出发，一直行走在路上。他们走进历史，并且走向未来。

浩浩荡荡！

我是“新大”毕业的

作家祁智先生曾为新旅赋诗一首，题为《永远在路上》。诗中写道：

> 他们可以不走的。
>
> 他们要上学，要读书，要回家，要游戏。但他们要走，义无反顾。
>
> 东北已沦陷，华北在沦陷，眼看着中国要沦陷。
>
> 书就要在炮火中成为灰烬；

教室就要在炮火中成为废墟；

家就要在炮火中成为残垣；

生命就要在炮火中成为冤魂……

要不去战斗，要不做亡国奴。

他们选择了战斗。他们自己不打算做亡国奴，他们号召大家不要做亡国奴。

他们把背影留给淮安，留给新安小学。这里是他们出发的地方。从此，他们属于一支伟大的队伍：新安旅行团。

…………

他们是一群“小好汉”。

他们的课堂在祖国大地上，他们的老师是人民大众，他们的作业是抗日救亡。

他们强壮了自身，也壮大了队伍；他们长了身体，也长了精神。

他们一直接受中国共产党的领导：毛泽东、周恩来、刘少奇、陈毅……

他们一直受到社会各界的支持：宋庆龄、陶行知、田汉……

他们一直得到全国人民的支持：风雨十七年，风云五万里，风火二十二个省市自治区。

他们走过第二次国内革命战争、抗日战争、解放战争，一直走进社会主义新中国。

他们从1935年10月10日出发，一直行走在路上。他们走进历史，并且走向未来。

浩浩荡荡！

新旅是一个号手，在阴霾密布的华夏天空，吹响了民族救亡的号角。

新旅是一个向导，引领着千万少年儿童奋发前进，创造了一个时代的传奇。

新旅是一面旗帜，飘扬在亿万国人的心中，谱写了爱国奋进的壮丽篇章。

二十世纪七八十年代，新旅团员王德威、张渔、张牧、张拓、陈明等人来到桂林致和村，这里曾是新安小学复校办学的地方。

一提到新旅和新安小学，当地的老人们就会想起当年的“小先生”们。几十年过去了，他们依然能叫出一些团员的名字，还能哼唱当年“小先生”们教唱的抗战歌曲。

一位姓曾的老大娘，当年的曾姑娘，她竟完整地唱出了那首《新安进行曲》：“新安，新安，新中国的少年！不怕苦，不怕难，不怕敌人的凶残！我们从抗战里生长，一切都为了抗战！抗战抗战，胜利就在眼前……”

这就是新旅巨大影响力的明证！毫不夸张地说，在那风雨如磐的岁月里，新旅曾经真真切切地影响了几代人！

新旅从1935年出发，到1952年完成使命，历经17年，足迹遍及大江南北、长城内外，走遍全国22个省市自治区，行程5万余里。他们在党的关怀和领导下，以文艺为武器，向千百万民众宣传党的主张，开展反侵略反压迫的革命运动，为中国人民的解放事业和新中国的诞生做出了独特的贡献。

据不完全统计，在国统区，新旅放映国难电影、举行座谈会和演讲会达400余场次；组织青少年抗日救亡团体45个，推动5.5万青少年参加抗日救亡运动；编辑出版了21本抗战丛书、35期儿童报刊。在苏北抗日根据地，新旅组织18万少年儿童参加儿童团、少先队；创办各种儿童报刊近百期，绘制发行各种宣传画片数十万份，并创作了大量歌曲和剧本，为抗日军民演出各类文艺节目。在解放战争中，新旅作为一支文化劲旅，紧随解放大军转战南北，参加土改斗争、慰问前线将士，从济南战役到淮海战役，从渡江战役到“打着腰鼓进上海”，处处留下了他们奋进的足迹。

胡乔木说过，新安旅行团的光荣历程，永远是全国儿童的典范。

常有人问起，一群从偏僻的乡野里走出的孩子，是什么样的教育思想成为引领新旅奋发有为、砥砺前行的原动力？我想，这种源动力就来自陶行知先生的“生活教育”理念。

新旅诞生于淮安河下镇莲花街的新安小学，这是一所在陶行知先生的“生活教育”理念指导下建立起来的乡村教育试验学校。从她诞生之日起，汪达之等人就像“火炬手”一样，领着孩子们一路向前。前行的旅程，处处打下了“生活教育”的烙印。

> 同学们，别忘了，我们的口号：生活即教育，社会即学校。拼命的做工拼命的跳，一边儿学习，一边儿教，别笑我们年纪小，我们要把中国来改造！来改造！
>
> 同学们，别忘了，我们的口号：生活即教育，社会即学校。我们的家破产了，我们的国遇了盗，听啊！到处是敌人的飞机和大炮。同胞们，别睡觉，把一切民族敌人都打倒！都打倒！
>
> 同学们，别忘了，我们的口号：生活即教育，社会即学校。不怕它水深，不怕它山高，向民众报告，代民众喊叫，我们是民众的小向导！小向导！

新旅团员一路唱着《新安旅行团团歌》，一路践行和传播着“生活教育”的真谛：生活即教育，社会即学校，教学做合一，在劳力上劳心，“小先生制”，集体主义自治，民主管理，爱满天下……

在“生活教育”的涵养下，新旅经历了国难教育、战时教育最为艰难的生存阶段。而真正让新旅脱胎换骨、涅槃重生的，是在中国共产党的领导下，在新民主主义革命思想的指引下，走过了全面抗战、解放战争的快速发展阶段，走上了为人民军队、为人民大众服务的革命道路，完成了从少儿研修团体向专业文艺团体、从民族小号手向革命文艺兵的蜕变。

17 年的风雨洗礼，17 年的实践创造，滋养了光芒四射的新旅优良作风和光荣传统。其核心要义有四：

一是“人小志气大，爱国走天下”“为民族生存奋斗”“要把旧中国来改造”“把一切民族敌人都打倒”的爱国主义精神。

二是“要饭也要去抗日”“不怕它水深，不怕它山高”“不怕苦，不怕难，不怕敌人的凶残”“一群小好汉，保卫大武汉”的英雄主义精神。

三是“捧着一颗心来，不带半根草去”“在劳力上劳心，以教人者教己”“民主自治、友爱互助、团结奋进”的集体主义精神。

四是“小先生制”“教学做合一”“手脑相长，开天辟地”“在教育上革命，进而办一种革命的教育”的创造主义精神。

中国第一个儿童自动旅行团，中国第一个流动电影放映队，中国第一所民众的抗战大学，中国第一次少年儿童代表大会，中国第一颗人造卫星瞄准具，中国第一部大型民族舞剧《宝莲灯》，轰动全国的经典样板戏《杜鹃山》，中国第一枚油画邮票，中国第一代反潜攻击型核潜艇的设计研制，中国首创的计算机音乐信息系统，中国首例计算机乐理教学软件，藏族文学史上第一部长篇儿童小说《清晨》，解放区第一份儿童报，苏北抗日根据地第一所幼儿园……无数的“第一”，无数的经典，在新旅团员手中创造。

新旅的优良作风和光荣传统推动着团员们在“民族解放的大学校”里不断前进、不断突破、不断提升，培养和塑造了他们强大的组织力和生活力，促使他们在革命的道路上勇攀高峰、一往无前。

新旅创造着非凡的历史，也创造着无数优秀的人才。

1992 年，新旅团员孙肖平在美国访问时。在乔治·华盛顿大学的报告会上，有人问他：“你在中国读的是哪一所大学？”

“我是新大毕业的！”他脱口而出。

他所说的“新大”，就是新旅这个社会大学校！

新旅的历练，让每一个团员收获了创造的真理：“处处是创造之地，天天是创造之时，人人是创造之人！”

孔子弟子三千，贤者七十二人。新安旅行团 17 年的历程中，先后加入新旅的团员有近 600 人，据不完全统计，在政治、军事、科技、文化、艺术等领域的杰出人才就有 200 多名。

王阑西，曾在苏北盐阜区担任党委宣传部部长，他与新旅长期相处，是新旅的老朋友。他在《新安旅行团的光辉历程》一文中，提到新旅的优秀人才，真是如数家珍：

> 十七年中，前后参加新旅的团员约六百人。在青少年儿童运动、组织领导方面的人才有：徐之光、张平、张杰、张牧、聂大朋、金毓堃、黄叔宽、韩枫、李洪生、刘海峻、姚富春、王庆汉……；在宣传教育方面，有全国闻名的教育家汪达之和纪宇、凌则之、曹维东、聂启坤、李楠、阮力、黄中一、徐玮……；在文学写作、新闻出版工作方面有：童常、范政、左林、任干、姚锡华、佐牧、羽扬、卫华、张渔、张迈、珊宝、谷斯涌、林铭纲、孙肖平、索非……；在戏剧艺术方面有：张拓、白晞、张早、孔方、陈强、晨钟、田川、郑洪、滕佩、车仪、陈大林、王树元、李静……；美术方面有：王德威、肖峰、彭彬、陈其、郭立范……；音乐方面有：张天虹、管荫深、陈伟、宗柏、张依、陈捷、刘亚、韦俊、肖炎、叶志强……；舞蹈方面有：岳荣烈、陈明、舒巧、张均、李仲林、李群、金涛……；科学技术方面有：范敏言、曾里、王山、李心行、郝杰、钱凌白、华棣、王建民、李晓林……

这些名单中，有的人倒在了走向胜利的征途中，为革命献出了年轻而宝贵的生命。

逝者已矣，生者如斯，新旅的优良作风长存永续。建国后，许多人在不同岗位上，为社会主义建设事业贡献着自己的智慧和力量，成为各条战线的中流砥柱。

在新安旅行团历史纪念馆，我们寻访到了部分精英的足迹：

左　林　原名左义华，1922 年 12 月生于湖南浏阳，6 岁时由父亲送到淮安新安小学读书。1933 年参加新安儿童旅行团，撰写的《义华日记》由上海书局正式出版。1935 年 10 月 10 日参加新旅，首批新旅团员，曾担任新旅团长。创办《华中少年》，担任社长、总编辑。历任团中央少年部部长，《中国少年报》社长、总编辑，《新体育》总编辑，人民体育出版社社长。

曹维东　1922 年生于江苏淮阴，1935 年 10 月 10 日参加新旅，首批新旅团员。原化工部橡胶工业设计院党委书记，轻工部生产司司长。2016年10月纪念红军长征胜利80周年大会上，作为红军代表受到习近平总书记的接见。

张　牧　原名张敬茂，1922年生于淮安，1935年10月10日参加新旅，首批新旅团员。曾任新旅团长。1938年在甘肃平凉秘密加入中国共产党，是新旅最早入党的三名党员之一。历任中央财贸政治部部长、国务院政工宣传组组长、中央国家工委宣传部部长。

张　早　原名张俊鑫，1922年生于淮安河下，1935年10月10日参加新旅，首批新旅团员。曾任新旅代理团长。历任山东省话剧团副团长，中央电影局艺术科科长，珠江电影制片公司演员剧团团长、制片主任、导演。

凌则之　原名程昌林，1919年3月生于江苏淮安，1935年10月10日参加新旅，首批新旅团员。原纺织工业部生产司、计划司副司长。中国石化仪征化纤有限责任公司筹建总指挥。

白　晞　原名杨永鑫，1916年生于江苏淮安。1929年成为新安小学第一届学生，1933年参加新安儿童旅行团，1935年10月10日参加新旅，首批新旅团员（后因病离开）。1938年在延安抗日军政大学学习，1939年加入中国共产党。建国后历任辽宁省青年戏曲实验剧院党委书记，辽宁电影制片厂厂长，辽宁省电影家协会主席。

范　政　原名李万万，1925年生于吉林省延吉县一个革命家庭，1937年3月参加新旅。建国后任中共长春市委委员、宣传部部长。著有儿童读物《列宁的故事》、中篇小说《夏红秋》、话剧《吉鸿昌》等。

王德威　1927年6月生于河北高阳，1938年参加新旅。新旅美术队队长，《儿童画报》《华中少年画报》主编。油画家，原浙江美术学院教授、副院长，中国美术家协会理事，代表作品有油画《英雄的姐妹们》《邱少云》等。

王　山　原名王德乾，1929年生于上海，1938年参加新旅。历任西安军工248厂设计所所长、军工218厂总工程师、光学仪器高级工程师、副厂长，是我国第一颗人造卫星瞄准具的设计者。

益希卓玛　女，藏族，1925年9月生于甘南藏区，1938年参加新旅。国家一级专业作家，1949 年任全国妇联《新中国妇女》杂志编辑。原甘肃省妇联常委。创作了藏族文学史上第一部长篇儿童小说《清晨》。

任　干　1923 年生于江苏镇江，1938 年参加新旅。原上海市电影局党委副书记、副局长，著有长篇小说《东南西北行》、中篇小说《寻觅》、散文集《永远前进》等。作品《金花子》曾被编入小学语文教科书。

方南君　1930 年生于湖南长沙，1938 年参加新旅。新旅音乐队队长，曾任新旅党支部副书记。建国后历任对外经济联络部宣传处长，机关党委副书记，驻叙利亚、斯里兰卡大使馆经济参赞等职。

张　拓　原名张均六，1924 年生于湖南长沙，1938 年 3 月参加新旅。曾任新旅团长、党支部书记。国家一级导演，我国新歌剧艺术的奠基人之一。原上海歌剧院副院长，上海戏剧学院教授。歌剧《红霞》《天门岛》导演，经典民族舞剧《小刀会》主创之一。

黄叔宽　1925 年生于湖南长沙，1938 年 10 月参加新旅。曾任新旅党支部书记，《儿童生活》《华中少年》编委。历任国务院原对外友协三部副部长、中非友协副秘书长，水电部秦岭电厂党委副书记，陕西省人民政府秘书长。

徐　光　原名徐恩赐，1926 年生于湖北黄冈，1938 年 10 月参加新旅。新旅美术队副队长。历任《中国少年报》编委兼美术总编辑、团中央《辅导员》杂志社美术总编辑。

聂大朋　原名聂志孔，1924 年生于河南省固始县，1939 年参加新旅。曾任新旅团长。原解放军总政治部管理局局长、政委，总政文化部副部长（正军级），1989 年创办儿童刊物《孩子天地》杂志并任杂志社社长。著有中篇小说《火线上的孩子》、童话《大槐树爷爷的故事》。

韩　枫　1925 年生于湖南长沙，1939 年 3 月参加新旅。曾任新旅苏北分团团长。历任盐阜区青联宣传部部长、华中青联常务委员、华东《新少年报》副总编辑、团中央少年部党支部书记等职。

陈　强　1927 年 11 月生于江苏苏州，1939 年 8 月参加新旅。原上海歌剧院副院长、党总支书记，国家一级画师，代表作品有《蝶恋牡丹》《蜻蜓图》《冬梅》，篆刻作品被《世界当代印坛大观》收录。

羽　扬　原名余允绍，1928 年 10 月生于安徽歙县，1940 年 3 月参加新旅。历任安徽省《文化周报》总编辑、《上海文化艺术报》副总编辑。著有小说《洋蜡烛》、文集《我的故乡我的亲人》、多幕话剧《党委书记》等。

彭　彬　1927 年 10 月生于江苏南通，1941 年参加新旅。国家一级画师，中国军事博物馆首席画家，中国第一枚油画邮票的作者，长期从事革命历史画的创作，代表作品有油画《雄关漫道真如铁，而今迈步从头越》《遵义会议》《巍巍长城一代风流》《你办事，我放心》。

陈　捷　女，1927 年生于上海，1942 年 8 月参加新旅。中国音乐家协会、中国戏剧家协会会员，曾任上海越剧院党支部副书记兼作曲。越剧《梁祝》《西厢记》《金山战鼓》曲作者，编辑出版《中国戏剧音乐集成 · 上海卷》《上海越剧志》等。

陈　其　原名曹怀杰，1927 年生于江苏盐城，1942 年 9 月参加新旅。著名油画家，原南京军区美术创作室主任，国家一级美术师。代表作品有《回岛》《决战》。

田　川　1926 年生于安徽六安，1942 年 12 月参加新旅。民族歌剧艺术家、剧作家，歌剧《小二黑结婚》《同心结》等作品多次获得中华人民共和国独立勋章、解放勋章、曹禺剧作奖等。曾担任总政歌舞团团长、中国歌剧研究会执行副主席。

舒　巧　原名苏翘，女，1933 年 4 月生于浙江慈溪，1944 年 3 月参加新旅。舞蹈家，原上海歌舞团副团长，香港演艺学院院士、香港舞蹈团艺术总监，全国文联委员，全国舞蹈家协会副主席，三次被授予"终身艺术成就奖"。经典作品有《小刀会》《刘胡兰》《闪闪的红星》《岳飞》《三毛》《画皮》《玉卿嫂》《黄土地》等，其中《小刀会》获中华民族二十世纪舞蹈经典评比"经典作品"之称。

肖　峰　1932 年 2 月生于江苏江都，1944 年参加新旅。油画家，原中国美术学院院长，中国美术家协会副主席，曾荣获法国"对人类科学艺术有特殊贡献"勋章。代表作品有油画《耀邦同志》《拂晓》《辞江南》《战斗在罗霄山上》《饮马扬子江》等。

姚锡华　1929 年 2 月生于上海，1944 年 3 月参加新旅。1958 年参与《红旗》杂志创刊。历任广东省高教党委书记、国防科委政治部秘书长、《光明日报》总编辑。

陶　影　原名陶明贤，女，1932 年生于上海，1945 年参加新旅。演员、导演。历任南京越剧团副团长、江苏省青年扬剧团团长、上海青年越剧团团长、上海昆剧团党支部书记。

李晓林　1930 年出生于山东广饶，1945 年 3 月参加新旅。历任国防部第七研究院研究室主任、国防科工委（总装备部）外事局局长，国务院、中央军委军品贸易办公室主任，中央军委驻俄罗斯军工技术合作代表团团长，被中央军委授予中国人民解放军独立功勋荣誉章，少将军衔。

索　菲　原名朱索非，女，1933 年生于广西桂林，1945 年 5 月参加新旅。历任江苏人民出版社副社长、副总编辑，江苏美术出版社总编辑，享受国务院特殊津贴。

肖　炎　1933 年生于江苏丹阳，1945 年 9 月参加新旅。历任上海歌舞团团长、上海歌剧院院长、上海市文化局副局长。

钱凌白　1932 年 12 月生于江苏无锡，1945 年 9 月参加新旅。原中国核潜艇研究室主任、核潜艇设计专家，我国第一代反潜攻击型核潜艇和第一代导弹核潜艇水下发射试验技术协调组组长，参与我国第一代核潜艇的研制。享受国务院特殊津贴。

宗　柏　原名宋忠柏，1933 年 6 月生于上海，1945 年 11 月参加新旅。原中央音乐学院大提琴教研室主任、管弦系党支部书记，中国大提琴学会常务理事。曾获得匈牙利政府颁发的李斯特奖章，两次荣获全国大提琴比赛第一名。著有《大提琴演奏艺术 300 年》等。

林铭纲　1930 年生于安徽定远，1945 年 11 月参加新旅。曾任新旅儿童部部长、团务干事、党支部宣传委员。建国后历任上海人民出版社《青年读物》编辑，编撰出版《风云五万里》《烽火五万里》《共和国先烈》《中华杰出少年》等。

陈大林　女，1932 年生于上海，1946 年参加新旅。历任上海歌剧院歌剧团团长兼导演、河北梆子剧团团长兼导演、中央歌剧院副院长。执导、主演《王大娘赶集》《王贵与李香香》《刘海砍樵》《秋江》等歌剧。

陈聆群 1933年生于江苏吴江，1946年3月参加新旅。原上海音乐学院教授、博士生导师，著有《中国民主革命时期音乐简史（1840—1949）》《中国音乐简史》等。

李仲林 1933年生于江苏邳县，1946年3月参加新旅。原上海歌剧院舞剧院副院长，著名舞蹈艺术家、舞剧编导家，新中国第一部大型民族舞剧《宝莲灯》编导，大型音乐舞蹈史诗《东方红》执行导演，革命现代京剧《龙江颂》总导演，中国民族舞剧的奠基人之一，曾获“有特殊贡献舞蹈艺术家奖”。多次受到毛泽东主席接见，1973年元旦毛主席观看李仲林主演的舞剧《小刀会》后大加赞赏，并赠送亲笔签名照片。

姚富春 1931年12月生于江苏盱眙，1946年10月参加新旅。历任总参直属广州军事体育学院副院长、院党委常委，总参谋部纪委委员，少将军衔。

孙肖平 原名孙清月，1930年生于河北巨鹿，1947年参加新旅。国家一级作家，著有散文集《漫游美利坚》《红缎带》、纪实文学《绿色冲击》《新安师魂》等。

李　静 原名胜利，女，1937年生于江苏邳县，1948年参加新旅。历任解放军总参政治部宣传部副部长、解放军总参文化部部长。

谷斯涌 1934年生于浙江上虞，1948年参加新旅。儿童文学作家，著有故事集《第十四生产队》、人物传记《革命老爷爷徐特立》、散文集《从东半球到西半球》等。

王树元 1931年生于山东章丘，1949年1月参加新旅。上海歌剧院著名演员、剧作家，代表作有经典歌剧《杜鹃山》《未完成的画像》《小巷深深》《大野芳菲》《雁飞飞》等。

管荫深 1927年11月生于江苏丹徒，1949年5月调入新旅。著名音乐家，创作歌剧《王贵与李香香》、舞剧《白毛女》、独幕剧《银山下》等，创作的《剑舞》荣获第六届世界青年联欢节东方古典舞比赛铜质奖章。

宗　弼 1926年生于江苏苏州，1950年1月调入新旅。建国后任教于上海音乐学院，1983 年与上海交通大学合作研制出国内首创的计算机音乐信息系统，1987 年研制出国内首例计算机乐理教学软件。

郑　韵　女，1934 年生于北京，1951 年 3 月参加新旅。中国舞蹈家协会会员，上海舞蹈家协会理事，国家一级演员，民族舞剧《小刀会》《东方红》主角。创作舞剧《华山圣母》、舞蹈《美好的祝福》、五人舞《掌上舞》等。

…………

莫道桑榆晚，为霞尚满天。

多年以后，当年的热血少年已是白发皓首的垂暮老者，他们依然高举新旅优良作风的大旗，继续走在传播新旅光荣传统的大路上。

1995 年 1 月 21 日，新旅老团员陈伟、宗弼等人发起创办的新旅艺术团成立了。

艺术团的宗旨就是弘扬新旅赤诚的爱国主义精神，继承“民族小号手，革命文艺兵”的光荣传统，以“捧着一颗心来，不带半根草去”的奉献精神，把优秀的歌舞节目献给观众，尤其是广大的青少年，为促进社会主义物质文明和精神文明建设做出应有的贡献。

上海又响起了新旅团员的歌声。

纪念抗日战争胜利 50 周年，他们排演了抗日街头剧《放下你的鞭子》，演唱了《松花江上》等救亡歌曲；纪念周恩来总理百年诞辰，他们演出了歌颂周总理热爱人民的小歌剧《化宏图》，合唱了《你是这样的人》；庆祝香港回归，他们创作赶排了《香港也是妈妈的孩子》等节目；国庆 50 周年，他们赶排了一台歌舞节目《欢歌奔向新世纪》；纪念抗美援朝战争胜利 50 周年，他们创作演出了歌舞节目《鸭绿江上》……

老骥伏枥，志在千里。新旅没有昏聩的老人，只有永远进取的战士。新旅团员的脚步永不停歇，他们要把自己爱国、救国、建国、兴国的赤诚之心和献身精神告诉千千万万的后继来者。

新旅，永远在路上。

薪火相传

新安小学是新旅的诞生地，是新旅的母校。

诗人赵恺曾经这样写道：“新安小学超越学校本意，具有象征品味。它象征民族气节，象征人类品质。新安小学是世界历史的旷世之作，惊世之作。”

因为新安小学创造了新旅。

当年河下镇莲花街萧湖边上的新安小学旧址，早已毁于战火。新安小学从萧湖之畔迁到了月湖之滨，依然西傍运河。

旧址的北侧，广济桥还在，碧水环抱中，汪达之先生的墓冢静静地安卧其间。汪达之先生的两个儿子汪如一、汪心一根据父亲“死后骨灰要放到淮安”的遗愿，将父亲安葬在念兹在兹的这片土地。

墓碑正面镌刻着金色大字——人民教育家汪达之同志之墓，背面刻有新旅左林、张牧两位团长撰写的碑文。

“汪爸爸”走了，他留给新旅团员的是永远的思念和伟岸的背影。

从他的身上，学到了“捧着一颗心来，不带半根草去”的奉献精神，学到了“不达目的，决不罢休”的铁汉精神，学到了“我虽是在牺牲，其实是在创造”的创新精神。

1985年，新旅成立50周年，江苏省委在淮安隆重举行新安旅行团建团50周年纪念大会，200多名团员齐聚月湖之滨的新安小学。

会上，张牧代表全体团员发言。当他声泪俱下、撕心裂肺地喊出：“汪爸爸，我们回家了，你在哪里啊?”

台上台下顿时一片哭声。

他索性停止发言，呼吁大家齐声高呼“汪爸爸”“汪爸爸”“汪爸爸”……

全场泣不成声。

这些六七十岁的老人，像孩子一样地哭着。这感人的场景，永远印在新安小学师生的脑海里。

新旅成立50周年之时，江苏省委、上海市文联、团中央分别在淮安、上海、北京举行新安旅行团建团50周年纪念大会、座谈会、联欢会，在新安小学原有新安旅行团历史展览室的基础上，兴建了新安旅行团历史陈列馆。国家名誉主席宋庆龄亲笔题词：“新安旅行团曾经旅行全国，宣传民众，组织儿童，为抗日战争和争取民主中国的胜利作出一定的贡献。它的革命精神以历史展览的形式展出，愿青少年学习这种精神，使它世代相传。”

当年年底，江苏省教育厅发出《关于在中小学中开展学习“新旅精神”活动的通知》，要求全省各中小学把学习“新旅精神”作为进行理想教育和爱国主义教育的一个重要内容。

新旅成立60周年之时，全国少工委和省市领导、新旅老团员在新安小学隆重举行“新旅精神代代传”火炬接力仪式。

新旅成立70周年之时，在新安小学隆重举行新安旅行团建团70周年纪念大会，新安旅行团历史纪念馆正式落成对外开放。

新旅成立80周年之时，启动“重走新旅抗战路”大型新闻采访活动，足迹遍及全国十余个省市。

走进新安小学，新安旅行团历史纪念馆门前的广场上矗立着两座雕像：一座是由张爱萍将军亲笔题名的“一群小好汉”的群雕，一座是“周恩来和新旅团员”的群雕。两座群雕相互辉映、相得益彰，前来纪念馆参观的人，无不在此驻足停留，凝望深思。静立于此，每个人仿佛又走进了那段烽火与激情燃烧的岁月。

走进新安小学，“行知楼”“达之楼”“铭勋楼”“新旅苑”……这些带着新旅文化符号的楼宇，让人不经意间走进新旅历史的时光隧道。

走进新安小学，“小好汉剧场”“大朋创作室”“舒巧舞蹈房”“肖峰美术室”“王山实验室”……这些以新旅团员命名的场所，让你更近距离地了解新旅团员成长成才的故事。

走进新安小学，“生活即教育，社会即学校”“行是知之始，知是行之成”“捧着一颗心来，不带半根草去”“千教万教教人求真，千学万学学做真人”……步步皆景的新旅墙壁文化，让你时时浸润在真理的熏陶中。

作为新旅母校的新安小学，一直走在薪火相传的路上。

走进新安小学，你就走进了新旅的精神世界。新旅的红色资源，是新安小学取之不竭的精神富矿。

多年来，他们借助得天独厚的新旅红色教育资源，与时俱进地开展“学新旅”主题教育活动，着力打造“学新旅”实境课堂、体验课堂、实践课堂。

打造“学新旅”实境课堂。充分挖掘新旅光辉事迹，从场馆建设、布展提升、史料征集、内涵挖掘、团队训练、对外宣传等方面，聚力打造全国爱国主义教育示范基地——新安旅行团历史纪念馆，有计划地组织各年级学生走进新旅历史纪念馆参观研学、互动体验，在实境课堂中感受新旅团员“人小志气大，爱国走天下”的革命情怀。

打造“学新旅”体验课堂。突出学生主体地位，排演新旅音乐情景剧，开展新旅故事宣讲、新旅歌曲传唱、新旅文化进课堂活动，举办“红色印记”新旅文化节等，将新旅红色文化融入学生的校园生活，嵌入学校的课程建设，渗入学生的成长血脉，让学生在新旅红色文化的体验、感染、熏陶中实现红色教育资源与学生成长过程的深度融合。

打造“学新旅”实践课堂。践行“生活教育”理念，开展形式多样的社会实践调查、“红领巾寻访”和文明志愿者行动。在社会实践调查中，组织学生深入农村、社区、景区、企业，在实地调查中感受家乡新变化，感悟美好中国梦；在“红领巾寻访”中，组织学生寻访新旅活动旧迹、寻访新旅老团员、寻访身边好人、寻访消防英雄、寻访学校旧址、寻访淮安水上立交；在文明志愿者行动中，组织学生走上街头、走向社区、走进敬老院，开展文明城市创建宣传。

通过打造“学新旅”“三个课堂”，以课程化方式整合新旅红色资源，将参观、歌唱、宣讲、表演、实践研学等学生喜闻乐见的形式有机融合，形成“观、唱、讲、演、研”体验式红色教育融合路径，充分彰显融入式、嵌入式、渗入式的立德树人协同效应，增强红色文化育人的亲和力、说服力、感染力。

新时代，当有新作为。创造，是新旅品质的灵魂。新安小学从没有停止对“学新旅”深度和广度的探索。

他们在打造“三个课堂”的基础上，逐步构建起“敢为小先生、能做小主人、争当小好汉”的“三小”育人体系。

进入新安小学，你就要敢为小先生。

他们借鉴当年新旅的做法，赋予“小先生制”新的内涵，制定小先生培养目标、基本要求、基本范式和评价办法，开展小先生考级、金牌小先生 PK 赛、优秀小先生风采展示等活动，鼓励更多的学生做敢为、善教、乐议的小先生，真正还原学生的课堂主体地位，让课堂变为学堂。

由此，江苏省基础教育教学改革前瞻性项目——“伙伴学习共同体”在新安小学诞生。

“伙伴学习共同体”，即以小先生为核心，将兴趣爱好相同、性格脾气相近的孩子结为伙伴，建立生生伙伴关系。新安小学构建了伙伴学习共同体“四步八环”闭环学习范式，在互教互学、互帮互助、互探互究、互评互议中共建伙伴学习的新型学习观，推动学习方式的转型变革。

进入新安小学，你就要能做小主人。

他们按照“人人都有小岗位，人人都是小主人”的自主管理模式，成立了卫生监督哨、绿化小卫士、红领巾纠察队、红领巾广播站、小主人服务队、小主人书屋等岗位，放手让学生参与学校、班级管理，让学生自己组织活动，实现自我管理，增强责任、自律、管理和创新意识。

成立了红领巾小记者团、小主人讲解团、芦芽文学社团、创客社团等，每个学生至少参加一个社团活动，让学生在活动中陶冶情操、启迪心智、培养特长、发展个性，为提升学生综合素养提供广阔的发展空间。

开发了“文明”“智慧”“健康”“快乐”“勤劳”五大系列 300 个小主人微课程，分别对应德、智、体、美、劳五个方面，定期开展小主人课程教学研讨活动，努力将小主人课程实施与星级学生评比、星级班级评比、家庭教育、学生习惯养成相结合。

进入新安小学，你就要争当小好汉。

他们确立了“会阅读、善思考、能自主、有担当”的新时代小好汉成长目标，制定了科学合理的评价标准，建立了“新旅班”“新旅中队”“小达人”“五星少年”“新旅好后代”等一系列荣誉激励机制，实施了星级积分、成长手册、伙伴学习手册、跟踪式评价、“互联网+”等多维度的评价策略，让学生在成长过程中拾级而上，不断追求进步，促进小好汉成长目标的达成。

“三小”育人体系的构建，将“学新旅”活动融入学生成长全过程，让学生在小先生课堂中学会自主学习、协同学习，在小主人课程中学会自我管理、自主发展，在小好汉成长评价体系中学会自我激励、自我反思，在全过程、全要素育人中培养自主自立的新时代小好汉。

世界是一个圆，每一个孩子都是圆心，只要他坚持，世界就围绕他转。

在新安小学，多少代人，前赴后继，坚持做一个事情——学新旅。

雨果说过：“花的事业是尊贵的，果实的事业是甜美的，让我们做叶的事业吧，因为叶的事业是平凡而谦逊的。”

昂首传薪火，俯身作人梯。新安小学的老师们，自觉以陶行知先生、汪达之先生为榜样，践行着“捧着一颗心来，不带半根草去”的教育理想，引领孩子们走在“红色文化、绿色成长、金色童年”的成长道路上。

新安小学的老师们，就像当年的“汪爸爸”一样，把全部的心血都投入到孩子们的身上，在素质教育的试验田里奋力跋涉着。

“我骄傲，我是新安小学的学生；我骄傲，我是新旅优良作风的传承人。”新安小学校园走出的每一名学生，都有着一种油然而生的自豪感。

在淮安，提到新安小学，人们自然就会将这所学校贴上“素质教育”的标签，就像当年人们将新旅贴上“生活教育”的标签一样。

在全省乃至全国的各类才艺比赛中，新安小学的孩子们屡获大奖；

在同龄的孩子中，新安小学的孩子们“手脑并用”的能力总是卓尔不群。

新安小学的老师们是孩子们的引路人，新旅团员们更是孩子们的指路明灯。

新安小学的孩子们“追星”，追的都是当年“人小志气大，爱国走天下”的新旅团员们，新旅团员是他们心中永远的英雄偶像。新旅就像一盏不灭的圣灯，照亮着新安小学孩子们成长的道路。

“我与新旅爷爷奶奶比童年”“给新旅爷爷奶奶写封信”等活动中，孩子们通过书信走近心中的英雄和偶像们。新安小学保存着许多封老团员的回信，这样的互动交流弥足珍贵。

当年的“小秀才”沙俊岐同学向新旅团员、作家编辑谷斯涌写信，请教阅读与写作的问题。谷爷爷在回信中写道：

沙俊岐同学：

你好！来信收悉。

“家书忽在眼，一纸直千金”，收到来信极为高兴，我亦有许多话想对你们说。时光流逝，白驹过隙，我现在也已变成耄耋老人，时至今日，参加新安旅行团的场景还依然历历在目。

能成为“新旅人”，是一件幸福、幸运的事。我人生的起点和转折是从加入新旅那一刻开始的，也是在那时，写作在我心中扎下了深深的种子，为我打开了通往文学世界的大门。勇于担当、敢于实践、不怕困难、自强自立的新旅传统，至今深深影响着我。

关于信中涉及的阅读与写作，我想与你分享一下自己的切身感受。首先，阅读对我来说已经成为一种习惯，“一日不读，便觉思涩”，不知你是否有这种感觉？另一方面，对于好书、经典书目要经常读、反复读，正所谓“书读百遍，其义自见”，时间久了、读得多了，自然就会明白其中的道理。其次，关于写作，不应脱离实践、脱离群众，“读万卷书不如行万里路”说的就是这个道理，要学会善于观察、勤于思考、勇于实践。记日记，我觉得就是一个不错的方法，迄今为止，我依然坚持写日记的习惯，于我而言真是受益良多。以上探讨，不知能否为你解惑二三？

"宝剑锋从磨砺出，梅花香自苦寒来"，人生漫漫路，希望你能像新旅前辈们一样，不畏艰险、砥砺奋进，为祖国贡献自己的力量，将新旅作风传承光大！

当年的"科学迷"余果同学经常在小发明、小创造竞赛中获奖，他鼓起勇气给新旅团员、核潜艇专家钱凌白写信，钱爷爷真的给这位"小友"回信了：

余果小友：

你好！来信已收到，由于这段时间较忙，迟至今日才与你回信，实感抱歉。

收到你的信件，我很高兴，为母校能培养出你们这样朝气蓬勃、具有远大抱负的新旅好后代而感到骄傲，看到你们就好像看到了祖国的未来，看到了中华民族伟大复兴提前到来振奋人心的时刻。

时至今日，我依然感恩在新安旅行团那段美好难忘的时光，是那段岁月磨炼了我，使我快速成长，坚定了自己的人生方向，励志为民族解放事业而不懈奋斗。在信中，你讲到特别喜欢学校开展的"科技节"，特别热爱科技制作，自己最大的梦想是成为一名科学家，并且已经尝试着做了许多小发明。听到这些，我真心为你感到高兴，我相信，你也一定可以成为一名出色的科学家！

一直以来，新安旅行团有着许多优良传统，在那个物质条件极度匮乏、兵荒马乱的年代，好多事情都是我们自己去创造，自己去实践。我想，追求真理、追求科学更应该如此。希望你能一如既往地保持对科学的热爱，好好学习，长大后与我一起投身祖国的科研事业，精忠报国，将来做一名对国家、对社会、对人民有用的栋梁之材！

当年的“小书法家”王梓萌同学酷爱书法艺术，她向新旅团员、中国美术学院院长肖峰请教“学习艺术的本质是什么”。一个月后，她收到了肖峰爷爷的亲笔回信：

王梓萌小朋友：

你好！你的来信我已收到。真为你感到骄傲，首先祝贺你在江苏省第十三届中小学书法比赛中荣获一等奖的好成绩，希望你继续努力，在艺术的道路上乘风破浪，取得更高的成就！

你在信中说，新安旅行团的光荣历程一直激励着你前进，新旅前辈身上自强不息、不畏困难的精神品质，永远是你学习的榜样。你能有这么深刻的理解，我很高兴。希望你能牢记新旅那段艰难困苦的岁月，珍惜现在来之不易的美好幸福生活，爱党、爱国、爱校，向身边英雄楷模学习，用实际行动把新旅传统继承下去。

你在信中问到“学习艺术的本质是什么?”，这个问题也是我从艺几十年来一直思索的。首先，我觉得艺术学习要建立在兴趣的基础上，这一点你肯定毋庸置疑。其次，我认为学习艺术最终要能为国家服务、为社会服务、为人民服务，我想这才是学习艺术的本质。人活着总要做一些对国家、对民族、对家庭有意义的事，你觉得呢?

不知我的回答能不能为你廓清一丝困惑。最后，祝你学业有成，愿你像松柏一样坚定，像杨柳一样柔韧，像花朵一样绽放，很高兴与你交谈，期待与你见面！

这是超越时空的对话，这是革命前辈与后继来者的对话，这是新旅红色基因代代相传的对话。

从某种意义上来看，有时候，偶像的一封信，也许会改变孩子的一生。

随着时间的流逝，新旅团员有的已经离开了我们，有的已是耄耋之年的老人，身体原因，实在无法回信了。但是“我与新旅爷爷奶奶比童年”“给新旅爷爷奶奶写封信”这样的活动仍在延续，鼓励孩子们把成长中的酸甜苦辣告诉先辈们，只不过让孩子们只写不寄，然后在团队会上宣读交流。

新安党支部副书记周永飞动情地告诉我：“这样做的目的，就是让新旅红色基因代代相传，让远去的新旅团员们永远活在孩子们的心中!”

习爷爷回信啦

2021年，注定是不平凡的一年。

这一年，我们迎来了中国共产党成立100周年。

这一年，全国上下一场深入人心的党史学习教育拉开帷幕。

这一年，周恩来家乡淮安启动了以“追寻新旅足迹，为中华之崛起而读书”为主题的青少年党史学习教育“十百千万”行动。本次行动中，广大青少年走进10个爱国主义教育基地，拍摄制作近300节党史微课，新培养1000余名学生宣讲员，组织10000余名青少年深入社区、工厂、农村开展社会实践调查，真切感受了伟大祖国翻天覆地的变化，深刻体悟了幸福生活之来之不易。

这一年，新安小学“小好汉宣讲团”的孩子们，再次走进新安旅行团历史纪念馆。

在馆里，孩子们又看到了那张熟悉的照片，那是一张毛主席给新旅来信的照片。一个大胆的想法，在宣讲团的一个孩子心中萌发。

她叫杨路然，新安小学五（8）中队的中队长。

“当年，新安旅行团的团员向毛主席汇报学习生活情况，我们能不能给习近平爷爷写封信，汇报我们少先队员学党史、学新旅的心得呢?”

这样的突发奇想，竟得到了中队所有少先队员的一致赞同。这个想法也得到了辅导员的支持。那一天，中队开会讨论了这件事，大家推选杨路然作为执笔人。

经过反复地讨论修改，一封从淮安寄给中南海的信，就此出炉。

信中，孩子们告诉习爷爷，新安小学是新安旅行团的母校，新安旅行团历史纪念馆就坐落在他们的校园里。每年开学第一课，高年级同学总会带领低年级弟弟妹妹们参观纪念馆，给他们讲“人小志气大，爱国走天下”的“新旅”故事，教他们唱“新旅”歌曲，让他们知道新安旅行团是在党的关心和领导下成长起来的。

孩子们向习爷爷汇报了他们在党史学习教育中的收获。他们参加了区里举行的“追寻新旅足迹，为中华之崛起而读书”青少年主题教育启动仪式，“别笑我们年纪小，我们要把中国来改造”的新旅团歌响彻校园。他们在辅导员的指导下，举行了“学新旅”主题中队会，排演了《一群小好汉》情景剧，寻访了新旅老团员。还学着新旅爷爷奶奶当年的样子，走出校门，开展社会调查，在农村脚踩泥土，听农民伯伯讲小麦的生长；在社区做志愿者，为扫地阿姨送水；到高铁站了解高铁的速度……

信中，孩子们还向习爷爷表达了决心：一定谨记习爷爷的教诲，传承红色基因，刻苦学习，坚定信念，磨练意志，锻炼身体，努力成长为新时代的好少年、革命的接班人。

“习爷爷回信了！”

“习爷爷回信了！”

5月30日，新安小学校园沸腾了，全国的少年儿童沸腾了。

六一前夕，翘首以盼的新安小学五（8）中队的孩子们，终于收到了习近平爷爷的回信。全国的少年儿童也收到了习爷爷节日的问候。

淮安市新安小学五（8）中队的少先队员们：

你们好！收到你们的来信很高兴。你们学校是“新安旅行团”的母校，你们在信中表达了对学校红色历史的自豪之情，也说到了你们学习党史的收获。

当年，在党的关怀和领导下，“新安旅行团”不怕艰苦，足迹遍及大半个中国，以文艺为武器，唤起民众抗日救亡，宣传党的主张，展现了爱国奋进的精神风貌。希望你们结合自身成长实际学好党史，以英雄模范人物为榜样，从小坚定听党话、跟党走的决心，刻苦学习，树立理想，砥砺品格，增长本领，努力实现德智体美劳全面发展。

“六一”国际儿童节就要到了，我祝你们、祝全国小朋友们节日快乐！

习近平

2021年5月30日

中队会上，杨路然激动地读着习爷爷的来信，兴奋之情无以言表。

“习爷爷工作那么繁忙，还能亲自给我们回信，这是领袖对我们少年儿童健康成长的无限关爱呀！这份珍贵特殊的‘六一’礼物，我将永远珍藏，铭记在心，好好学习，努力成为一名国家有用之才。”

“当年，毛泽东主席给新旅团员回信，今天，习近平总书记给新旅后代回信。‘六一’前夕，这是孩子们收到的最为珍贵的礼物。这封信，将成为孩子们终生难忘的永恒记忆，将成为新安小学最为宝贵的精神财富。”

那一天，新安小学校长张大冬激动地流下了热泪，这是他从事教育事业以来，最为幸福的一天。

那一天，新安小学的师生们彻夜难眠，新安小学和新安旅行团一起上了热搜。

那一天，淮安大地的父老乡亲万众欢腾，人们奔走相告，人们欢欣鼓舞，大街小巷都重复着一个话题：“回信了！回信了！”

新安小学少先队员收到回信的第二天，2021年5月31日晚上，一场相隔了78年的记忆，瞬间复苏了。

淮安清江浦区英伦玫瑰园小区88岁的孙敏老人，中风后留下了后遗症，行动与思维都受到了严重影响。当她听到央视《新闻联播》中播出习近平总书记给新安小学的回信中“新安旅行团”的名字时，她情不自禁地颤巍巍地站了起来，连呼几声：“我找到了！我找到了！我就是新旅团员啊！”

当新安旅行团历史纪念馆馆长顾学让带着师生上门拜访老人时，她记忆的闸门竟一下子打开，回到了78年前的那个冬天：

1943年冬，老乡、新旅团员陈一萍把她领进了新旅，那年她只有

10 岁。当时的衣服是统一的“列宁装”棉袄棉裤。提起印象最深的人，她一一想起：韩枫，是她的老师，很有学问；刘海峻，人长得帅，皮肤白；陈伟，机灵漂亮，多才多艺，讨人喜欢；崔士臣，盐城老乡；还有一位，只记得团员们喊他绰号“大罗克”……不久，她离开新旅被送去部队学习医护工作，因通讯落后，就与团体失去了联络。新旅成了她革命人生光辉的起点。

“孙奶奶，您还记得在新旅时唱的歌吗？”一个学生问她。

奇迹发生了。老人立即挺直身板，放开喉咙高唱起来：“同学们，别忘了，我们的口号：生活即教育，社会即学校……”一边唱一边打拍子，歌词完整，节奏准确，动作到位。受老人的感染，在场师生与老人齐唱《新安旅行团团歌》，歌声在老人家中久久回荡。

后来，老人在家人的陪伴下，坐着轮椅回了一次新旅的母校新安小学。不久，老人溘然长逝。新旅的记忆，是刻在老人骨子里的挚爱，也许她带着这份爱，无所遗憾地走了。

一封信，让无数人想起了一段辉煌的历史。

一封信，让无数人记住了一个名字——新安旅行团。

一封信，让古楚大地春潮涌动，劲风激荡。

在淮安，“四大工程”全面推开。

全国青少年思政教育实践基地创建工程、新安旅行团历史纪念馆等场馆建设工程、新安小学周边全域环境整治提升工程、教育教学质量提升工程如火如荼地实施推进。

在淮安，“四大活动”全面开花。

2021 年 6 月 26 日，为践行陶行知先生“千教万教教人求真，千学万学学做真人”的教育理念，淮安开展“千教千学、与真同行——培养红色后代、永固红色江山”集中宣誓活动。组织 10 万名老师、学生、家长分别开展以“为党育人、为国育才”“立志成长成才、争做新时代小好汉”“科学育儿、助力成长”为主题的集中宣誓活动。

2021 年 7 月 12 日至 21 日，新安小学开展“小好汉重走新旅路”红色寻访活动，16 名“小好汉”代表途经江苏镇江、南京，安徽黟县、歙县等地，寻访新旅活动旧迹、陶行知纪念馆，探访新旅老团员，与陶行知、汪达之家乡学校开展结对共建，在沿途各地产生良好反响，广受社会好评。同时，在全国范围内开展“重走五万里、红色新安路”大型融媒体党史学习打卡活动，吸引了上海、南京、香港、西柏坡、济南等地近千万人参加。

2021 年 9 月 1 日，以“学新旅传统、做红色传人”为主题，新旅红色传统登上全国、全省中小学秋季“开学第一课”，在全国广大师生中掀起“学重要回信、践新旅传统”的热潮。

2021 年金秋时节，为把周恩来家乡建设得更加美好，淮安开展“学回信 · 践嘱托 · 比贡献 · 争前列——我们都是收信人”主题实践活动，传承红色基因，凝聚奋进力量，各条战线掀起比学赶超的新热潮。

2022 年的新安小学，再次大放异彩。

56 个民族的 56 名少先队员走进新安小学，开展“回信精神记心间 · 牵手共筑中国梦”主题队日活动、“回信记心间，永远跟党走”红色故事大宣讲活动、“请党放心，强国有我”青少年特色项目展演活动、“回信记心间，奋进新时代”短视频“我问你答”点赞活动、新旅题材优秀作品全国推介活动……“学新旅”活动精彩纷呈，好戏连台。

随着全国青少年思政教育核心基地项目的全面推进，随着新安小学及其周边区域的“绿化、美化、亮化、文化”，随着新安旅行团历史纪念馆全面改造升级，随着雕塑广场及景观绿化等配套工程的陆续竣工，市井繁华、风光旖旎的大运河百里画廊必将增添新的文化坐标，新安小学必将成为全国青少年“学新旅”的精神高地。

前不久，南京大学博士生导师、教授丁帆先生告诉我，新旅团员晨钟是他的岳父，已是 96 岁高龄，身体原因，已经不能接受采访了。丁帆教授特意从岳父处寄来部分新旅资料。丁教授告诉我，当岳父得知母校新安小学正在发生翻天覆地的变化时，老人连连称好：“好！好！新旅后继有人啊！自古英雄出少年啊！”

那个春光烂漫的清晨，我踏着清辉，沐着清风，再次走进了新安小学。

千年运河、醉美月湖，踞守校园两侧，一河一湖之间承载着太多的记忆。

风光旖旎的月湖，静静地环偎着全国爱国主义教育示范基地——新安旅行团历史纪念馆，纪念馆上下三层正在紧张地布展。此刻，从“小好汉剧场”外的天井里，传来一阵孩子们的琅琅读书声，他们正在排练诵读梁启超的《少年中国说》。

阳光从天空倾泻而下，朗照在每一个孩子稚纯的脸上。

有人说，世上有两种光芒是耀眼的，一种是太阳的光芒，一种是你努力的模样。

这样的时刻，这样的地方，这样的阳光，这样的一群孩子，在一刹那间，在历史和现实之间，在新旅传统和新旅传人之间，我顿时找到了最好的焊点。你听——

> 故今日之责任，不在他人，而全在我少年。少年智则国智，少年富则国富，少年强则国强，少年独立则国独立，少年自由则国自由，少年进步则国进步，少年胜于欧洲则国胜于欧洲，少年雄于地球则国雄于地球。红日初升，其道大光；河出伏流，一泻汪洋。潜龙腾渊，鳞爪飞扬；乳虎啸谷，百兽震惶。鹰隼试翼，风尘吸张；奇花初胎，矞矞皇皇。干将发硎，有作其芒。天戴其苍，地履其黄。纵有千古，横有八荒。前途似海，来日方长。美哉我少年中国，与天不老！壮哉我中国少年，与国无疆！

新安，新安，新中国的少年！

美哉，我少年新旅，与天不老！

壮哉，我新旅少年，与国无疆！

参考文献

[1] 左义华. 义华的日记 民国儿童读物 [M]. 上海：儿童书局，1932.

[2] 孙铭勋. 古庙活菩萨 [M]. 上海：儿童书局，1934.

[3] 汪达之. 生活的书 [M]. 上海：儿童书局，1934.

[4] 新安小学儿童旅行团. 我们的旅行记 [M]. 上海：儿童书局，1935.

[5] 新旅团员. 新旅战时生活写真 [M]. [出版地不详]：江南出版生产合作社，1941.

[6] 聂志孔. 火线上的孩子们 [M]. 桂林：文化供应社，1941.

[7] 童常. 在内蒙古的草地上 [M]. 桂林：文化供应社，1941.

[8] 哈华. 新安旅行团 [M]. 上海：新文艺出版社，1950.

[9] 谢觉哉. 谢觉哉日记 [M]. 北京：人民出版社，1984.

[10] 新安旅行团简史 [Z]. 新安旅行团团员，新安旅行团历史陈列馆，1985.

[11] 中国青年出版社. 红旗飘飘（29 集）：纪念新安旅行团成立五十周年专辑 [M]. 北京：中国青年出版社，1985.

[12] 足迹五万里：新安旅行团建团五十周年回忆录（上、下）[Z]. 江苏省纪念新安旅行团建团五十周年筹备办公室，1985.

[13] 聂大朋. 新安旅行团的故事 [M]. 北京：中国展望出版社，1986.

[14] 孔祥沛，陈建山，徐勤政，等. 新安旅行团的故事 [M]. 北京：北京师范大学出版社，1987.

[15] 上海市新四军历史研究会，淮安市新安旅行团历史陈列馆. 风云五万里：新安旅行团画册 [M]. 上海：上海人民美术出版社，1989.

[16] 中国革命博物馆. 民族小号手：新安旅行团史料选 [M]. 北京：

春秋出版社，1989.
[17] 陈明，陈强，林铭纲. 烽火五万里：回忆新安旅行团［M］. 北京：中国城市经济社会出版社，1989.
[18] 淮安市新安小学，新安旅行团历史陈列馆. 新安旅行团［M］. 南京：南京出版社，1991.
[19] 陶行知. 陶行知全集［M］. 成都：四川教育出版社，1991.
[20] 王德芬. 我与萧军［M］. 南宁：广西教育出版社，1992.
[21] 朱泽. 新四军的艺术摇篮：华中鲁艺生活纪实［M］. 南京：江苏文艺出版社，1992.
[22] 中国革命博物馆. 民族解放的小号手：新安旅行团历史图册［M］. 北京：中共党史出版社，1992.
[23] 淮安市新安小学. 我在新安旅行团［M］. 南京：南京出版社，1992.
[24] 崔达. 新安旅行团在桂林［M］. 桂林：漓江出版社，1995.
[25] 张牧. 忆新安旅行团［Z］. 中共中央国家机关工委宣传部，1995.
[26] 左林. 闪光的青春：左林文集［M］. 北京：人民体育出版社，1998.
[27] 崔士臣. 新安旅行团在苏北［M］. 南昌：二十一世纪出版社，1998.
[28] 沈文成，耿新. 深切的怀念：忆范政［Z］. 中共长春市委宣传部，中共长春市委党史研究室，1999.
[29] 吕星斗. 烽火奇旅［M］. 北京：中国文联出版社，2000.
[30] 新安旅行团歌曲集［Z］. 上海市新四军历史研究会，新安旅行团委员会，2001.
[31] 周洪宇. 新安旅行团在武汉［J］. 武汉文史资料，2001（5）：19-25.
[32] 郭加复. 岁月如歌：新四军暨华中抗日根据地文艺团体［Z］. 上海：上海市新四军历史丛刊社，2002.
[33] 刘友开. 汪达之教育文集［M］. 北京：中国文联出版社，2003.
[34] 淮安市新安小学. 萧湖之畔的丰碑：纪念汪达之同志诞辰 100 周

年［M］. 南京：河海大学出版社，2003.
［35］王德芬. 我和萧军五十年［M］. 北京：中国工人出版社，2004.
［36］江苏省淮安市新安小学，新安旅行团历史纪念馆. “小好汉”永远年轻：新安旅行团团员风采录［M］. 南京：江苏少年儿童出版社，2005.
［37］刘海峻，崔士臣. 苏北少年儿童抗日运动［M］. 香港：天马出版有限公司，2005.
［38］孙丹年. 陶门弟子教育家孙铭勋［M］. 贵阳：贵州教育出版社，2007.
［39］江苏省陶行知研究会，南京晓庄师范学校. 陶行知文集［M］. 修订本. 南京：江苏凤凰教育出版社，2008.
［40］孙肖平. 新安师魂：汪达之和他的弟子们［M］. 北京：现代出版社，2014.
［41］李燕. 国难背景下的修学旅行：新安旅行团研究（1935—1945）［D］. 南昌：江西师范大学，2014.
［42］纪念新安旅行团建团八十周年（1935—2015）［Z］. 淮安市新安小学，新安旅行团历史纪念馆，2015.
［43］刘友开. 一群小好汉群英谱［M］. 北京：团结出版社，2015.
［44］周志平. 新安旅行团史［M］. 重庆：西南师范大学出版社，2021.
［45］刘友开. 汪达之评传［M］. 镇江：江苏大学出版社，2021.
［46］一群小好汉：新安旅行团故事汇编［Z］. 中共淮安市委宣传部，中共淮安市淮安区委员会，淮安市教育局，2021.
［47］陈晓斌. 信仰：新安旅行团 1938［M］. 兰州：读者出版社，2021.

附　录

新安旅行团团员名录

（排名不分先后）

从淮安出发的团员（15 人）

（1935 年 10 月 10 日）

顾问团员：汪达之

左义华（左林）	朱金山	刘昭朗
杨永鑫（白晞）	张俊鑫（张早）	张俊卿（张翼天、张宜天）
张敬茂（张牧）	徐志贯（徐之光）	曹维东
嵇　钰（纪宇）	曾兆寿（曾里）	程昌林（凌则之）
靖秉铎	靖秉铨（张明）	

在国民党统治区参加新旅的团员（97 人）

（1936 年—1940 年）

王　韶（女）	王德乾（王山）	王德威
王德银	方南君	方崑仙（方强，女）
孔繁玉（孔方）	尹卜甄（女）	史青山（童常）
孙慰君（女）	任　干	任　劳（任先哲，女）
刘　杰	刘　萍（女）	刘式均
许爱丽（女）	许醒亚（女）	关　建（女）
吕　武（女）	牟永春	华世贞（女）
余允绍（羽扬）	李　广（李心行）	李　楠（李勋南）
李万万（范政）	李少清	苏　斌

何鼎勋（何仁）	吴淑静（女）	杨开云（杨匀，女）
邹慧珍（女）	汪季琨（女）	汪锡杰
张　仁（苏纯俊）	张　翘	张天虹（女）
张光琪（女）	张均六（张拓）	张庆荃（张泉，女）
张承训（张平）	张承模（张权）	张若曼（女）
张根生（张杰）	张衡七（张渔）	陈　伟（女）
陈　明（女）	陈　强	陈一华
陈一坤（谢坤）	陆　蒨（陆红，女）	郑康源（何为）
范敏言（范汉生）	易　行	金毓堃
岳荣烈（女）	周令沂	周令辉（女）
罗　络	赵文和	郝　杰
郝　侠	品　文	袁　立（阮力，女）
徐恩赐（徐光）	徐　均	徐　玮（女）
徐莎伯（徐莎，女）	徐如年	徐畹华（女）
郭贵华（郭华）	郭立范（女）	郭立群（郭在德，女）
夏咨彬	聂志孔（聂大朋）	聂向孔
聂惠孔（聂启坤，女）	唐友华（女）	唐振元
殷　实	益希卓玛（王哲、王喆，女）	
康燕芬（女）	黄健芬（黄明，女）	黄志义（黄中一）
黄叔宽	屠传猷（屠明）	曹国果
韩　枫	蒋先基	程仁强（程刚）
程　远	曾　超（女）	路　里
褚继群（楚群、褚群，女）		蔡文彦（蔡文颜）
臧益敏	臧婉敏（女）	裴未如（女）

在苏北抗日根据地参加新旅的团员（223 人）

（1941 年—1946 年 9 月）

丁　一	丁仁贵	于学文
马友兰（女）	方　劼（女）	王　纳
王士林	王云飞（女）	王兰芳

王立士	王庆汉	王亚明
王步舜	王建民	王家明（陆明）
王晓云	王振林	尹为成
尹为富	韦　杰	韦　俊
韦佩刚	孔繁星（孔渔）	车　仪（女）
毛国强	毛奇美（毛奇峰）	史　炜（女）
厉亚平（李霁南，女）	左　文（深男，女）	田　川
田　明	田　毅	白　洁（女）
冯　曙（女）	冯叔昭（冯皓）	孙　敏（女）
孙中笑	孙同仇（同仇）	孙同豫（同玉）
孙重亚	纪富之（纪富滋）	江　真（女）
江　虎（江东流）	吉　萍	伊　敦（伊伦）
臣荣功	汤伏波	刘　亚
刘　英	刘　泉	刘元瑛（刘元英，女）
刘秀岩（女）	刘海峻	刘德明
刘秉文	朱　文（女）	朱　赤
朱　涵	朱广德（朱翔）	朱仁安
朱杏生	朱索非（索非，女）	吕　波
吕华山（吕斌）	吕恩涛	吕鸿德
庄礼章（庄烈）	李　乙	李　伟
李　彬	李　强	李　曾（女）
李　蓉（女）	李世佐	李仲林
李连新	李洪生	李晓林
李恩球	李康中	李曙微
沙　汀（女）	何车平（女）	苏　军
苏　翘（舒巧，女）	苏文贵	杨建东
杨辅忠	肖　炎	肖　峰
吴　普	吴连丰	吴国英（林欣，女）
吴联英（女）	汪　琦	汪世杰
张　民（女）	张　岚（女）	张　依（女）

张　野	张永琴	张光发（张华）
张其玉	张丽群（李群，女）	张梭枚
张道亚	张绍岳（张文骅）	张敦旭（张旭）
张耀才	邵凤桂	陈　捷（女）
陈一萍（女）	陈二林（二林，女）	陈大林（大林，女）
陈士修（女）	陈元桂	陈必林
陈少欣（女）	陈冬志	陈兆清
陈发芝	陈同芝	陈学诗
陈法尧	陈腹英（女）	陈德荣
余志渊（余龙跃）	陆得荣	宋忠柏（宗柏）
沈成忠（晨钟）	沈惠明（严忠）	杜　果
杜国才	辛德义	严竞成（严纯）
严涛然	周　立（女）	周　全
周　璜（女）	周希泉（女）	周忠茂
周梦雷（女）	周新潮	周锵山
金　星	郑　洪	郑布舜（佐牧）
郑国芳	郑益之	茆　芊
茆　荃	房　玲（女）	孟　文（女）
孟宪民（孟军）	林　枫	林文谦
林铭纲	单增辉	胡　飞
赵　伟（竺平，女）	赵文海	赵亨艺
赵宝生	赵景昂	柳新生
柳新民	姚仁远	姚富春
姚锡华	珊　宝（女）	海　明（刘振玉，女）
桂足三	徐　健	徐蕴珠（女）
耿　改	耿庆玲（女）	耿精忠
郭瑞田	夏保义	夏信昭（夏峰）
秦　尖	秦守文（女）	秦守荣（女）
唐　明	唐　炯	顾乃瑾（顾乃锦）
顾述正	晓　红（女）	钱凌白

陶明贤（陶影，女）	殷习勤	殷庸言
黄天民	黄健吾	盛若雄
曹　汉	曹怀杰（陈其）	曹砚田
崔世成（崔士臣）	崔海波	章　丽（女）
章　枚	程启秀（程云）	蒋士俊（蒋世俊）
曾　正	曾叔懋	葛　林（女）
葛　超	董　道（董守文）	彭　彬
温凤英（温琦，女）	谢克林	韩　霖（女）
嵇　球	蔡　孟	蔡兴宜（蔡均，女）
肇　文	滕　佩	黎　明（女）
薛家安	薛素英（薛峰，女）	戴　燕（女）
戴绮燕（女）		

解放战争中参加新旅的团员（81人）

（1946年10月—1949年春）

于振华	马世昌（马戈）	王韦平
王里沙	王树元	尹桂海（金涛）
田　稼	叶　丹	叶志强
司宏钟	玄　英	孙清月（孙肖平）
孙泮楼	许国榕（女）	达南君（女）
刘静英（女）	刘善富	朱守义
朱佩清（女）	吕　仲	吕世国
牟　英	关洪标	李松桂
李新香（李平）	李家振	李清友
宋忠华（华堤，华棣）	杨　汶	杨自健（女）
杨林宝	肖　洛	肖国瑞（女）
汪　明	张　迈（张曼）	张　炜
张　超	陈师节（女）	陈延武
陈珍章	陈聆群	余　静（余进，女）
陆志华	沈松寿	沈家俊

佟　明（佟敏，女）	杜　高	邱　鹏
孟　义	武文璞（女）	周　均
周承录（周琳）	周　群（女）	郑仲英（女）
宗　弼	胜　利（李静，女）	赵士贤
柳　豁（女）	洪友龙	郭明山（郭明）
郭镜心（女）	徐祖峰	秦德声
唐佑文	殷国豪	凌　映（女）
黄安娜（黄川，女）	黄云卿（黄云娜，女）	
黄锦生	崔达斯（崔达）	阎正华
阎毅千	程家秀	温宗明
韩乐业	谢　生	路　力
管荫深	戴　安	戴坚平（女）
戴芸芸（戴永芳，女）		

进驻上海后参加新旅的团员（97 人）

（1949 年 5 月—1952 年 5 月）

于　欣（女）	马自慧（女）	王　恒
王玉贞（王丕争）	王宗昌（卫华）	王金水
王家林	王莲芬（女）	方　玉（女）
方　园	方　珊（女）	孔令章
车健民	戈宝龙	冯　恕
叶　倩	孙学兰	吕士国
吕伯克	邢小沪（女）	邢小林（女）
吉振华	伍鄂阳	庄树全
李　岚（女）	李　沙（女）	李玉芬（女）
李玉芳（女）	李光耀	李传宝
李传禄	李恩忠	李道义
李道新	李耀新	吴庆迟
吴逸亭	吴　敏（女）	汪秋娥（女）
张五金（张洪波）	张玉明	张吉声

张远文（女）	张承明	张承颜（张均，女）
张明心	张瑾珑	陈加林
陈华华（女）	陈志明	陈琳琳（女）
陆增德（陆德荣）	谷斯涌	范正和
周　泉	周　然	郑　韵（女）
赵鼎贞（女）	姚尉瑜	胡　醒
胡晶瑶（女）	柳荣生（柳荣森）	钟宛文（女）
施亚贤（女）	宫丰丰	铁大镇
徐　恒	徐　衡（女）	徐忠国
徐祖彭	郭俊杰	唐南宁
唐耀松（唐耀兄）	秦佩英（女）	顾新生
顾振遐	袁增瑜	黄炳枢（黄进）
黄亚杰	黄正刚	章丽辉（章力挥）
梁培基	阎立国	盛　捷（女）
尉竹侠（女）	游惠海	蒋广森
蒋美玲（女）	程艾山	傅爱娣（傅文棣，女）
蒋白菰	谢葵忱	鲍　倩（女）
慎重九	简志光（女）	廖冬青
潘世衍		

尚未查明参加时期的团员（41 人）

王　洁（女）	王嘉鳞	左世香
左言传	田玉能	史　今
孙以谨	朱　匀	刘　刚
刘尧红	刘志加	吴　莺
肖　路	余涂杰	言　汉
张　涛	张洪澄	陈　沧
陈　范	陈　萍	陈少华
陆　传	克　清	尚　路
周　文	周　萍	周洁学

周晞文	周鉴山	郑星明
封光德	赵　文	钟志成
郭　岚	徐　明	徐亚男
袁立华（女）	桂国彩（金克）	恩　勇
葛　虹	鲁　正	

注：新安旅行团全部团员近600名，本名单共收集到554名，括号前为加入新旅时的本名，括号中为后改名或曾用名及性别。此名单综合新安旅行团历史纪念馆最新布展大纲、有关史料及部分新旅团员回忆整理而成，因年代久远，难免有错漏之处，仅供研究参考，不作其他证明。

后　记

新旅团员左林（原名左义华）在《义华的日记》中写道：

> 看星也很有趣，我现在认得很多的星，北极星、北斗、仙后、牵牛、织女、大火、南斗、建星、狗星、狗国，我都认识。我又知道大火隔我们地球是360光年，比我们的太阳大3000倍。北极星离我们是470光年，比我们的太阳大2500倍。一个人，若是用两只脚一天走100里路，要两年才能绕地球一周，而光在1秒钟就要绕地球7周。人真是太没有本领了。

当年的他，虚岁才11岁，还是一个充满稚气的孩子，却有着同龄人少有的明慧。且不问他日记中的数字精确与否，他只是在慨叹，人类在大自然面前的渺小。

然而，像他一样的孩子后来组成了一个团体——新安旅行团，成为有崇高理想和坚定信念的一群人，竟有了无限的本领。峥嵘十七年，风云五万里，他们用双脚走出了现代中国少儿运动史上的一段旷世传奇。

第一次听到新旅的名字，是从家乡的地方戏曲——淮剧《新旅赞歌》开始的。

那时，我还是一个初中生，因为家庭的熏陶与浸染，也喜欢上了淮剧。那时的我，非常喜欢模仿，学校联欢时，还有模有样地登台唱了一段《新旅赞歌》。没想到，这段淮剧竟成了我学生时代的“成名曲”，师生聚会时大伙儿一直津津乐道。

我是在懵懂之中走上了宣传新旅的道路的。

后来在教育部门负责宣传工作，经常带人参观新旅历史纪念馆，那是我正式推介新旅的开始，可每次都是走马观花。

而今，我竟与新旅结缘，开始创作新旅，这是始料未及的事情。创作的想法和一封信有关。

2021年的5月30日，习近平总书记给新旅母校——新安小学的少先队员回信，信中高度评价了新旅的光辉业绩，并对孩子们予以亲切勉励。一时间，新旅的名字燃爆了中国。

2021年的盛夏时节，我就像一个“追星者”，再次走进新旅历史纪念馆。这一次，我是从头到尾认认真真、仔仔细细地看了一遍，包括陈列的有关新旅的书籍。

毋庸讳言，作为生于斯长于斯的淮安籍作家，对于新旅，我们缺少一份应有的关注，这是一件令我汗颜的事情。

遍览新旅历史纪念馆里展陈的各类关于新旅的书籍，大多都是新旅团员囿于各自视角的回忆片断，零散的、碎片化、区域性、阶段性的回忆较多，缺少一部置放于时代大背景中的全景式、整体性还原新旅17年光辉历程的著作。

恰在此时，家乡的领导审时度势，当场拍板，要创作一部长篇报告文学。任务就落在了我的身上。

这几年，作为江苏省作协重大题材文学创作工程项目签约作家的我，致力于地方红色题材的抢救性挖掘与创作。国家组建退役军人事务机构后、首部反映退役军人当年边疆岁月生活的长篇报告文学《天路淮军》，国内首部全景式再现“大胡庄战斗”这段尘封历史的长篇纪实小说《大胡庄·1941》，均出自我手。

《新安旅行团》甫一面世，业界认为，这是国内首部集史诗性、文学性、时代性于一体，最为完整全景式还原新旅光辉历程的长篇报告文学。这也算是我以古城淮安作地域背景，为城市立传、为英雄塑像的“红色三部曲”的收官之作。

“四年磨四剑”——2019年出版《天路淮军》，2020年修订再版《天路淮军》，2021年出版《大胡庄·1941》，2022年出版《新安旅行团》。

常常有人惊叹我是一个“快手”，其实这种速度源自我像重型坦克一样高强度的采访写作，怀着“毕其功于一役”的精神，像重型坦克那样，把所有的力量压上去。

就像这部《新安旅行团》，其中艰辛，感喟更多。

冒着炎炎酷暑，四处收集上百种新旅的文献资料，挥汗如雨地阅读新旅团员们的回忆文章，如饥似渴地从专家们的研究文献中汲取营养，摘录、标注、归类、综合，10万多字的读书笔记浸透着无数的日月星光、心血汗水。

各地奔波，上门采访，大部分新旅团员都已作古，健在的也已步入耄耋之年，因此沟通交流的难度之大远超想象，许多人能提供现成的回忆资料已是不易。疫情来临，唯有电话采访，一次电话聊上半天，甚至一天，那是常有的事情。

创作期间，经常因为一些事件的时间、地点、人物、细节的出入，需要一次次地求证沟通。卷帙浩繁，史料芜杂，要从中理出头绪、架构思路，精力耗费之大前所未有。因为时间进度的关系，自己一人封闭在创作基地，真是夜以继日、通宵达旦地投入其中。有时候，顾不上吃饭，深夜时泡一碗方便面便继续与新旅“并肩同行”。整整八个月，方便面吃了多少箱，自己都记不清了。妻子实在看不下去了，后来就每天中午送一顿饭来，助我一臂之力。

感谢淮安市委常委、市委秘书长、市委宣传部部长李森，淮安市副市长、淮安区委书记张笑，淮安区委副书记、区长颜复，淮安市委宣传部副部长、市委网信办主任曾业桃，淮安区委常委、常务副区长朱书文，淮安区委常委、宣传部部长祁素娟等给予的鼎力支持；感谢淮安市委宣传部文艺处处长王仁梅，淮安区委宣传部副部长、区文联主席傅振举，淮安区教体局局长蒋雪峰等给予的悉心指导；感谢新安小学校长张大冬、党支部副书记周永飞，新安旅行团历史纪念馆馆长顾学让，以及新旅研究专家周志平、王怀扣、朱天羽、陈志亮、黄洁、刘友开、樊国栋、祁宏、咸高军、徐爱明等给予的各种帮助。

新旅出发后的第一站，就是民国时期江苏省首府——镇江，因此本书的出版与江苏大学出版社结缘并得到倾力支持，感谢汪再非总监和孙文婷、常钰两位编辑老师为该书付出的艰辛努力。

更让我感动的是，中国作协原副主席、中国作协报告文学委员会主任、中国报告文学学会原会长何建明，鲁迅文学奖评委、中国现代文学研究会会长、江苏省作协原副主席、南京大学新文学研究中心主任、资深教授、博导丁帆，茅盾文学奖、鲁迅文学奖、老舍文学奖得主、《人民文学》副主编徐则臣，三位文学界大师给予本书高度评价，并联名向全国读者倾情推介。《中国作家》杂志社主编程绍武、副主编付秀莹、纪实版主任佟鑫、纪实版编辑张冰等老师慧眼识珠，于2022年第6期《中国作家》辟出专门版面，节选刊登报告文学《新安旅行团》。

更为巧合的是，偶然中得知，丁帆教授的岳父晨钟就是新旅老团员，老人家已96岁高龄。丁教授特意从岳父处找来有关资料，百忙之中寄来供我参考，并多次予以悉心指导，给我莫大鼓舞。

列夫·托尔斯泰说过，历史是国家和人类的传记。新旅的历史，已然镌刻在民族解放的记忆里，矗立在红色江山的峰峦上。新旅的光荣传统和优良作风，激励着一代又一代的中华少年奋然前行。

值得告慰的是，从灾难深重的旧中国一路走向光明的新中国，新旅团员们所付出的一切努力都有了现实的模样——盛世华夏，如您所愿。民族复兴的征程上，处处涌动着时代新人奋进的春潮：用脚步丈量祖国大地，用眼睛发现中国精神，用耳朵倾听人民呼声，用内心感应时代脉搏，把对祖国血浓于水、与人民同呼吸共命运的情感贯穿学业全过程、融汇在事业追求中。

你看，在庆祝中国共产党成立100周年大会上，共青团员和少先队员面向天安门城楼，对党许下青春的誓言：不忘初心，青春朝气永在；志在千秋，百年仍是少年；奋斗正青春，青春献给党！请党放心，强国有我！

你听，在当今的每一所校园里，冉冉升起的五星红旗下，都会听到这样的宣言：我们生在红旗下，长在春风里；人民有信仰，国家有力量；目光所至，皆为华夏；五星闪耀，皆为信仰；愿以吾辈之青春，捍卫盛世之中华。

新旅是在中国共产党的关怀和领导下成长起来的一支少儿革命团体。2022年，我们将迎来中国共青团建团100周年，将迎来中国共产党二十大的顺利召开，此书的出版赋予了特别的意义：谨以此书向建团百年和党的二十大郑重献礼。

需要说明的是，因为年代久远，尽管反复求证，书中疏漏谬误之处仍在所难免。同时，因为篇幅所限，近600名新旅团员的事迹不能一一列举，摘取代表性的人物与事件，为英雄群体塑像，为伟大时代铸魂，这是本书初衷所在。另外，需要特别解释的是，书中摘录引用的部分团员回忆或报章书刊资料，不同程度带有民国时期的语法色彩，遣词造句、标点符号等用法与现代汉语标准多有不同之处，甚至有的现在看来就是谬误，但我们力求忠实于历史，均按原文摘录，未作修改，请读者见谅。

是为后记。

二〇二二年五月六日于淮安区作协创研基地